SPRINGER

Also by Christopher G. Moore

Novels in the Vincent Calvino crime fiction series

Spirit House o *Asia Hand* o *Zero Hour in Phnom Penh*
Comfort Zone o *The Big Weird* o *Cold Hit*
Minor Wife o *Pattaya 24/7* o *The Risk of Infidelity Index*
Paying Back Jack o *The Corruptionist* o *9 Gold Bullets*
Missing in Rangoon o *The Marriage Tree* o *Crackdown*

Other novels

A Killing Smile o *A Bewitching Smile* o *A Haunting Smile*
His Lordship's Arsenal o *Tokyo Joe* o *Red Sky Falling*
God of Darkness o *Chairs* o *Waiting for the Lady*
Gambling on Magic o *The Wisdom of Beer*

Non-fiction

Heart Talk o *The Vincent Calvino Reader's Guide*
The Cultural Detective o *Faking It in Bangkok*
Fear and Loathing in Bangkok o *The Age of Dis-Consent*

Anthologies

Bangkok Noir o *Phnom Penh Noir*
The Orwell Brigade

SPRINGER

Ein Vincent Calvino Kriminalroman

CHRISTOPHER G. MOORE

Siam Krimi

Vertrieben in Thailand durch:

Asia Document Bureau Ltd.
P.O. Box 1029
Nana Post Office
Bangkok 10112 Thailand
Fax: (662) 260-4578

Internet: http://www.heavenlakepress.com

E-Mail: editorial@heavenlakepress.com

Erstmals in Thailand erschienen bei Siam Krimi einem
Imprint der Asia Document Bureau Ltd.

Erste Auflage 2016

Titel der Originalausgabe:
»Jumpers«

ISBN 978-616-7503-36-3

Für Thomas Wörtche und Peter Friedrich

Das Leben war ein Witz. Und Bangkok war seine Pointe.

—Vincent Calvino

Teil I

EINS

Calvino mochte selbstbewusste, offenherzige Frauen, darum hatte er Fon zum Dinner eingeladen. Sie arbeitete in der Filmbranche, war Managerin und Location-Scout für Hollywoodproduktionen, Werbefilme, Realityshows und europäische TV-Dramen. Aufgrund ihrer Erfahrungen bei der Arbeit hielt sie nicht viel von Weißen – *Farangs*, wie sie hier genannt wurden. Ganz unten in ihrer Wertschätzung standen jedoch solche *Farangs*, die in Thailand lebten. Fon hätte bei Wikipedia als Musterbeispiel für die Auffassung dienen können, dass Vertrautheit Geringschätzung erzeugt. Außerdem war sie der lebende Beweis für eine weitere Plattitüde: Es gibt, so sagt man, keine Helden für den Kammerdiener – oder, in diesem Fall, für die örtliche Managerin.

»Wenn ihr in Thailand auf die Überholspur wechselt, bedeutet das dann nicht, dass ihr zu Hause auf der Kriechspur wart?«, hatte sie Calvino einmal gefragt. »Eure Überholspur ist unsere Kriechspur. Irre, was?«

Die Regenzeit war mit einer Schicht dunkler Wolken aufgezogen, die in Wellen heranrollten. Sie verschlangen und verdunkelten die Skyline der Sukhumvit Road jenseits des Ratchada Sees, während Calvino von seinem Balkon in der elften Etage aus zusah. Dann durchzuckte sie ein Riss aus blendendem Licht, gefolgt von einem scharfen Donnerschlag. Die Luft füllte sich mit dem süßen Duft nach

Regen. Erst als die Tropfen in schrägen Schwaden auf die Straße herab prasselten, schloss Calvino die Balkontür und schritt zielstrebig durchs Wohnzimmer in die Küche. Die eleganten Klänge von Keith Jarretts Jazzklavier untermalten den Wolkenbruch, der binnen Minuten dafür sorgte, dass die Autos sich durch übel riechende Abwässer pflügen mussten.

Er erwartete Besuch. Die Dame hieß Fon, und er war ihr am Set eines Low-Budget-Films begegnet. Calvino hatte einen Cameo-Auftritt bekommen, als ein Barbesitzer in der Soi Cowboy, der gerne kochte. Nach dem Dreh hatte sie seine Kochkenntnisse im Allgemeinen und sein Wissen über thailändisches Essen im Speziellen angezweifelt. Er hatte mitgespielt und ihr angeboten, ein Dinner für sie zuzubereiten. Mittwoch war ihr freier Tag bei der Filmfirma, für die sie gerade als Übersetzerin und Vermittlerin arbeitete. Durch den plötzlichen Regenguss und die folgenden Überschwemmungen steckte sie natürlich im Verkehr fest und würde sich verspäten.

Es hieß, dass Thailand ein Mekka für Waffen, das organisierte Verbrechen, Militäruniformen und Ironie sei. Fons Name sprach zumindest dafür: Übersetzt lautete er »Regen«. Und seit den letzten politischen Stürmen wateten Mafia und Soldaten hüfttief durch die Trümmer, während jeder, der nicht die richtigen Leute kannte, von der Flut der Veränderung auf hohe See hinausgeschwemmt wurde und hilflos im Wasser trieb.

Calvino wählte Fons Nummer, erhielt aber auf Thai die Meldung, dass der Anschluss derzeit nicht erreichbar sei. Das Schalten und Walten der thailändischen Telefongesellschaften war ein Mysterium. Manchmal funktionierte alles, doch gelegentlich – besonders bei Regen – verstopften die Leitungen wie verfettete Blutgefäße, und die Telefonapparate wurden Opfer digitaler Herzinfarkte. Calvino wollte es später noch einmal versuchen. Erst musste er eine thailändische Mahlzeit zubereiten, um eine skeptische Frau zu beeindrucken. Sie hatte versprochen, einen Rohschnitt von *Monsoon Angel* mitzubringen, dem Film, in dem Calvino mitgewirkt hatte. Am Set hatte er so geschwitzt, dass sein Make-up Spuren wie von Schneckenschleim zog und er aussah wie eine Figur aus einem Horrorfilm. Sie hatten neues Make-up auftragen und die Einstellung dreimal wiederholen müssen, bevor der Regisseur seufzend den Kopf schüttelte und nach draußen ging, um eine Zigarette zu rauchen.

Calvino war nicht der Meinung, dass die großen Geheimnisse der Welt sich in Filmen verbargen. Sie lagen in den Menschen, in dem geheimen Leben, das sich in ihren Köpfen abspielte. Er fragte sich, wie dieses bei Fon aussehen mochte. Sie war zurückhaltend. Sie schützte sich. Der verführerische Teil einer neuen Beziehung war es, in solche Geheimnisse einzutauchen und zuzusehen, wie sie sich entfalteten. Doch in jedem Menschen schlummerte eine giftige Wächterschlange, und die schlug erbarmungslos zu, wenn man zu schnell vorging. Calvino hatte vor, sich Zeit zu lassen, während er die Leiter in ihren Verstand hinabkletterte und sich im dämmrigen Licht umsah.

Er versuchte noch einmal, sie anzurufen, wieder ohne Erfolg. In der Küche hatte er die Zutaten für den beliebten, Som Tam genannten thailändischen Salat vorbereitet. Zerstoßene grüne Papaya, geröstete Erdnüsse, zwei geschälte Knoblauchzehen, zwei rote Chilis, ein kleines Häufchen Shrimps, Palmzucker, sechs Kirschtomaten und zwei aufgeschnittene Limetten. Er spielte mit dem Gedanken, eine dritte Chili hinzuzufügen. Aus eigener Erfahrung wusste er, dass der Unterschied zwischen zwei und drei Chilis so ähnlich war wie der zwischen Kaliber 22 und 45.

Ein paar Stunden zuvor hatte er als eine Art inoffizieller Kochunterricht zugesehen, wie an einem Stand in der Sukhumvit Road Som Tam zubereitet wurde. Die wackeligen Metalltische und Plastikstühle waren voll besetzt gewesen mit Angestellten in der Mittagspause. Sie saßen über ihre Teller gebeugt, Gabel in der einen, Smartphone in der anderen Hand, unterhielten sich, mampften und posteten Selfies. Der Daumen einer Frau streichelte ihr Mobiltelefon, und eine Gabel voll Som Tam fiel ihr dabei aufs Pflaster. Eine Katze, fett wie ein Schwein, schnappte sich den Leckerbissen und huschte, tief über ihre Beute geduckt, im Schatten eines Motorrads in Deckung. Calvino hatte noch nie eine Katze Som Tam mit drei Chilis fressen sehen – es war ein nicht alltäglicher Anblick, wie er fand. Wieder einmal hatte ihn unerwartet das chaotische und opportunistische Wesen der Welt gepackt. Er überlegte, dass Katzen ebenso wie Menschen dadurch überlebten, dass sie ihre Vorlieben anpassten und die Risiken kalkulierten. Das größte Kontingent in den Straßen von Bangkok bildeten allerdings die Aasgeier, die den Pfad der Raubtiere säumten, und das Territorium der menschlichen Spezies im urbanen Königreich der Tiere markierten.

Calvino bearbeitete den Mörser in dem natürlichen, gleichmäßigen Rhythmus, den er hunderte von Malen in den Gassen von Bangkok beobachtet hatte. Der Stößel erfüllte die Atmosphäre mit einer Palette von Klängen, die das geneigte Publikum auf das bevorstehende kulinarische Konzert einstimmten. Augen leuchteten auf, der Speichel begann zu fließen, und die Erwartungen stiegen. Die Musikalität der Zubereitung war Teil des Som-Tam-Erlebnisses. Das Konzert hatte keinen festen Termin. Ob am Morgen, am Nachmittag oder in der Nacht, irgendjemand begann den Rhythmus zu klopfen, und bald darauf stimmte straßauf, straßab das gesamte Orchester ein. Calvino sah auf die Uhr. Es war 17.33 Uhr.

Er fügte zwei schmale, gekräuselte rote Chilis hinzu und ließ die dritte Schote weg. Irgendein Unterschied musste schließlich zwischen Nahrungsmitteln und der Substanz existieren, mit der die Bereitschaftspolizei Demonstranten unschädlich machte. Der Stößel zerquetschte die Chilis, und das Innere mit den scharfen Samen mischte sich unter die Papaya. Aus den pikanten Düften stieg ein neues Calvino-Gesetz auf: Ein Mann, der ein tödliches Drei-Chili-Som-Tam zu essen verstand, ohne in Schweiß auszubrechen, konnte Schmerzen ertragen. Und ein Mann, der weder Schweiß noch Schmerz fürchtete, war gefährlich.

Calvino warf die dritte Chili hinein.

Als Nächstes folgten Knoblauch und ein Streifen Limettenschale, während er immer weiter mörserte und Fischsauce in die Mischung spritzte. Er holte Tomaten und rote Mobinpflaumen aus dem Kühlschrank und wusch sie in der Spüle. Dann griff er wieder nach dem Stößel und zerstieß die Zutaten. Zuletzt gab er noch einen Schuss Johnnie Walker Black hinein. Jeder Chefkoch hatte seine Geheimnisse, und dieses spezielle Extra, eine Art Keith-Jarrett-Ornament in Whiskey, war seines.

Er beugte sich über die Schüssel, schmatzte mit den Lippen und atmete die kräftigen Düfte ein. Sein Mobiltelefon klingelte. Er leckte sich den Daumen ab und nahm den Anruf beim vierten Klingeln an. Er war sicher, dass es Fon war, die sagen wollte, dass sie sich verspätete.

Aber er irrte sich. Es meldete sich ein Amerikaner namens Paul Steed.

Er war ein ehemaliger Klient, von dem Calvino seit mehr als einem Jahr nichts gehört hatte. Wie viele Ausländer in Calvinos Leben hatte Steed aus einem banalen Grund an seine Tür geklopft – um jemanden zu finden, der verschwunden war. Man hatte ihm gesagt, dass Calvino ein besonderes Talent dafür besaß, Leute aufzuspüren, die nicht gefunden werden wollten. Er glaubte wohl auch, dass Calvino »Thai-Probleme« verschwinden lassen konnte. Calvino war der ortskundige Imker, den man rief, wenn man betrunken in einen Bienenkorb hineingestolpert war.

Wenn der Schwarm einem auf die Pelle rückte, war es von Vorteil, Bangkoks Expat - Privatschnüffler Nummer eins auf der Schnellwahltaste zu haben.

Paul meldete sich mit: »Ich hoffe, ich störe Sie nicht in einem Augenblick der Leidenschaft.«

Calvino erinnerte sich wieder, dass Pauls Humor in der Beta-Testphase stecken geblieben war. Er schien über das Halbwüchsigen-Stadium nicht hinauszukommen.

»Schon gut. Ich bin noch beim Vorspiel.«

»Sie klingen enttäuscht«, meinte Paul.

»Das liegt daran, dass ich es bin. Was kann ich für Sie tun?«

Paul schwieg einen Moment lang. Musik plärrte im Hintergrund und füllte die Stille. Calvino drehte die Lautstärke seines Keith Jarrett herunter.

»Was hören Sie denn da?«, fragte er.

So sprach man mit Halbwüchsigen.

»Mann, kommen Sie! Sie kennen ›Should I Stay or Should I Go‹ von Clash nicht? Ich dachte, jeder kennt The Clash.«

»Okay, Sie haben jemanden gefunden, der die Band nicht kennt. Sie haben mich also an diesem regnerischen Abend angerufen, um meinen Musikgeschmack zu erweitern?«

Das brachte Paul einen Augenblick zum Verstummen, während der Song weiterspielte.

»Ich habe hier eine Art Notfall.«

»Paul, es gibt da eine Regel – ich nenne sie Calvinos Gesetz –, und die geht so: Eine ›Art von‹ Notfall gibt es nicht. Könnten Sie die Musik leiser stellen? Ich verstehe Sie kaum.«

Einen Augenblick später drehte Paul oder sonst jemand an seinem Ende der Leitung die Lautstärke herunter.

»Ich bin in Raphaels Wohnung. Seine Freundin ist bei mir. Raphael ist tot. Ich weiß nicht, was ich tun soll. Oder wen ich anrufen könnte. Scheiße, vielleicht sollte ich einfach mit dem Mädchen hier abhauen. Soll sich doch jemand anderes darum kümmern.«

»Raphael? Der Maler?«

Calvino kannte natürlich Raphael Pascal. Wie groß stand schon die Chance, dass es in Bangkok zwei Raphaels gab, die mit Paul zu tun hatten? Seine Frage diente nur dazu, den Schock angesichts des Todes des Mannes zu überspielen.

»Na, der Typ, den zu suchen ich Sie letztes Jahr beauftragt hatte. Wissen Sie nicht mehr?«

»The Clash ist vielleicht irgendwie an mir vorbeigegangen, aber mein Gedächtnis funktioniert ausgezeichnet.«

Calvino starrte sein Som Tam an. Der Geruch stieg ihm in die Nase wie Dieselabgase. Er sagte nichts mehr und überließ es Paul Steed am anderen Ende der Leitung, sich zu fragen, ob er noch am Apparat war.

Calvino hatte während des letzten Jahres eine Menge über Raphael erfahren. Manches war trivial. Beispielsweise dass Raphael nach einem berühmten Maler der italienischen Hochrenaissance benannt war, Raffaello Sanzio da Urbino, besser bekannt als Raffael. Als Träger eines solchen Namens lebte man im Schatten, es sei denn, man brach aus und bahnte sich einen eigenen Weg an die Sonne. Raphael war in dieser Hinsicht doppelt gehandicapt durch den Familiennamen Pascal, den Nachnamen des genialen Franzosen. Er war als Spross einer französischen Mutter und eines italienischen Vaters in einer Kommune in Quebec aufgewachsen, in der seine Eltern sich auch kennengelernt hatten. In einer solchen Umgebung entwickelte man als Kind seltsame Ideen über Kunst und Philosophie, Leben und Tod.

Calvino hatte Raphael ein Bild abgekauft. Es war eine nächtliche Ansicht von Bangkoks Chinatown, der Himmel erfüllt von Neujahrsfeuerwerk. Auf dem Gemälde rannte eine schlanke, langhaarige Asiatin eine Straße entlang, die nur von explodierenden Feuerwerkskörpern erleuchtet war. Es war Raphaels postmoderne Interpretation von

Galileo Chinis 1913 entstandenem Bild des chinesischen Neujahrsfestes in Bangkok. Calvino hatte die Idee originell gefunden. Chini war ein entfernter Verwandter von ihm, ein Maler, von dem nur eine Handvoll Sammler und Kunstexperten je gehört hatte. Im Unterschied zu Raphael hatte er nicht im Zeitalter der sozialen Medien gelebt. Dieser hatte auf Facebook jede Menge Follower, und sein Account war schon x-mal wegen seiner Darstellungen von nackten Frauen gesperrt worden. Doch persönliche Details über ihn waren kaum bekannt, wo er wohnte, wie er aussah. Sein Hintergrund blieb rätselhaft. Er war noch jung – erst sechundzwanzig – und gab sich alle Mühe, sich die Aura eines Malers ohne Gesicht zuzulegen, ohne Vergangenheit und ohne Zukunft. Das war sein Ding.

Calvino hatte Raphael mehrmals im Atelier aufgesucht. Beim ersten Mal nur, um ihn aufzuspüren, ihn von einer vermissten Person in eine gefundene zu verwandeln. Später war er zurückgekehrt, um für ein Porträt Modell zu sitzen. Es hing jetzt an der Wand seines Büros.

»Sie wissen doch, der junge Mann aus Montreal«, durchbrach Paul Steed das Schweigen. »Sie haben eines seiner Bilder gekauft, nicht wahr? Nun, es ist gerade im Wert gestiegen.«

»Ja. Raphael. Rötlicher Bart. Dünn. Blaue Augen.«

Calvino sah keinen Grund, seine persönliche Beziehung zu dem Maler zu erwähnen. Paul wollte etwas von ihm. Er hatte nicht das Gefühl, dass das der richtige Zeitpunkt war, um freiwillig Informationen preiszugeben.

»Das ist er.«

»Rufen Sie die Polizei«, sagte Calvino.

»Er ist tot.«

»Eben, Paul. Das ist deren Job. Die müssen ermitteln.«

»Deren Job ist es, zu klauen wie die Raben. Raphael bewahrt ein Bündel Bares im Atelier auf. Wenn ich jetzt die Cops rufe, was wird dann aus dem Geld?«

Calvinos Blick fiel auf einen feuchten Schimmer von Limettensaft, Tröpfchen, die am Stößel glänzten. Som Tam benötigte genau die richtige Menge davon. Zuviel verdarb den Geschmack. Erwischte man zu wenig, dann fehlte etwas. Limettensaft hatte ebenso wie Geld einen unverkennbaren Duft.

»Was ist passiert?«

Im Hintergrund hörte Calvino das Schluchzen einer Frau. Sie schnäuzte sich und plapperte zusammenhanglos auf Thai vor sich hin. Es glich einem sich ständig wiederholenden Zyklus, einer Reihe von Sturmböen, die ihr den Atem raubten und einen neuen Strom von Tränen regnen ließen. In Thailand kannte der Monsun der Tränen inzwischen keine feste Jahreszeit mehr. Es gab keine Wetterwarnung, und die Militärherrscher beschuldigten die korrupten Politiker, die Tränenwolken gesät zu haben, denen es nicht gelang, ein ausgedörrtes und verbranntes Land zu heilen.

»Selbstmord. Seine Freundin hat die Leiche gefunden und mich angerufen. Und ich rufe jetzt Sie an.«

Calvino wusste, dass der Tod eines *Farangs* wie einer dieser Kettenbriefe war, die damit drohten, dass demjenigen etwas Schlimmes zustoßen würde, der die Kette unterbrach.

»Tut mir leid, dass der Junge tot ist. Rufen Sie die Polizei und den diensthabenden Beamten bei der kanadischen Botschaft an. Die regeln das schon. Sie wissen, was zu tun ist. Wenn Geld da ist, fotografieren Sie es mit Ihrem Handy und schicken Sie mir eine Kopie, wenn es Sie beruhigt. Sagen Sie den Cops, dass sie ein Foto von dem Bargeld haben. Das genügt. Die verstehen dann schon.«

»Seine Freundin Tuk hat eine Nachricht bei der Leiche gefunden. Handschriftlich. Auf heute datiert.«

ZWEI

Der abendliche Berufsverkehr war noch nicht abgeklungen, als Calvino in der Metro auf den Zug zur Station Huai Khwang wartete. Es gab nur noch Stehplätze. Dicht an dicht hingen die Leute an den Handgriffen und verloren sich auf dem Nachhauseweg in der digitalen Welt ihrer Smartphones. Sie befanden sich auf einer anderen Art von Reise. Calvino sah ihnen in die Gesichter. Keiner erwiderte seinen Blick. Calvino fragte sich, ob es daran lag, dass er als Einziger zum Schauplatz des Todes eines jungen Mannes unterwegs war, oder dass er als einziger *Farang* im Wagen nach Som Tam stank.

Am Bahnhof Huai Khwang stand Calvino wieder Schlange, diesmal für ein Motorradtaxi. Der Regen hatte aufgehört, doch in den überschwemmten Straßen kam der Verkehr nur im Kriechtempo voran. An der Ratchadapisek Road, der vielspurigen Hauptstraße des Bezirks, reihte sich im Las-Vegas-Stil ein schäbiger Massagesalon an den nächsten. Sie hatten Neon-Namen wie *Cleopatra, Utopia, Amsterdam*, oder *Victoria's Secret*. Raphaels Atelier lag in einer schmalen, unscheinbaren Neben-Soi voller Betongebäuden mit kleinen, billigen Zimmern. Ein paar junge Frauen in engen Jeans und tief ausgeschnittenen Tops bemühten sich, ihre Nike-Laufschuhe nicht nass zu machen. Sie lächelten Calvino zu, als sein Motorradtaxi vorbeifuhr.

»Sie mögen Mädchen?«, fragte der Fahrer und sah sich nach ihm um. »Sie mögen junges Mädchen? Was für Mädchen mögen Sie?«

Ja, ich mag Mädchen, dachte Calvino. *Was ich nicht mag, sind Mädchen, die einen Motorradtaxifahrer als Zuhälter haben. Das ist so unromantisch.*

Der Fahrer verlor gänzlich das Interesse am Fahren, während er weitersprach. Das Sexgeschäft bot lukrativere Möglichkeiten. Er rauschte versehentlich durch eine Pfütze und spritzte Calvinos Beine mit Schmutzwasser voll. Es wurde langsam Zeit, Angst zu haben. *Tod durch Fahrlässigkeit ist auch eine Methode, Selbstmord zu begehen*, dachte Calvino, während er dem Motorradfahrer bedeutete, an den Straßenrand zu fahren.

»Sie mögen lieber Jungen?«

»Ich bin unterwegs zu meiner Ex-Frau. Sie ist bewaffnet. Sie war sehr ärgerlich am Telefon. Drei-Chili-scharf, aber eine Schönheit. Wollen Sie mitkommen? Reden Sie an meiner Stelle mit ihr?«

Der Fahrer hielt an.

»Sie jetzt absteigen. Ich muss nach Hause.«

Es war keine Bitte, sondern ein Befehl. Calvino schwang sich vom Rücksitz des Motorrads. Der Fahrer wartete nicht einmal auf sein Geld.

Calvino sah ihm nach, während er umkehrte und zur Taxischlange vor der Metro zurückfuhr. In gewisser Weise bedauerte er, dass der Fahrer sich so schnell verdrückt hatte.

Es war ein schlechter Beginn für den Abend. Eine geplatzte Verabredung, sein Filmdebüt als Totgeburt auf dem Boden des Schneideraums, halb fertiger Som Tam, Selbstmord eines Bekannten – ganz zu schweigen von der vermasselten Aussicht auf Sex. Er hatte die Hosenbeine in die Schäfte seiner Gummistiefel gestopft und sah aus wie ein Landarbeiter. Er zog ein leichtes Kielwasser hinter sich her, während er die überflutete Straße vor Raphaels Haus entlang watete. Im trüben Wasser lauerten Gefahren, zum Beispiel aufgebrochenes Pflaster, offene Gullideckel und Schlangen. In Bangkok barfuß durch eine überschwemmte Straße zu gehen, bedeutete schlechtes Karma, und Schuhe und Socken zu tragen wäre einfach Geldverschwendung gewesen. Nur mit Gummistiefeln, einem stabilen Schirm und einem gewissen Humor gelangte man erfolgreich durch eine alte Neben-Soi wie diese. Neben dem überschwemmten Pflaster erhoben sich hässliche, gedrungene Betonbauwerke, bei denen man zu wenig Zement und zu viel verspiegeltes Glas verwendet hatte. Drinnen befanden sich »Dienstwohnungen« für Sexarbeiterinnen, Prostituierte oder Huren, wie immer man sie nennen wollte. Bei der Arbeit schlüpften sie in Pseudonyme wie Pat, Apple, Orange, Pepsi, Kiss oder Pie. Calvino kam an ein paar Frauen vorbei, die sich einen Schirm teilten und über den komischen *Farang* kicherten, der sich die Hosen in die Stiefel gestopft hatte. Er war einmal ein Mann von Stil gewesen, überlegte er. Doch bei Regen in Bangkok wurde jeder Anflug von Stil von einer dickflüssigen braunen Brühe weggeschwemmt.

Der Wolkenbruch hatte sich in der toten Zeit zwischen dem Ende der Tagesschicht der Sexarbeiterinnen und dem Beginn der Nachtschicht ereignet. Raphael wohnte in einer Gegend, in der diese Geschäfte blühten. In seiner Neben-Soi, weit weg von den Kunden, die sie als Fork oder Mind oder Lake kannten, rollten sie sich tagsüber in billigen Zimmern zusammen, schliefen mit drei Zimmergenossinnen wie ein Wurf junger Katzen, und lauschten dem Regen. An der Hauptstraße hielten ihnen die Arbeiterinnen der Tagschicht ihren Platz in den gläsernen Aquarien warm, wo sie wie ein Schwarm Fische in Vierundzwanzig-Stunden-Abendroben herumschwammen. Doch diese Fische waren selbst Fischer, die nur darauf warteten, den Blick eines Kunden einzufangen und ihn an Land zu ziehen.

Calvino tastete mit den Stiefeln im Wasser herum und suchte nach einer seichten Stelle. Als er eine gefunden hatte, starrte er an Raphaels Haus empor. Es war ein fünfstöckiger Kasten ohne Lift. Er erinnerte ihn an eine bestimmte Art von Gebäuden in Brooklyn. Klitschen. Die geringe Bauhöhe erklärte vermutlich, warum Raphael sich bei seinem Selbstmord nicht in die Phalanx der »Springer« eingereiht hatte, jener Ausländer, die sich von den Balkonen ihrer Hochhauswohnungen stürzten. Zehn Stockwerke Mindesthöhe wurden dringend empfohlen, um es anständig hinter sich zu bringen – natürlich fand man unter den Experten, die solche Ratschläge erteilten, keinen, der tatsächlich aus dem zehnten Stock gesprungen war.

Calvino drückte die Klingel von Raphaels Atelier in der dritten Etage, das ihm gleichzeitig als Wohnung diente. Der Türsummer ertönte, und Calvino stieß die Glastür auf. Er ging durch eine enge Lobby und stieg hinauf ins dritte Geschoss. Die Tür war offen, und zwei Paar Schuhe standen davor. Sie waren knochentrocken. Ihre Besitzer mussten schon eine ganze Weile hier sein, dachte er, während er seine Stiefel abstreifte. Und wie es aussah, hatte immer noch niemand die Cops gerufen. Er trat ein.

»Wo ist er?«

Paul Steed nickte in Richtung Schlafzimmer. Auf dem Sofa saß mit eng zusammengepressten Knien eine junge Thai. Neben ihr lag eine Schachtel Papiertaschentücher. Sie hatte das Gesicht in die Hände gelegt.

»Das ist Tuk«, sagte Paul. »Sie ist ziemlich fertig.«

Sie wirkte von Kummer überwältigt und schien nicht in der Verfassung zu sein, zu reden. Doch wer wusste schon, welche Rädchen sich in ihrem Kopf drehten und die Tränenmaschine steuerten?

»Lesen Sie erst seinen Abschiedsbrief. Dann werden Sie verstehen, warum ich Sie angerufen habe. Hier, sehen Sie.«

Calvino ignorierte ihn und ging ins Schlafzimmer. Raphael lag auf dem Bett. Ein großer Hund mit goldenem Fell schlief in einer Ecke. Sein Brustkorb hob und senkte sich langsam und gleichmäßig. Es war ein großes Tier – ein Golden Retriever. Er schien mit der Eigenschaft gesegnet zu sein, Hurrikane, Vulkanausbrüche und Selbstmorde verschlafen zu können. Calvino wartete darauf, dass Paul und das Mädchen zu ihm traten. Sie taten es nicht. Also kehrte er ins Wohnzimmer zurück.

»Zeigen Sie mir den Brief«, sagte er.

Paul beobachtete ihn, während er das Blatt A4-Papier mit einer handschriftlichen Nachricht las. Selbst die weinende Frau blickte auf.

»Ich habe ihn neben dem Bett gefunden«, erklärte Tuk.

Das waren ihre ersten Worte seit Calvinos Eintreffen.

»Und das Geld?«

»Da, wo er es hingelegt hat, neben dem Bett«, erwiderte sie.

»Ich erinnere mich noch an seinen Hund«, bemerkte Calvino. »Charlie.«

Calvino bemerkte, dass Tuk Paul Trost und Hilfe suchend ansah. Er kannte ihr Verhältnis zueinander nicht, aber offenbar öffnete es ein Meer von Tränen.

»Warum sprechen Sie von dem Hund? Raphael ist tot!«, sagte sie.

»Jemand muss sich um den Hund kümmern«, gab Calvino zurück.

»Schatz, er hat recht. Auch im Testament steht, dass Vincent für den Hund sorgen soll.«

Schatz, dachte Calvino. War Tuk nicht angeblich Raphaels Freundin gewesen? Dieses »Schatz« war entweder ein Anzeichen dafür, dass sie sehr schnell umschalten konnte, oder sie hatte schon vor Raphaels Tod mit Paul die Matratze tanzen lassen. In Bangkok war der Begriff »Freundin« so dehnbar wie »Demokratie« oder »Freiheit«. Es war einfacher, einem Straßenmädchen Tränen zu entlocken, als die Männer loszuwerden, die sich an den Orten verschanzt hatten, wo die Tränen produziert wurden.

Raphaels Abschiedsbrief war kein langes Manifest, sondern ordentlich, liebenswürdig und angenehm knapp.

Letzter Wille und Testament

Ich wünsche, dass mein Besitz wie folgt aufgeteilt wird:

Tuk hinterlasse ich die 2.000 US-Dollar, die unter der Matratze versteckt sind, denn dort, wo ich hingehe, brauche ich sie nicht mehr.

Joy vom *Cleopatra's* vermache ich 500 US-Dollar in bar, die sie selbst behalten oder mit ihren Freundinnen Monday und Guess teilen kann.

Ich will, dass mein Körper im Wat That Thong in der Ekkamai Road eingeäschert wird. Für die Bemühungen der Mönche stelle ich 300 US-Dollar bereit. Keine Zeremonie, keine Gebete, nur das Verbrennen der Leiche und das Verstreuen der Asche im Chao Phraya Fluss.

Meinem Hausmädchen Oi hinterlasse ich 5.000 Baht dafür, dass sie meinen Schweinestall aufräumt.

Meine Vermieterin P'Pensiri soll 18.000 Baht erhalten, den Gegenwert von zwei Monaten Miete, falls sie Schwierigkeiten hat, die Wohnung neu zu vermieten.

Der Polizei hinterlasse ich für ihre Mühen 25.000 Baht.

Vincent Calvino, der einmal zu mir gesagt hat, dass für jeden Boxer der Tag kommt, an dem er keinen Schlag mehr austeilen oder einstecken kann, woraufhin er die Wahl hat, entweder Trinker oder Trainer zu werden, hinterlasse ich 15.000 Baht, damit er sich um Charlie kümmert. Außerdem vererbe ich ihm mein gesamtes Werk, alle meine Bilder. Warum? Weil Calvinos Großvater ein berühmter Maler war und in Bangkok gelebt hat. Mit den Bildern kann er machen, was er will, selbst wenn er sie verbrennen und ihre Asche samt der meinen im Chao Phraya verstreuen will.

Sollte sich noch etwas anderes von Wert finden, spende ich es Gavin und meinen freiwilligen Kollegen von der Bangkok-Selbstmordhotline für ihre selbstlose Arbeit.

An alle: Ihr tragt keine Schuld. Nichts, was ihr hättet sagen oder tun können, hätte mich aufgehalten. Dass ich meinem Leben ein Ende setze, ist der einzige vernünftige Weg, den ein Mensch einschlagen kann, wenn er erkannt hat, dass die Dinge nicht das sind, was sie zu sein scheinen. Dass man uns belügt und die Realität nur eine Erfindung ist. Blickt man erst einmal hinter die Fassade, stellt man fest, dass dort nichts ist. Weiterzuleben, wenn man weiß, was ich weiß, bedeutet, ein Feigling zu sein. Moralischer Mut kann nur Eines heißen – hat man auch nur ansatzweise erkannt, was wir sind und was wir nicht sind, bleibt einem nur die Wahl, die Lüge zu beenden. Man muss aufhören, zu leben.

Raphael Pascal

Calvino blickte von dem Abschiedsbrief auf und sah Paul an, der sich zu Tuk aufs Sofa gesetzt hatte. Sie wirkte verängstigt, furchtsam, so nervös, als würde sie gleich aus der Haut fahren. Die selbstbewusste Haltung, die sie in ihrem nächtlichen Leben sonst brauchte, war in sich zusammengefallen. Ein Ventilator drehte sich langsam an der Decke des Wohnzimmers. Von der Klimaanlage im Schlafzimmer kam ein leises Summen. Die Musik, die Calvino am Telefon gehört hatte, war abgestellt worden.

Er sah sich um. Das Wohnzimmer war spärlich möbliert mit einem alten, mit Farbe bekleckerten Sofa und einem einzelnen Stuhl. Auf dem Boden verteilt lagen Dutzende von Gemälden in verschiedenen Stadien der Fertigstellung. Überall Bilder von Frauen – Akte und Halbakte, erschrocken, unschuldig, krank, verstört – allein, zu zweit, zu dritt. Einige davon waren reine Pornografie, andere Parodien von Andy Warhol, wieder andere erinnerten in ihrer Komplexität an Lucian Freud, und weitere an Francis Bacon, als wäre ein Monster aus dem Ei geschlüpft. Calvino bemühte sich, nicht darauf zu treten. Er hatte von Raphael Pascal ein Oeuvre aus widerstreitenden Pinseltechniken, Stilen, Motiven und Kompositionen geerbt. Das erinnerte ihn an den Tag, als Raphael mit einem T-Shirt mit dem Bild von Caravaggio in seinem Büro aufgetaucht war. Hier sah es so aus, als wäre Caravaggio auferstanden, aber nach einer psychedelischen Erfahrung wieder untergetaucht.

Auf einem alten Holztisch standen angestoßene Becher mit Dutzenden von Pinseln, manche mit ganz schmalen Spitzen, um die Iris eines Auges zu malen, andere breit und stumpf für Hintergründe. Vorne befanden sich die Mischtiegel – eine Mixtur aus gelben, orangefarbenen, roten und blauen Spiralen, die über die Ränder auf den Tisch überliefen. Es gab schlanke 20-ml-Farbtuben mit Titanweiß, Elfenbeinschwarz, Kadmiumrot, Krapplack,

Ultramarinblau, hellem und dunklem Kadmiumgelb. Calvino betrachtete die Farben und kam zu dem Schluss, dass Raphael bis zum bitteren Ende gemalt haben musste.

Etliche der Tuben waren flachgequetscht, andere noch frisch und voll, in scheinbarer Unordnung kreuz und quer über den Tisch verstreut. Die Düfte von Farbe, Leinöl und Terpentin mischten sich mit dem Geruch des Todes. Einige Leinwände waren in glatten schwarzen Rahmen aufgespannt und aufeinandergestapelt, andere an den Wänden aufgehängt. Calvino schätzte ihre Anzahl auf über hundert.

Sein Blick fiel auf das Bild über dem Sofa, das er sich genauer ansah. Es zeigte menschliche Gestalten und eine Couch – dieselbe, vor der er gerade stand. Jeder Farbklecks war präzise wiedergegeben. Der Eindruck auf den Betrachter war verstörend. Calvino wusste, dass Raphael dieses Bild mit »Freiheitsgrad I« betitelt hatte. Es war ihm bereits aufgefallen, als er für das Porträt gesessen hatte. Es handelte sich um ein Selbstbildnis des Künstlers in Muay-Thai-Hose, während er eine junge *Mem-Farang* mit leeren Augen malte, die auf dem Sofa ruhte und aus deren Brust der Griff eines Schlachtermessers herausragte.

Calvino kannte auch die anderen Gemälde der sechsteiligen Reihe. Sein eigenes Porträt hatte der Künstler mit Nummer sechs betitelt.

»Ich bin völlig durcheinander«, sagte Paul mit einem vagen Seitenblick auf das Bild. »Ich habe keinen Schimmer, was ich tun soll. Das ist mir alles zu viel.«

Speichelklümpchen bildeten sich in seinen Mundwinkeln.

»Hören Sie auf, sich selbst zu bemitleiden«, empfahl ihm Calvino. »So etwas gefällt niemandem. Sie haben mich hergerufen, um Ihnen das Händchen zu halten, nicht wahr?«

»Wie schon am Telefon gesagt, ich wollte, dass Sie hier alles in Augenschein nehmen, bevor die Cops kommen. Tut mir leid, wenn das falsch rübergekommen ist.«

Calvino schüttelte den Kopf.

»Sie sagen mir jetzt lieber, was passiert ist, bevor die Polizei kommt.«

Er wusste, dass er besser zu Hause geblieben wäre. Aber nun war es zu spät. Er hatte keine Antworten, weil er nicht einmal sicher war, welche Fragen er stellen musste. Er hegte den Verdacht, dass Raphael in dem Jahr, seit Calvino ihn kannte, eine Art von Spiel gespielt hatte, dessen Hauptgewinn Freiheit lautete. Und falls der Tod Freiheit bedeutete, hatte Raphael in gewissem Sinne gewonnen.

Calvino trat in die Schlafzimmertür und betrachtete die Leiche des Mannes, der die zahllosen Leinwände bemalt hatte, die auf dem Holzboden verstreut lagen, an den Wänden hingen oder acht bis neun Reihen tief dagegen gestapelt waren. Die Welten von Kunst und Polizei würden in dieser Wohnung einen Weg zum gegenseitigen Verständnis finden müssen.

»Haben Sie mit ihm Drogen konsumiert?«

»So war das nicht, ich schwöre es«, protestierte Paul. »Tuk hat mich angerufen, und ich Sie.«

»Sie können sich darauf verlassen, dass die Polizei Sie auf Drogen testen wird. Und sie auch«, fügte er mit einer Geste zu Tuk hinzu, die mit ihrer Kleenexschachtel dasaß und den Mund kaum aufmachte.

»Das können sie ruhig machen. Ich bin sauber. Sie auch.«

Calvino sah, wie die beiden einen Blick wechselten.

»Okay, weiter im Text«, meinte Calvino. »Sie haben mich letztes Jahr angeheuert, um Raphael zu suchen. Die Polizei wird mich nach Ihrem Verhältnis zu ihm befragen. Ich muss den Beamten sagen, dass Sie mich engagiert haben.«

»Herrgott noch mal, das *wird* aber kompliziert«, bemerkte Paul.

»Das ist der Tod meistens. Schauen wir uns die Leiche noch einmal an, bevor die Polizei kommt.«

»Sie haben ihn doch schon gesehen«, sagte Tuk vom Sofa her.

»Ich will, dass wir sie uns zusammen ansehen, damit ich Ihnen ein paar Fragen stellen kann. Die Polizei wird dasselbe wissen wollen.«

Paul warf einen Blick zum Schlafzimmer hin.

»Auf mich müssen Sie verzichten. Der Hund kann mich nicht leiden. Er hat mich schon beim letzten Mal angeknurrt, als ich hineinging.«

»In diesem Fall eben nur ich und Ihr ›Schatz‹«, meinte Calvino.

Paul zuckte zusammen, als Calvino das Kosewort verwendete.

»Sie ist ziemlich fertig.«

Calvino hielt in der Tür inne.

»Was für ein Verhältnis haben Sie zu Tuk?«

»Wir kennen uns eben«, erwiderte Paul.

»Bei der Polizei müssen Sie schon ein bisschen genauer werden«, sagte Calvino.

Er fand, dass man für Geometrie das beste Verständnis entwickelte, wenn man mit dem Dreieck anfing. Das Liebesdreieck war eine der ältesten geometrischen Beziehungskonstellationen, die die Menschheit entdeckt hatte.

»Und sie war auch Raphaels Freundin«, stellte Calvino fest.

Paul zuckte mit den Schultern.

»Was mich betrifft, ich wusste nichts davon, bis sie angerufen hat und mich zu dieser Adresse lotste. Sie hatte sonst niemanden, an den sie sich wenden konnte.«

»Hat sie Ihnen das gesagt?«, fragte Calvino. »Oder ist das Ihre persönliche Meinung?«

Paul klappte der Unterkiefer herunter. Er sah aus wie ein Mann, der bereits von einer Frau betrogen wurde und trotzdem verblüfft ist, wenn es sich wiederholt. Calvino vermutete, dass er sich damit die gute Laune erhielt – er wollte gar nicht so genau Bescheid wissen. Ihm gefiel es in der Ecke des Dreiecks, in der er saß.

»Und war das auch der Grund, warum Sie mich angerufen haben?«, fuhr Calvino fort. »Weil Ihnen sonst keiner eingefallen ist?«

»Vinny, Sie haben doch den Abschiedsbrief gelesen. Wen hätte ich sonst anrufen sollen?«

In Calvinos Welt gab es für Frauen immer einen Grund, warum sie ihn und niemand sonst anriefen. Zum Beispiel, weil sie sich verspäteten oder gar nicht kamen. Auch wenn die Begründung oberflächlich absolut keinen Sinn ergab, wollte man ihnen unbedingt glauben. Er dachte an Fon und fragte sich, ob ihr verpatztes Rendezvous sich noch irgendwie retten ließ, oder ob es wie seine Rolle in diesem Film unwiderruflich dem Schneidetisch zum Opfer gefallen war.

Calvino hätte erwartet, dass ein Massagegirl, das dazu noch eine Freundin des Toten gewesen war, ihr Lager neben der Leiche aufschlug, um ihr Territorium abzustecken. Tuk folgte ihm ins Schlafzimmer. Sie trat ans Bett und sah Raphael an, dann wieder Calvino, während sie darauf wartete, dass er etwas sagte.

»Um welche Zeit haben Sie ihn gefunden?«

Sie starrte den leblosen Körper an.

»*Torn bai*. Am Nachmittag.« Der vage thailändische Zeitbegriff hatte wieder einmal zugeschlagen.

»Um welche Zeit am Nachmittag? Ein Uhr, drei Uhr, vier Uhr …?«

Die Frage verwirrte sie, und sie warf ihm einen unsicheren Blick zu.

»*Jam mai dai*.«

Calvino deutete auf die Flasche Mekong-Whiskey und die zwei Gläser auf dem Boden.

»War er noch am Leben, als Sie gekommen sind?«

Sie nickte.

»Jetzt wird es kompliziert«, sagte Calvino und drehte sich zu Paul um, der in die Tür getreten war. »Sie war bei ihm, als er starb.«

»Vielleicht sollte sie das der Polizei besser nicht erzählen«, meinte Paul. »Was für einen Unterschied macht es schon? Er hat sich selbst umgebracht.«

»Die Polizei könnte auf die Idee kommen, dass es einen verdammt großen Unterschied macht«, erklärte Calvino. Er wandte sich wieder zu dem Mädchen und fragte: »Haben Sie ihn die Medikamente einnehmen sehen?«

»Ja. Was soll ich machen. Ich sage nein, tu das nicht. Aber er hört nicht auf mich.«

»Für welchen Massagesalon arbeiten Sie gleich wieder?«

Sie wirkte verletzt.

»Ich war mal bei *Five Star*«, antwortete sie.

Das war ein großes schickes Massagestudio, das hauptsächlich chinesische Kunden bediente.

»Jetzt arbeite ich als Hostess bei *Lady's in Trouble*. Kennen Sie den?«

»Das ist ein chinesischer Nachtklub«, erläuterte Paul. »Manchmal verirrt sich ein *Farang* hinein, aber nicht oft.«

»Kennen Sie beide sich aus dem Klub?«, fragte Calvino.

»Richtig«, erwiderte Paul.

»Reiche Kunden, vor allem Chinesen«, erklärte Tuk.

Von Geld zu reden weckte ihre Lebensgeister. Calvino hatte das Gefühl, dass sie den Geruch des Geldes witterte wie ein Bluthund.

Sie schien Anfang zwanzig zu sein und trug Shorts und ein Tank-Top. Ihre Augen waren aschgraue, vom Weinen ausgebrannte Löcher, während sie in Calvinos Gesicht zu lesen versuchte. Sie sah aus wie ein Schulmädchen bei einer Trauerfeier, mit dem kleinen Unterschied, dass kein Schulkind in der Lage war, seine Kunden als Zahlen in einer

Tabellenkalkulation zu betrachten. Calvinos Miene verriet nichts. Er hatte sich über sie und ihre Beziehung zu Raphael oder Paul noch keine Meinung gebildet.

Zusammengeknüllte Papiertaschentücher lagen neben dem Bett verstreut, und der Boden sah aus wie in einem Massagesalon mit Seifenmassage. Der Golden Retriever regte sich, schob sich vor und schnüffelte an Calvinos feuchten Hosenaufschlägen. Der große Schädel der Hündin hob sich langsam zwischen ihren Vorderpfoten. Ihr Schwanz klopfte auf den Boden, da sie in Calvino ein leichtes Opfer für einen Leckerbissen zwischendurch erkannte.

»Charlie mag Sie«, sagte Paul. »Es heißt, Hunde besitzen einen guten Menschenverstand.«

»Wenn Sie einem Hund etwas zu fressen geben, sieht er Sie immer in einem positiven Licht«, meinte Calvino.

Er kraulte Charlie den Kopf. Sie musterten sich einen Moment lang, bevor Calvino sich wieder Raphael Pascal zuwandte, der auf der rechten Seite zusammengerollt lag, als würde er schlafen, träumen. Das zerknüllte Laken bedeckte einen Teil seines linken Beins unterhalb des Knies.

Von der Hüfte aufwärts war Raphael nackt. Er hatte sich für die Reise in die nächste Welt eine blau-schwarze Sporthose angezogen, die schlabbrige Sorte aus Nylon, wie Boxer sie für Muay-Thai-Kämpfe trugen. Seine Hände bewiesen, dass eine Menge Planung in sein »Totengewand« eingeflossen war. Er hatte sie umwickelt wie die Hände eines Boxers. Aber der Kampfgeist hatte ihn verlassen. Er lag ausgezählt am Boden.

»Was machen wir jetzt?«, fragte Paul von der Tür her.

Er stand mit einem Bein im Schlafzimmer, mit dem anderen im Wohnraum.

»Ich rufe einen Freund an«, erwiderte Calvino.

Er wählte die Nummer des in Pension gegangenen Colonel Pratt. Wie sich herausstellte, übte er gerade mit dem Tenorsaxophon. Pratts Frau Manee kam ans Telefon und bat Calvino, es noch einmal zu versuchen, wenn Pratt fertig war. Sie sagte, wie aufregend sie es fände, Calvino bald in einem Film zu sehen. Er hatte nicht den Mut, ihr zu sagen, dass seine Szene der Schere zum Opfer gefallen war. Eine Pause entstand, in der er Pratt im Hintergrund spielen hörte. Er erklärte Manee, dass die Angelegenheit keinen Aufschub duldete.

Als Pratt an den Apparat kam, wirkte er missgestimmt wegen der Unterbrechung.

»Vincent, ich wollte dich später sowieso anrufen. Wie funktioniert dein Som-Tam-Experiment?«, fragte er. »Hattest du heute nicht diese heiße Verabredung mit einem Filmstar?«

»Sie ist kein Filmstar. Sie findet Drehorte für eine Filmfirma. Und unser gemeinsamer Film ist leider abgeblasen worden.«

Pratt lachte. »Verstehe. Sie hat dich für den Hauptdarsteller sitzen lassen.«

»Das wäre besser gewesen als der wahre Grund.«

»Und der ist?«

»Ich bin gerade in Huai Kwang und betrachte eine Leiche, Pratt. Sieht so aus, als hätte der Tote Selbstmord begangen. Er ist Ausländer. Ich kenne ihn. Seine Freundin ist hier. Außerdem ein weiterer *Farang*.«

»Ist der auch tot?«

Calvino warf einen Blick auf Paul. »Soweit ich sehen kann nicht. Er heißt Paul. Aber Raphael, der Künstler, von dem ich dir erzählt habe, er ist der Tote.«

Er sah, dass Paul zusammenzuckte, als er seinen Namen aussprach. Es gab Menschen, die den Anblick von Blut ertragen konnten. Anderen war es schon zu viel, wenn sie hörten, wie ihr Name gegenüber der Polizei erwähnt wurde. Paul verzog das Gesicht, und seine Miene erinnerte Calvino an etwas, das William Burroughs einmal geschrieben hatte: »Ein funktionierender Polizeistaat braucht keine Polizei.« Denunzianten und Angst erledigten die Drecksarbeit, und meistens reichte das.

»Wer ist Paul?«

»Paul Steed. Ein früherer Klient. Ich dachte, du wüsstest vielleicht, wen man im Revier Huai Khwang am besten verständigt.«

Das wusste er.

Calvino richtete den Blick auf Tuk. Erschöpft vom Weinen, hatte sie sich neben die Matratze gekniet und den Kopf neben Raphaels aufs Bett gelegt. Das zerknüllte Laken zwischen ihren langen polierten Fingernägeln war tränenfeucht. Ihre kleine Übung in Trauer hatte etwas Einstudiertes an sich. Aber, so dachte er, schließlich arbeitete sie als Darstellerin, und eine gewisse emotionale Bandbreite zu zeigen, musste zu ihren Talenten gehören.

»Raphael.«

Sie stotterte und verstummte, bevor sie ihren Gedanken zu Ende führen konnte. Wie eine altmodische Blitzbirne, die ein Bild von etwas aufnahm, das ihr durch den Kopf ging.

Endlich sagte sie: »Er liebt Charlie. Ich denke, er liebt die Hündin mehr als mich.«

Das löste einen erneuten Anfall von Jammern und Wehklagen aus. Sie rang nach Atem und lamentierte, als ob es um ihr Leben ginge.

Das beeindruckende Repertoire an Soundeffekten drang schließlich bis zu Pratt durch.

»Ist das die Freundin, die ich im Hintergrund weinen höre?«

Calvino betrachtete Tuk, die sich aufs Bett sinken hatte lassen, einen Arm über die Leiche gelegt. Sie rollte sich in fötale Stellung zusammen und klagte vor sich hin. Tote hatten manchmal diese Wirkung.

»Ja, das ist sie. Ich brauche Hilfe, und zwar nicht bei meinem Som Tam. Erinnerst du dich noch an den Vermisstenfall, den ich letztes Jahr hatte? Der junge Maler aus Kanada?«

»Das ist der Tote?«

»Er hat wohl Selbstmord begangen.«

»Wann?«

»Die Klimaanlage läuft auf vollen Touren. Schwer zu sagen, wie lange er schon tot ist. Laut dem Mädchen passierte es am Nachmittag.«

Calvino lauschte eine Weile in den Hörer.

»Ja, ich bin jetzt in der Wohnung. Er hieß Raphael Pascal. Die Freundin hat die Leiche entdeckt.«

»Stelle den Zeitpunkt fest, Vincent. Und frag sie, warum sie so lange gewartet hat, die Polizei oder die Sanitäter zu rufen.«

Calvino wandte sich wieder zu Tuk.

»Tuk, warum haben Sie nicht schon vor Stunden die Polizei gerufen?«

»Ich habe Angst.« Ihr Tonfall schaltete auf stur. »Polizei taugt nichts.«

»Das habe ich gehört«, sagte Pratt.

»Sie ist ein bisschen unpräzise, was die Zeit angeht«, erklärte Calvino.

»Es sind nicht die Sanftmütigen, denen die Erde gehören wird. Es sind die Unpräzisen«, sagte Pratt.

»*Hamlet*?«, fragte Calvino, der dachte, Pratt hätte wieder einmal ein Shakespearezitat aus dem Hut gezaubert.

»Frag sie, welche Art von Medikamenten er genommen hat«, verlangte Pratt.

Tuk wirkte verwirrt, als Calvino ihr die Frage stellte.

»*Mai loo.*«

»Sie weiß es nicht«, verkündete Calvino.

Tuk war eine Frau, die für Männer alles Mögliche tun konnte, aber Chemie war nicht ihre Stärke.

»Das finden sie bei der Autopsie heraus.«

Calvino setzte sich auf die Bettkante und betrachtete die Flasche Mekong, die beiden schmutzigen Gläser.

»Was war Ihre Abmachung mit Raphael?«, fragte Calvino. Es klang kalt und gefühllos, weil ihm ihre Hysterie langsam auf die Nerven ging. Er hatte das Theater satt und wollte endlich zur Sache kommen. Wenigstens sah sie aus wie ein Mädchen, das etwas vom Geschäft verstand.

»Er war gut zu mir«, sagte Tuk.

Sie lebte in einer Welt der reichen Chinesen, und auch wenn sie mit Geld um sich warfen, fehlte ihnen das Kleingeld der Güte.

Calvino sah ihr einen Moment lang in die Augen. »Freundlichkeit kann man nicht auf die Bank tragen.«

»Sie glauben mir nicht? Sie verstehen mich nicht?«

»Ja zur ersten Frage. Nein zur zweiten.«

Er nahm ein Aufblitzen in ihren Augen wahr, ein Zeichen des Respekts wie zwischen zwei Haien, die im Meer aneinander vorbeiglitten.

Paul Steed schluckte mühsam und holte tief Luft, als Calvino ihm empfahl, sich auf das Eintreffen der Polizei gefasst zu machen.

DREI

Die Nacht brach an. Vor dem Fenster in der dritten Etage blinkten Neonschilder der Massagesalons und Nachtklubs an der Ratchadapisek Road. Die Sexarbeiterinnen der Nachtschicht waren unterwegs zu ihren »Goldfischgläsern« und Abendgarderoben. Im Schlafzimmer stand Pratt mit drei Polizisten in Uniform. Statik knisterte aus ihren Walkie-Talkies und mischte sich mit der Stimme eines Disponenten, die eine Oktave zu hoch klang. Sie waren abgelenkt von Raphaels Kunstwerken, einer Galerie voller Gemälde – viele davon Aktbilder. Das war nicht die Art von Tatort, auf den ihre Ausbildung sie vorbereitet hatte.

Calvino sah zu, wie sie um die Nackten herumliefen – groteske Gestalten mit entstellten Brüsten und Bäuchen und buschigen Hügeln zwischen den Beinen. Wohin ihr Blick auch fiel, vom Boden, von den Wänden, von überallher stürmte das auf sie ein, was Mönche und Lehrer ihnen als sündhaft eingebläut hatten, etwas, das sie nur heimlich und alleine im Internet konsumierten. Sie verbargen ihre Irritation hinter grinsenden Mienen, gerunzelten Stirnen, Gekicher, Geseufze und anderen Lauten, die aufblitzten wie das Neonlicht vor dem Fenster. Pratt und der Gerichtsmediziner gingen ins Schlafzimmer, um die Leiche zu untersuchen. Ein Cop in Uniform stand vor der Eingangstür zum Atelier, ein weiterer vor dem Gebäude befahl den neugierigen Nachbarn, weiterzugehen. Aber die Anwohner verhielten sich so, wie Schaulustige es immer tun. Sie ließen sich nicht vertreiben. Ein alter Mann fragte, wer denn verhaftet worden sei. Die Frage lag nahe, wenn man in einer solchen Gegend wohnte.

Der ranghöchste Beamte saß auf dem einsamen Stuhl im Wohnzimmer und befragte Tuk, die neben Paul auf dem Sofa hockte und nervös seine Hand knetete. Mit kurzen Unterbrechungen, um sich zu schneuzen, berichtete sie dem Vernehmungsbeamten, wie sie die Wohnungstür mit ihrem eigenen Schlüssel geöffnet hatte. Nein, sie lebten nicht zusammen. Doch, sie verbrachten viel Zeit miteinander. Ja, sie waren ein Liebespaar. Nein, das war nicht sie auf den Bildern an der Wand, auch nicht auf denen auf dem Boden, aber ja, er hatte sie einmal gemalt und ihr das Gemälde zum Geschenk gemacht. Tuk begann wieder zu weinen.

Nachdem sich die Gruppe im Wohnzimmer versammelt hatte, verlas Pratt Raphael Pascals Testament und Abschiedsbrief und übersetzte sie für den leitenden Beamten, den Gerichtsmediziner und die Streifenpolizisten ins Thailändische. Als er fertig war, brachte Tuk mit der rechten Hand ein Bündel Hundert-Dollar-Scheine zum Vorschein und verkündete, sie habe das Geld in einem Umschlag unter der Matratze gefunden. In der linken oberen Ecke standen Calvinos Name und Adresse.

Pratt bemerkte den Namen, gab jedoch keinen Kommentar dazu ab.

»Das Geld habe ich Raphael für ein Bild gegeben«, erklärte Calvino.

»Darf ich es behalten?«, fragte sie mit einem Blick auf die Polizisten.

Pratt und Calvino sahen sich an. Einerseits lag das in Pratts Ermessen, andererseits war er als pensionierter Polizeigeneral eigentlich aus dem Spiel, keine Instanz mehr in der sich ewig wandelnden Machtstruktur der Polizei von

Bangkok. Da es um viel Geld ging, war dies der Augenblick der Wahrheit und der Grund, warum Calvino Pratts Anwesenheit als Zeuge gewünscht hatte.

»Gemäß dem Testament gehört das Geld Ihnen«, erwiderte Pratt.

Die Polizisten zeigten keinerlei Regung. Pratt war nicht mehr aktiv, aber immer noch ein General im Ruhestand. Sein Ruf der Unbestechlichkeit war legendär, und er war kein Mann, den sie gegen sich aufbringen wollten.

»Vielen Dank, Sir«, brachte Tuk mit zitternder Unterlippe hervor.

Calvino hätte am liebsten applaudiert.

Ein Mann von der Spurensicherung kam mit einem Fläschchen weißem Pulver in einem Beweismittelbeutel in der einen und der halb vollen Flasche Mekong-Whiskey in der anderen aus dem Schlafzimmer. Die Verbindung von Alkohol und Drogen war nichts Ungewöhnliches und stellte eine effektive Kombination dar, die auch den geübtesten Kämpfer auf die Bretter schickte. Raphael hatte die Zutaten für ein perfektes Selbstmordrezept hinterlassen, ein bisschen wie Som Tam mit Fünf-Chili-Abgang, einzunehmen in einem einzigen großen Schluck mit weit in den Nacken gelegtem Kopf.

Viel mehr hatte Tuk nicht zu sagen.

»Er hat fünfundzwanzigtausend Baht für die Polizei hinterlassen«, erklärte Paul. »Für Ihre Bemühungen.«

Die Cops wechselten Blicke, doch keiner wollte der Erste sein, der sich von dem kleinen Stapel Banknoten bediente.

»Vincent«, fuhr Paul fort, »sagen Sie ihnen, dass sie das Geld ruhig nehmen können. Es war Raphaels Wunsch.«

Eine Menge Uniformierte gingen in der Wohnung ein und aus. Calvino beobachtete, wie sie zu vermeiden versuchten, auf die herumliegenden Gemälde zu treten. Wenn ihr Blick auf »Freiheitsgrad I« über dem Sofa fiel, dessen weibliche Hauptperson nichts als ein Schlachtermesser trug, das in ihrer Brust steckte, vergaßen sie alle Fragen und überhörten die Hälfte der Antworten. Einer der Cops lachte beim Anblick des Bilds, eine Übersprunghandlung, die keine Belustigung, sondern Verwirrung oder Verlegenheit ausdrückte.

Freiwillige der *Por Tek Tung* Stiftung – die Einheimischen nannten sie gerne »Leichenräuber« – erschienen mit einer Bahre am Eingang zur Wohnung. Charlie bellte, als sie das Schlafzimmer betraten. Sie stellte sich ihnen mutig knurrend mit gesträubtem Nackenfell in den Weg. Soweit es sie anging, würde niemand Raphael hier fortschaffen. Calvino fand Halsband und Leine oben im Schrank. Er legte Charlie das Halsband um und führte sie aus dem Schlafzimmer. Die Freiwilligen von der Stiftung steckten den toten Raphael in einen Leichensack und hievten ihn auf die Rollbahre.

Tuks und Pauls Blicke folgten der Bahre, während sie an ihnen vorbei zur Tür hinausrollte und Reifenspuren auf einem Dutzend Gemälden hinterließ. Pratt ging mit nach draußen.

Calvino zog die Hündin in die Küche, öffnete den Kühlschrank und entdeckte ein griechisches Joghurt. Er nahm es heraus und ließ es Charlie direkt aus dem Becher fressen. Nachdem sie fertig war, gab er ihr noch ein paar Scheiben Brot und sah zu, wie sie auch die hinunterschlang. Als Pratt zurückkehrte, streichelte Calvino den Hund.

»Du kannst von Glück sagen, dass sie den Umschlag mit deinem Namen drauf nicht mitgenommen haben«, sagte Pratt.

»Es war doch kein Tatort«, meinte Calvino.

»Das ist nicht das, was ich hören wollte, Vincent.«

»Ich habe ihm das Geld schon vor Monaten gegeben. Keine Ahnung, warum er es unter der Matratze aufbewahrt hat. Was soll ich dazu sagen?«

Pratt gab keine Antwort und kehrte ins Wohnzimmer zurück, wo der Gerichtsmediziner seine Sachen packte.

Pratt hatte mit seinem Smartphone den Abschiedsbrief fotografiert. Er studierte ihn noch einmal und beriet sich mit dem Forensiker. Er hatte keine frischen Prellungen, Schnitte oder sonstige Anzeichen von Gewalteinwirkung gefunden. Es gab allerdings ältere Male, blaue Flecken, wie man sie im Muay-Thai-Boxring abbekam.

»Kein Problem. Selbstmord«, meinte der Gerichtsmediziner.

Die zurückgebliebenen Polizeibeamten nickten zustimmend, während er wiederholte: »Selbstmord.«

Das war das magische Wort. Es bannte das Teufelswerk einer Mordermittlung und ersparte einem monatelangen Papierkram.

»Halten Sie die Wohnung und ihren Inhalt für die nächsten paar Tage unter Verschluss. Sobald der Autopsiebericht vorliegt, kann sie ausgeräumt werden.«

»Was wird aus dem Hund?«, fragte Calvino.

»Kümmere du dich um ihn. Schließlich ist er unser einziger Augenzeuge«, meinte Pratt lächelnd.

Ratana trug Schwarz, seit sie von Raphaels Tod erfahren hatte. Am späten Vormittag des folgenden Morgens saß sie mit geröteten und verweinten Augen im Vorzimmer von Calvinos Büro. Sie hörte ihn nebenan sprechen, doch sie starrte den leeren Bildschirm ihres Computers an und riss ein Papiertaschentuch nach dem anderen aus der Schachtel, um ihre Tränen zu trocknen. Sie holte tief Luft, bevor sie aufstand, um zu Calvino zu gehen. Das Ausatmen war wie eine schmerzhafte Wunde. Auf ihrem Block standen alle Einzelheiten der geplanten Trauerfeierlichkeiten. Sie warf einen Blick auf die Wand, wo die Skizze hing, die Raphael von ihr angefertigt hatte. Wenn ein Mann eine Frau zeichnete, so dachte sie, war das intimer als Sex. Und wenn er starb, konnte sein Tod schmerzhafter sein als der eines Geliebten. Sie hatte sich vom ersten Augenblick an gut mit Raphael verstanden. Es wäre ihr schwergefallen, die

Verbindung zu beschreiben, die zwischen ihnen entstanden war – sie beruhte auf Wissen, Sehen und Fühlen. Der Junge hatte etwas an sich gehabt, das ihn für Frauen unwiderstehlich machte. Ratana war da keine Ausnahme gewesen.

Sie erblickte Charlie, die mit dem Kopf auf den Vorderläufen in einer Ecke von Calvinos Büro lag, gleich neben seinem Aktenschrank und dem Schirmständer. Calvino saß mit dem Rücken zur Tür auf dem Sofa, kraulte ihr den Hals und sprach in sein Handy. Die Fetzen von weißem Papier um Charlies Maul hatte er noch nicht bemerkt.

Ratana wartete, bis er den Anruf beendet hatte.

»Wie viel Geld hat Raphael für seine Beerdigung hinterlassen?«

Calvino drehte sich zu ihr um.

»Dreihundert Dollar.«

»Ich habe den Wechselkurs noch nicht nachgesehen, aber es wird eine Menge mehr kosten als dreihundert Dollar.«

»Wie viel mehr?«

Sie warf einen Blick auf ihre Notizen.

»Die Sala für drei Nächte, fünf Mönche, Essen und die Einäscherung kommen auf ungefähr fünfzigtausend Baht. Nur damit du Bescheid weißt.«

Calvino schüttelte langsam den Kopf und hob den Blick zu dem Porträt an der Wand, das Raphael von ihm gemalt hatte.

»Das wären also etwa fünfzehnhundert Dollar für die komplette Feier. Aber er war Künstler«, sagte Calvino, »und dreihundert waren für ihn eine Menge Geld. Er wollte eine schnelle Verbrennung ohne Aufwand und Schnickschnack. Dreihundert deckt die einfache Einäscherung.«

»Das macht mich so traurig«, sagte Ratana mit dem verträumten, leicht glasigen Blick von jemandem, der auf eine alte Erinnerung zurückblickt. »Er war etwas Besonderes. Ich denke, wir sollten ihm die Ehre erweisen und die Kosten einfach übernehmen. Ich bezahle die Differenz«, erklärte sie.

»Der Testamentsvollstrecker übernimmt die Bestattungskosten«, berichtete Calvino.

»Was ist mit seiner Familie?«

»Sein Vater ist tot. Mit seiner Mutter hatte er seit Jahren keinen Kontakt mehr. Soweit ich weiß, gibt es sonst keine nahen Verwandten«, antwortete Calvino.

Nicht nur Ratana setzte sich für eine dreitägige Bestattungszeremonie ein, auch Pratt war dafür. Der Hintergedanke dabei war, Raphaels Freunde zu überprüfen. Vielleicht hatte einer von ihnen eine Erklärung, warum ein junger Mann wie Raphael Selbstmord begehen sollte.

»Planen wir mit drei Tagen und den Mönchen«, sagte Calvino. »Ich kümmere mich schon um die Differenz.«

»Pratt meint, er könnte den thailändischen Preis bekommen.«

Die Behörden hassten es, wenn *Farangs* sich umbrachten. Das gab schlechte Presse und vermittelte potenziellen Touristen ein mulmiges Gefühl, während sie durch Websites voller Sandstrände und einheimischer Schönheiten scrollten. Der Drogenaspekt wiederum würde einige Abteilungsleiter bei der Polizei aufhorchen lassen, deren Kinder selbst Drogenprobleme hatten. Allerdings ging es hier um etwas völlig anderes. Leichtsinniger Umgang mit Drogen war eine Sache, aber eine ganz andere war, sie zu benutzen, um endgültig den Löffel abzugeben. Die Grenze verlief fließend. Pratt stieß in seiner Welt oft auf die Leichen derjenigen, die sich auf die falsche Seite verirrt hatten. Hilflose, deprimierte und einsame Menschen, die versehentlich über die Grenzlinie gestolpert waren, die andere im Sprung nahmen. Für Pratt galt: Drogen waren Drogen. Und Drogen waren ein Problem. Deshalb hatte man ihn hinter den Kulissen gebeten, die Ermittlung zu unterstützen. Es bestand die geringe Chance, dass die Polizei bei der Trauerfeier Informationen darüber erlangte, wie Raphael an die illegale Substanz gelang war, mit der er sich das Leben genommen hatte.

»Wirst du seine Bilder verkaufen? Wer soll sie denn kaufen?«, fragte Ratana. Ihr Gesicht war eine Maske der Trauer, und sie wischte mit dem Handrücken eine Träne weg, die ihr über die Wange kullerte. »Ich würde niemals die Skizze hergeben, die er von mir gezeichnet hat.«

»Die Entscheidung, was aus seinen Sachen werden soll, hat noch Zeit. Du hast doch mit der kanadischen Botschaft gesprochen, oder?«, erkundigte sich Calvino, um das Thema zu wechseln, bevor Ratana vom Sturm ihrer Emotionen fortgerissen wurde. »Was haben sie gesagt?«

Sie zuckte mit den Schultern, und ihre Miene besagte: »Du weißt ja, sie meinen es gut.«

»Sie haben einen Angestellten, der normalerweise die Angehörigen verständigt«, erwiderte sie. »Aber das hilft uns nicht. Mr Google ist mein bester Freund. So habe ich die letzte Adresse von Raphaels Mutter in Paris herausgefunden. Allerdings ist sie vor ein paar Jahren weitergezogen, ohne eine Nachsendeadresse zu hinterlassen. Der Vater ist schon vor langer Zeit gestorben. Selbstmord.«

Wie Untreue, Gewalttätigkeit und Alkoholismus, schien auch Selbstmord einen eigenen Ordner im DNA-Verzeichnis des Menschen zu besitzen. »Die Neigung, sich umzubringen, ist wohl vererbbar«, meinte Calvino. »Sonst noch etwas?«

»Die Botschaft wird jemanden zur Beerdigung schicken.«

Sie sah ihren Chef an, dann das Bild, das Raphael von ihm gemalt hatte. Dem Künstler war es gelungen, Calvinos zurückhaltende, ironische und hinterfragende Art einzufangen, und auch den leicht unbehaglichen Ausdruck, wenn er versuchte, ungerührt zu erscheinen und sich dabei Fältchen um seine Augen bildeten.

»Hast du der Botschaft einen Scan von Raphaels Abschiedsbrief geschickt?«, fragte Calvino.

»Ja, habe ich. Aber sie möchten sich nicht dazu äußern. Sie wollen keinesfalls den Eindruck erwecken, dass sie ihn als Testament anerkennen.«

»Sollte Raphaels Mutter irgendwann Beschwerde gegen die Bestimmungen des Testaments einlegen, kann ihr die Botschaft ja meine Nummer geben.«

»Die haben sie bereits. Es weiß nur niemand, wie man mit ihr Kontakt aufnehmen kann – falls sie sich überhaupt noch in Frankreich aufhält. Die Botschaft kann nicht einmal mit Sicherheit sagen, ob sie noch am Leben ist. Ich habe ihnen auch unsere Büronummer gegeben. Sie wissen ja, wer du bist.«

Sie ging hinaus und schloss die Tür hinter sich.

Er konnte sie nebenan hören. Sie atmete tief durch, und es klang, als würde sie Yoga-Übungen machen. Sie verhielt sich heute Morgen kühl und distanziert. Das überraschte Calvino nicht. Es war Ratanas Art, mit emotionalem Stress umzugehen. Ein toter junger Künstler, dessen Golden Retriever inzwischen zu Calvinos Büroeinrichtung gehörte, ein Studio voller verlassener Kunstwerke, Telefonate wegen der Trauerfeierlichkeiten. Da hatte sich so viel angesammelt, dass ihr kein Spielraum mehr blieb. Raphael Pascals Gemälde beherrschten nun ihre Gedanken. Calvino hatte ihr JPEG-Dateien von allen Bildern und ihren Titeln gegeben, und sie hatte begonnen, eine Bestandsliste zu erstellen. Jedes Mal, wenn sie auf den Bildschirm blickte, kamen ihr die Tränen. Calvino öffnete die Tür und sah, dass sie vor der Skizze stand, die Raphael von ihr gezeichnet hatte. Sie seufzte und setzte sich wieder an den Computer. Er schloss die Tür und kehrte an seinen Schreibtisch zurück.

Wenig später kam sie in sein Büro gestürmt und stemmte die Arme in die Hüften.

»Der Köter hat eine ganze Rolle Toilettenpapier aufgefressen! Sie hat sie von meinem Schreibtisch gestohlen!«, sagte Ratana und deutete auf Charlie. »Sie hat die komplette Rolle durchgekaut und dann unter meinen Stuhl gekotzt.«

Calvino strich der Hündin über die Schnauze. Fetzen von durchweichtem Toilettenpapier blieben ihm an den Fingern kleben.

»Normalerweise frisst sie lieber Hausaufgaben für die Schule«, meinte er. »Vielleicht sollten wir ihr eine eigene Website einrichten. Das könnte ein lukratives Dienstleistungsunternehmen werden.«

Ratana fand das nicht komisch. »Hast du vor, Charlie im Büro zu behalten, Khun Vinny?«

»Nur für ein paar Tage, bis ich ein neues Herrchen für sie gefunden habe.«

Sie sah, dass sein Blick weich wurde, sanfter, wie so oft, wenn er sie um Verständnis und ein bisschen mehr Zeit bat.

»McPhail mag Hunde«, stellte sie fest.

»Er steht ganz oben auf meiner Liste.«

VIER

Raphael Pascals Leiche wurde hinter einer Stahltür in der Leichenhalle der Polizei verwahrt. Die Behörden warteten ab, bis Calvino entsprechende Vereinbarungen mit dem Wat, dem Tempel, getroffen hatte, bevor sie den Toten zu der Sala überführten, in der die Trauerfeierlichkeiten stattfanden. Pratt kannte den vorläufigen Autopsiebericht. Er bestätigte, dass Pascal eine hohe Dosis einer Droge namens Pentobarbital geschluckt hatte, ein schnellwirkendes Barbiturat, das in manchen armen Ländern zur Exekution von zum Tode verurteilten Gefangenen benutzt wurde. Normalerweise diente es in niedriger Dosierung zur Milderung von Krampfanfällen, und in der Veterinärmedizin als Narkosemittel bei Operationen an Tieren. Daneben war es eine beliebte Selbstmorddroge. Hundert Milliliter der Lösung, oral eingenommen und gut gemischt mit Mekong-Whiskey, reichten aus, wie manche Quellen behaupteten. Klappe zu, Affe tot.

Es würde schwierig sein, die Herkunft der Droge zu ermitteln, die man bei Raphael gefunden hatte. Ein hochrangiger Polizist, einer der wenigen, der nicht von der chinesischen Mafia Schmiergelder bezog, hatte erfahren, dass die Substanz aus China ins Land geschmuggelt wurde. Auf der Straße lag der Marktwert einer tödlichen Dosis bei etwa fünfhundert Dollar. Dieser Polizeibeamte, General Sirichai, war ein alter Freund von Pratt, und es gefiel ihm nicht, wie die

40

chinesische Mafia immer mehr Macht und Einfluss gewann. Bereits vor Raphaels Tod hatte Sirichai die Selbstmorde von drei Thailändern untersucht und herausgefunden, dass die China-Connection für den Schmuggel des Pentobarbitals nach Thailand verantwortlich war. Er hatte Pratt gebeten, herauszufinden, ob es Verbindungen zwischen Raphael und der chinesischen Unterwelt gab.

Pratt schätzte Paul Steed als die Art von *Farang* ein, der an chronischer postadoleszenter Reifestörung litt. So einer, der sagte: »Thailändische Frauen sind fantastisch, wunderschön, hinreißend, süß, unwiderstehlich.« Ein *Farang* der immer an der Oberfläche blieb, lebte, tanzte, trank und träumte – bis eines dieser fantastischen, wunderschönen, hinreißenden, süßen, unwiderstehlichen Wesen ihn tief in einen Tunnel hineinzog, aus dem er nie wieder herausfand. Das war Pratts erster Eindruck von Paul Steed gewesen. Nicht besonders gut. Er hatte ihm als Calvinos Klient einen gewissen Vertrauensvorschuss zugestanden. Andererseits war er genau die Sorte Ausländer, mit der Calvino sich besser nicht eingelassen hätte.

Pratt hatte es sich zur Regel gemacht, sich nicht in Calvinos Geschäfte einzumischen, selbst wenn ihnen das oft beiden eine Menge Scherereien erspart hätte. *Farangs* wie Paul Steed unterschätzte man leicht. Man vergaß, dass sie wie wilde Hunde ums Überleben kämpften, wenn man sie in die Ecke drängte. Steed mochte sich verhalten haben wie ein Narr, aber wenn er in der Klemme steckte, erwies sich vielleicht, dass er gar keiner war.

Pratt dachte über die Möglichkeiten nach, die Steed blieben. Eines musste man ihm lassen: Als er den Schauplatz erreichte, hatte er sofort erkannt, dass die Cops ihn verhaften würden, wenn er selbst sie rief. Pratt konnte das nachvollziehen. Was hatte dieser Ausländer in Pascals Wohnung zu suchen? War er schwul? Nein, war er nicht. Er war einer Thailänderin namens Tuk zu Hilfe geeilt, die sich im Schlafzimmer neben der Leiche eines Mannes die Augen ausweinte, der nach eigener Aussage ihr Freund war. Sie arbeitete in einem Nachtklub, der von reichen Chinesen besucht wurde, welche keiner regelmäßigen Arbeit nachgingen und mit den roten Pässen der Volksrepublik China reisten.

Der tote Freund trug Muay-Thai-Kleidung und hatte die Hände eingewickelt, bereit, die Handschuhe überzustreifen. Steed hatte erklärt, dass es kein Dreiecksverhältnis gewesen sei, das in Mord geendet hatte. Nein, nicht wie in den ewigen Seifenopern. Aber das Atelier lag in einem Viertel, dessen Ruf ebenso zweifelhaft war wie der der Freundin. Daher war der Grund, den Steed für seine Anwesenheit genannt hatte, nur schwer zu glauben. Leute aus einer solchen Gegend und ihre Aktivitäten waren immer dubios. Pascal hatte ausgesehen, als hätte er eine Art Boxkampf hinter sich. Darum hatte der Gerichtsmediziner Steeds Knöchel auf Abschürfungen, Risse oder Prellungen untersucht. Er hatte keine gefunden. Aber egal. Er konnte ja wie damals O. J. Simpson Handschuhe getragen und weggeworfen haben, bevor die Polizei kam.

Ja, Paul Steed hatte seine Möglichkeiten an diesem Scheideweg seines Lebens genau abgeschätzt und gewusst, dass sein erster Zug darüber entscheiden konnte, wo er die nächsten zwölf Jahre seines Lebens verbrachte.

Ihm musste die Frage durch den Kopf geschossen sein, ob Tuk ihn nur benutzt hatte wie alle Männer – das war schließlich ihr Beruf. Sie konnte ihn mit einem Trick zum Schauplatz gelockt und dabei das Timing perfekt inszeniert haben. Sie hätte ihn erwischen müssen, solange das Adrenalin noch in seinen Adern kreiste und er nicht merkte, dass er nur ein Pinsel war, mit dem sie die Todesszene übermalte. Steed war in Tuks Welt hineingestolpert, und in der tanzte eine Frau im Ballkleid nicht einfach zum Spaß mit einem

Kunden. Sie hatte mehr im Sinn: Ihn so weit hinabzuziehen, dass es ihn viel Geld kostete, um wieder aufzutauchen.

Der leitende Beamte vor Ort hatte Pratt beiseitegenommen und nach seiner Meinung gefragt. Wie sollten sie den Todesfall interpretieren? Denn was hatten sie bei ihrer Ankunft vorgefunden? Unter anderem einen nicht mehr jungen *Farang*-Privatschnüffler. Der war zwar ein persönlicher Freund dieses Polizeigenerals im Ruhestand, hatte andererseits aber auch einen Klienten vor Ort, der Verbindungen zur schmierigen Welt der chinesischen Nachtklubs und Massagesalons zu haben schien. Solche Beziehungen unterhielt ein *Farang* eigentlich nur, wenn er ein Gangster war. Pratt hatte beobachtet, wie der Beamte Calvino und Steed im Auge behielt und zu verstehen versuchte, was die Anwesenheit der beiden Männer hier bedeutete. Pratt hatte Calvino früher schon beraten, wie er einen Sachverhalt, und sei es nur einen Augenblick lang, mit den Augen der Polizei betrachten konnte.

Der Ermittlungsbeamte hatte Paul Steed, ähnlich wie Pratt, als einen Mann eingeschätzt, der sich mit den falschen Leuten eingelassen und eine rote Linie überschritten hatte. Tatsächlich hatte Tuk eingeräumt, dass sie in einem Nachtklub arbeitete. Das war eine höfliche Weise auszudrücken, dass sie eine hochklassige Prostituierte war. Doch sie behauptete, sich gerade aus dem Milieu lösen zu wollen. Pratt hatte gesehen, wie die Cops die Augen zum Himmel verdrehten.

Geldautomaten verfügten nicht über die nötige Software, um sich selbst vom Netz zu trennen. Tuk arbeitete auf der Ebene eines spezialisierten Systems von Wechselkursen, das den meisten Ökonomen unbekannt war. Sie hatte nicht in Harvard Betriebswirtschaft studieren müssen, um die Regeln des Finanzspiels im Nachtleben von Bangkok zu verstehen. Die standen in keinem Lehrbuch.

Hätte sie gleich die Cops gerufen, hätte Raphaels Geld, einschließlich ihrer zweitausend, säuberlich in Bündeln gestapelt, einen starken Schrumpfungsprozess erlitten. War ihr der Gedanke durch den Kopf geschossen, mit dem ganzen Geld abzuhauen – einfach zu sagen, scheiß drauf, er ist tot, und wenn ich es nicht nehme, kriegen es bloß die Cops? Irgendetwas musste sie für den Mann empfunden haben, sagte sich Pratt. Ihn tot aufzufinden hatte bedeutet, dass ihr Karma sie auf die Probe stellte. Vielleicht hatte sie es als Chance gesehen, sich Verdienste zu erwerben. Das Geld eines Toten zu stehlen, wäre die Kehrseite der Medaille gewesen.

Sie hatte sicher befürchtet, dass die Cops ihr nicht glauben und versuchen würden, ihr Raphaels Tod anzuhängen. Das konnte ihr Zögern erklären, die Polizei anzurufen. Allerdings hatte der Gerichtsmediziner keinerlei Verletzung an Raphaels Körper entdeckt, die sich nicht auf einen Muay-Thai-Kampf hätte zurückführen lassen. Pratt hatte das Gefühl, dass das Mädchen einfach in Panik geraten war.

Ihre weiteren Gedankengänge waren leicht nachvollziehbar. Sie hatte sich gefragt: »Wen kenne ich, der mir ein wenig Schutz bieten könnte?« Dann war sie ihre Adressenliste durchgegangen und auf Steed als geeigneten Kandidaten gestoßen. Pratt vermutete, dass sie ihn als leicht manipulierbaren *Farang* eingeschätzt hatte. Einen, der Mitleid für sie empfand, und den sie notfalls mit ein paar tausend Baht für seine Bemühungen abspeisen konnte. Sie hatte angenommen, dass die Cops mit einem *Farang* im Raum weniger geneigt sein würden, sie übers Ohr zu hauen. Vincent Calvino ins Spiel zu bringen, war ein Zusatzbonus gewesen. Gleich zwei *Farangs*, um die Ermittlungsbeamten abzulenken. Und während sie sich auf die Ausländer konzentrierten, hatten sie sie in Ruhe gelassen. Calvino und Steed lösten einen Alpha-Männchen-

Reflex aus, sodass jeder Verdacht sich automatisch auf die männlichen Fremden richtete.

Die zeitliche Lücke zwischen Calvinos Ankunft und dem geschätzten Todeszeitpunkt laut Autopsiebericht war groß. Sieben bis zehn Stunden, für die es keine plausible Erklärung gab. Vielleicht hatte Steed sich ursprünglich vorgestellt, dass sie das Geld nehmen und Raphaels Konto leer räumen könnten – ein Weg zum schnellen Geld, der zum unreifen Verstand eines Halbwüchsigen passte, der ein Suchtproblem mit Frauen hatte. Warum strebten *Farangs* eigentlich immer danach, für eine Frau aus einer Bar, einem Nachtklub oder einem Massagesalon den Helden zu spielen? Es zeugte von einem Maß an Dummheit, das Pratt nie verstehen würde.

Steed hatte sich bewusst an den Schauplatz eines fragwürdigen Todes begeben, als er ihrem Hilferuf folgte. Der Gedanke, ihr Ritter in der schimmernden Rüstung zu sein, hatte ihm gefallen, bis seine erwachsenere Hälfte ihm besorgniserregende Fragen zu stellen begann, auf die es keine Antwort gab. Irgendwann war ihm aufgegangen, dass er Gefahr lief, mit seinem *Farang*-Arsch in Ketten in einem überfüllten Thai-Gefängnis zu landen, wo er Ratten mit Reis aß und Schaben tötete, während er in der tropischen Hitze von Fieberschauern geschüttelt wurde. Ein solcher Gedanke hielt meistens sogar die dümmsten *Farangs* davon ab, aus der Reihe zu tanzen. Von außen gesehen war Thailand ein angenehmer Ort, aber sobald man an der Oberfläche kratzte, wurde das Land rasch hässlich und gefährlich. Wenn man der eigenen Version der Wahrheit Geltung verschaffen wollte, musste man Zeugen und Beweismittel entsprechend arrangieren. Und um eine Geschichte überzeugend zu erzählen, galt es, die richtigen Leute und Beweisstücke zu manipulieren. Die Story sollte etwa taugen, innerhalb der Gesetze der Physik halbwegs plausibel erscheinen, und auf jeden Fall einen Gefängnisaufenthalt verhindern.

Pratt versuchte zu verstehen, warum Steed Calvino in die Sache hineingezogen hatte. In seiner Polizeilaufbahn waren ihm viele verzweifelte Menschen untergekommen, *Farangs*, die alles getan hätten, um durch die Maschen des Gesetzes zu schlüpfen. Um sie zu knacken, musste man die winzigen Fehler in den Geschichten aufspüren, mit denen sie sich selbst und die Polizei täuschen wollten.

Steed hatte den unvermeidlichen Anruf bei der Polizei hinausgezögert, indem er erst Calvino alarmierte. Vielleicht hatte er geglaubt, Calvino damit einen Gefallen zu tun. Warum sollte er sich nicht von Anfang an die Hände am Schauplatz des Todes schmutzig machen, wo das Testament ihn doch ohnehin involvierte. Es bewies, dass Calvino eigene Interessen verfolgte. Steed hatte sich das gut ausgedacht. Die Cops marschierten in Uniform und mit ihren Waffen zur Tür herein, und was fanden sie vor? Zwei *Farangs* und eine junge Thailänderin, alle völlig außer sich wegen ihres tot im Schlafzimmer liegenden Freundes.

Es hätte die Cops – einschließlich Pratt – stutzig machen müssen, dass alle drei den Verstorbenen gekannt hatten. Die Frau befand sich anscheinend im Schock, weinend neben der Leiche ihres toten Freundes, während die beiden *Farangs* im Wohnzimmer herumhockten, wo jeder freie Fleck außer der Zimmerdecke mit pornografischen Bildern bedeckt war. Niemand konnte genau sagen, was vorgefallen war. Die Polizei musste sich fragen, ob der Kerl sich selbst umgebracht oder dabei Hilfe gehabt hatte. Sie würde alle Anwesenden verhören und den Schauplatz auf Spuren untersuchen. War es ein Mord gewesen, der nach Selbstmord aussehen sollte? Solche Fragen waren unvermeidlich, aber häufig nicht leicht zu beantworten. Bei den besten Kriminalisten handelte es sich um oscarverdächtige Filmdesigner und Besetzungschefs. Pratt fiel wieder ein, dass Calvinos Nebenrolle in einem hiesigen Film der Schere zum Opfer gefallen war. Er hoffte, dass das kein schlechtes Omen war.

Es regnete immer noch, als Pratt auf den Parkplatz des Wat That Thong Tempels in Ekkamai einbog. Er klappte beim Aussteigen den Schirm auf und nahm ein Bündel mit Räucherstäbchen, Kerzen und frischen Orchideen, die er auf dem Markt gekauft hatte, vom Rücksitz. Er sperrte den Wagen ab und ging zum Haupteingang. Der goldene Schimmer auf dem glockenförmigen Chedi, der Stupa des Tempels, ragte vor ihm auf wie eine geisterhafte und blinde Macht. Es fanden hier ein Dutzend oder mehr Totenfeiern zugleich statt, wobei sich Särge und Trauernde auf die verschiedenen Salas verteilten. Der Verkehrslärm von der Sukhumvit und das Prasseln des Regens klangen gedämpfter, sobald Pratt das Gelände des eigentlichen Tempels betrat.

Er kam zu früh. Das war Absicht. Er wollte erst noch ein Trauerritual im Andenken an seine Eltern durchführen.

FÜNF

Calvino tauchte unter einen Regenschirm geduckt aus dem Busbahnhof Ekkamai auf. Er trug ein schwarzes Hemd, eine schwarze Krawatte und ebensolche Hose. Er überquerte den großen Parkplatz vor dem Wat That Thong. Autos, SUVs, Vans und Motorräder standen in dichten Reihen. Calvino erkannte Pratts Wagen an dem Polizeiaufkleber an der Windschutzscheibe. Die Sonne war untergegangen, und ein leichter Regen hatte die Hitze gezähmt. Trauergäste drängten sich in Trauben durch den Haupteingang. Manche blieben vor einer Tafel stehen, auf der mit Kreide die Namen der Verstorbenen und die Nummern der entsprechenden Salas vermerkt standen. Gepflasterte Wege schlängelten sich über das Gelände zur Ordinationshalle, zum Kloster mit den Wohnräumen der Mönche, und zu den Salas mit ihren hell erleuchteten Hallen, deren Fensteröffnungen zum Pavillon hin ausgerichtet waren.

Die Menschen kamen, um den Verstorbenen die letzte Ehre zu erweisen. An den Eingängen zu den Salas zogen die Trauergäste die Schuhe aus, knieten vor dem Sarg nieder, zündeten Räucherstäbchen an, stellten sie in eine Urne, verneigten sich mit einem »Wai« und sprachen ein Gebet, bevor sie sich einen Sitzplatz suchten. Die Mönche, die bereits dasaßen, begannen mit ihrem Singsang. Es war das uralte Bedürfnis, die Rituale von Trauer und Verlust zu vollziehen. Calvino hatte den Tempel schon oft besucht. Seine Zeremonien folgten einem zeitlosen Ablauf. Nichts hatte sich seit Jahrhunderten verändert. In einem Dutzend Salas auf dem Gelände des Wats vollführten die Mönche gleichzeitig dieselben Rituale, und das Summen ihrer Stimmen verschmolz zu einer Geräuschkulisse. Während Calvino dem Singsang lauschte und die Mantras und den Duft von Räucherstäbchen in der feuchten Luft in sich aufsog, wurde ihm überdeutlich bewusst, dass er das Theater des Todes betreten hatte.

So sind eben die Menschen, dachte er.

Wie ein Pilger schloss er sich dem Strom der Menschen auf den Wegen des Tempels an, durch Wolken von Räucherstäbchendunst und Gesängen, die von den Salas in die frische Nachtluft heraus schwebten. Der Regen hatte aufgehört. Schirme wurden zusammengeklappt und weggestellt. Obwohl die Sonne untergegangen war, war es noch immer heiß und drückend. Sieben Uhr abends bedeutete im Wat die Rush Hour für Trauerfeiern. Die Zeremonie für Raphael war eine von lediglich zweien für Ausländer, wobei mehr als zwölf gleichzeitig stattfanden. Alle begannen bei geöffneten Türen. Die Toten warteten auf die Lebenden wie Orchester – jedes mit seinem eigenen Fanpublikum, das sich um die provisorische Bühne des verstorbenen Meisters scharte, welche gleichzeitig sein Schrein war. Sie fanden sich zu Grüppchen auf den Pfaden vor der zugewiesenen Sala zusammen und ignorierten die Trauergäste aus den anderen Salas, die nur wenige Meter entfernt standen. Die Menge bestand hauptsächlich aus Thailändern, sodass die paar Ausländer auffielen wie Rosinen in einem Laib Brot. Man konnte sie nicht übersehen. Calvino war eine Rosine, die noch nach ihrem Brot suchte.

Er zog die Schuhe aus, ließ sie vor der Tür stehen und betrat Sala Nummer 6. Das war die mit weißer Kreide geschriebene Zahl, die auf der Tafel am Eingang neben Raphael Pascals Namen stand. Nach drei Tagen würde er weggewischt und durch einen neuen ersetzt werden. Vor dem Sarg stand ein Foto von Raphael. Mit seinen sechsundzwanzig Jahren sah er darauf immer noch aus wie ein Junge. Calvino kam der Gedanke, dass aus der Perspektive des mittleren Alters betrachtet die meisten Leute mit Mitte zwanzig vermutlich eher kindlich als erwachsen wirkten. Auf dem Bild richtete sich Raphaels Blick in die Ferne, als würde er etwas betrachten, das weit jenseits des Fotografen lag, als ob er in einem anderen Universum lebte. Er trug das T-Shirt mit dem Bild von Caravaggio darauf, und er starrte aus dem gerahmten Foto, als wollte er das Publikum inspizieren. Dahinter waren Dutzende von Blumengebinden aufgereiht. Jedes trug den Namen einer Person, einer Familie oder einer Firma in großen Buchstaben auf einer Banderole über dem Kranz. Calvino entdeckte seinen eigenen mit roten Rosen in der ersten Reihe. Ratana hatte ihn bei einem Blumenladen in der Nähe des Büros bestellt. Auf der Schleife stand sein Name in fetten schwarzen Lettern – nur leider falsch: »Wincent Calvino«. Eine Verwechslung von V und W war in Thailand nicht ungewöhnlich. Er musste lächeln. Trauerfeiern benötigten einen guten Organisator wie Romane einen Lektor und ein Film seinen Cutter. Die Mönche stumpften die scharfen Klingen der Trauer ab, bis sie erträglich wurden.

Nachdem Calvino sein Ritual der Ehrbezeugung vollendet hatte, setzte er sich neben Pratt.

»Du kommst spät«, sagte sein Freund.

»Ich musste erst noch den Hund füttern und mit ihm Gassi gehen.«

Pratt nickte.

»Ratana hat mir von deinem Toilettenpapier fressenden Retriever erzählt.«

Er lächelte bei der Vorstellung, wie Calvino sich mit einem Hund herumschlagen musste.

»Ich habe große Pläne für Charlie. Er hat eine goldene Zukunft im thailändischen Schulsystem.«

Pratt ließ den Small-Talk sein und den Blick durch die Sala schweifen, die sich rasch füllte.

»Nur noch Stehplätze übrig«, kommentierte Calvino und drehte sich nach den Reihen von Klappstühlen um, die alle besetzt waren.

»Für jemanden, der noch vor einem Jahr als vermisst galt, scheint er eine Menge Freunde zu haben.«

»Abzüglich der Polizisten in Zivil, die sich unter die Menge gemischt haben«, meinte Calvino.

»Sie tun nur ihre Arbeit«, erwiderte Pratt.

Calvino drängte ihn nicht, zu sagen, was sie vorhatten. Noch nicht. Es war besser, das Thema zu wechseln.

Er beugte sich zu Pratt und flüsterte: »Falls ich vor dir sterbe, spiel bitte nicht Bach bei der Beerdigung.«

Pratt lächelte und nickte. »Die Musik wird meine persönliche Überraschung.«

»Und sieh mal, sie haben meinen Namen mit W geschrieben«, setzte Calvino hinzu.

»Keine Sorge, im Ernstfall überprüfe ich vorher die Tafel mit deinen Daten.«

Calvino zählte die Bargirls, die gekommen waren, um Raphael die letzte Ehre zu erweisen. Bei der Beisetzung eines Barbesitzers tauchte eine Busladung von gut zwanzig oder mehr Mädchen auf, die ihren Boss beweinten. Der Verlust von Stammkunden beeinflusste den Profit, doch den Chef zu verlieren, ruinierte die Bilanz. Bei einer normalen Trauerfeier für Ausländer – falls es so etwas überhaupt gab – sah man selten thailändische Frauen ohne Begleitung. Natürlich erinnerten sich Expats oft besser an die Nummern solcher Frauen als ihre Namen. Das Publikum bei Raphael

Pascals Zeremonie ähnelte eher dem eines Barbesitzers. Zumindest am ersten Abend war eine eindrucksvolle Anzahl von weiblichen Mitarbeitern von Seifenmassage-Salons und Nachtklubs erschienen.

Für ein solches massenhaftes Auftauchen musste Raphael eine Menge Geld investiert haben, dachte Calvino, während er die hinteren Reihen musterte. Es war eine Kolonie von jungen, schick gekleideten Frauen in Schwarz. Sie hatten ihre schlanken Körper in übertrieben enge Slacks oder elegante Röcke gegossen, welche ihre Vorzüge besonders gut zur Geltung brachten. Calvino zählte siebzehn Bargirls – genug für einen Barbesitzer –, die gekleidet waren wie Fledermäuse bei einer Höhlenmodenschau. *Mach dich nicht über sie lustig*, dachte er. *Sie haben sich viel Mühe gegeben und schwer erarbeitetes Geld investiert, um sich für Raphaels Trauerfeier schick zu machen.* Sie hatten Respekt verdient. Ein- oder zweimal glaubte Calvino, eine Gestalt oder eine Gesichtsform von Raphaels Gemälden wiederzuerkennen, aber sicher war er sich nicht.

Vor dem Kontingent an Bargirls saß ein Dutzend männlicher Expats mit ein paar verstreuten *Mem-Farangs*. Er ertappte ein paar der Männer dabei, wie sie sich halb umwandten und die Mädchen hinter sich musterten, als hätte sich ein Goldfischglas in der Sala materialisiert. Einer von ihnen flüsterte: »Siebzehn Schönheiten!« Die anderen grinsten wissend. Nicht einmal der Tod konnte die Fähigkeit der Bargirls stoppen, wie in der Welt der Quanten aus dem Nichts eine geschäftliche Gelegenheit hervorzuzaubern.

Aus den Lautsprechern an der Decke berieselten Bachkantaten die Anwesenden. Calvino nahm an, dass Pratt die Musikauswahl getroffen hatte. Ratana hatte ihn deswegen angerufen und einen Tag lang telefonisch mit ihm beratschlagt. Musik musste sein. Aber welche eignete sich für einen ausländischen Maler pornografischer Gemälde? Nach Pratts Ansicht passten Bachs Kantaten perfekt.

Niemand konnte Texten wie »Kurz ist die Zeit, der Tod geschwind« widerstehen, wenn sie pausenlos wiederholt wurden, bis die Zeit tatsächlich gekommen war. *Dieser Bach war schon ein trübsinniger Hund*, dachte Calvino. Er hatte die Art von Musik geschrieben, die einem den Selbstmord als angenehme Alternative erscheinen ließ. Aber was sollte es? Die Musik war wie die Blumen und das Essen für die Lebenden gedacht.

Pratt und Calvino saßen in der ersten Reihe, die für Familienangehörige reserviert war. Auf der anderen Seite des Mittelgangs drückten sich Paul und Tuk eng aneinander. Dahinter folgte ein halbes Dutzend Undercover-Polizisten mit kurz geschnittenen Haaren, straffer Haltung, weißem Hemd und schwarzer Krawatte. Alle paar Minuten entschuldigte sich einer von ihnen, der wie der Leiter des Teams wirkte, um die Sala zu verlassen und Fotos von den Trauergästen draußen zu schießen. Dann kehrte er zurück und nahm dabei die Anwesenden in der Sala auf. Niemand hatte den geringsten Zweifel an seiner Funktion.

Raphael hatte Selbstmord begangen, und die Meldung war in verschiedenen sozialen Medien für Expats erschienen. Trotzdem staunte Calvino, dass die Sala so gut gefüllt war, hauptsächlich mit jungen Leuten – die verlorene Generation, wie Pratt sie nannte. Calvinos Theorie lautete, dass Selbstmorde und Autounfälle Gaffer gleichsam magisch anzogen.

Als Bach endlich verstummt war, begannen die Mönche auf ihrem erhöhten Podium buddhistische Mantras zu intonieren.

Und nachdem sie mit ihrem Singsang fertig waren, endete die Zeremonie. Es gab keine Predigt. Niemand stand auf, um ein paar Worte über den Verstorbenen zu sagen. Die Mönche hatten ihre Pflicht getan, jetzt gab es etwas zu essen. Helfer verteilten Styroporschalen mit Tom-Yam-Gung-Suppe und reichlich frischen Garnelen. Pratt hatte einen guten Preis ausgehandelt, allerdings die Anzahl der Trauergäste stark unterschätzt. Die Verteiler begannen ganz vorne und arbeiteten sich langsam weiter nach hinten durch. Die Polizisten in Zivil lehnten unter Pratts wachsamem Blick ab.

Sobald die Mönche die Sala verlassen hatten, entspannten sich die übrigen Anwesenden. Calvino erhob sich und ging dahin, wo Paul Steed und Tuk saßen, und nahm neben dem Mädchen Platz.

»Tuk, erkennen Sie irgend jemanden von den Leuten?«, fragte er mit einem Blick auf die Trauergäste in den hinteren Reihen. »Zeigen Sie mir bitte alle, die Sie in Raphaels Atelier gesehen haben.«

»Finden Sie, dass das der richtige Zeitpunkt dafür ist?«, wandte Paul ein.

Calvinos Augen verengten sich. Er stieß einen kurzen New Yorker Seufzer aus, der in den alten Tagen als Vorspiel zu einem Akt der Gewalttätigkeit gedient hätte.

»Wie Bach so schön sagt: ›Kurz ist die Zeit, der Tod geschwind.‹ Er hat ein paar Leuten Geld hinterlassen. Und ich will dafür sorgen, dass sie bekommen, was ihnen zusteht. Verstanden?«

Paul starrte Raphaels Sarg an und überlegte, was er darauf erwidern sollte.

»Na gut, das ist in Ordnung, denke ich.«

Calvino hatte eine Eingebung, was seinen ehemaligen Klienten anging. Paul Steed war fünfunddreißig Jahre alt. Bis dahin hatte ein Mann entweder sein Potenzial voll entwickelt, oder er war hinter jüngere, aufstrebende Kollegen zurückgefallen. Es war der Zeitpunkt, an dem er seine Zukunft wie aus einer Menschenmenge heraus betrachtete, die am Bahnsteig vergeblich auf den Zug wartete. Denn der Zug hatte keine Verspätung, er war annulliert worden. Entweder ein Mensch akzeptierte, auf dem Bahnsteig zurückzubleiben, oder er unternahm einen letzten, verzweifelten Ausbruchsversuch.

Pauls Antwort war Zustimmung genug. Calvino nahm die Einladung an und drängte sich durch den Spalt in der Tür, die Paul geöffnet hatte.

»Drei Namen. Welche ist Joy? Sehen Sie Oi, seine Putzfrau? Oder P'Pensiri, seine Vermieterin?«

Tuk blickte Paul um Erlaubnis bittend an. Nachdem sie sich kurz umgesehen hatte, deutete sie auf drei Frauen. Die Putzfrau und die Vermieterin kannten sich offenbar und aßen gerade gemeinsam ihre Suppe. Joy saß bei der Truppe aus den Seifenmassage-Salons.

Calvino hatte Raphaels Geld in drei weißen Umschlägen mitgebracht, auf denen die Namen auf Thai und Englisch standen. Ratanas säuberliche Handschrift war in beiden Sprachen gut lesbar. Calvino bat Joy, ihn vor die Sala hinauszubegleiten. Inmitten der Pfützen aus reflektiertem Licht auf dem nassen Weg zwischen den Pavillons hielten sie inne. Joys Schönheitsoperation an Nase und Augen war erstklassige Arbeit, fand Calvino. Sie war überdurchschnittlich groß, er schätzte sie auf etwa einen Meter siebzig. Sie trug einen engen schwarzen Minirock – die Sorte, die Schülerinnen bevorzugten, und die von Luxusprostituierten kopiert wurde, um die Schulmädchen-Fantasien gewisser Männer zu bedienen.

»Raphael hat Ihnen etwas Geld hinterlassen.«

Sie zog eine Zigarette aus einer kleinen schwarzen Handtasche und zündete sie an.

»Er ist ein sehr netter Mann«, sagte sie lächelnd, während sie Rauch durch die Nase blies.

Wenn eine Prostituierte einen Mann sehr nett nannte, dann meinte sie in Wirklichkeit, dass er ein Trottel war, der für ihre Dienste viel zu viel bezahlte. Das thailändische Schulsystem hatte sie erfolgreich daran gehindert, irgendetwas auch nur entfernt Sinnvolles zu erlernen, daher war sie völlig auf sich gestellt. Und wie viele Angehörige halb wilder Völker hatte sie die Erfahrung gemacht, dass man, um ohne besondere Fähigkeiten zu überleben, zwei oder drei Schutzpatrone gut brauchen konnte.

»Haben Sie ihm Modell gestanden?«

Joy nickte, während sie die Asche wegschnippte.

»Ja.«

»Hat er Sie dafür bezahlt?«

Sie nickte.

»Sie haben ihm nackt Modell gestanden?«

»Das ist sein Stil.«

»Irgendeine Ahnung, warum er Sie darum gebeten hat?«

Sie dachte einen Augenblick lang nach.

»Er weiß, dass Joy an Selbstmord denkt. Ich bin Transe. Ich werde nicht akzeptiert und passe nirgendwo hin. Ich will ihn schockieren. Eine Reaktion provozieren. Ich weiß nicht, dass es ihm ernst ist. Jetzt ist es anders. Ich verstehe ihn. Eine Transe achtet auf Kleinigkeiten. Joy versteht ihn sehr gut.«

Sie sah Calvino ins Gesicht und studierte seine Reaktion. Sie war eine Transsexuelle mit der Ausstrahlung der schönen Frau, als die sie eigentlich geboren worden war. Sie hatte eine Tür durchschritten, nach der es keine Rückkehr mehr gab.

»Er sagt, dass er ein Freak ist. Er sagt, in einer verkehrten Welt zu leben ist schlimmer als im falschen Körper. Ich sage: ›Ich weiß nichts von anderen Welten, aber die hier ist Scheiße.‹«

Calvino fächerte die Umschläge auf und suchte den mit ihrem Namen heraus.

»Da drin sind fünfhundert Dollar.«

Joys Augen füllten sich mit Tränen. Sie ließ die Zigarette fallen, die in einer Regenpfütze verzischte. Sie holte ein

Kleenex aus ihrer Handtasche und betupfte sich die Augen, um ihr Make-up nicht zu ruinieren.

»Das letzte Mal, als ich für ihn Modell stehe, sage ich ihm, dass ich Geldproblem habe. Ich schulde einem chinesischen Kredithai Geld für meine Operation. Wenn ich das Arschloch nicht bezahle, lässt er mir von jemand Säure ins Gesicht schütten. Niemand hilft mir. Das sage ich Raphael.«

»Wann haben Sie ihn zum letzten Mal gesehen?«

»Vorige Woche.«

»Haben Sie je Drogen mit ihm genommen?«

»Nie. So ist er nicht.«

»Was ist mit seiner Freundin, mit Tuk? Haben Sie sie je Drogen nehmen sehen?«

»Ich sehe nur, wie sie ihn nach Geld fragt. Weiß nicht, ob sie sein Geld für Drogen ausgibt. Tuk mag mich nicht. Viel eifersüchtig. Wir reden nicht miteinander. Sagen guten Tag und auf Wiedersehen, mehr nicht.«

»Und Sie mögen Tuk auch nicht besonders«, meinte Calvino.

Joy verzog die Lippen zu einem schmalen Lächeln.

»Nicht besonders.«

»Als sie in Raphaels Wohnung waren, haben Sie da je den *Farang* gesehen, mit dem Tuk gerade zusammensitzt?«

Sie schüttelte den Kopf.

»Ich ihn nie sehen. Ich denke, er ist vielleicht ein *Farang*-Kunde.«

Er sah zu, wie sie den Umschlag in ihren großen Händen hin und herdrehte. Sie dachte über das Geld nach.

»Bezahlen Sie Ihre Schulden bei dem Kredithai, Joy. Ziehen Sie weiter. Und geben Sie mir Ihre Telefonnummer. Sollte ich noch Fragen haben, rufe ich Sie an.«

Calvino gab Joys Nummer in sein Handy ein, kehrte zurück in die Sala und setzte sich neben Oi. Sie legte den

Kopf auf die Seite und wunderte sich anscheinend, was er von ihr wollte. Sie war eine einfache, leicht übergewichtige Frau, die mit Höchstgeschwindigkeit in ihre späten Dreißiger vorgestoßen war und sich nur ein schwaches Nachglühen ihrer Jugend bewahrt hatte wie ein erlöschender Stern. Sie trug kein Make-up, dazu ein Kleid in Einheitsgröße vom Straßenmarkt. Sie krümmte die Zehen in den Sandalen zusammen, als würde sie darin Halt suchen.

»Raphael hat Sie in seinem Testament erwähnt, Oi.«

Sie betrachtete den Umschlag mit ihrem Namen darauf. Ihr Gesichtsausdruck verriet Calvino, dass ihr etwas einen Schrecken eingejagt hatte.

»Ist schon in Ordnung. Nehmen Sie. Er wollte, dass Sie es bekommen.«

»Vielen Dank, Sir«, sagte sie.

»Woher stammen Sie?«

»Aus Burma.«

»Haben Sie Raphael Modell gestanden?«

Sie lächelte.

»Ich? Nein, ich bin nicht schön genug. Ich bin zu alt, das habe ich ihm gesagt.«

»Aber er wollte Sie malen?«

»Er sagte, ich sei schön«, erklärte sie und senkte errötend den Blick. »Niemand hat Oi je schön genannt.«

Calvino konnte sich an ihr Porträt erinnern. Es war ein Akt. Raphael hatte seine Fantasie eingesetzt, um ihren Körper zu seinem ursprünglichen Zustand vor der Mutterschaft zu restaurieren.

Wenn Joy im falschen Körper geboren war, besaß Oi einen, der einen anderen Fluch trug, nämlich den der Unscheinbarkeit – bis sie endlich jemanden getroffen hatte, der die sanfte, weiche Schönheit unter der Oberfläche erblickte.

»Haben Sie Kinder in Burma?«

Sie hob zwei Finger in die Höhe.

Ein bisschen entspannter sprach sie dann weiter: »Ein Junge und ein Mädchen. Sie sind bei meiner Mutter. Als Raphael mich gemalt hat, hat er gefragt, was ich mir vom Leben wünsche. Ich sagte, ich will gar nichts. Aber er gab nicht nach, und ich gestand ihm die Wahrheit. Ich will, dass mein Junge weiter zur Schule geht. Aber ich habe kein Geld für die Schuluniform, die Bücher und Gebühren. Das kostet zwei Monatsgehälter. Er fragte mich, warum er zur Schule gehen sollte. Ich antwortete, damit er bessere Jobs bekommt als seine Mutter. Mit einer guten Ausbildung versteht er die Welt und ist nicht abhängig davon, dass andere Menschen ihm sagen, was er denken soll. Er kann ein echtes Leben leben. Das habe ich gesagt.«

»Wenn Sie bei ihm geputzt haben, haben Sie da je irgendwelche Drogen bemerkt?«

Sie schüttelte den Kopf.

»Er hat keine Drogen genommen. Ich bin sicher.«

Er wartete, dass sie weitersprach, denn ihr schien etwas auf der Zunge zu liegen.

»Aber Sie haben etwas viel Gefährlicheres gefunden«, stellte er fest.

»Ich will keine Schwierigkeiten.«

»Niemand wird davon erfahren, Oi.«

»Ich habe es zurückgelassen. Ich habe es nicht mitgenommen«, sagte sie.

Sie klang verängstigt.

»Was dagelassen?«

»Ein kleines Notizbuch mit Namen und Geldbeträgen.«

»Die Namen von Modellen?«

»Nein. Polizei, Regierungsbeamte.«

»Woher wissen Sie das?«

»Rang und Titel neben den Namen.«

Calvino erinnerte sich an ein altes, bewährtes Calvino-Gesetz. Die Person, die einen Tatort am besten beurteilen kann, ist die Putzfrau. Sie kennt die Verstecke ihres Chefs.

»Und Sie sind sicher, dass Sie das Notizbuch nicht an sich genommen haben?«

Sie wirkte schockiert von der Vorstellung, etwas so Verderben bringendes zu besitzen.

»Ich habe es angesehen und zurückgelegt. Eines der Modelle klopfte an die Tür und wollte zur Toilette.«

»Wohin haben Sie es getan?«

»Ich hatte den Boiler sauber gemacht, und die Abdeckung fiel herunter. Ich fand das Notizbuch dahinter, eingewickelt in Luftpolsterfolie und in einer Plastiktüte von Foodland.«

»Ist die Tüte immer noch im Boiler?«

Sie zuckte mit den Schultern.

»Ich habe sie nicht angerührt. Ich hatte zu viel Angst. Das Buch bedeutet nichts Gutes.«

Calvino bedankte sich bei Oi und stand auf, um sich der dritten Frau zuzuwenden, der Raphael Geld hinterlassen hatte: seiner Vermieterin.

Als er sich neben P'Pensiri setzte, hatte auch der letzte Undercover-Polizist die Sala verlassen. Er sah, dass Pratt sich vorne mit Paul und Tuk unterhielt. Zweifellos versuchte er, die tieferen Schichten ihrer Beziehung zu Raphaels kurzem Leben auszuloten. Irgendwo dort befand sich derjenige, der Raphael die Droge für seinen Selbstmord verkauft hatte. Paul und Tuk schüttelten den Kopf, vielleicht als Antwort auf genau diese Frage. Für einen Mord fehlte jedes Motiv. Ein kleines Notizbuch im Badezimmerboiler mit Aufzeichnungen über Schmiergeldzahlungen schrie zwar »Motiv«, aber ein Beweisstück ohne zugehörige Chronologie konnte sich leicht als Sackgasse erweisen. Raphael hatte das Atelier schließlich erst vor knapp zwei Jahren gemietet. Anscheinend war es ein Ort, an dem schlechte Schwingungen wesentlich weiter zurückreichten.

P'Pensiri wirkte weniger wie eine Großmutter als eine große Schwester, auf die das »P« vor ihrem Namen auch hinwies. Raphaels Vermächtnis verteilte sich auf drei

Generationen. Letzte Haltestelle war P'Pensiri, deren Eleganz im Alter in eine längst vergangene Zeit zurückreichte. Sie hatte ein bisschen zu viel Lippenstift aufgetragen, und am rechten Ringfinger war der Nagellack etwas abgeplatzt. Ansonsten bot sie das perfekte Abbild einer Matriarchin.

»Der liebe Junge behauptete, dass ich ihn an seine Großtante erinnerte, die nach dem Zweiten Weltkrieg in Paris Klavier studierte. Sie lebte ihr Leben aus dem Vollen. Spielte in Jazz-Bars. Schlief mit Ernest Hemingway und Scott Fitzgerald. Er sagte, niemand hätte je damit gerechnet, dass sie sich in der Seine ertränken würde. Das ist nicht das, was die Menschen erwarten, wenn man das Leben genossen hat. Man ist nicht überrascht, wenn jemand Selbstmord begeht, der deprimiert oder krank war, keine Freunde oder Familie hatte. Raphael hat gelächelt, als er sagte, dass seine Familie eine lange Tradition von überraschenden Menschen habe.«

Calvino unterbrach sie. »P'Pensiri, besitzen Sie noch Aufzeichnungen über die Mieter, die vor Raphael kamen?«

»Mr Calvino, ich besitze Aufzeichnungen über alles.«

»Warum ist der letzte Mieter ausgezogen?«

Sie legte das Gesicht in Falten, biss die Zähne zusammen und ging in den Denkmodus über, während die Räder in ihrem Kopf sich wie Mühlsteine drehten.

»Ein englischer Musiker namens Harrison. Er spielte in einer Band, die in den hiesigen Nachtklubs auftrat.«

»Wieso ist er weggezogen?«

»Tja, das habe ich nie herausgefunden. Er ist einfach verschwunden. Keine Nachricht, kein Anruf. Die meisten seiner Habseligkeiten hat er zurückgelassen.«

Das Atelier hatte tatsächlich Geschichte.

Als P'Pensiri geendet hatte, legte jemand Calvino die Hand auf die Schulter. Er blickte auf.

»Wie ich höre, sind Sie auf der Suche nach mir«, sagte ein *Farang*. »Raphael war mein Klient. Hier ist meine

Karte. Rufen Sie mich an, dann können wir einen Termin vereinbaren und uns unterhalten.«

Calvino erkannte Gavin de Bruin nach dem Porträt, das Raphael von ihm gemalt hatte. Er hatte den Mann gut getroffen – in den Dreißigern, glattrasiert, um den Bauch herum etwas füllig, blaue Augen, blasser Teint. Charismatische Ausstrahlung. Alles an ihm wirkte durchschnittlich, nur dass er aus irgendeiner persönlichen Kraftquelle unbekannten Ursprungs zu schöpfen schien. Er kannte P'Pensiri, die ein paar Worte mit Gavins Begleitern wechselte. Calvino fragte ihn nach seiner Gefolgschaft, und de Bruin lachte.

»Ich bin kein Prominenter. Meine Kollegen hier arbeiten als Freiwillige bei der Selbstmord-Hotline von Bangkok. Raphael war dort ebenfalls tätig.«

Calvino sah Gavin nach, während er seine kleine Gruppe in die Nacht hinausführte. Dann kehrte er zu Pratt zurück und setzte sich neben ihn.

»Wer war der *Farang*?«, fragte Pratt.

Calvino reichte ihm die Visitenkarte, die er von Gavin de Bruin bekommen hatte. »Bangkok Selbstmord-Hotline, Psychologe und Therapeut«, stand klein gedruckt unter dem Namen.

»Eine NGO, eine Nichtregierungsorganisation«, sagte Pratt und gab Calvino die Karte zurück.

»Er war Raphaels Seelenklempner. Der, von dem er den Hund hatte.«

»Und wer waren die anderen bei ihm?«

»Freiwillige, die Telefondienst für die Hotline machen. Auch Raphael hat da ausgeholfen.«

»Haben sie gesagt, was sie vorhaben?«

»Ich habe gehört, wie einer von ihnen das Restaurant *Bamboo Bar* erwähnte. In der Soi 3, Sukhumvit Road.«

»Vielleicht weiß einer von ihnen etwas über die Selbstmorddroge. Möchtest du dich ihnen nicht anschließen?«

Das war Pratts Art zu sagen: »Tu mir bitte den Gefallen.« Er hätte es auch anders formulieren können: »Du hast mir die Sache eingebrockt. Jetzt hilf mir gefälligst, diese Drogengeschichte aufzuklären.«

Für einen Polizisten in Bangkok war es sehr wahrscheinlich, dass ein Verbrechen mit dem nächsten verknüpft war, und dieses wiederum mit einem dritten zusammenhing. Und wenn eine Ermittlung immer weitere Kreise zog, führte die Spur irgendwann in eine Richtung, die niemand einschlagen wollte: zu den Unantastbaren.

»Ich weiß nicht, Pratt. Ihr Job ist es, den Leuten auszureden, sich etwas anzutun, nicht die Telefonnummern von Drogendealern weiterzugeben«, sagte Calvino. »Außerdem bin ich nicht eingeladen.«

»Eine Selbstmord-Hotline schnappt alle möglichen Informationen auf«, entgegnete Pratt.

Die Telefone von Nichtregierungsorganisationen wurden regelmäßig abgehört. Pratt kannte verschiedene Fälle, die durch Hinweise aus Hotline-Telefonaten aufgeklärt worden waren.

»Dafür brauchst du keine Einladung, Vincent. Du gehst dorthin, weil du ihm den Hund zurückgeben willst.«

Pratt hatte recht. Die Hündin war ein guter Vorwand. Calvino würde sie vermissen.

»Ja, ich muss ihm Charlie wiederbringen. Schließlich gehört sie ihm.«

»Der Hund hat es nicht geschafft, Raphael seine Selbstmordgedanken auszutreiben.«

»Was hast du von Paul Steed erfahren?«, fragte Calvino.

Paul und Tuk waren, während Calvino sich mit Pratt unterhielt, ohne Abschiedsgruß an ihnen vorbeigegangen. Die Sala hatte sich geleert, bis auf ein paar junge Frauen ganz hinten, die die Köpfe zusammensteckten und leise miteinander plauderten.

»Ich hatte ja keinen Abschiedskuss erwartet«, meinte Calvino. »Aber auf Wiedersehen hätten sie schon sagen können.«

»Ich habe Paul gefragt, warum er dich letztes Jahr engagiert hat, um Raphael zu suchen.«

Angesichts der Besucherzahlen bei Raphaels Beisetzung war nur schwer vorstellbar, dass er je eine vermisste Person gewesen war.

»Was hat er gesagt?«, wollte Calvino wissen.

»Dieselbe Geschichte, die er mir schon in Raphaels Atelier erzählt hat.«

Angeblich hatte er auf einen Nachtflug nach Bangkok gewartet, und war dabei in einer Bar in der City von New York mit einem gewissen Eric Tremblay ins Gespräch gekommen, der aus Montreal stammte. Sie hatten sich über Frauen, französisches Essen und Baseball unterhalten. Tremblay war begeistert gewesen, als er erfuhr, dass Paul in Bangkok lebte. Tremblay und Raphael kannten sich von früher, und Tremblay hatte ewig nichts mehr von ihm gehört. Ob Paul ihm helfen könnte, ihn zu finden?

Calvino wiederum hatte er erzählt, er hätte einen alten Freund der Familie getroffen, der den Kontakt zu Raphael wiederherstellen wollte. Mit anderen Worten, er hatte seine Geschichte nicht verändert.

»Warum haben Sie nicht einfach eine Mitteilung an seine Facebook-Seite geschickt?«, hatte Pratt Paul gefragt. »Das hätte Ihnen eine Menge Geld gespart.«

Dieselbe Frage hatte auch Calvino Paul an dem Tag gestellt, als er aufgetaucht war, um ihn mit der Suche nach dem »Vermissten« zu beauftragen. Er hatte Raphaels Seite auf den Bildschirm seines Laptops geladen und ihn zu seinem potenziellen Klienten herumgedreht, damit er es selbst sehen konnte. Paul hatte gelacht und ihm die Geschichte erzählt, wie er Tremblay getroffen hatte.

Laut Paul hatte Tremblay es selbst über Facebook versucht, aber keine Antwort erhalten. Er befürchtete, dass Raphael wegen einer früheren Meinungsverschiedenheit noch einen Groll gegen ihn hegte. Der Mann aus der Bar bereute den alten Streit und strebte eine Versöhnung an.

»Ich habe damals zugesagt, dass ich versuchen würde, ihn zu finden«, sagte Calvino.

»Und du hast ihm seine Geschichte abgenommen?«

»Ich hatte keinen Grund, sie anzuzweifeln. Für mich war das nur ein beliebiger Vermisstenfall.«

Calvino wollte sich auf den Weg machen und öffnete seinen Schirm, weil es leicht zu regnen begonnen hatte.

»Vincent!«, rief Pratt ihm nach.

Calvino drehte sich im Schutz seines Regenschirms um.

»Wenn du Gavin de Bruin siehst, frag ihn, wann Raphael zum letzten Mal für die Hotline gearbeitet hat. Die Namen der Personen, mit denen er bei dieser Gelegenheit gesprochen hat, könnten interessant sein. Ich weiß, das sind alles vertrauliche Informationen, aber wir müssen realistisch bleiben. Er war nicht der Einzige in Thailand, der diese Droge eingenommen hat und daran gestorben ist. Dem würde ich gerne ein Ende setzen.«

»Ich frage ihn.«

Calvino konnte beinahe spüren, wie die Rädchen des Universums sich gleichgültig und unpersönlich zu drehen begannen, während er aus der Sala in den Regen hinaustrat. Die Wolken hatten die graue Farbe der Trauer angenommen, und schmiegten sich tief hängend dicht an die Erde. Calvino sah, wie eine wachsende Flut von Regenschirmen aus den Salas strömte. Nach einem Abend der Trauer schritten sie durch den prasselnden Regen wieder hinaus in die Welt der Lebenden. Calvino blieb stehen, um ein Moskito auf seinem bloßen Arm zu erschlagen, und sah einen kleinen Fleck seines eigenen Bluts. Die Scheinwerfer eines vorbeifahrenden

Autos beleuchteten die Sterbeszene auf seinem Arm. Er dachte daran, dass Buddhisten nicht einmal ein Moskito töten durften. Eines auf dem Gelände eines Tempels umzubringen, fiel schon fast in die Kategorie »schlechtes Omen«. Das Moskito konnte ein wiedergeborener Geist aus einer der Salas gewesen sein, der einem neuen Leben entgegenflog. Calvino wischte das stechende Insekt weg und ging weiter.

SECHS

Calvino nahm den Skytrain und stieg am Bahnhof Nana aus. Er ging zwischen den Ständen auf der Sukhumvit hindurch, wo Viagra, T-Shirts, Brieftaschen, Uhren, Holzfrösche, Dildos und Pornografie feilgeboten wurden. An der Ampel an der Kreuzung Nana und Soi 3 querte er auf die Soi-3-Seite hinüber und betrat das Restaurant *Bamboo Bar*. Der Innenraum war langgestreckt und schmal und nicht klimatisiert. An den Tischen ganz vorne erhielten Leute vom Secret Service mit Schweißperlen im Gesicht ihren Feinschliff im Profiling von Männern aus dem vorderen Orient. Bärtige Männer mit tief liegenden Augen in ihren grauen Gesichtern fletschten gelbe Zähne, während sie Stücke von Naan-Brot in ihr Hummus tauchten oder sich zurücklehnten, um einen Zug von der Schischa-Pfeife zu rauchen.

Am hinteren Ende schob Calvino sich durch eine gläserne Doppeltür, und die kalte Luft einer Klimaanlage schlug ihm entgegen. Der Raum war eine kühle Enklave moderner Technik, ein Refugium, geschaffen für jene, die die schwüle Hitze und den durchdringenden Geruch der Schischa-Raucher satthatten. Er erblickte Gavin de Bruin und sein Team an einem langen Tisch. Sie aßen mit den Fingern und benutzten die Gabeln nur, um eingelegtes Gemüse oder Rindfleischstreifen aufzuspießen.

»Mr Calvino, bitte setzen Sie sich doch zu uns«, rief Gavin. »Wir haben gerade von Ihnen gesprochen.«

Calvino zog sich einen Stuhl heran und zwängte sich neben Gavin, den das Auftauchen des Privatermittlers nicht zu überraschen schien. So bekam Calvino einen besseren Blick auf die Freiwilligen, die in den hinteren Reihen der Sala unweit des Pulks der Arbeiterinnen der Nacht gesessen hatten. Eine Handvoll der Jüngeren schien in Raphaels Alter zu sein. Zum ersten Mal fiel Calvino auf, dass Gavin nicht das älteste Mitglied der Gruppe war. Ein Engländer und ein Australier waren sicher schon im Rentenalter, und zwei weitere *Farangs*, die ihre schwarzen Krawatten gelockert hatten, schienen Mitte fünfzig zu sein. Zwei elegant gekleidete *Mem-Farangs*, beide Anfang dreißig, saßen nebeneinander und steckten die Köpfe zusammen, während Calvino Platz nahm.

»Von mir? Da habe ich bestimmt etwas verpasst«, meinte Calvino.

»Natürlich auch über Charlie, und warum Raphael Sie gebeten hat, sich um sie zu kümmern«, erklärte Gavin.

Einer der jüngeren Männer warf ein: »Ich fragte mich, ob Sie Charlies Geschichte kennen.«

»Jede Frau hat eine Geschichte«, erwiderte Calvino. »Man glaubt, sie zu kennen, bis man die Version eines Anderen hört. Also, warum erzählen Sie sie mir nicht?«

Er drehte sich halb nach hinten, um bei der Serviererin ein Bier zu bestellen.

»Raphael war schon ihr zweiter Besitzer«, sagte eine der Frauen.

Das überraschte Calvino, und mit einem verwirrten Ausdruck wandte er sich zu Gavin.

»Ich dachte, *Sie* hätten ihm Charlie gegeben.«

»Bevor sie zu Raphael kam«, fügte die Frau hinzu, »hat Charlie bei einer anderen Person gelebt.«

Anscheinend hatte sie den Namen dieser Person vergessen.

»Roger Stanton«, ergänzte ein anderer Freiwilliger.

»Ja, genau, Roger war es«, sagte die Frau. »Ich erinnere mich an sein Gesicht. Nur sein Name wollte mir nicht einfallen.«

»Dann hat Charlie also eine schillernde Vergangenheit«, meinte Calvino.

»Unglücklicherweise eine tragische. Ihr vorheriger Besitzer ist ebenfalls verschieden.«

»Er hat sich umgebracht«, betonte Calvino. »Das wollten Sie doch sagen.«

»Wir nennen Charlie inzwischen nicht mehr unseren ›Rettungshund‹«, verkündete eine der weiblichen Freiwilligen.

»Und glauben Sie, Raphael hat sie mir vermacht, weil ich selbstmordgefährdet bin, oder weil er die Kette der toten Vorbesitzer durchbrechen wollte?«

»Das ist es, worüber wir gerade diskutieren«, sagte Gavin.

An dem Tisch voller Leute, die soeben von einer Trauerzeremonie gekommen waren, wurde es plötzlich still wie in einer Leichenhalle. Es sah aus, als wären sie in Zeit und Raum erstarrt und stünden auf dem Geländer eines Hochhausbalkons, ohne sich entscheiden zu können, ob sie lieber springen oder weiter *Game of Thrones* ansehen sollten. Calvino hatte mit der gedämpften Atmosphäre einer Totenwache gerechnet. Aber sie strahlten kein Gefühl von Depression oder Trauer aus. Vielleicht waren sie für solche Emotionen unempfänglich geworden, da sie ständig mit Menschen zu tun hatten, die sich umbringen wollten. Die Freiwilligen besaßen wohl ihre eigenen Rituale, um die Trauer zu verarbeiten, wenn sie einen Anrufer verloren hatten. Jetzt war einer aus ihren eigenen Reihen gestorben, und sie gingen auf die ewig gleiche Weise damit um. Sie teilten eine Mahlzeit, tauschten Erinnerungen aus und redeten über ihre Gefühle.

Eine der Freiwilligen am anderen Ende des Tisches räusperte sich und sagte: »Wir werden Raphael vermissen. Er besaß ein einzigartiges Talent und einen noch einzigartigeren Verstand. Menschen wie er sind nicht für diese Welt geschaffen.«

»Mir ist noch keiner begegnet, der das gewesen wäre.«

Ein altes Calvino-Gesetz kam ihm in den Sinn: Fit fürs Leben wurde man, indem man Gefahren überstand und sich klarmachte, dass das Risiko nie kleiner wurde, bis man irgendwann einmal Pech hatte. »Ist heute mein Glückstag?« Das war die Frage, die man immer erst im Nachhinein entscheiden konnte.

Calvino sah, dass zwei magere Bargirls in Highheels den klimatisierten Raum Arm in Arm mit zwei *Farangs* betraten, die so aussahen, als würden sie beim Zoll gerne in den Körperöffnungen von Verdächtigen herumstochern.

»Er hat sich freiwillig zur Nachtschicht gemeldet«, erklärte Gavin. »Raphael hat sicher ein halbes Dutzend potenzielle Springer vom Selbstmord abgebracht. Sechs Menschen, die sonst tot wären, sind durch ihn noch am Leben.«

»Davon hat er mir nie erzählt«, sagte Calvino.

»Das kann ich mir vorstellen. Er besaß angeborene Empathie. Er konnte auf Menschen eingehen. Nachdem er sechs gerettet hatte, sprang zum ersten Mal jemand, den er betreute, vom Balkon. Und dann, nach dem sechsten Todesfall während seiner Schicht, verließ er die Hotline. Er sagte, das wäre ein Omen, und ich müsse es verstehen.«

»Das könnte erklären, warum er Ihnen den Rest seines Vermögens hinterlassen hat. So viel ich weiß, besaß er allerdings außer seinen Bildern wenig von materiellem Wert. Einen Computer, seine Kleidung, ein bisschen Bargeld, das ist alles.

Calvino sah einen Ausdruck von Seelenqual über Gavin de Bruins Gesicht huschen. Es war eine dieser authentischen Gefühlsaufwallungen, die schwer zu verbergen sind.

»Es ist der Gedanke, der zählt, meinen Sie nicht auch, Mr Calvino?«

Der ganze Tisch lauschte. Calvino fand, dass es ein guter Zeitpunkt wäre, ihnen von dem Testament zu erzählen.

»Nun … Als sein Testamentsvollstrecker werde ich eine Bestandsaufnahme machen und Sie wissen lassen, womit die Hotline rechnen darf. Aber schrauben Sie Ihre Erwartungen nicht allzu hoch.«

Gavin zuckte die Achseln, als wäre er nicht besonders daran interessiert. Die anderen Freiwilligen nahmen Calvinos Ankündigung gelassen zur Kenntnis. Sie schienen in einer alternativen Realität zu leben, wo Geld keine Rolle spielte.

»Was seinen Selbstmord betrifft«, sagte Gavin, »so habe ich im Rückblick das Gefühl, dass er unvermeidbar war. Kannten Sie ihn gut?«

»Nein, das kann ich nicht behaupten«, sagte Calvino. Er hatte lange gebraucht, um zu begreifen, dass man niemals jemanden wirklich kannte. Hatte man eine Mauer niedergerissen, traf man auf die nächste – das war eine Lektion, wie das Leben in Bangkok sie einen lehrte.

»Er sagte mir, dass Sie eines seiner Bilder gekauft hätten. Und dass Sie ihm für seine Freiheitsgrad-Serie Modell gestanden haben.«

»Sie dürfen nicht überrascht sein«, antwortete Calvino. »Ich kannte ihn wohl so gut wie jeder andere. Er hatte etwas Unerklärliches an sich, das aus den Leerräumen des Schweigens und den Lücken in seiner Geschichte ausströmte, aus der Sehnsucht nach etwas Namenlosem. Bei Raphael verließ man sich besser nicht auf Erwartungen. Er hat mir gesagt, dass er die Serie beendet hat. Hatte er einen Käufer dafür?«

»Ja, jetzt fällt es mir wieder ein«, antwortete Gavin. »So ein reicher Hongkong-Chinese, aber er ging nicht ins Detail. Er hasste alles Geschäftliche. Seine Kunst war sein Leben, und er war stolz darauf, dass er die Serie beendet hatte. Er rief jede Woche an und fragte, wann ich endlich vorbeikommen würde, um mir alle sechs Bilder anzusehen. Ich vertröstete ihn immer wieder. Das frustrierte ihn, aber ich hatte meine Gründe. Ich hoffte, solange ich ihn warten ließ, würde er nur an seine Malerei denken, sein Leben weiter führen und begreifen, dass ein Talent wie das seine nicht zerstört werden sollte. Vielleicht war es naiv zu glauben, dass ich ihm damit Zeit erkaufte. Raphael hat das Spiel mit der Angst durchschaut.«

So war das. Wenn ein Mensch sich nach etwas sehnte, musste er die Maske fallen lassen. Gavin de Bruin hatte sich gewünscht, dass Raphael weiterlebte. Raphael hatte das Buch zuklappen wollen, indem er Gavins Anerkennung für seine Bilder suchte. Das war ihr kleines Spiel gewesen. Anscheinend hatte Raphael am Ende das Interesse verloren und den letzten Zug gemacht.

Calvino klinkte sich aus der Unterhaltung aus. Seine Gedanken füllten sich mit Hongkong und Spekulationen darüber, wie der Deal mit den Gemälden gelautet hatte. Das war eine zusätzliche Komplikation wie ein Fotoalbum voller Lächeln, die man jemandem zuordnen sollte, ohne die Personen zu kennen. Sie konnten ebenso gut gefallenen Engeln gehören, dachte Calvino. Und die hatte Pratt ihm aufgehalst, indem er ihn um ein Entgegenkommen bat.

Er erhob die Flasche.

»Im Gedenken an Raphael Pascal«, sagte er. »Übrigens, weiß jemand, woher er das Pentobarbital hatte?«

Keiner am Tisch erhob mit ihm das Glas. Sie grenzten Calvino aus und starrten ihn an, als hätte er einen schweren Fauxpas begangen.

»Habe ich etwas Falsches gesagt?«

Er ließ den Blick um den Tisch wandern. Niemand sah ihm in die Augen. Die Freiwilligen agierten wie eine synchrone Einheit, in die Calvino eingebrochen war. Sie sahen aus, als hätten sie geglaubt, das Gewinnlos gezogen zu haben, und bei näherer Überprüfung festgestellt, dass sie doch nur Verlierer waren. Sie hatten aufgehört zu essen, nach den Speisen zu greifen oder von ihrem Bier zu trinken.

Gavin räusperte sich. Er machte es kurz und knapp.

»Mr Calvino und ich machen jetzt einen Spaziergang«, sagte er und stieß seinen Stuhl zurück. Er zog ein paar Tausend-Baht-Scheine aus der Tasche und reichte sie der Serviererin.

Vor dem Restaurant schwitzten Männer mit orientalischen Gesichtszügen an Reihen von offenen Grills, auf denen sie lange Spieße mit dicken Stücken Lammfleisch und Huhn drehten. Zigaretten hingen ihnen aus den Mundwinkeln, und der Rauch stieg über den heißen Kohlen in den Nachthimmel von Bangkok. Die Passanten umflossen sie wie ein Flüchtlingsstrom aus Aleppo. Nichts hier, nicht die Menschen, das Essen oder die Schischa-Pfeifen, ähnelte dem, was man sich unter Thailand vorstellte. Calvino und Gavin de Bruin gingen ein Stück weg vom Eingang und hielten Ausschau nach einem Taxi. Die Straße war völlig verstopft. Die Ampel an der Sukhumvit stand auf Rot. Die Polizisten an der Ecke hatten keinerlei Eile, sie manuell auf Grün umzuschalten.

Gavin betrachtete den Verkehr, der sich auf der Soi 3 staute. Er wollte etwas sagen, fand aber nicht die richtigen Worte.

Endlich erklärte er: »Ein paar Polizisten haben sich im Tempel nach dieser Droge erkundigt. Die Freiwilligen hatten das Gefühl, in einen Hinterhalt geraten zu sein. Statt einem Freund die letzte Ehre zu erweisen, steckten sie plötzlich mitten in einem Polizeiverhör. Diese willkürlichen Kontrollen haben sich zu einer echten Landplage entwickelt.

Es kann einen überall erwischen, sogar bei einer Beerdigung. Die Polizei hat uns vernommen, als wären wir Kriminelle. Was werden sie als Nächstes tun? Unsere Wohnungen durchsuchen, unsere Computer überprüfen, und alles, was sie finden, gegen uns verwenden? Calvino, Sie wissen selbst, dass in Zeiten wie diesen die Polizei absolute Macht besitzt. Sie kann tun und lassen was sie will. Jeder fühlt sich unwohl in ihrer Gegenwart.«

Calvino ließ Gavin Zeit, sich alles von der Leber zu reden, dieses Gefühl der Hilflosigkeit, das das Leben in einer Diktatur mit sich bringt.

»Was haben Sie ihnen gesagt?«

Gavin atmete tief durch in dem Rauch, der von den Grills des Restaurants herüber trieb.

»Ich sagte, dass ich keine Ahnung habe, wie Raphael an *diese* Droge gekommen ist.«

»Sind Seelenklempner wie Sie nicht im Geschäft mit emotionalem Trost tätig?«

»Sie verwechseln mich mit einem Barbesitzer aus Bangkok.«

Das brachte Calvino zum Lächeln.

»Ja? Vielleicht habe ich einen Fehler begangen. Wäre nicht das erste Mal.«

Er trat auf die Straße und blickte in Richtung Sukhumvit. Die Ampel stand immer noch auf Rot.

Mit einem Blick zurück zu Gavin sagte er: »Raphael war ein Angehöriger Ihrer Organisation, aber er war auch bei Ihnen in Therapie. Habe ich recht?«

»Wir bilden eine enge Gemeinschaft und versuchen, in schweren Zeiten das Gleichgewicht zu bewahren, indem wir zusammenhalten. Die Arbeit in einer solchen Hotline ist nichts für Idealisten. Sie sind schnell ausgebrannt. In der realen Welt kommt irgendwann der Zeitpunkt, wenn nichts, was man sagen oder tun könnte, noch einen Unterschied macht. Man verliert jemanden, den man zu retten versucht hat. Ich bringe den Freiwilligen bei, das zu akzeptieren. Als ich Raphael kennenlernte, wollte er zunächst über nichts anderes reden als Kunst, Noir-Krimis und Filme. Er kam drei oder vier Mal zu unseren Meetings. Ich ermutigte ihn zu weiteren Besuchen. Ich dachte, das würde ihn in eine Welt einführen, die zwar düster war, in der er jedoch anderen helfen konnte. Menschen, die selbst emotionaler Unterstützung bedürfen, eignen sich oft am besten, um sie anderen zu geben.«

Calvino kannte Raphaels bescheidene Bibliothek – Noir-Krimiliteratur, Horror, Philosophie, Biografien von Malern und Dichtern. Doch er war nur an Gesprächen über die finsteren Romane interessiert gewesen, die sich mit Gewalt und Tod beschäftigten. Er sammelte die Bücher von Leonardo Sciascia, und Calvinos Eindruck nach hatte er eine komplette italienische Ausgabe besessen. Das hieß, er war ein Fan gewesen, und Calvino wusste, dass man aus den Autoren, die ein Mensch las, viel über seine Einstellung, seinen Geschmack, seine Werte und Ängste erfahren konnte.

Gavin kannte diese Bibliothek von den Nachmittagen, an denen er selbst Modell gestanden hatte.

»Er liebte Sciascia. Einen Schriftsteller, der Realität und Wahrheit als Sackgassen ablehnte«, sagte er. »Ich empfahl Raphael, vorsichtig zu sein mit den Büchern verbitterter alter Männer, denen es nicht gelungen war, die Welt zu verändern. Die meisten Autoren aus der Mittelschicht sind nie Zeugen eines Mordes geworden, mussten nie einen Menschen töten. Das wäre so, als wollte ein Priester einem frischgebackenen Ehepaar Ratschläge über Sex in der Hochzeitsnacht erteilen. Sind Sie nicht auch dieser Meinung, Mr Calvino?«

»Ich habe ein paar Hochzeitsnächte hinter mir. Das macht mich noch nicht zum Experten.«

»Sie haben jedoch dem Tod ins Gesicht gesehen.«

Calvino warf ihm einen Seitenblick zu, während der Verkehr sich ruckelnd in Bewegung zu setzen begann. Er winkte einem Taxi.

»Worauf wollen Sie hinaus?«, fragte er.

»Die Bibliothek eines Mannes und seine Kunstsammlung sind Ausdruck seiner Weltanschauung.«

»John Waters hat einmal gesagt: ›Wenn du mit jemandem nach Hause gehst, und er hat keine Bücher, dann fick ihn nicht.‹«

Gavin fasste das als Test auf. »Wenn man diese Regel in Thailand befolgen würde, müsste man enthaltsam leben.«

Calvino grinste.

»Raphael hatte Bücher.«

Aber nicht alle davon stehen im Regal, fügte er stumm hinzu. Seit Beginn der Buchkultur hatten echte Leser immer geheime Verstecke für verbotene Exemplare besessen. Raphaels Notizbuch war ein solches, und er hatte es im Boiler des Badezimmers untergebracht.

Calvino trat auf die Straße und klopfte mit den Knöcheln ans Fenster eines Taxis. Der Fahrer ließ es herunter. Calvino nannte ihm seine Büroadresse und öffnete die hintere Tür.

»Es ist Zeit, mit Charlie Gassi zu gehen«, erklärte er und hielt Gavin die Tür auf. »Und ich habe etwas für Sie.«

SIEBEN

Charlie hatte sie schon gewittert, als Calvino noch vor der Bürotür stand. Er kam nicht einmal mehr dazu, den Schlüssel im Schloss zu drehen, als die Hündin schon von innen bellend gegen die Tür sprang. Auf der anderen Straßenseite der Sub-Soi erwachten ein paar Neonleuchten flackernd zum Leben.

Das Bellen verstummte.

Calvino stieß die Tür auf, und der Golden Retriever saß mit wedelndem Schwanz vor ihm, klopfte *bums-bums-bums* damit auf den Boden. Gavin gab ihm ein Zeichen mit der Hand. Charlie lief zu ihm und setzte sich zu seinen Füßen hin. Er tätschelte ihr den Kopf.

»Ich begleite Sie«, sagte Gavin.

Calvino ging ins Büro und holte die Leine. Gavin ließ sich auf ein Knie nieder, drückte Charlie kurz an sich und schob ihr das Halsband über den Kopf. Der Gehorsam der Hündin war ein deutliches Zeichen dafür, dass Gavin ihr Alphatier war. Calvino ging voraus, die Treppe zur Sub-Soi hinunter.

»Ich verstehe nicht, wieso Raphael mir Charlie hinterlassen hat«, sagte er. »Warum hat er sie nicht Ihnen zurückgegeben?«

»Er kannte Charlies Geschichte.«

Eine alte Frau sah aus ihrem Fenster in der zweiten Etage den beiden Männer nach, die mit den Regenschirmen und dem großen Hund unter ihr vorbeigingen.

»Charlie hatte vor Raphael schon einen anderen Pfleger. Unglücklicherweise beging der Selbstmord«, erklärte Gavin. »Ich denke, ohne Charlie hätte er es früher und mit weniger Bedenken getan. Raphael hat uns beide gemalt – Herrn und Hund, diese ungleich verteilte Macht, die fehlende Kontrolle. Auf dem Bild blicken Charlie und ich etwas an, das nur wir beide sehen können, nicht jedoch der Betrachter. Ich fragte mich: Warum wählte er diesen Blickwinkel? Keine exotischen nackten Frauen, keine verzerrten Perspektiven oder verformten Züge. Er hat mich sozusagen ›fotorealistisch‹ gemalt.«

»Vielleicht waren Sie der einzige ›reale‹ Mensch in seinem Leben«, meinte Calvino.

»Er glaubte nicht daran, dass ›Realität‹ oder ›Wahrheit‹ in seinem Herzen oder in der Natur existierten. Diese Erkenntnis hatte er eines Nachts, als er über das Bild nachdachte, das er von Charlie und mir malte. Die Perspektive des Hundes war ein Maß für die Welt, meine eigene markierte eine andere Welt, doch im Grunde waren sie ein und dasselbe, eine verbogene, begrenzte und unvollständige Wahrheit. Er sagte, das Problem sei, dass jeder sich im Besitz der allgemeingültigen Wahrheit wähnte. In diesem speziellen Fall waren Hund und Mensch in zwei Versionen derselben Fantasie eingesperrt.«

Sie gingen ein Stück weiter, bevor Calvino das Schweigen durchbrach.

»Es ist mir ein Rätsel, warum Raphael mir die Hündin überlassen hat«, sagte er. »Was soll ich mit ihr anfangen? Sie ist so groß.«

Der Regen hatte aufgehört, und Calvino klappte seinen Schirm zusammen.

Gavin lachte.

»Er hat Ihnen Charlie aus einem ganz bestimmten Grund hinterlassen. Und zwar als Botschaft an mich, dass mein Glaube an Charlie als Lösung für seelische Probleme Unsinn ist. Er fand es wohl an der Zeit, dass Charlie endlich ein stabiles Zuhause bekam. Eines, das nichts mit dem aberwitzigen Plan zu tun hatte, einen selbstmordgefährdeten Menschen zu einem normalen Leben zu bekehren. Einmal hat er zu mir gesagt: ›Kein Hund kann einen vor den Psychopharmaka bewahren, den Einweisungen ins Krankenhaus, der Psychotherapie, der ständigen Beobachtung, bis irgendwann kein Unterschied mehr zwischen einem selbst und einer beliebigen Spezies von Tier besteht.‹«

Als Gavin geendet hatte, waren sie wieder vor Calvinos Büro angelangt. Statt sich in ihre Ecke zu verkriechen, legte Charlie sich zu Gavins Füßen vor der Couch hin.

»Das hier ist es, was ich Ihnen geben wollte«, sagte Calvino und positionierte das Bild von Gavin und Charlie auf dem Schreibtisch.

Gavin lächelte und studierte das Gemälde mit frischem Blick.

»Möchten Sie etwas zu trinken?«, fragte Calvino.

Er zog die Flasche Johnnie Walker Black aus der Schreibtischschublade, stellte zwei Gläser auf den Tisch und schenkte zwei reichliche Doppelte ein.

Gavin griff nach seinem Glas.

»Wie haben Sie Raphael kennengelernt?«, fragte Calvino.

»Zum ersten Mal sind wir uns eines Morgens in der Muay-Thai-Halle in Chatuchak begegnet.«

Diese Möglichkeit hatte Calvino gar nicht in Betracht gezogen. Er hatte geglaubt, Raphael wäre bei Gavin in Therapie gegangen.

»Bei seinem Tod trug er Muay-Thai-Hosen und hatte sich die Hände bandagiert wie für einen Kampf. Ernsthaft, Sie haben ihn zum ersten Mal …?«

»Im Ring gesehen. In der Mitte einer offenen Halle. An dem Tag waren viele Ausländer da. Das mag ein Grund dafür gewesen sein, warum wir zusammenkamen. Die Schule wurde von einem ehemaligen Champion betrieben.

Eine der Übungseinheiten war das Clinchen. Raphael sagte nicht viel, während der Coach seine Anweisungen auf thailändisch schrie. Ich habe für ihn übersetzt.

Der Clinch ist ein zentrales Element des Muay Thai. Die Boxer umklammern sich im Ring und suchen nach einer Gelegenheit, Knie, Ellbogen oder eine Beinsichel gegen den Gegner einzusetzen. Es ist wie ein Gladiatorenkampf. Ich erwischte Raphael mit dem Knie an der Brust. Er ging hart zu Boden. Als er wieder aufstand, war er groggy. Ich sah, dass er Schmerzen hatte, aber auch, dass er nicht aufgeben würde.

Er hob die Fäuste und bedeutete mir, dass es weitergehen sollte. Wir gingen wieder in den Clinch, und eine Minute später gelang mir derselbe Zug wie zuvor. Ich rammte ihm das Knie gegen die Brust. Er keuchte auf, ging zu Boden und schnappte nach Luft. Ich kauerte mich neben ihm hin und fragte, ob alles in Ordnung sei. Er behauptete, er hätte sich nie besser gefühlt.«

Calvino trank von seinem Whiskey und lehnte sich zurück. Er musste seine Einschätzung von Gavin de Bruin und Raphael Pascal revidieren. *Menschen sind voller Rätsel*, dachte er.

»Raphael kam mir vom Typ her gar nicht wie ein Boxer vor.«

Gavin lächelte.

»Die Leute boxen aus ganz unterschiedlichen Gründen. Manche wollen andere verprügeln, andere lernen, sich zu verteidigen ... und manche boxen wegen der Schmerzen, die sie dabei erleiden. Es gibt Menschen, die den Schmerz regelrecht suchen. Dazu gehörte Raphael. Wir trainierten ein paar Monate miteinander. Eines Tages brachte ich ihn dazu, mir ein bisschen von sich selbst zu erzählen. Ich erfuhr, dass er in einer privaten psychiatrischen Klinik in Montreal gearbeitet hatte und seine Eltern Hippies in einer Kommune gewesen waren. Ich fragte ihn, warum er im Clinch immer eine Öffnung für einen Knie- oder Ellbogenstoß ließ, als würde er den Gegner geradezu einladen, ihm wehzutun. Das Prinzip des Boxens ist Angriff und Verteidigung. Er verteidigte sich bewusst nachlässig. Er gab keine Antwort auf meine Frage.

Irgendwann erzählte er mir, nach einem weiteren Sparring, dass er Maler sei und das Boxen für ihn der Weg war, mit dem Schmerz Verbindung zu halten. Er glaubte, dass die Erfahrung von Schmerz und Leid in der Natur des Menschen liege und die moderne Welt die Reichen nur davon abschirme, sie an einem schmerzfreien Ort einschlösse. Deshalb sei die Kunst nur noch Scheiße und das Leben langweilig geworden, und das wäre auch der Grund, warum die Leute das Handtuch warfen und sich das Leben nahmen. Sie hätten aufgehört, einen wichtigen Bestandteil des Lebens zu spüren, den Schmerz als seinen wesentlichen Bestandteil zu akzeptieren. Er sagte, jeder schmerzlose Zustand des Seins sei ein Kunstprodukt, die Weigerung, sich auf den Tod vorzubereiten. Sie schaffe die Illusion, dass es etwas gäbe, wofür es sich zu leben lohne, übergeordnete Sinnhaftigkeit. Er war jedoch der Ansicht, einen Sieg über den Schmerz könne es nie geben. Daran zu glauben, sei die größte Lüge der Menschheit, aber sie zöge eben ihre Illusionen vor, selbst auf Kosten der Wahrheit. Er glaubte, dass wir den Schmerz nicht fürchten sollten, wie man es uns lehrt, sondern annehmen.

Wissen Sie, wie der Clinch beim Muay Thai funktioniert?«

Calvino antwortete: »Die beiden Boxer stehen so nah, dass sie die Arme um den Nacken des Gegners schlingen können. Dann geht es nur noch darum, mit Ellbogen und Knien Körpertreffer anzubringen.«

»Für Raphael bedeutete es die Gelegenheit, jemandem ins Gesicht zu sehen und es wie einen Spiegel zu benutzen. In den Augen des Gegners reflektierte sich das Bild seines eigenen Schmerzes. Er behauptete, er würde seine

Wahrnehmung von sich selbst und seiner Umgebung in kleine Stücke brechen und verdichten, bis er tief in jenen animalischen Zustand stürzte, aus dem es kein Entrinnen gab. Die beiden Boxer tauschten Schmerz aus, bis einer aufgab oder ausgeknockt wurde. Ob Gewinner oder Verlierer, in jedem Fall bezog man Prügel. Der Körper schleppte die Schläge noch tagelang mit sich herum. Sie trafen einen ein zweites Mal, wenn man sich im Bett umdrehte, wenn man das Hemd auszog oder sich unter der Dusche zu waschen versuchte. Selbst wenn der Schmerz abgeklungen zu sein schien, überflutete das Körpergedächtnis das Gehirn und schrie nach mehr. Und dann stand er wieder in der Boxhalle und tankte den Körper mit Schmerzen auf, damit er weiterlief. Sie denken vielleicht, Raphael wäre das gewesen, was man einen Masochisten nennt. Aber dann haben Sie das Wesentliche nicht verstanden.«

»Und das wäre?«

»Raphael hat sich an den Schmerzen gemessen. Er malte dann am besten, wenn ihm alles wehtat, und er übersetzte das Leiden in Kunst. Er lebte von echter, qualvoller, leibhaftiger Pein. Unsere emotionalen Wehwehchen und die daraus folgenden Schmerzen genügten ihm nicht. Er behauptete, das Malen sei Schwerarbeit, genau wie die eines Automechanikers. Man benutzt dabei seine Hände. ›Sehen Sie sich die Hände eines Malers an‹, sagte er, ›und Sie werden bemerken, dass sie schwielig sind wie die eines Reisbauern auf dem Feld.‹ Deshalb ließ er beim Boxen immer eine Lücke in seiner Deckung, die nicht allzu offensichtlich war. Er lud den Gegner dazu ein, die Gelegenheit zu nutzen. Dann rammte ihn ein harter Kniestoß, und er machte einfach weiter, wartete auf den nächsten. Raphael war ein junger Mann auf der Suche nach Lehrmeistern – das Boxen gehörte dazu. Auch Charlie und sein Vater. Und Sie.«

»Ich? Das ist wirklich kaputt, geistig daneben«, sagte Calvino und tippte sich mit dem Finger an die Schläfe.

Gavin nippte an seinem Whiskey, stellte das Glas ab, ließ das Getränk über den Gaumen rollen und schluckte genüsslich.

»Die Art und Weise, wie andere uns sehen, unterscheidet sich oft von unserem Selbstbild. Das war sein Blick auf die Welt. Er hatte das Gefühl, wenn man die Wahrheit überdeutlich sieht, können einem die, die noch im Dunkeln tappen, nicht folgen. Man diskutiert mit ihnen. Sie hören nicht zu. Irgendwann gilt man als depressiv. Und Sie wissen ja, was mit depressiven Menschen geschieht. Die Ärzte pumpen sie voll mit Medikamenten, bis sie endlich den Mund halten. Wir haben darüber gesprochen, was geistige Gesundheit bedeutet, und ich meinte, dass dieses Rätsel nie gelöst werden würde. Ich erwähnte, dass ich Psychologe sei. Das brachte ihn erst in die Defensive, doch als er mir von seiner Arbeit in der Nervenklinik erzählte, schuf es ein Band zwischen uns.

Irgendwann sprachen wir auch über *meine* Boxkarriere. Ich stamme aus Utrecht, einer hübschen kleinen Universitätsstadt in den Niederlanden. Mein Vater ermutigte mich zum Boxen, und ich blieb während meiner Teenagerzeit dabei – zwischen dreizehn und neunzehn. Doch als ich auf die Universität ging, hängte ich die Handschuhe an den Nagel. Raphael fand, das wäre eine große Schande, etwas aufgegeben zu haben, das ich so sehr liebte. Für ihn war das wie ein Tiefschlag. Von da an suchte er sich andere Sparringspartner und vermied jeglichen Augenkontakt mit mir. Wir wechselten wochenlang kein Wort miteinander.

Dann lud ich ihn zu einem Drink ein und erklärte ihm, dass ich mir nie ein Urteil über ihn erlauben würde. Ich war nicht sein Therapeut. Sicher, ich betreute Expats mit emotionalen und psychischen Problemen, aber sobald ich die Boxhalle betrat, kehrte ich an einen Ort meiner Kindheit zurück. ›Muay Thai ist für mich wie eine

Zeitmaschine‹, sagte ich. Er gab zu, dass er vielleicht ein bisschen überempfindlich war, was Seelenklempner anging. Er hatte eine Reihe von schlimmen Erfahrungen mit ihnen gemacht und fühlte sich im Stich gelassen. Nach Raphaels Begriffen waren seine Ansichten über den Schmerz, das Leben und seinen Entschluss, diesem ein Ende zu setzen, absolut rational und nachvollziehbar. Für ihn bedeutete es einen Akt der Irrationalität, in diese Welt einzutreten. Dabei hatte er kein Mitspracherecht besessen. Aber die Welt wieder zu verlassen, das unterlag seiner Kontrolle, und für ihn war seine Entscheidung ein Ausdruck überlegener geistiger Gesundheit. Seiner Argumentation zufolge waren vielmehr diejenigen die Wahnsinnigen, die eine Realität der falschen Farben, Formen und Bilder anbeteten. Wenn es ihnen so lieber war, sollte ihm das recht sein. Aber er wollte sich nicht an ihrer Verschwörung beteiligen.«

Gavin hatte eine merkwürdige Art, von dem Verstorbenen zu reden. Calvino interpretierte seinen Redeschwall als eine Sammlung von Schmuckstücken aus der Praxis eines versierten Analytikers und Therapeuten. Sein eigentlicher Beruf war es, zuzuhören und das Geheimnis des Menschen hinter der Maske zu enträtseln. Calvino war selbst einmal Patient gewesen, nachdem ein Fall in Rangun sein Leben durcheinandergewirbelt hatte. Er erinnerte sich noch gut, wie er im Geiste auf dem Spielfeld herumgerannt war, während der Seelenklempner zusah, wie er versuchte, den Ball im Tor unterzubringen. Aber das hier war anders. Gavin hatte verheerende Schläge gegen Raphaels Kopf und Körper ausgeteilt. Und jedes Mal, wenn man einen anderen Menschen schlägt, setzt sich dieser Akt der Gewalt im Geist des Opfers fest. Niemand, der je zusammengeschlagen worden ist, wird es je vergessen – vor allem nicht, wenn er sich selbst dazu angeboten hat. Calvino sah Raphaels Gemälde in einem neuen Licht. Er hatte sich stundenlang mit ihm über Künstler und Malerei unterhalten. Doch was er dabei gesagt haben könnte, dass Raphael ihn als Lehrmeister betrachtet hatte, blieb ihm ein Rätsel.

Gavin streckte die Hand aus und kraulte Charlies Kopf. Die Hündin schlief auf der Seite liegend, die Augen geschlossen, und ließ sich streicheln. Calvino füllte die beiden Gläser wieder auf und legte das Bild auf den Schreibtisch. Er stützte die Ellbogen auf die Lehnen seines Bürostuhls und betrachtete Gavin mit dem schlafenden Hund.

»Hat er gesagt, wieso er die ›Sechs Freiheitsgrade‹ gemalt hat?«, fragte er. »Was hat ihm die Serie bedeutet? Der Begriff ist ungewöhnlich. Ich habe ihn gegoogelt, und was glauben Sie, habe ich gefunden? Seiten über Seiten darüber, was ›Freiheitsgrad‹ in der Mathematik heißt, in der Chemie, Statistik, Robotik. Ich stieß auf tonnenweise technischen Jargon und viele Gleichungen. Ich bekam Kopfschmerzen bei dem Versuch, sie zu verstehen. Dann gab ich es auf. Ich dachte, ich hätte an der verkehrten Stelle gesucht und etwas übersehen. Nichts von dem, was ich fand, hatte das Geringste mit dem zu tun, was er malte. Können Sie mir da weiterhelfen?«

»Raphael sagte einmal, dass ein perfekter Tod durch ein einziges falsches Wort von einem Therapeuten ruiniert werden könnte«, erwiderte Gavin. »Oder zerstört von einem intelligenten, wohlmeinenden Theoretiker. Ich weiß, ich habe Ihnen die Vorstellung vermittelt, dass Raphael nur in die Boxhalle kam, um Schmerz zu erleben. Weil er dachte, der Schmerz sei ein besserer, gründlicherer Lehrmeister für das Leben als das Vergnügen. Aber er studierte Muay-Thai-Boxen auch unter anderen Gesichtspunkten. Eines Tages sah ich ihn alleine dasitzen und einen Kampf beobachten. Ich fragte ihn, was er da machte. Er erwiderte, dass er die einzelnen Bewegungen der Boxer zählte. Es war eine rein mechanische Angelegenheit. Boxer stießen bei sechs Freiheitsgraden an ihre Grenze. Jeder Muay-Thai-Schlag konnte damit dargestellt werden: Auf oder ab, links oder rechts, vor oder zurück, dazu der Roll-, Nick-, und Gierwinkel. Genau wie bei einem Boot oder einem Flugzeug. Im Clinch war jeder Freiheitsgrad reduziert. Er veränderte die Beweglichkeit des Körpers – er war jetzt mit dem des anderen Boxers verbunden. Zwei Maschinen, die nach einer Gelegenheit suchten, einen Knie-, Ellbogen- oder Kopfstoß anzubringen. Aber der Clinch hatte noch eine unerwartete Auswirkung.

Wenn die Boxer sich aneinanderklammerten, verloren sie ihre individuelle Beweglichkeit. Zwei verbundene Körper ergaben keineswegs einen einzigen neuen – sie befanden sich in einer Zwischenphase, die durch einen Akt der Gewalt beendet werden sollte. Doch bis der dazu nötige Schlag fiel, gab es einen kurzen Moment, in dem beide Boxer absolut null Freiheitsgrade erfuhren. Raphael wollte die Bedeutung dieses Zustands des Seins ergründen. Die Unfreiheit in dem Augenblick, wenn alle Freiheitsgrade gelähmt waren, erlaubte ihm den Blick auf eine tiefere Ebene der Wirklichkeit. Dies war für ihn die schlussendliche Lehre des Muay Thai – nicht der Schmerz, sondern der Clinch an sich.«

Gavin trank von seinem Whiskey. Charlie schlief weiter friedlich zu seinen Füßen. Calvino hatte ihn einfach reden lassen. Keine zielgerichtete Gesprächsführung hätte ihn dazu gebracht, so freimütig seine Theorien und Erfahrungen zu teilen. Für Gavin war das Reden Berufsrisiko. Da musste ihm kein Privatdetektiv eine geschickte Falle stellen. Es hatte nur eines kleinen Anstoßes bedurft, damit der Redefluss zu strömen begann. Als Privatschnüffler wusste Calvino allerdings, dass auch Klienten, die ihre Unschuld überzeugend darlegten, manchmal unwiderlegliche Beweise ihrer Schuld vorgelegt bekamen.

Calvino durchbrach das Schweigen.

»Ein Freund von mir hat mal gesagt: ›Solange es gut bezahlt wird, macht es mir nichts aus.‹ Das ist das Motto der meisten Straßenmädchen.«

Gavin meinte: »So ist es. Was ist der wahre Job einer Prostituierten? Sie wird nicht für Sex bezahlt, sonder für die Illusion, dass der Sex etwas zu bedeuten hätte. Sie lässt einen Mann die Sinnlosigkeit vergessen, jeden Tag aufs Neue denselben Felsen den Berg hinauf zu wälzen.«

Calvino streckte sich. Es war bereits nach Mitternacht.

»Bei Raphaels Ansichten hatte er sicher viele Freunde und war ein richtiger Partylöwe.«

»Ich fürchte, ich habe zu viel geredet. Da er Sie zu seinem Testamentsvollstrecker ernannt hat, dachte ich, Sie wollten vielleicht mehr über ihn erfahren. Einige Seiten von Raphael haben Sie womöglich nie zu sehen bekommen ...«

Gavin stand auf. Charlie öffnete die Augen, hob den Kopf und beobachtete Gavin.

»Es ist noch etwas in der Flasche. Trinken Sie noch einen Schluck«, sagte Calvino. »Setzen Sie sich, wenn Sie noch mehr zu sagen haben.«

Gavin schien nachzudenken und schüttelte schließlich den Kopf.

»Machen wir lieber Schluss für heute.«

Es sah so aus, als hätte er noch etwas hinzufügen wollen, es sich dann aber anders überlegt.

»Wenn Ihnen noch etwas einfällt, rufen Sie an oder schicken Sie mir eine E-Mail«, bat Calvino. »Kommen Sie morgen Abend wieder zum Wat?«

Gavin nickte kurz.

»Ja, ich komme. Wenn Sie wissen wollen, wie Raphaels Verstand arbeitete, sollten Sie sich seine Website ansehen. Ich gebe Ihnen die URL. Es sei denn, Sie hätten sie schon.«

Calvino schüttelte den Kopf.

»Nein. Aber ich würde gerne einen Blick darauf werfen. Danke.«

»Ich habe die Seite für ihn eingerichtet und ihn dazu ermutigt, über seine Gefühle, seine Eltern und seinen Alltag zu posten. Er hat sie Ihnen gegenüber nicht erwähnt? Das ist seltsam. Das meiste, was ich Ihnen heute erzählt habe, sind Raphaels eigene Worte.«

Calvino reichte ihm Papier und Kugelschreiber, und Gavin notierte die Webadresse.

»Wenn Sie sie angesehen und dann noch Fragen haben, können wir uns morgen noch einmal zusammensetzen. Wird die Polizei wieder da sein?«

Calvino nickte.

»Damit müssen wir rechnen«, erklärte er. »Und was Charlie betrifft ...« Calvino warf einen Blick auf die Hündin. »Nehmen Sie sie doch mit. In einem Büro zu hausen, ist kein Leben für einen Hund«, meinte er. »Oder sind in Ihrer Wohnung keine Haustiere zugelassen?«

»Ich habe ein kleines Haus. Charlie ist kein Problem.«

Die Hündin hob wieder den Kopf, als sie ihren Namen hörte. Gavin berührte ihren Hals, und sie sprang auf.

»Sie hat in einem Jahr zwei Pfleger verloren«, sagte Gavin. »Es wird Zeit, dass sie jemanden hat, der sie nicht im Stich lässt. Ich denke, das ist ein Grund dafür, dass Raphael sie Ihnen überlassen hat. Er vermutete, Sie wären der Letzte, der Selbstmord begehen würde.«

»Steht das so auf seiner Website?«

»Nein, das ist eine private Beobachtung.«

»Was genau wollen Sie damit sagen?«

»Nehmen Sie es nicht persönlich. Die meisten Menschen sind zerbrechlich. Sie haben Angst und klammern sich an die kleine Ecke ihres Lebens, die sie gut kennen. Das reicht ihnen.«

Calvino brachte Gavin zur Tür, und Charlie trabte ihnen nach, als würde sie wissen, dass es Zeit war, nach Hause zu gehen.

»Anscheinend hat Charlie ihre Wahl getroffen.«

Gavin bückte sich, um ihr die Leine anzulegen.

»Raphael besaß gute Menschenkenntnis«, erklärte er, »vor allem für einen so jungen Mann. Er sagte, er hätte sein

›Plädoyer für den Selbstmord‹ niedergeschrieben, damit ich besser verstünde, was für ihn rational und logisch war. Können Sie sich das vorstellen, ein Künstler, der sich Gedanken um Rationalität macht? Er hat Ihnen sein Werk hinterlassen, nicht ohne Hintergedanken, vermute ich. Charlie war als Bindeglied zwischen uns gedacht. Raphael wusste, dass ich sie früher oder später zu mir nehmen würde. Er nahm an, dass Sie dann viele Fragen hätten, und ich war derjenige, dem er sich anvertraut hatte. Er muss vorausgesehen haben, dass wir dann zwangsläufig zusammenkommen.«

»Es ist immer ein Fehler, sich zu sehr in das Leben eines Streuners einzumischen.« Calvino dachte an das Notizbuch, das Raphaels Putzfrau gefunden hatte.

»Nur so lernt man ihn kennen«, entgegnete Gavin.

Eine Perspektive, wie man sie von einem Psychologen erwarten musste, überlegte Calvino. Sein Ziel war es, das Innere des Verstands auszuleuchten. Doch die meisten Innenräume sind schlicht ausgestattet. Wenn man zu tief buddelt, stößt man nur auf ein gruftartiges Loch.

»Ich würde sagen, es gibt Menschen, deren Abgründe man besser nicht auslotet.«

Calvino begleitete Gavin die Treppe hinunter bis zur Straße. Das Leuchtschild am Massagesalon »One Hand Clapping« brannte noch. Ein paar der Massagegirls lungerten davor herum und beobachteten die beiden Männer mit dem Hund. Sie gingen zur Einmündung der Soi 33 und warteten auf ein Taxi. Erst der dritte Fahrer willigte ein, Charlie mitzunehmen. Als er anfuhr, drückte Charlie die Nase von innen gegen die Scheibe und sah in Calvinos Richtung. Der Gedanke, wieder einen Hund zu haben, hatte begonnen, ihm zu gefallen. Andererseits musste er zugeben, dass Charlie die richtige Wahl getroffen hatte. Selbst ein Hund spürte, welches Herrchen den größeren Felsen den Berg hinaufzurollen hatte.

Teil II

EINS

Calvino saß mit weit aufgerissenen Augen und Schnappatmung am Schreibtisch. Er studierte Zahlen, Namen, Spitznamen, Ränge und Einheiten in dem Notizbuch aus Raphaels Badezimmerboiler. Es war das sprichwörtliche heiße Eisen, von dem man besser die Finger ließ. Es rauchte und qualmte und stank wie der Schlüssel zum Höllentor, und er hatte es geöffnet. Gleich nach dem Aufstehen war er mit einem Schraubenzieher in Raphaels Atelier zurückgekehrt. Hinter der Abdeckplatte des Boilers hatte er die Foodland-Plastiktüte mit dem kleinen Notizbuch gefunden und den ganzen Morgen darin geblättert. Hätte jemand getötet, um dieses Buch in die Finger zu bekommen? Auf die Frage gab es nur eine Antwort. Hatte jemand deswegen Raphael getötet und es wie Selbstmord aussehen lassen? Das war schwerer zu beurteilen.

Calvino hatte Pratt nichts von dem Notizbuch erzählt. Nicht einmal Ratana. Das war ein Geheimnis zwischen ihm und Oi, Raphaels Putzfrau. Er war sich einigermaßen sicher, dass sie selbst nicht darüber sprechen würde. Jetzt, da es aufgeschlagen vor ihm auf dem Schreibtisch lag, kam er sich vor wie ein Altmetallsammler, der auf eine Ladung Kobalt-60 gestoßen war und sich fragte, wie er die gefährliche Strahlung eindämmen sollte.

Der letzte Eintrag datierte vom März, also vor drei Monaten. Damit war ausgeschlossen, dass ein früherer Mieter es versteckt hatte. Raphael selbst oder ein Besucher hatte es im Boiler verstaut. In dem Notizbuch tauchte nirgendwo der Name einer Bar, eines Klubs oder eines Massagesalons auf. Der Verfasser war vorsichtig gewesen. Der Untertitel eines solchen Bestechungsspiels lautete Diskretion – Licht aus, Tür zu, keine Überwachungskameras, keine Zeugen. Mit einer solchen Checkliste sorgte man für Privatsphäre und konnte leugnen, dass jemals Geld den Besitzer gewechselt hatte.

Das System hatte sicher wunderbar funktioniert, bis das Notizbuch mit Namen, Daten und Zahlen verschwunden war.

Seine Herkunft festzustellen, war schwierig. Es konnte aus dem Hinterzimmer von Hunderten von Rotlichtunternehmen stammen. Es roch nach Schutzgeldzahlungen, Erpressung und doppeltem Spiel, nach frisch vergossenem Blut.

Es war ein Rätsel, mit dessen Lösung dem anonymen Besitzer des Notizbuchs die Maske vom Gesicht gerissen werden würde. Wenn der Verbrecher selbst zum Opfer wurde, galt nur noch eine Regel: Jemand musste sterben. Calvino lehnte sich zurück und fragte sich, wer es wohl gestohlen hatte und wie es in Raphaels Besitz gelangt war. Das Versteck wäre gut gewählt gewesen, wenn die burmesische Putzfrau Oi, die sich selbst die thailändische Sprache beigebracht hatte, es nicht rein zufällig gefunden hätte.

Paul und Tuk hatten sich stundenlang im Atelier aufgehalten und dabei reichlich Gelegenheit gehabt, es herauszuholen. Sie hatten entweder nichts von seiner Existenz gewusst oder gedacht, es wäre so heiß, dass sie besser die Finger davon ließen. Wie bei den meisten Beweisstücken konnte seine Bedeutung variieren, je nachdem, wie die Ermittler die Absichten des Verdächtigen interpretierten. Calvino kratzte sich den Kopf und wandte sich wieder dem Computerbildschirm zu. Er betete sich vor: *Raphael hat Selbstmord begangen*. Er war nicht wegen des Notizbuchs ermordet worden. Davon war er überzeugt. Er hatte den Tatort und die Leiche gesehen, er kannte den Autopsiebericht. Er hatte ein Dutzend Personen befragt, und alle Hinweise deuteten in eine Richtung: Tod durch Selbstmord. Das Notizbuch eröffnete allerdings einen neuen Aspekt, und dort lauerten die Türen des Bösen. Eine entscheidende Variable in der Gleichung fehlte. Raphael stand für eine Vernehmung nicht mehr zur Verfügung. Doch vielleicht fand sich der Schlüssel in den Worten, die er hinterlassen hatte. Die Menschen verrieten sich unwissentlich in vielen kleinen Dingen. Sie hinterließen eine Spur, der folgen konnte.

Raphael hatte seine Modelle aufgefordert, ihre Geschichten auf die Porträts zu schreiben. Erst die Verbindung von Gemälde und geschriebenem Wort bildete das endgültige Kunstwerk. Calvino trank seinen Kaffee aus und bereitete sich darauf vor, mit einem Kopfsprung in Raphaels eigene Worte einzutauchen. Der Künstler schien seinen Selbstmord als eine Art Kunstwerk geplant zu haben, doch es waren noch andere Kräfte wirksam gewesen, die darauf hindeuteten, dass sein Tod in die Pläne von weiterer Personen passte.

Es war nicht Calvinos erster Selbstmord, der einen Hauch von Mord an sich hatte. Einmal hatte er in Pattaya auf dem Balkon seines Zimmers mit Meerblick in Graham Greenes »Der stille Amerikaner« gelesen, als das Unvorstellbare geschah. Er hatte aufgeblickt und in die entsetzten Augen einer jungen Thailänderin gestarrt, die sich mit einem stummen Schrei auf den Lippen im freien Fall vom Zimmer über ihm befand. Eindrücke von blendender Intensität hatten ihn durchfahren, während sein Verstand darum

kämpfte, etwas anderes zu denken als nur »Was soll ich tun?«
Als er jetzt an diesen Augenblick zurückdachte, flackerte
wieder dieses frostklirrende Gefühl auf, gerade jemanden
sterben gesehen zu haben.

Und es war nicht die einzige Todesszene gewesen, die
er miterlebt hatte. McPhail hatte einmal gefragt: »Wie ist
es eigentlich, wenn man so viele tote Menschen sieht?
Gewöhnt man sich daran?«

Das war ernüchternd gewesen.

»Das gehört zu meinem Job«, hatte Calvino geantwortet.
»Man lernt, damit umzugehen.«

»Dazu muss man aber einen gusseisernen Magen haben«,
hatte McPhail gesagt. »Ich will es gar nicht so genau wissen.
Solche Sachen muss ich nicht sehen. Ich will nicht einmal
davon hören.«

Damit sprach McPhail wohl den meisten Menschen aus
dem Herzen. *Den Tod anderer zu meiden, ist fast so gut, wie
dem eigenen aus dem Weg zu gehen*, vermutete Calvino.

Gleich sein erster Fall in Bangkok hatte ihn mit Mord und
Selbstmord vertraut gemacht. Ein englischer Börsenhändler
war mit einer Kugel im Kopf tot aufgefunden worden. Die
Polizei kam zu dem Schluss, dass er sich selbst erschossen
hatte. Tatsächlich jedoch war Ben Hoadly ermordet
worden. Und später in Rangun war da Alan Osbornes
Sohn Rob gewesen, dessen Ermordung man wie einen
Selbstmord hatte wirken lassen. Rob war ein junger Idealist
wie Raphael gewesen. Das schien eine hohe Sterberate mit
sich zu bringen. Raphael war in vieler Hinsicht ein Kind-
Mann gewesen. In seinem Körper hatte man eine dieser
Todesdrogen gefunden, über die selbstmordgefährdete
Personen im Internet Tipps austauschten. Dieses Medikament
und das handschriftliche Testament, das gleichzeitig ein
Abschiedsbrief war – in seiner Art ein eigenes Kunstwerk –,
stützten doch sehr stark die Selbstmordtheorie. Es existierte
kein klarer Hinweis auf ein Mordmotiv. Doch Calvino

wusste, dass er in einem Zeitalter lebte, in dem Beweise und Fakten nicht mehr denselben Stellenwert besaßen wie in der Epoche des Idealismus.

Die Existenz eines Motivs alleine hätte nicht ausgereicht. Es gab keinerlei Spuren eines Mordes, die man ermittlungstechnisch unter den Teppich hätte kehren können. Die Polizei war mit dem Bulldozer vorgegangen, wo eine Pinzette angebracht gewesen wäre.

In Calvinos anderen Selbstmordfällen hatte es immer ein Detail gegeben, das nicht zur Theorie passte. Raphael hingegen hatte seinen Abgang über lange Zeit hinweg geplant. Er hatte sogar online eine Art Tagebuch geführt, das dem Freitod gewidmet war.

Calvino lud die Seite und scrollte langsam nach unten. Die zweite Nacht von Raphaels Beisetzungsfeierlichkeiten stand bevor, während er mit der Lupe einen Berg von Informationen durchzugehen begann, um vielleicht ein Detail zu entdecken, das der These der Selbsttötung widersprach.

ZWEI

Wir alle haben zwei Gesichter: Eines, das wir anderen zeigen, und eines, das wir im Spiegel sehen. Dies ist meine eigene Geschichte ... Ich bin nicht der erste Ausländer, der ins Land des Lächelns gekommen ist, um festzustellen, ob das Leben lebenswert ist. Von Anfang an wusste ich, dass Thailand, sollte die Antwort Nein lauten, der richtige Ort war, um den Kinderkram hinter mir zu lassen und mich dem Ende meines Lebens anzunähern. Eigentlich finde ich diese Phrase vom »Ende des Lebens« langweilig und sinnentstellend. Wer weiß schon genau, wo das »Leben« anfängt und wo es endet. Selbst ein Halbgebildeter wie ich begreift allerdings, dass man die Spanne dazwischen nicht auf die leichte Schulter nehmen sollte.

Ich lebe jetzt das zweite Jahr in Bangkok, als Teil einer Generation ohne Zukunft. Ich glaube, dass unsere Situation sich noch beträchtlich verschlimmern wird. So ist das eben. Aber die Realität zu akzeptieren, ändert nichts an dem Wunsch, meinem Leben ein Ende zu setzen, bevor die Welt es tut. Ich habe bei der Selbstmord-Hotline gearbeitet. Ich weiß, welche Lügen die Menschen sich einreden. Ich weiß, wie leicht man Aufmerksamkeit gewinnt, wenn man von Selbstmord spricht. Aber Reden ist Reden, nicht wahr? Die meisten Leute, die bei der Hotline anrufen, wollen nur mit jemandem sprechen. »Hey, guckt mal her, ich bin es! Hört mir zu!« Und wir Künstler sind wie Hotline-Anrufer. Welcher Künstler würde sich nicht wünschen, beachtet zu werden?

Jetzt ist es raus … Ich möchte Aufmerksamkeit für meine Kunst, aber nicht für meinen Vorsatz, mein Leben zu beenden.

Das ist eine künstlerische Entscheidung.

Ich bin nicht daran interessiert, gerettet zu werden. Ich male … Ich werde sterben. Das sind die zwei Dinge, die ich kontrollieren kann. Alles andere ist ständig im Fluss, verschwommen, ein Traum, aus dem man früher oder später erwacht.

Warum tue ich es dann nicht einfach? Ich kann zwei Gründe dafür anbieten. Wenn Sie wollen, können Sie sie gerne lahme Ausreden nennen. Der eine ist, dass ich den Code des Lebens von Tuks Handy entschlüsselte. Sie arbeitet in einem Nachtklub, der vor allem von reichen Chinesen besucht wird. Halten Sie diesen Gedanken für einen Moment lang fest: schöne Frauen … böse Männer … gefährliche Geschäfte. Und der zweite Grund? Nur Geduld bitte, ein wenig Geduld. Immer nur ein Grund auf einmal.

Ich habe ihr Smartphone gehackt. Ich habe Dinge erfahren, die ich nicht wissen dürfte.

An den meisten Nachmittagen lese ich Tuks Nachrichten. Sie würden staunen, was Männer, die eine Menge zu verlieren haben, einem Bargirl alles texten. Ich studiere ihre SMS, während sie nebenan schläft und sich von den körperlichen Strapazen ihres Berufs erholt. Jeden Tag ist es eine neue Mischung aus Mixed-Media-Nachrichten – Geschichten, die sich aus Worten, Smileys, Gesichtern, Fotos, Sprachnachrichten, Animationen, sprechenden Emojis und Videos zusammensetzen. Wenn ich die Korrespondenz betrachte, bemerke ich, dass Tuk nie die Konzentration verliert und vergisst, wer gerade am anderen Ende sitzt. Sie beweist das emotionale Spektrum eines Waschbären, der mit einem Fisch in einem winzigen Teich kommuniziert.

In ihrem Handy befinden sich viele Kontakte. Romantische Spammails. Es gibt eine Liste für chinesische Kunden, eine andere für Japaner und eine dritte für Farangs. *Ich stehe auf der Farang-Liste: Ace, Alfie, Bjorn, Buck, Cesar, Denny, Eddy, Felix, Ivan, Jerry, Karl, Kurt, Mat, Niko, Pat, Paul, Randy,*

Raphael, Robin, Shane, Steve, Wally, Yusuf und Zack (die Großbuchstaben stammen von mir, dazu hat sie keine Zeit). Sie ist eine Geschäftsfrau mit dem Ziel, den Quartalsgewinn zu steigern.

Das Buch ihres Lebens hat viele Kapitel und viele Emojis. Tuk und ihre thailändischen Freundinnen tauschen sie ständig aus. Sie existieren jenseits der Reichweite von Sprache. Eine elektronische Anordnung verschiedener Emojis kann tiefste Gefühle ausdrücken, für die sie keine Worte besitzen. Die Kunden unterschätzen sie, und Tuk belässt sie in dem Irrtum, weil sie ihn zu ihrem Vorteil nutzen kann. Warum ermutige ich sie, jeden Tag hierherzukommen? Ihr Ehrgeiz verwurzelt sie im Leben ... meiner bringt mich dazu, von den Gestaden des Lebens fortzusegeln. Ich versuche, die Anziehungskraft des Daseins durch ihre Augen zu sehen, den Dingen eine zweite Chance zu geben, sie neu zu beleuchten.

Unser Narzissmus nährt die merkwürdige Vorstellung, unser eigenes Leben wäre einzigartig. Aber unsere Emotionen sind wie Sand am Meer. Sie sind nichts Besonderes ... Ihr seid nichts Besonderes ... Ich bin nichts Besonderes. Ich belüge mich nicht selbst.

Ich bin lediglich ein x-beliebiger Ausländer, der seinen Job verloren hat, in ein Flugzeug nach Thailand gestiegen ist und sich einbildete, dass mit einem Neubeginn alles in Ordnung kommen würde. Nach ein paar Monaten an diesem neuen Ort fragte ich mich: Ist das Leben lebenswert? Dieselbe Frage habe ich immer wieder von Anrufern bei der Selbstmord-Hotline gehört. Sie dachten, ich müsste eine Antwort darauf kennen. Was für ein Witz! Möchten Sie meine ehrliche Meinung hören? Niemand legt Wert auf Ehrlichkeit und Wahrheit. Alle haben Angst davor.

Das sagte ich natürlich nicht den Anrufern. Eher: »Das kommt darauf an, was Sie wollen.« Ich lauschte auf das kleinste Anzeichen jenes Ehrgeizes, der Tuk und Millionen andere Menschen antrieb. Doch keine Spur davon ... Ihnen war das Geld ausgegangen, ihre thailändische Freundin schickte ihnen keine lächelnden Selfies mehr. Sie hatten das Gefühl, das Glück hätte sie verlassen. Sie befanden sich im freien Fall. Sie sprachen hinter vorgehaltener Hand darüber, sich dem Klub der Springer anzuschließen.

Manchmal wollte ich nur noch schreien: »Dann spring doch endlich!« Denn was für einen Unterschied macht es langfristig? Wenn man nicht freiwillig springt, stoßen einen Alter und Krankheit vom Balkon. (Gavin: Nur keine Sorge – das habe ich nie zu einem Anrufer gesagt). Aber ich bin nicht der miese Kerl in der hinteren Reihe eines Treffens der Anonymen Alkoholiker, der heimlich die Flasche herumgehen lässt. Ich bin der miese Typ, der zu Hause säuft und dann hingeht, um andere Menschen, die ebenfalls nur noch ein Schatten ihrer selbst sind, davon sprechen zu hören, wie sie zu Gott gefunden haben.

Ich beende gerade eine Bilderserie ... und das ist der zweite Grund dafür, dass ich vorläufig noch am Leben bleibe. Ein reicher Kerl aus Hongkong will sie kaufen. Lang, mein Freund und Finanzexperte, hat ihn aufgetrieben. Es handelt sich um sechs Gemälde. Ich nenne die Reihe »Die sechs Grade der Freiheit«. Sie wird mein Beitrag zum Andenken meines Vaters und des »Freedom Place« sein, der Kommune der Freiheit, und ihrer Mitglieder.

Sie ist außerdem eine persönliche Mahnung, dass ich diesen sechs Graden der Freiheit niemals entrinnen kann, egal wie viele hundert Bilder ich fertigstelle. Die Kommune glaubte an diese Grade der Freiheit. Sie markieren unsere Grenzen, und wenn man sie erreicht und nicht weiterkommt, empfindet man viele verschiedene Emotionen – Schrecken, Traurigkeit, Verzweiflung ... Aber das Problem ist nicht, dass man über den Rand der Welt herunterfällt. Man stellt fest, dass sich niemand dafür interessiert.

Mein Atelier ist ein Miniaturbild der Kommune meiner Kindheit. Es steht allen Menschen offen, zu kommen und zu gehen, wie sie wollen. Sie dürfen Dinge zurücklassen oder mitnehmen oder teilen, trinken, essen, sich nackt ausziehen, lieben und hassen. Ich male sie. Ich gebe ihnen Freiheit. Wenn sie einmal deren Süße gekostet haben, kehren sie wieder. Eigentlich sollte ich der glücklichste Mensch der Welt sein, nicht wahr? Wenn das Leben nur so einfach wäre. Aber das ist es nicht.

Ich habe Typen gekannt, die volltrunken irgendeinen Mist gebaut haben und sich im Leichenschauhaus wiedergefunden haben. Wie der Kerl, der seine Freundin auf dem Balkon so wild fickte, dass beide über das Geländer flogen. Das gab vielleicht einen Klatsch, zwölf Stockwerke tiefer, wo sie auf das Dach eines roten Honda Jazz krachten, der unberechtigt auf einem eindeutig gekennzeichneten Behindertenparkplatz stand. Es war das Auto des toten Mädchens. Ein gefundenes Fressen für die Presse. Als ob der Tod eine Einladung bräuchte, um auf dem Maskenball des Spotts aufzutauchen.

Willkommen auf meinem persönlichen Ball des Sarkasmus. Ich bin Raphael Pascal, Ihr Gastgeber. Ich bin Künstler. Außerdem übe ich die Kunst des Muay-Thai-Boxens aus. Der Trick liegt darin, zu wissen, wann man zuschlagen muss und wo der Schlag landen soll ... Und auch in dem Wissen, was man mit einem Treffer erreichen will.

In der Malerei ist es genauso, nur dass man keinen physischen Hieb landet. Mein Körper tut dabei etwas anderes. Seine Waffen sind der Pinsel und das Messer, denn mit diesen Werkzeugen bearbeite ich das Bild. Mit der linken Hand mische ich den richtigen Farbton an, mit der rechten packe ich den Pinsel. Und dann beuge ich mich vor und gehe mit der Leinwand in den Clinch. Ich will die abgebildete Person restaurieren und ihren Originalzustand wiederherstellen. Und mit »Originalzustand« meine ich nicht den aus der Zahnpastawerbung.

Als ich noch klein war, verbrachte ich viele Stunden in der Werkstatt meines Vaters und sah zu, wie er alte Autos restaurierte. Ich beobachtete ihn, während er an den ausgeleierten, verbrauchten, verrosteten, zerbeulten und abgenutzten Karossen arbeitete. Er lehrte mich die Kunst, das Echte unter der Oberfläche zu erkennen. Und er brachte mir das Boxen bei. Es ist ein gutes Gefühl, die wahre Natur der Dinge wiederherzustellen. Und zu wissen, dass man den Schmerz aushalten kann, wenn man Schläge einsteckt.

Mit der Zeit erlernte ich dabei die Techniken, die sich für mich als Maler eigneten — schnell und entschlossen handeln, eine Kurve *hier, eine Linie, ein Schatten da … und das Bild nimmt Gestalt an. Im Atelier schlage ich mit den Pinseln zu, im Ring stoße ich mit Knien, Ellbogen und Kopf. Ich suche nach einem Muster, das ich sehen, fühlen und schmecken kann. Der Schmerz hilft mir, mich zu konzentrieren. Mein Vater pflegte immer zu sagen: Der Schmerz ist dein Freund. Behandle ihn nicht wie einen Feind.*

Malen und Boxen sind technische Künste – intuitiv, inspiriert und kompromisslos. Sie überraschen einen und versuchen, einen auszuknocken. Eine Technik zu erlernen erfordert viel Zeit, und dann dauert es noch länger, sie wieder zu vergessen, um sie zu überwinden und auf eine neue Ebene zu gelangen. Die Fähigkeiten und Kenntnisse, die nötig sind, um sich selbst zu töten, erfordern Zeit, Planung … und nicht ein leeres Klischee wie »Ich habe das Leben satt.« Nicht der Schmerz ist das Problem. Es ist die Bedeutungslosigkeit des Leidens.

Wenn Sie <u>hier</u> klicken, finden Sie den neuesten Entwurf meines Abschiedsbriefs und die Abfolge der Updates, die ich im letzten Jahr gemacht habe. Ich habe die Veränderungen archiviert, und während ich gemalt habe, habe ich Tuks Handy studiert, geboxt, gefickt und debattiert. Habe mit Tuks chinesischem Verbindungsmann Lang, der ständig kichert wie ein Schulmädchen, einen Tanz ums Geld aufgeführt. Sein Kichern ist nur eine Maske. Aber wer hat nicht mehr Masken als Geld, um sie zu finanzieren?

Bei der letzten Zählung gab es 72 Versionen meines Abschiedsbriefs. Die Zahl gefällt mir. Ich habe es mit den Zahlen. Die 72 kommt mit schwerem Gepäck einher. Es heißt, dass auf muslimische Märtyrer im Paradies 72 Jungfrauen warten.

Und hier nun ein kurzer Abriss meiner Abschiedsbriefschreiberei …

Während Calvino weiterlas, stellte er fest, dass Raphael fast zwei Jahre lang jeden Samstag einen neuen Abschiedsbrief verfasst hatte. Beinahe hundert davon. Er hatte es sich zur Gewohnheit gemacht, sie zu fotografieren, auszudrucken und hinter einem seiner fertig gerahmten Bilder zu verstecken, immer in einem anderen. Außerdem hatte er aus den Briefen eine Collage hergestellt und zusammen mit Fotos der Gemälde auf eine Holzplatte geklebt. Die Briefe spiegelten seine Gemütslage wider, nach Tageszeit, Wochentag, Monat und Jahr. Alle waren so abgefasst, als würde er noch am selben Tag sterben, als hätte er zu diesem Zeitpunkt und an diesem Ort aufgehört zu leben. Gavin hatte ja schon angedeutet, dass daraus ein Spiel geworden war, das Raphael mit sich selbst gespielt hatte – eine Endlosschleife von Abschiedsbriefen mit Rückkoppelung auf den Autor, der einen weiteren Tag lang lebte. Es war eine geistige Übung gewesen. An jedem Tag, an dem er beschloss, sich umzubringen, kam wieder ein Model vorbei, und er entschied, dass es doch noch nicht der richtige Tag zum Sterben sei.

… wenn mich das nicht zu einem Hamlet macht, was dann? In der dritten Person über mich selbst zu schreiben gibt mir ein Gefühl davon, wie es ist, tot zu sein. Unser Leben existiert in der ersten Person, im »Ich«. Wir sterben in der ersten Person … doch was danach kommt, kann nur noch auf andere Weise beschrieben werden – in der dritten Person.

Die Bach'schen Fugen wurden von jemandem, der einen unerschütterlichen Glauben an Gott besaß, für Zuhörer geschrieben, für die dasselbe galt. In ihrem Klang hallt der direkte Kontakt zu einer emotionalen Gewissheit wider. Diese Verbindung lässt nach. Manche Menschen begehen Selbstmord, weil sie keinen Grund mehr sehen, länger zu bleiben, nachdem ihr Glaube sie verlassen hat. Sie haben sich im Laden umgesehen und finden nichts Neues mehr, was sich zu kaufen lohnt. Die Welt hat sich aufgeteilt in Gläubige und Ungläubige, und Erstere unternehmen einen letzten verzweifelten Versuch, den geistigen Raum zurückzugewinnen, den Bach einmal für sie erobert hatte.

Bei meiner letzten Sitzung mit Gavin habe ich ihm von meiner Arbeit in dem Hospital in Montreal erzählt. Er hat mich gefragt, was mir am deutlichsten in Erinnerung geblieben ist. Ich sagte ihm, dass mir dort klar geworden ist, dass es sich bei einem Hospiz um einen Ort handelt, wo man sich um die Sterbenden bis zu ihrem Tod kümmert. Eine Nervenklinik dagegen ist ein Platz, wo man Patienten, die sterben wollen, zum Leben zwingt.

Gavin, alter Muay-Thai-Kumpel und Therapeut, du bist ein Genie!

Du verstehst und sprichst Muay Thai. Nur meine Bilder kapierst du nicht. Genauso wenig wie du meinem Wunsch begreifst, den nächsten Zug zu besteigen, der dieses Leben verlässt. Mit der Hotline hast du mir eine Chance gegeben. Dein Vertrauen weiß ich zu schätzen. Ich glaube nicht, dass ich dich je bei einem Anrufer schlecht vertreten habe. Ich habe mein Bestes getan, um die alte Schwarz-Weiß-Welt zu verteidigen, die die armen Kerle in ihren grauen Trübsinn gestoßen hatte. Ich habe sie angelogen, Süßholz geraspelt, sie beschwatzt. Mich engagiert wie die Allerbesten unter den Freiwilligen. Sie suchten verzweifelt nach meiner Genehmigung, weiterzuleben. Ich erteilte sie ihnen.

Meine Karrieren als Maler und Boxer haben mich die Kunst gelehrt, auf Zehenspitzen zu tänzeln und länger als eine Runde durchzuhalten. Bereit zu sein. Vorbereitet zu sein.

Was ich Gavin bei unseren Diskussionen verschwiegen habe, ist Folgendes: Wenn meine Zeit gekommen ist, werde ich nicht das Opfer einer Laune oder eines Impulses sein. Sogar mich als »Opfer« zu bezeichnen, würde heißen, auf den Standpunkt hereinzufallen, dass das Leben »kostbar und wertvoll« sei. Wenn eine Marionette erst einmal den Blick nach oben gerichtet und die Schnüre bemerkt hat, an denen sie baumelt, gibt es kein Zurück mehr.

Der thailändische Begriff für den Clinch im Muay Thai Ring lautet »Muay bplum«. Bplum hat allerdings noch eine andere Bedeutung — es heißt »Vergewaltigung«. In beiden Fällen geht es um körperliche Gewalt und das Fehlen von Einvernehmlichkeit. Doch niemand spricht gerne darüber, gegen den eigenen Willen gezwungen zu werden, am Leben zu bleiben. Entweder hält man seine Beziehung zum Leben aufrecht … oder man bricht aus dem Clinch aus, durchschneidet die Marionettenschnüre und verlässt die Vorstellung.

Ich brauche von niemandem das Einverständnis, am Leben zu bleiben ... oder aus ihm zu scheiden.

In Bangkok gibt es alles vorgefertigt, die Lügen ebenso wie die Lügner, hübsch verpackt und betriebsbereit. Alle Marken sind verfügbar. Mein Motto lautet: Glaube nichts von dem, was man dir einreden will. Beuge dich nie der Autorität. Lass dich nicht auf bequeme Lügen ein. Und richte nie den Blick nach oben, außer, du bist bereit, die Schnüre zu kappen.

DREI

Am zweiten Abend von Raphaels Trauerfeier tauchten viele bekannte Gesichter auf. In der vergangenen Nacht hatte es geregnet, doch diesmal war der Himmel taubenblau. Die Sonne hatte Bangkok in einen Ofen verwandelt. In der Sala saßen die Trauernden in schweißgetränkter Kleidung da und zitterten in der Kälte der Klimaanlage. Sie wirkten halb erstickt, als wären sie zu lange in der Sauna gewesen.

Ein alter Freund von Calvino, der Engländer Alan Osborne, benutzte oft und gerne den Satz »ein falscher Fuffziger kommt immer zurück«, wenn er davon sprach, dass Verlogenheit nicht auszurotten war. Jeder entdeckte früher oder später einmal einen in der Brieftasche. Meistens reichte man ihn klammheimlich an den nächsten Trottel weiter, nur um nach ein oder zwei Tagen festzustellen, dass man ihn wieder zurückbekommen hatte. Calvino hatte das Gefühl, dass Raphaels Putzfrau Oi ihm am ersten Abend einen solchen falschen Fuffziger angedreht hatte, als sie ihm von dem Notizbuch mit den Schmiergeldzahlungen berichtete. Manchmal war es einfach unmöglich, ihn wieder loszuwerden. Calvino wusste nichts damit anzufangen. Er durfte nicht einmal jemandem davon erzählen. Seinen falschen Fuffziger konnte er nur in der Brieftasche lassen und darauf hoffen, dass der ursprüngliche Besitzer auftauchte. Er hatte das starke Gefühl, dass das in der zweiten Nacht der Trauerfeierlichkeiten geschehen würde. Wer immer es war, er würde nicht nur von der Hitze Schweißausbrüche haben, sondern auch vor Angst, sich die Finger zu verbrennen.

»Keiner der Freiwilligen hatte irgendwelche Informationen über die Droge«, teilte Calvino Pratt mit.

Pratt presste die Lippen zusammen und starrte Raphaels Sarg an.

»Pech gehabt«, meinte er schließlich.

»Die Freiwilligen sind Zivilisten. Sie sehen die Welt nur mit dem Blick durch ein bestimmtes Fenster. Es ist kein Wunder, dass sie komplett Fehlanzeige waren.«

»Im letzten Jahr wurde Pentobarbital auch in mehreren anderen Fällen von Selbstmord gefunden. Allerdings bei Thailändern, die keine Schlagzeilen in der *Bangkok Post* gemacht haben.«

Pentobarbital war Pratts falscher Fuffziger. Illegale Drogen ähnelten dem Staffelstab bei einem Rennen. Sie gingen von Hand zu Hand, bis der letzte Teilnehmer sie mit Mekong Whiskey hinunterspülte. Egal wie lang oder kurz die Kette war, Ausländer konsumierten zwar gerne alles Thailändische, hatten jedoch selten eine Ahnung davon, wie das Verteilersystem funktionierte. Das lag jenseits ihres Erfahrungshorizonts.

Blieb die Frage, wie Raphael an das Pentobarbital gekommen war. Immerhin war es denkbar, dass der Verkäufer, der Komplize seines Todes, bei den Feierlichkeiten auftauchen würde. Calvino ließ den Blick über die Anwesenden schweifen und fragte sich, welcher von ihnen es gewesen sein könnte. Hatte er oder sie auch andere Lebensmüde mit der tödlichen Droge versorgt? Calvino lauschte dem Singsang der Mönche, und seine Gedanken wandten sich dem Besitzer des Schmiergeld-Notizbuchs zu. Neben ihm saß Pratt und hantierte mit seinem eigenen falschen Fuffziger.

In Thailand waren die Gründe für alles, was geschah, ineinander verschachtelt wie russische Matrjoschka-Puppen.

Eine steckte in der anderen. Auch Pratts Anwesenheit bei der Begräbnisfeier hatte mehr als einen Grund: Er schuldete einem Freund und ehemaligen Kollegen, der ein Jahr vor der Pensionierung stand, noch einen Gefallen. Seit dem Militärcoup hatte es in den Rängen der Polizei große Umschichtungen gegeben. Durch Hexenjagden, freiwilliges Exil und öffentliche Erniedrigung war die Stimmung in der Abteilung gekippt. Von allseitigem Misstrauen umgeben, wusste niemand mehr, auf wen er sich verlassen konnte, und das Militär hielt die Polizeiführung an der kurzen Leine.

Interne Machtkämpfe führten zu Feindschaften und zerstörten Vertrauen. Cops, die Pratt schon seit Jahren kannte, sprachen plötzlich kein Wort mehr mit ihm, weil er für seine Unbestechlichkeit bekannt war. Er dachte an die Jahre in der Abteilung zurück. Die Polizei war damals noch eine andere gewesen. Oder hatte er als junger Beamter, der frisch aus Amerika zurückgekehrt war, einfach nur gesehen, was er sehen wollte?

Pratts Kollege bei der Polizei, derjenige, dem er zu helfen versuchte, war zum Leiter einer Taskforce für Morde und Selbstmorde unter Ausländern ernannt worden. Man hatte ihm sechzig Tage Zeit für seinen Abschlussbericht gelassen. Es war ein undurchführbarer Auftrag mit einer unmöglichen Deadline – eine schwarze, düstere Wolke, die einen Schatten auf die Zukunft seines Freundes warf. Die Militärjunta verlangte auf jedem Gebiet schnelles, tatkräftiges Handeln.

Raphael Pascals Tod hatte in der thailändischen Presse große Aufmerksamkeit erregt. Die Story eignete sich gut, um Zeitungen zu verkaufen. »Junger Kanadier, kontroverser Maler von Prostituierten, tötet sich mit Pentobarbital.« Sein Tod enthielt alle Elemente, die die Medien so liebten. Ein thailändischer Journalist hatte ein Porträtfoto von Charlie in Raphaels Studio geschossen, dem Golden Retriever des Opfers, der die Tragödie überlebt hatte. Innerhalb von wenigen Stunden hatten ein paar anonyme Poster auf Facebook und Twitter Verschwörungstheorien in Umlauf gebracht, die von Mord sprachen. Nichts, was der Sprecher der thailändischen Polizei dagegenhielt, konnte die Spekulationen stoppen.

Derartige Gerüchte schadeten dem Ruf des Landes und lähmten den Tourismus. Wer in den sozialen Medien solche Theorien in die Welt setzte, musste mit einer Strafanzeige rechnen. Die Politik hatte sich Pratts Abteilung bei der Polizei bemächtigt. Politiker saßen jetzt am Ruder, und da war kein Platz mehr für einen anderen Steuermann.

Pratt sollte im Verborgenen Ermittlungen anstellen, um, wenn möglich, den Dealer aus seinem Loch zu locken. Die Polizei ließ die Angelegenheit auf kleiner Flamme köcheln, damit sie den Mächtigen nicht ins Gesicht flog. Wie bei einer thailändischen Trauerfeier ging es auch bei der Polizei immer um alte Überzeugungen, Praktiken und Rituale. Pratt kannte sie und auch die Grenzen, die niemand zu übertreten wagte. *Ein solches Wissen sollte einen weise machen*, überlegte er. Nur war das Wissen leider niemals vollständig, und die Weisheit riet einem, keinem wie Pratt zu trauen, der nichts mehr zu verlieren hatte.

Während die Mönche ihren Singsang vollführten, dachte Pratt darüber nach, wie sorgfältig Calvino es vermieden hatte, die Selbstmordfälle zu erwähnen, die er bisher bearbeitet hatte, oder die Selbstmorde, deren Zeuge er persönlich geworden war. Pratt spürte, dass er ihm etwas vorenthielt. Er schrieb seine Gedanken der bedrückenden Atmosphäre in der Sala zu, trotzdem fragte er sich, ob Calvino diesen Teil seines Gedächtnisses abgeschaltet oder, besser gesagt, verdrängt hatte, tief unter der Oberfläche seines Bewusstseins. Die Trauer über den Verlust eines Menschen konnte das bewirken. Doch was, wenn der Druck auf Calvino zu groß wurde? Was dann? Leider hatte Pratt keine Ahnung, was in seinem Hirn vor sich ging. Die

Hälfte der Zeit wusste er es nicht einmal bei sich selbst so genau.

Einen Menschen bei einer Beerdigung zu sehen, bedeutete, ihn zum ersten Mal richtig wahrzunehmen, dachte Pratt. Shakespeare hatte sich viele Gedanken über den Tod gemacht. Pratt versuchte, sich an die entsprechende Zeile aus *Maß für Maß* zu erinnern.

Die Mönche legten ihre Fächer nieder, und die Tempelhelfer begannen, das Essen hereinzutragen.

Calvino sagte: »Der zweite Tag, da kann ich mein Glück bei ein paar neuen Gesichtern versuchen.«

Pratt war tief in seinen eigenen Gedanken versunken. Er erwiderte: »Ja, aber sterben! Gehn wer weiss wohin!«

»Ist das Shakespeares Art zu sagen: Lass stecken, das ist eine Sackgasse?«

»Es ist meine Art zu sagen, dass ich dir nicht richtig zugehört habe.«

»Tut mir leid, dass es spät geworden ist, Pratt«, sagte Calvino.

»Du siehst aus, als wärst du gerade erst aufgestanden.«

Pratt hielt es für angeraten, Calvino das Thema wechseln zu lassen. Er wirkte ungepflegt, als hätte er sich in der Gosse schlafen gelegt und wäre in einem Müllcontainer aufgewacht.

Calvino unterdrückte ein Gähnen und schüttelte sich dann wie ein Boxer, der einen kräftigen rechten Haken ans Kinn bekommen hat.

»Ich sollte wirklich nicht mehr so lange lesen.«

»Was ist aus der Frau aus der Filmbranche geworden?«, fragte Pratt. »Die, für die du Som Tam gekocht hast.«

Pratt genoss es insgeheim, sozusagen passiver Teilhaber dessen zu sein, was er für Calvinos Singledasein in Bangkok hielt.

»Sie hat einen neuen Koch und eine neue Küche gefunden.«

»Das heißt, du hast sie nicht zurückgerufen.«

»Ich hätte mir genausogut die Pulsadern aufschneiden und verbluten können. Ich sagte mir: *Vergiss sie.* So ist das Showbusiness in der Stadt der Engel.«

Calvino blickte sich in der Sala um. Das Licht der Leuchtstoffröhren an der Decke überzog die Gesichter mit einem glänzenden, polierten Schein. Die meisten der Anwesenden waren jung. Es war merkwürdig, hier so viele *Farangs* in Raphaels Alter zu sehen, die einen ernsten, gedankenverlorenen, kummervollen Ausdruck der Trauer trugen. Blumengrüße mit handgeschriebenen Namen und Schleifen flankierten den Sarg mittlerweile drei Reihen tief. Die Sala hatte sich rasch gefüllt. Die meisten Stühle waren besetzt. Auch die zweite Trauernacht hatte ein überraschend großes Publikum angezogen.

Pratt sagte: »Ich versuche gerade, mich an den Namen dieses Finanzmenschen zu erinnern. Der Engländer. Er wurde ermordet, aber der Mörder versuchte, es wie Selbstmord aussehen zu lassen.«

»Hoadly. Ben Hoadly.«

»Danke. Ich hatte ihn vergessen«, erklärte Pratt. »Du anscheinend nicht.«

»Das ist mein Fluch.«

Pratt lächelte.

»Im Gegenteil. ›Unwissenheit ist Gottes Fluch, und Wissenschaft der Flügel,

womit zum Himmel wir uns erheben.‹«

»Ohne Shakespeare wäre es keine richtige Beerdigung«, meinte Calvino.

Er nickte Gavin grüßend zu, der sich weiter hinten in der Sala niedergelassen hatte.

»Alle Trauerfeiern für junge Menschen sind Tragödien«, erwiderte Pratt.

Pratt hatte selbst zwei Kinder, und Raphaels Schicksal war eine Mahnung, dass der Tod seine Auslese unter allen

Altersstufen traf. Als Vater erschreckte ihn das, und er hatte seine Kinder am Abend zuvor extra gedrückt und ihnen gesagt, wie lieb er sie hatte.

Calvino stand auf und ließ den Blick über die hinteren Reihen schweifen. Köpfe drehten sich, Geflüster wurde unter den Hotline-Freiwilligen hörbar.

»Mit Shakespeare können wir uns später befassen«, meinte Calvino.

Pratt trat vor den Altar mit Raphaels großem, gerahmtem Selbstporträt, das die Fotografie vom ersten Tag ersetzt hatte. Er kniete nieder, zündete ein Räucherstäbchen an und setzte sich wieder in die erste Reihe. Danach vollzog Calvino das gleiche Ritual. Die Blicke der Trauernden richteten sich auf ihn, während er niederkniete. Er war Raphaels Auserwählter. Jeder hatte seine eigene Theorie, wie es dazu gekommen war. Als er später durch den Mittelgang schritt, erhob sich wieder leises Gemurmel. Die Stimmung in der Sala wandelte sich.

Heute schienen die Trauergäste entspannter zu sein. Das große Foto des Verstorbenen und der Anblick des Sargs waren emotional verarbeitet worden. Das Novum von Raphaels Tod hatte sich abgenutzt, und die Menschen traten in die nächste Phase der Trauer ein – den Verlust als eines von vielen Ereignissen im Leben zu akzeptieren. Thailändische Bestattungen erinnerten Calvino irgendwie an Pauschalreisen. Am ersten Tag waren die Leute nervös, hielten ihr Gepäck fest und warteten mit einer Anzahl Fremder am Treffpunkt. Am zweiten Tag waren sie schon keine Fremden mehr, sondern eine zielgerichtete Gruppe, die die Artefakte der Lebenden erforschen wollte. Der einzige Unterschied war, dass Raphaels Trauergäste an ihrem Reiseziel einen Sarg vorgefunden hatten, und viele konnten sich zum ersten Mal vorstellen, dass er eine Vorschau auf ihren eigenen darstellte.

Die Mönche setzten sich bequemer hin, während die Helfer ihnen eine Mahlzeit reichten und Spenden von Seife,

Zahnpasta, Roben und Kerzen darboten. Die Trauergäste unterhielten sich unbefangener als am Vortag. Ein paar Leute gingen auf eine Zigarettenlänge nach draußen. Andere warteten darauf, dass auch die Gäste etwas zu essen erhielten – die Mönche kamen zuerst dran. *Die Ordnung des Universums*, dachte Calvino, während er nach hinten ging und sich neben Gavin de Bruin setzte.

»Wie ich sehe, sind die Freiwilligen auch heute wieder da«, sagte er.

Gavin beobachtete ihn, während Calvinos Blick über seine Leute glitt.

»Sind Sie immer noch auf der Suche dem Kerl, der Raphael das Pentobarbital verkauft hat?«

»Wie es scheint, versteckt er sich im toten Winkel«, meinte Calvino.

»Raphael schätzte Ihren Humor. Ich hoffe, die Polizei kann ihn aufspüren. Wir hatten bereits Anrufer bei der Hotline, die sich danach erkundigten.«

Calvino zog eine Augenbraue hoch.

»Neuigkeiten verbreiten sich schnell«, sagte er.

»Diejenigen, die den Willen zu leben verloren haben, bilden eine verschworene Gemeinschaft.«

»Apropos Gemeinschaft«, sagte Calvino. »Da gib es etwas, das Sie mir vielleicht erklären können. Ich habe in Raphaels Website gelesen, und hätte da ein paar Fragen.«

»Es überrascht mich nicht, dass Sie nicht alles verstanden haben. Aber um ehrlich zu sein, ich weiß auch nicht mehr, als ich Ihnen gestern erzählt habe. Wir waren Sparringspartner. Er kam zu mir in die Therapie. Er arbeitete bei der Selbstmord-Hotline. Das ist so ungefähr alles.«

Gavin lächelte. Er hatte schon mit weiteren Fragen gerechnet. Er beugte sich vor und betrachtete Raphaels Selbstporträt.

Jetzt war es an Calvino, zu lächeln.

»Ich bin im Tagebuch auf die Initialen von jemandem gestoßen, dessen Name mit L beginnt und dachte, Sie wüssten vielleicht, um wen es sich dabei handelt.«

»Man findet Bezüge auf alle möglichen Personen in Raphaels Tagebuch«, erklärte Gavin. »Es bietet verblüffende Einblicke, wie der Verstand eines Kindes innerhalb einer Kommune geformt wird. Sie hat seine Denkweise über Beziehungen, sexuelle Freiheit, Gemeinschaftsleben, Kooperation, Kunst und Freundschaft bestimmt … und beachtliche Vorurteile gegen Geld hinterlassen.«

Gavin deutete auf das Selbstporträt.

»Ich hoffe, Sie haben nichts dagegen, dass ich Colonel Pratt gebeten habe, es statt dieses schrecklichen Fotos im T-Shirt aufzustellen.«

Manchmal war es sinnvoll, jemanden reden zu lassen, bis er nichts mehr zu sagen hatte. Gelegentlich diente das Gerede auch nur dazu, eine Frage abzubiegen. Calvino würde es ihm nicht so leicht machen.

»Diese L-Person ist jemand, mit dem ich gerne sprechen würde«, fuhr er schließlich fort. »Aber dazu brauche ich mehr als einen Anfangsbuchstaben. Ich dachte, da Sie und Raphael sich recht nahe standen, hätte er Ihnen vielleicht etwas von Mr oder Mrs L. erzählt, was er dem Tagebuch nicht anvertraute.«

Jemanden bei einer Beerdigung auszufragen, war schon schwer genug. Aber es war nichts dagegen, einen Psychologen bei der Beisetzung eines Selbstmordopfers auszuforschen. Calvino blickte sich auffällig im Raum um.

»Ist L heute Abend in der Sala? Falls er oder sie da ist, zeigen Sie es mir bitte.«

Als Seelenklempner kannte Gavin Tricks und Winkelzüge, um einer Frage auszuweichen. Sein Blick blieb fest auf Calvino gerichtet, doch der hatte stur auf Empfang geschaltet. Er hatte eine feste Frequenz eingestellt und wartete jetzt darauf, etwas anderes zu hören als statisches Rauschen.

Schließlich sagte Gavin: »Die Leute nennen ihn Sia L. Raphael erwähnte ihn mal beiläufig. Lang, Sia Lang, Sia L – suchen Sie es sich aus. Er ist Chinese. Kam vor fünf Jahren aus Shanghai und gründete hier eine Beraterfirma.«

»Welche Art von Beratung?«

»Handel, Geschäfte«, antwortete Gavin.

»Was hatte er mit Raphael zu schaffen?«

»Er hat beste Kontakte zu den Neureichen vom Festland.«

»Chinesische Käufer für Raphaels Kunst«, stellte Calvino fest.

»In der Art.«

»Wo liegt sein Büro?«

Gavin wirkte überrascht.

»Nur weil ich seinen Namen kenne, weiß ich doch nicht, wie man ihn erreicht oder was genau er tut. Haben Sie schon Raphaels Freundin gefragt? Ich erinnere mich dunkel, dass sie es war, die Raphael mit ihm bekannt gemacht hat.«

»Das werde ich«, sagte Calvino.

Gavin setzte dazu an, zu seiner Gruppe von Freiwilligen zurückzukehren.

»Sie haben es nicht kommen sehen?«, fragte Calvino.

Gavin blieb stehen und drehte sich zu ihm um. Seinem Gesichtsausdruck nach zu urteilen, hatte er sich diese Frage selbst schon gestellt.

»Die Leute fragen uns immer, warum es uns nicht gelungen ist, es jemandem auszureden. Wieso spüren wir nicht die Anzeichen und greifen ein? Weshalb habe ich Raphael nicht aufgehalten? Manchmal ergibt es sich so. Meistens jedoch nicht. Leute wie Raphael, die wirklich sterben wollen, sind mit Worten nicht mehr zu erreichen. Wenn der Zeitpunkt gekommen ist, warnen sie einen nicht, dass sie jetzt Ernst machen. Sie tun es einfach.«

Calvino betrachtete die Gruppe, die er am Vorabend in der *Bamboo Bar* getroffen hatte.

»Aber sollten die Mitarbeiter einer Selbstmord-Hotline nicht Experten darin sein, gefährdete Menschen zu erreichen, bevor sie sich umbringen?«

Gavin warf einen Blick auf die anderen in seiner Stuhlreihe, als würde er nach einer solchen Person Ausschau halten. Dann wandte er sich wieder Calvino zu.

»Keine Sorge, Mr Calvino. Bei Selbstmord gibt es nie einen Mangel an Schuldgefühlen. Keiner bleibt davon verschont. Und vergessen Sie nicht, Menschen wie Raphael, die selbst in der Psychiatrie gearbeitet haben, sind besonders schwer zu erreichen. Sie kennen alle Tricks. Alle unsere Freiwilligen kommen aus diesem Bereich, die meisten aus Privatkliniken. Allerdings gewöhnt man sich dabei an Tod und Gewalttätigkeit, an verrückte, labile und unglückliche Menschen. An Patienten, die keine Kontrolle über die Dynamik ihrer Gedanken, Triebe oder Impulse haben. Oder sich andernfalls manchmal bewusst dazu entscheiden, diese Kontrolle aufzugeben.

In einer Nervenklinik bekommt man es mit allen Arten von Menschen zu tun. Man ist Tag und Nacht mit ihnen zusammen und beobachtet sie. Man gehört zu ihrem Leben. Da dauert es nicht lange, bis man merkt, dass das, was in ihren Köpfen vorgeht, auch im eigenen Kopf stattfindet. Der Unterschied liegt in dem Ausmaß, in dem jedes Gefühl für Hoffnung oder Sinnhaftigkeit verloren gegangen ist. Die meisten Patienten kommen damit schlecht zurecht. Sie fühlen sich dann nicht mehr als Menschen. Manche sind schwer gestört, andere sind nur in der Klinik, weil sie uns verstören. Uns fehlt der Mut, den feinen Unterschied zwischen diesen zwei Arten von Patienten zu beachten. Jemand sollte mal eine Doktorarbeit darüber schreiben, wie Beschäftigte in der Psychiatrie in einem Meer von

Problemen schwimmen, bis sie eines Tages nicht mehr zurück zum sicheren Ufer finden.«

»Wollen Sie sagen, dass das Raphael zugestoßen ist?«

Gavin zuckte mit den Schultern und presste die Lippen zusammen.

»Er war Hilfspfleger in einer privaten Nervenheilanstalt. Er arbeitete, boxte und malte. Dann warf er die Arbeit hin und ging nach Thailand. Er war ausgebrannt. Und trat unserer Hotline als Freiwilliger bei.«

»Ist er bei der Hotline ausgeschieden, weil er Menschen verloren hat?«, erkundigte sich Calvino.

Gavin sah weg und fing den Blick eines der Hotline-Mitarbeiter auf. Er schien seine Gedanken ordnen zu wollen, als würde er sich fragen, wie seine Beziehung zu Raphael Pascal in Wirklichkeit ausgesehen hatte.

»Er verließ uns nach seinem letzten Opfer. Es war eine Frau. Darüber hinaus weiß ich nichts Genaues. Er war ein Freund, den ich beim Muay Thai kennengelernt hatte, und der auf meinen Vorschlag hin bei der Hotline arbeitete. Ich erteilte ihm Ratschläge, aber eher inoffiziell«, antwortete er.

»Sie müssen nicht so überrascht dreinsehen«, fuhr er fort. »Uns geht es wie den Automechanikern. Sie sind meistens diejenigen, deren Autos eine Reparatur am Nötigsten haben. Sie bemerken die Defekte und Schrammen an allen anderen Autos, nur nicht an den eigenen.«

Schließlich kehrte Gavin zu seinen Freunden zurück, und Calvino nahm wieder den Platz neben Pratt ein.

»Nichts Neues wegen des Pentobarbitals«, erklärte Calvino.

»Denkst du, er verheimlicht uns etwas?«

Calvino schüttelte den Kopf.

»Ich glaube nicht. Welchen Grund sollte er dazu haben?«

Es war nicht das, worauf Pratt gehofft hatte. Er war ganz auf die Drogen-Connection fixiert. Das machte ihn blind für anderes. Calvinos Gesetz: Hat man sich einmal auf die

Sichtweise eines Menschen eingestellt, sieht man die Welt nicht nur durch seine Augen, man verliert gleichzeitig das Gefühl für alternative Standpunkte. Calvino wusste das und vermied es, in die Falle zu tappen. Raphaels Tod hatte sich auf großer Bühne ereignet, aber je genauer er hinsah, desto klarer wurde, dass die Art seines Todes eine viel unbedeutendere Rolle spielte als die Art, wie er gelebt und die Menschen angerührt hatte. Dabei war besonders auffällig, dass viele seiner Modelle aus der nächtlichen Welt des Rotlichtmilieus sich in der Sala eingefunden hatten. Sia L oder Lang dagegen ähnelte eher einem untergetauchten Felsen im Fluss, von dem der Beobachter nur den Strudel bemerkte, der sich über ihm an der Wasseroberfläche bildete.

»Hast du sonst etwas herausgefunden?«, fragte Pratt.

Zu schweigen war eine Sache, zu lügen eine andere.

»Gavin sagt, dass Raphael bei der Hotline ausstieg, nachdem zwei seiner Anruferinnen sich getötet hatten.«

»Es ist schwer, die zu vergessen, die sterben mussten, während man selbst Wache hielt. Man fühlt sich verantwortlich.«

Pratt hatte sich mehr erhofft. Er konnte seine Bedrückung nicht verbergen, eine Mischung aus Enttäuschung und Frustration. Calvino fragte sich, was der Grund dafür sein mochte. Es gab nichts, was auch nur im entferntesten Zweifel daran weckte, dass Raphael den Freitod gewählt hatte. Und es gab keine neuen Hinweise darauf, wie er an die Droge gekommen war, mit der er es getan hatte. Angesichts der vielen Frauen, die in seinem Atelier ein- und ausgegangen waren, standen die Chancen schlecht, eine einzelne Person ausfindig zu machen, die etwas über den Verkauf der Droge wusste.

»Es bleibt immer ein Rest von Zweifel«, sagte Calvino. »Aber in diesem Fall deutet alles auf Selbstmord hin.«

»Es wird Druck auf die Abteilung ausgeübt, in der Sache ein Ermittlungsverfahren zu eröffnen.«

»Eröffnen? Normalerweise können Sie einen solchen Fall gar nicht schnell genug abschließen. Man kann ihn in seine Einzelteile zerpflücken, aber sie passen alle zusammen, als würde man ein Gewehr zerlegen und wieder zusammensetzen. Es ist dieselbe Waffe wie zuvor. Er hat sich umgebracht.«

»Was mich beschäftigt, ist das Wie«, erklärte Pratt. »Jemand hat ihn mit einer rezeptpflichtigen Droge versorgt. Das hat es ihm leicht gemacht. Das gefällt mir nicht. Ich will, dass das aufhört. Es sollte schwierig sein, sich selbst zu töten.«

»Glaubst du wirklich, es ist das Pentobarbital, das den Chefs der Polizei Sorgen macht, Pratt?«

Pratt seufzte.

»Raphael ist nicht der Einzige, der es benutzt hat. Das ist das Problem.«

»Warum sich dann auf Raphael konzentrieren und nicht auf die anderen Fälle?«

»Die eine war Chinesin, die andere Japanerin. Beide Untersuchungen haben nichts erbracht. Aber Raphaels Fall ist einzigartig.«

»Inwiefern?«

»Zwei der Modelle auf seinen Bildern haben dieselbe Droge verwendet, um sich zu töten. Das ist zu unwahrscheinlich, um ein Zufall zu sein.«

Calvino schüttelte ungläubig den Kopf.

»Das wusste ich nicht«, sagte er. »Im Reich der Lebenden macht niemand den Mund auf.«

»Raphael hatte sie beide gemalt«, erklärte Pratt.

»Und du hast mir nichts davon gesagt.«

Pratt wirkte verletzt durch den impliziten Vorwurf. Doch er sagte sich, dass er die Information ja nur zu Calvinos Schutz zurückgehalten hatte.

»Ein Mordvorwurf liegt auf dem Tisch.«

»Wessen Tisch?«

Pratt starrte einen Moment lang geradeaus und schwieg.

»Auf deinem, Vincent. Du bist der, der finanziell von Raphaels Tod profitiert.«

»Aber Pratt, das ist doch albern. Ich wusste nicht, dass er mir die Bilder hinterlassen wollte, bis ich den Abschiedsbrief gelesen hatte.«

»Überleg mal, wie jemand die Situation interpretieren könnte, der dir nicht wohlgesonnen ist. Raphael war in deinem Büro. Er gab dir ein Bild. Du hast ihm in seinem Atelier Modell gestanden. Mit anderen Worten: Du kanntest ihn gut. Er war nicht mehr nur eine vermisste Person, die du aufgespürt hattest. Er hat dir private Dinge anvertraut.«

»Denkt wirklich jemand ernsthaft, ich hätte seinen Tod arrangiert, weil ich seine Gemälde an mich bringen wollte?«

»Verdreh ruhig die Augen. Das befreit dich nicht vom Verdacht. Hör zu, du findest dich doch nicht zum ersten Mal in dieser Lage wieder.«

Calvino spürte, wie ihm der Schweiß über den Rücken lief. Die Erinnerung daran, wie es war, sich in einer solchen Situation zu befinden, brachte sein Herz zum Rasen. Pratt hatte ihm den Tod einer jungen *Mem-Farang* wieder ins Gedächtnis gerufen – sie war durch einen Kopfschuss auf einer Party in Bangkok gestorben.

»Sagt dir der Name Samantha McNeal noch etwas, damals, vor ein paar Jahren?«, fragte Pratt. »Oder Quentin Stuart«, fuhr er fort, »der Hollywoodautor, der dich in diesen Fall hineingezogen hatte? Wie sich am Ende herausstellte, war es doch kein Selbstmord. Raphaels Tod könnte eine Neuauflage davon sein.«

»Ich wurde nie ihrer Ermordung verdächtigt.«

»Das stimmt«, sagte Pratt. »Aber der vorherrschenden Theorie nach hast du dich mit Raphael angefreundet, das Potenzial seiner Kunst erkannt und seinen Tod geplant. Du hast es irgendwie geschafft, zweien seiner Modelle

Pentobarbital zu verabreichen und mindestens einen ihrer Abschiedsbriefe gefälscht.«

»Thailändische Prostituierte, die englische Abschiedsbriefe schreiben?«

»Es ist nicht unüblich, einen Fall zusammenzuschustern und die Lücken zu ignorieren.«

»Raphael war noch sehr jung, aber ja, wir waren Freunde. Was würdest du mir raten?«

»Finde den Pentobarbital-Dealer.«

Selbstmord war das einzige Verbrechen, von dem nie eine Tatortrekonstruktion in den Medien präsentiert wurde. Es gab keine Fototermine – da war nichts zu holen für die Polizei, kein Verdächtiger, der auf die Leiche wies, kein vorgefertigtes Schuldurteil, das man der Welt präsentieren konnte. Sofern es sich nicht um einen prominenten Thailänder oder einen *Farang* handelte, las man nie vom Tod eines Selbstmörders.

Ein solcher Tod verwischte sich im Dunkel der Nacht, wurde vergessen wie ein verblassender Albtraum. Aber manchmal gab es einen Tod, der sich dem Gedächtnis einprägte und einfach nicht verschwinden wollte. Und ausgerechnet Raphaels Fall war in Pratts ehemaliger Abteilung an die Oberfläche gespült worden. Es war der seltene Fall von »Mann beißt Hund«. Ein hoher Polizeioffizier war auf die Idee gekommen, einen wasserdichten Selbstmord als Mordfall zu behandeln. Es genügte, wenn jemand ein gutes Motiv für einen Mord gehabt hatte. Im thailändischen Polizeialltag ging es immer nur um das »Wer«, und wessen Linie man folgen sollte. Der Zyniker meinte: Folge dem Geld. Der Psychologe sagte: Sieh das wahre Gesicht. Der Historiker befand: Betrachte die Befehlskette. Und am Ende fand man sich am Fuß eines Berges wieder, der unmöglich zu erklimmen war.

VIER

Raphael Pascal war beim ersten Mal in einem ausgeblichenen T-Shirt mit einem verträumt wirkenden Selbstporträt von Caravaggio unangekündigt in Calvinos Büro aufgetaucht. Calvino war noch nicht da, sodass Ratana den jungen Mann gebeten hatte, einen Termin zu vereinbaren. Das hatte ihn nicht davon abgehalten, sich vor ihrem Schreibtisch in einem Stuhl niederzulassen, einen Skizzenblock, Feder und Tinte aus seinem Rucksack zu ziehen und sie zu zeichnen.

»Es macht Ihnen doch nichts aus, wenn ich Sie zeichne?«

Er hatte die Erfahrung gemacht, dass nur sehr wenige Menschen auf diese Frage mit einem Nein antworteten. Als er fertig war, löste er die Skizze vorsichtig vom Block und zeigte sie ihr.

»Das ist ... das ist schön«, sagte sie und hob den Blick zu dem Künstler.

Sie rief Calvino an und informierte ihn, dass in seinem Büro ein junger Maler auf ihn wartete. Die Skizze erwähnte sie nicht. Es entsprach ganz ihrem Stil, den Anlass für die Anwesenheit des potenziellen Klienten offenzulassen. Er erging sich oft nur in vagen Andeutungen über den Grund, warum er einen Privatdetektiv aufsuchte. Manchmal war es ihm peinlich, weil es um ein persönliches Problem ging, das er Calvino nur unter vier Augen anvertrauen wollte. Es gab allerdings auch »Kunden«, die überhaupt kein Problem hatten, jedenfalls keines, das ein Privatermittler lösen konnte. Diese

Besucher wollten Calvino meistens etwas verkaufen. Eine Versicherung, die Teilzeitnutzung einer Ferienwohnung, gewinnträchtige Aktien oder irgendwelche Eintrittskarten. Ratana war seine Torwächterin, und in langer Erfahrung hatte sie sich einen guten Instinkt zugelegt. Sie sortierte diejenigen aus, mit denen man nur Zeit verschwendete, die Schnorrer, die Verwirrten, die Hoffnungslosen und vor allem solche, die sich einen Privatdetektiv gar nicht leisten konnten.

»Was hat er für ein Problem?«, fragte Calvino.

Sie rümpfte die Nase bei dieser Frage wie ein Hund, der nach Anzeichen von Gefahr wittert.

»Er hat kein Problem. Er interessiert sich für Galileo Chini.«

»Ein Reporter?«

»Er ist Maler«, sagte sie und blickte Raphael in die Augen.

»Du hast mir noch nicht einmal seinen Namen genannt, oder was er von mir will.«

Sie lächelte.

»Er möchte sich mit dir treffen. Wie gesagt, er ist ein großer Fan von Galileo Chinis Kunst.«

Calvinos Gesetz besagte eindeutig: Niemand kam durch die Bürotür, außer, er hatte einen triftigen Grund, einen Privatermittler aufzusuchen.

»Er will über Kunst quasseln?«

Sie sah Raphael an, während sie antwortete. »Ich kenne die Regel. Aber ja, er will über Kunst sprechen. Ich denke, du solltest mal eine Ausnahme machen.«

Sie winkte Raphael. »Wie war gleich wieder Ihr Name?«

Er nannte ihn ihr.

»Er heißt Raphael Pascal.«

»Ach so, der Vermisste«, sagte Calvino. »Ich hatte ihn gefunden.«

»Und jetzt hat er dich gefunden«, erwiderte sie.

Ratana errötete. Das Misstrauen ihres Bosses war berechtigt. Raphael Pascal hatte im Mittelpunkt eines Vermisstenfalls gestanden. Sie konnte sich nicht daran erinnern, dass je zuvor ein Vermisster einfach in Calvinos Büro aufgetaucht wäre. Doch ihr Chef hatte ihn bereits aufgespürt. Der Fall war abgeschlossen. Was wollte er jetzt hier? Ratana konnte sich nicht vorstellen, dass Raphael jemals verschollen gewesen war. Seine Persönlichkeit erfüllte das gesamte Büro. Wie konnte ein solcher Mensch verloren gehen? Sie bewunderte die Skizze, die er von ihr angefertigt hatte. Sie vermittelte ihr das Gefühl, dass er tief in sie hineingesehen, ihr wahres Ich erblickt hatte, und keine Frau war einem Mann gegenüber immun, der diese Macht besaß.

Calvinos Urgroßvater war ein bekannter italienischer Maler, der auf Einladung des siamesischen Königshauses in Bangkok geweilt hatte. Chini war 1911 angekommen und drei Jahre lang geblieben. Sein Pinsel war seine Kamera. Er hatte während der Zeit in Siam zahlreiche Bilder eingefangen, bevor er nach Italien zurückging und dort blieb. 1913 hatte er eines seiner berühmtesten Ölgemälde vollendet: *Der letzte Tag des chinesischen Jahres in Bangkok.* Es hing in den Uffizien in Florenz, war jedoch leicht zu übersehen, weil es sich im Korridor vor einer der Galerien befand.

Ein paar Wochen nach seiner ersten Begegnung mit Calvino war Raphael Pascal ein zweites Mal aufgetaucht. Er schleppte ein großes gerahmtes Bild mit, das er vorsichtig an Calvinos Schreibtisch lehnte. Es war in Luftpolsterfolie eingewickelt. Die vielen Tausend Bläschenaugen verhüllten wie die eines riesigen Insekts den darunterliegenden Inhalt. Calvino musterte Raphael von Kopf bis Fuß und bemerkte Farbspritzer an Handgelenken, Fingern und Hals. Er sah immer noch aus wie der Junge, den er kürzlich aufgespürt hatte, als käme er frisch von einem Sportwettkampf an der Schule. Schlank, fit, in T-Shirt, Jeans und Turnschuhen. In einer Gruppe von Studenten an einer der lokalen Universitäten wäre er nicht weiter aufgefallen.

In den Gesichtern und Gestalten der meisten Maler und Musiker hatte sich eine mühsam erworbene Würde tief eingegraben, die von einem Leben voller Entbehrungen zehrte. Fehlende Anerkennung, Armut und ein miserables Einkommen nutzten Körper und Seele ab, bis kaum noch etwas übrig war. Auf Raphaels straffer Haut zeichneten sich nur ein paar Bremsspuren ab wie auf einer Autorennstrecke, und ein paar dieser Streifen drehten Kringel unter seinen Augen. Doch ansonsten gab es keine weiteren Anzeichen eines schweren Lebens. Er strahlte eine urtümliche Energie aus, und im Moment war sie voll auf Calvinos Gesicht gerichtet. Seine Musterung konnte kaum mehr als eine Minute gedauert haben, doch auf Calvino wirkte es viel länger, als hätte der Künstler jedes kleinste Detail in sich aufgesogen. Er stellte fest, dass Raphaels Gesicht durch die Intensität und Konzentration dieses lang gezogenen Augenblicks ein Dutzend Jahre älter aussah.

»Paul sagte, es wäre alles geklärt«, meinte Calvino, als Raphael sich in den Stuhl vor seinem Schreibtisch setzte.

»Ach das. Ja. Ich bin nicht gekommen, um über ihn zu sprechen.«

»Warum dann?«

»Um über Kunst zu reden.«

»Was verstehen Sie denn unter Kunst?«, fragte Calvino, lehnte sich zurück und versuchte, Raphael zu taxieren.

»Ein Künstler sucht nach dem, was andere Menschen zu verbergen suchen. Sie wollen vermeiden, dass jemand eine bestimmte Art von Lächeln an ihnen entdeckt, ihre Falten und hängenden Backen sieht. Aber das ist nur die Oberfläche. Die Kunst reicht tiefer. Die Leute tun alles, um ihre Einsamkeit zu verbergen, ihre Leere, weil sie instinktiv wissen, dass sie innen hohl sind. Die Kunst zeigt ihnen ihr wahres Gesicht. Das ist es, was sie so gefährlich macht. Sie sind Privatdetektiv. Sie wissen besser als die meisten Menschen, wie schwierig es ist, das aufzudecken, was andere geheimhalten wollen.«

Er legte den Kopf schief und demonstrierte mit einem Lächeln, dass es in seiner Welt nichts Wichtigeres oder Erstrebenswerteres gab, als über Kunst und Künstler zu diskutieren.

»Ich dachte, ich wüsste bereits alles, was es über Galileo Chini zu wissen gibt. Warum habe ich den Eindruck, dass es Ihnen überhaupt nicht um ihn geht?«, fragte Calvino, während Ratana Raphael ein Glas Wasser brachte. »Sind Sie hinter einem Familiengeheimnis her? Ist es das?«

Durch Ratanas Eintreten hatte Raphael den Faden verloren. Er hatte eine Hand auf das große Luftpolsterfolienpaket gelegt, während er mit der anderen nach dem Glas griff, langsam trank und es wieder abstellte.

»Mr Calvino. Ich würde Sie gerne malen.«

»Mich malen?«

Raphael nickte.

»Ja, es geht um das letzte Bild einer Serie. Ich war bisher nicht in der Lage, sie zu vollenden. Sie fragen Sie sich vermutlich, warum? Weil ich die richtige Person noch nicht gefunden hatte, bis Sie auf der Suche nach mir an meine Tür klopften. Ist das Leben nicht manchmal komisch?«

Calvino wusste, dass man jemandem sehr effektiv schmeicheln konnte, wenn man behauptete, man wäre Maler und wolle ihn malen. Das ließ das Ego zu Elefantengröße anschwellen, und schon war man in der Eitelkeitsfalle gefangen.

»Machen Sie das öfter, einen Privatdetektiv aufzusuchen und ihn zu bitten, sich malen zu lassen? Vielleicht sollten Sie sich fragen: ›Was hätte Caravaggio an meiner Stelle getan?‹«

Calvino sah dem Caravaggio auf Raphaels T-Shirt in die Augen. Sie wirkten trübe und umwölkt.

Die Frage war dem Künstler peinlich, und sein gelassenes, weltkluges Gesicht wurde zur trotzigen Maske eines getadelten Kindes.

»Sie haben recht. Das war dumm von mir. Caravaggio hätte Sie betrunken gemacht, bevor er Sie gebeten hätte, ihm Modell zu stehen. Eigentlich wollte ich Ihnen das hier bringen.«

Er beugte sich vor und begann, die Luftpolsterfolie zu lösen. Als er fertig war, stellte er ein gerahmtes Bild vor Calvino auf den Tisch.

»Ihr Urgroßvater Galileo Chini war meine Inspiration dafür, nach Bangkok zu kommen. Das hier habe ich als Hommage auf sein chinesisches Neujahrsbild gemalt.«

Calvino erhob sich und trat vor das Bild. Es war eine schöne Variation von Chinis großem Werk mit den Details des modernen Bangkok − den Hochhäusern in der Ferne, einem Toyota-Taxi, einer Frau in chinesischer Kleidung mit einer Gucci-Tasche, eine Rolex am Arm des Mannes, der im Vordergrund vorbeirannte. Ansonsten hatte er Farbe, Kontrast und Lichterspiel des Feuerwerks originalgetreu abgebildet.

»Wie viel wollen Sie dafür haben?«

»Ich verkaufe es nicht. Ich schenke es Ihnen.«

»Kommen Sie, mein Junge. Rücken Sie raus damit, was Sie dafür haben wollen.« Der ferne Chor von Calvinos New Yorker Ahnen säuselte ihm ins Ohr, dass man in diesem Leben nichts geschenkt bekam, und wenn einem jemand etwas umsonst anbot, kostete es einen am Ende Kopf und Kragen.

Raphael starrte ihm intensiv ins Gesicht, nahm Maß, registrierte Koordinaten. Er wirkte wie ein Schneider, der sich im Geiste Notizen über Stoffe und Texturen macht und über die beste Möglichkeit nachdenkt, die Einzelteile zusammenzunähen.

»Das Bild gefällt mir. Und wenn ich Ihnen doch etwas dafür gebe?«

»Sie können es haben, wenn Sie mich Ihr Porträt malen lassen.«

»Es gibt einen Haufen Menschen, die sich liebend gerne von Ihnen malen lassen würden. Nehmen Sie mein Geld, gehen Sie zurück in Ihr Atelier und malen Sie.«

»Haben Sie mal geboxt?«, fragte Raphael.

Man hatte Calvino in diesem Büro schon viele Fragen gestellt, aber noch nie nach seiner Boxkarriere.

»Warum wollen Sie das wissen?«

»Sie haben das Gesicht von einem Mann, der im Ring gestanden hat.«

»Wie kommen Sie darauf? Film und Fernsehen?«

»Ich bin Mitglied in einer Muay-Thai-Boxhalle«, erwiderte er, legte das Bild flach auf Calvinos Tisch und setzte sich wieder. »Ich weiß, wie ein Gesicht aussieht, das die Faust zu spüren bekommen hat.«

Auch Calvino nahm wieder Platz.

»Sie sind also Boxer und Maler zugleich. Das ist eine seltene Kombination. Soviel ich weiß, hat mein Urgroßvater kein Muay Thai betrieben, während er hier gelebt hat. Das hätte er sicher erwähnt.«

»Ich liebe es. Muay Thai hat mir viel darüber beigebracht, wonach ich als Maler im Gesicht eines Menschen Ausschau halten muss. In Ihrem sehe ich es.«

Jetzt hatte er Calvinos Aufmerksamkeit erregt.

»Das ist mal was Neues.«

»Als Sie in mein Atelier kamen, da erblickte ich eine lange Vergangenheit voller Leid. Die meisten Menschen sind gleich. Sie können keinen einzigen Schlag einstecken. Sie erkennen die Schichten von Narben nicht, die unter der Haut zurückbleiben, nachdem eine Verletzung verheilt ist.«

»Und welche Schichten sehen Sie?«

Er fand, dass der Knabe eine reichlich hohe Meinung von sich hatte.

»Schmerz. Ich sehe Schmerz. Jedes Mal, wenn Ihnen jemand ins Gesicht schlägt, spüren Sie ihn. Die Wirkung ist bei den meisten Menschen dieselbe. Sie hassen den Schmerz. Sie werden wütend und schlagen um sich. Muay Thai hat mich gelehrt, den Schlag ins Gesicht hinzunehmen und nicht mit Zorn darauf zu reagieren. Das Geheimnis ist, aus sich selbst zu schöpfen und den Schmerz abzuschütteln. Man muss ihn absorbieren, sich aneignen und zu seinem Sklaven machen. Man bringt das Gefühl der Wut unter Kontrolle, und dann hört der Schmerz nach und nach auf, einen als Geisel zu nehmen. Man bleibt kühl und taxierend, tanzt auf den Zehenspitzen und wartet darauf, den Konterschlag anzubringen. Man hält ihn so lange zurück, bis man den Gegner zur Aufgabe zwingen kann. Das höchste Ziel der Gewalt ist nicht, Schmerz zuzufügen, sondern Unterwerfung zu erreichen. Ich will Sie malen, weil ich das Gesicht eines Mannes sehe, der um den geheimen Pakt mit dem Zorn weiß, wenn er Schmerzen erleidet.«

Der Junge war entweder einer der genialsten Quatschköpfe, die Calvino in Bangkok je begegnet waren, oder ein kreativer Träumer und Visionär. Einer von denen, die in einer anderen Welt lebten und nur ab und zu den Planeten Erde aufsuchten, um einen Erdling auszuwählen und zu malen. Calvino neigte sich zur Seite, zog seine Brieftasche heraus und zählte zwanzig Tausend-Baht-Scheine ab.

»Wahrscheinlich ist das ein schwerer Fehler. Ich sollte Sie auf der Stelle hinauswerfen.«

»Haben Sie Angst davor, sich malen zu lassen? Manche Leute sind so.«

»Ich nicht.«

»Wenn es nicht Angst ist, was dann?«

Eine gute Frage. Calvino betrachtete den Jungen über den Schreibtisch hinweg und hatte das Gefühl, dass das, was an diesem Nachmittag seinen Anfang nahm, noch eine Menge Wellen im Strom der Zeit schlagen würde. Er war drauf und dran, zu einem jungen übermütigen *Farang* ins Kajak zu steigen, der den Stromschnellen und Untiefen seiner Vergangenheit zu entkommen suchte. Das ging selten gut. Aber es war ein heißer Nachmittag in Bangkok. Die Stromschnellen schienen weit entfernt zu sein, und Felsen konnte er auch nicht erkennen.

Ratana kam mit der Skizze ins Büro, die Raphael von ihr angefertigt hatte, und legte sie auf den Schreibtisch. Zwei gegen einen.

»Okay, wir machen das folgendermaßen. Sie nehmen das Geld für dieses Bild, und im Gegenzug sitze ich Ihnen für ein anderes Modell. Aber eine achtzehnmonatige Dauerveranstaltung kommt nicht infrage. Ich komme maximal zwei Mal für jeweils eine Stunde. Wenn Sie damit leben können, ist die Sache abgemacht. Ich kaufe das fertige Bild für …«

Raphael strahlte.

»Jetzt kann ich die Reihe beenden. Vielen Dank.«

»Welche Nummer bin ich in der Reihe?«

Raphael lächelte, und es sah aus, als wäre das etwas, das er selten tat.

»Nummer sechs.«

»Und die ersten fünf Gemälde?«

»Ich zeige sie Ihnen.«

»Und wenn sie mir nicht gefallen?«

Raphael lachte.

»Sie sind nicht der Einzige, der einen Schlag einstecken kann, Mr Calvino.«

»Vinny. Nennen Sie mich Vinny.«

FÜNF

Die erste Sitzung

Raphaels Atelier war spärlich eingerichtet. Es enthielt die wichtigsten Noir-Elemente: Sofa, Holztisch, Bücherregal, Stühle, Kühlschrank und einen kleinen Herd in der winzigen Küche, ein Badezimmer mit Toilette und Dusche, ein zweites Zimmer mit Matratze, Nachttischchen, Lampe und einem halben Dutzend Ladegeräte an Mehrfachsteckdosen. Die meisten Möbel sahen aus, als stammten sie aus zweiter – oder dritter – Hand, abgenutzt und mit hässlichen Rissen, Dellen und Kratzern. Raphael besaß nur spärliche Habseligkeiten, und das Atelier wirkte wie ein öffentlicher Ort, an dem er nur kampierte. Wie ein schäbiger Park, in dem ein Obdachloser eine Weile genächtigt hatte und dann weitergezogen war. Schmucklosigkeit war selten beabsichtigt. Da unterschieden sich Künstler nicht von allen anderen Menschen – sie übernachteten lieber im Ritz als auf einer Parkbank. Hin und wieder begegnete Calvino allerdings jemandem wie Raphael, der seiner Faustregel bezüglich des Erscheinungsbilds von Expats, Kunst und jungen Leuten widersprach. Als er das Atelier betrat, fragte er sich unwillkürlich, wer freiwillig Sex in einer solchen Müllkippe haben wollte.

Wie sich herausstellte, lautete die Antwort: eine Menge Frauen. Doch das merkte Calvino nicht sofort. Den ganzen Tag kamen und gingen die Mädchen. Sie bedienten sich aus dem Kühlschrank. Sie sahen Raphael ein wenig beim Malen zu und verschwanden wieder. Er blickte kurz von dem Aktmodell auf, das er gerade malte, lächelte dem neu angekommenen Mädchen zu, wechselte ein paar Worte mit ihm und bearbeitete weiter die Leinwand.

Zum Gesamtbild des Ateliers gehörte auch die gewaltige Anzahl von Raphaels Gemälden. Sie lagen verstreut herum wie Blätter, die ein tropischer Sturm von den Bäumen geweht hatte – ungeordnete und chaotische Haufen in jeder Ecke. Der Maler wirkte wie ein Schiffbrüchiger, der auf dem Floß seiner Bilder trieb.

Es gab nicht nur zahllose Gemälde, sondern auch Dutzende verschiedener Pinsel, von ganz feinen bis zu solchen, die breit waren wie Boxhandschuhe, dazu eine verwirrende Auswahl von Farbtönen in Unmengen von Farbtuben. Diese lagen ohne erkennbare Ordnung mitten in dem sonstigen Malerkrimskrams herum, darunter ausgemusterte Schälchen, leere Terpentinflaschen und Lumpen aus zerrissenen alten Hemden.

Calvino setzte sich auf einen Stuhl, und Raphael räumte für sich selbst inmitten der Materialien auf dem Fußboden einen Platz von den Ausmaßen eines Schützenlochs frei. Er skizzierte Calvinos Gesicht ein Dutzend Male und verstreute Blätter auf dem Boden, die verschiedene Profile zeigten. Dann wählte er eine große Leinwand aus, setzte sich im Schneidersitz hin und begann zu malen. Regelmäßig zwischen dem keine zwei Meter entfernten Calvino und seinem Bild hin und herblickend, arbeitete er nach und nach die Konturen seines Gesichts heraus. Die Frauen kamen weiter herein, setzten sich aufs Sofa, aßen Ananas oder Mango und unterhielten sich. Ihre Anzahl stieg und fiel wie Börsenkurse in der Dritten Welt.

Es gab keine Klimaanlage. Schweißtropfen rollten über Calvinos Nase und zerplatzten auf dem Boden. Raphael hockte in Muay-Thai-Shorts da, barfuß und mit nacktem

Oberkörper. Sein Gesicht glänzte vor Schweiß im hellen Tageslicht, das durch ein hohes Fenster strömte.

Inzwischen hatte er schon fast eine Stunde gemalt. Er arbeitete energisch, mit raschen Pinselstrichen, und glättete die Oberfläche der Leinwand mit dem Daumen. Ohne Pause hielt er ihre ganze erste Sitzung lang durch, bis er von der Ankunft einer attraktiven jungen Thailänderin in High Heels, Hotpants und einem knappen langärmeligen Top unterbrochen wurde. Sie hatte nicht angeklopft. Die Tür war unverschlossen, und sie trat einfach ein. Selbstbewusst ging sie zu Raphael und betrachtete erst das Bild, dann Calvino. Sie kauerte sich hin und drückte Raphael einen Kuss auf die Wange. Keine der anderen Frauen, die das Atelier besuchten, hatte ihre Zuneigung auf diese Art gezeigt. Diese Frau hatte ihn geküsst, um ihre Stellung als Nummer Eins zu bekräftigen. Calvino wusste natürlich, dass ein Mädchen, das die Nummer Eins zu sein scheint, diesen Rang nicht unbedingt lange innehat.

Raphael legte den Pinsel weg und kramte unter einem Haufen Lumpen, bis er eine Brieftasche fand. Die Augen des Mädchens fingen Feuer, als er einen Zweitausend-Baht-Schein herausnahm und ihr hinhielt. Sie nahm das Geld, gab ihm noch einen Kuss und trat zurück. Der Duft ihres Parfüms hing in der Luft. Raphael reinigte einen Pinsel, und die aufsteigenden Terpentindämpfe löschten das zarte Aroma von zerdrückten Rosenblättern aus.

»Sie steht mir Modell«, erklärte Raphael. »Ning ist ihr Name.«

»Kann sie einen Schlag einstecken?«

Raphael grinste.

»Vielleicht. Die meisten meiner Modelle arbeiten hier in der Gegend. Massagesalons, Bars, Nachtklubs. Sie werden oft geschlagen. Ein Kunde oder ihr Freund haut ihnen eine runter. Meistens passiert nicht viel. Sie kommen her, um sich auszuweinen. Eine von ihnen hat mal gesagt, dass sie sich bei mir sicher fühlt.«

Er nickte zu dem Bargirl namens Ning hin und richtete einen Pinsel auf sie, als wollte er einen Gesichtszug ausmessen. Nur ein paar Schritte entfernt begann sie, sich auszukleiden, und Calvino fragte sich, wie lange die Unterbrechung wohl dauern würde. Sie legte die Kleider ordentlich zusammen und deponierte sie neben einem Stuhl. Dann setzte sie sich nackt darauf, schlug ein Taschenbuch auf und richtete den Blick auf die Seiten. Calvino konnte Autor und Titel erkennen. Es war Leonardo Sciascias *Der Tag der Eule*.

»Ist die Geschichte gut?«, fragte Calvino.

Ning blickte auf und lächelte.

»Mein Englisch nicht gut. Tut mir leid.«

»Das war jetzt wieder eine Bestätigung für sie«, bemerkte Raphael.

»Wie das?«

Ning blätterte eine Seite des Buches um, das sie nicht lesen konnte, und brach den Blickkontakt mit Calvino ab.

»Sie hat mir erzählt, dass die meisten ihrer älteren Kunden nur reden möchten. Sie wollen sie gar nicht ficken. Meine anderen Modelle sagen dasselbe. Ältere Herren bezahlen eine Frau, damit sie lächelt und sich Geschichten aus ihrem Leben anhört. Solche Männer schlagen keine Frauen. Das tun nur die jüngeren Burschen. Die Mädchen sollten es besser wissen, aber sie tun es nicht.«

»Gewalt ist etwas für die Jugend«, sagte Calvino. »Wenn man um die zwanzig ist, kann man einen Schlag ins Gesicht verkraften. Zwanzig oder dreißig Jahre später schickt einen derselbe Treffer auf die Bretter.«

»Das erlebe ich manchmal in der Boxhalle. Beim Muay Thai gibt es nicht viele ältere Kämpfer. Aber das Leben steckt voller Überraschungen, man kann sich nie sicher sein.

Ich denke, Sie sind ein Kerl, der immer noch einen Schlag wegstecken kann.«

Er wartete darauf, dass Calvino etwas erwiderte.

»Warum ist Ihnen das so wichtig?«

Raphael zuckte mit den Schultern.

»Den Frauen ist es wichtig. Sie haben keinen Respekt vor einem Mann, der mit Gewalttätigkeit nicht zurechtkommt. Dann fühlen sie sich unsicher.«

Nach ein paar Minuten intensiver Arbeit an Nings Bild legte Raphael den Pinsel weg und suchte unter den herumliegenden Farbtuben nach dem richtigen Farbton für ihre lackierten Fingernägel. Er warf einen Blick zu Calvino.

»Sie macht Ihnen schöne Augen. Sie bringen Sie durcheinander. Sie weiß nicht, sind Sie einer der alten Knaben, die bloß reden möchten, oder wollen Sie sie ficken und ein bisschen grob werden? Ich kann Ihnen ihre Telefonnummer geben, wenn Sie möchten.«

Raphael stellte ihn auf die Probe und wartete auf seine Reaktion.

»Ich hasse es, Schlange zu stehen«, sagte Calvino.

Er verstummte, als wollte er noch etwas hinzufügen, bremste sich aber dann.

Raphael drückte Farbe aus einer Tube und schraubte die Kappe wieder auf.

»Sie ist eine Schönheit. Nicht wahr, Ning?«

»Ich gehe nach Hause«, sagte sie.

Raphael sah auf seinem Handy nach der Uhr. Sie hatte recht. Ihre Zeit war um. Als er wieder aufsah, hatte sie schon den BH und ihr leuchtend blaues Top mit langen Ärmeln übergestreift. Sie stand auf und schlüpfte in ihre Jeansshorts.

»Sie sind es, der sie durcheinanderbringt«, meinte Calvino.

»Das stimmt. Es dauert lange, bis sie sich dazu entschließen, einem Mann zu trauen. Dieses Recht muss man sich erst verdienen.«

Er sah Ning nach, während sie sich an einer anderen Frau vorbeischob, die gerade eingetreten war.

»Morgen kommst du wieder, und dann mache ich das Bild fertig, okay?«

Sie grüßte ihn mit einem Wai und drückte ihm noch einen Kuss auf die Wange, bevor sie endgültig ging.

Calvino wurde noch öfter Zeuge solcher Zwischenspiele, während er darauf wartete, dass seine eigene Sitzung endete. Raphaels Leben war zu interessant, um einfach zu gehen, und Calvino hatte nichts Besonderes vor. Wie den anderen Besuchern des Ateliers fiel es ihm leicht, sich dem Rhythmus des endlosen Kreislaufs aus Modellen und halb fertigen Gemälden anzupassen.

Raphael war sechsundzwanzig Jahre alt, für einen oberflächlichen Betrachter hätte er aber als Teenager durchgehen können. Sein Problem war, dass er in Wirklichkeit viel älter war als die Jahre, die er zählte. Sein Talent warf die Leute einfach um. Und der Junge besaß einen Charme, der weder an seinen Modellen noch Calvino vorüberging, dessen Sohn er hätte sein können. Er begann, sich für die Idee zu erwärmen, dass Raphael ihn als einen alten Knacker malen wollte, der einen Schlag wegstecken konnte.

Im Lauf des Nachmittags kamen noch weitere Aktmodelle wie Ning durchs Atelier geflattert und verschwanden wieder, während Raphael malte. Er drehte sich zu ihnen um, sah auf und nickte ihnen zu, bevor er an die Arbeit zurückkehrte und mit Farbtuben und Pinseln hantierte. Raphael machte sich nicht die Mühe, die anderen Frauen vorzustellen. Sie waren jung und hübsch, eine Kombination, für die es einen guten Markt gab. Manchen schenkte er Geld. Für ein Mädchen fischt er ein noch originalverpacktes Handy heraus, das sie sich mit einer Geschwindigkeit schnappte, die an die hervorschnellende Zunge eines Chamäleons auf Moskitojagd erinnerte.

Calvino hatte schon Männer gekannt, die an jedem Finger der Hand eine Frau hatten. Aber die waren nicht wie an einer Perlenkette aufgereiht gewesen und hatten eher der Auslage in einer Pfandleihe geähnelt, ein Durcheinander aus Ramsch und wertvollen Schmuckstücken. Auf Calvino wirkte die Parade der Aktmodelle wie ein amüsanter Karnevalszugs voll schöner Frauen. Wie viele Männer wohl alles dafür gegeben hätten, ein Leben wie Raphael zu führen? Sicher eine Menge. Man konnte dabei leicht das Außergewöhnliche und das Übernatürliche miteinander verwechseln. Raphaels kunstvolle, mit roher Leidenschaft gepaarte Gestaltungskraft, mit der er den Schrecken und die Schönheit des Universums einfing, stand kurz davor, ihn in einen kosmischen Propheten zu verwandeln.

Die letzte Frau, die an diesem Tag das Atelier betrat, trug den Spitznamen Pink. An ihrem linken Handgelenk konnte man eine Reihe von Narben erkennen. Dicke, gezackte weiße Linien, die so wirkten, als stammten sie von einem Messer oder einer Rasierklinge. Sie sahen aus wie alte Brandmale, hinterlassen von winzigen Leuchtkugeln, die in höchster Not in einen dunklen Himmel abgeschossen worden waren und um Hilfe schrien. Baumringe, die die Jahre des Selbsthasses zählten. Hatte niemand je etwas bemerkt oder sich darum gekümmert? Nein, erst als sie Raphaels Atelier betreten und er mit Pinsel und Farbe den Schleier der Düsternis gelüftet hatte, sodass sie sich zum ersten Mal selbst so sah, wie sie war.

Als sie gegangen war, bemerkte Raphael: »Ihr Freund ist auf Crystal Meth.«

»Diese Narben«, sagte Calvino, »sehen aus wie ein barbarischer Strichcode, den man ihr ins Fleisch geschnitten hat. Und wenn man ihn einscannt, erfährt man alles, was es über Schmerz zu wissen gibt.«

»So einen Mist bekomme ich oft zu sehen«, erklärte Raphael.

»Selbstverstümmelung ist nichts, an das man sich gewöhnen sollte«, meinte Calvino.

Raphael betrachtete die Leinwand mit Calvinos Porträt und hob den Blick zum Original. Er hatte einen neuen Ausdruck um die Augen herum hervortreten sehen, als Calvino eine kurze Welle des Zorns unterdrückte. Es war interessant, wie Gefühle das Gesicht als Plakatwand für eine Kommunikation benutzten, in der gesprochene Worte nur platte Untertitel für die Realität waren.

»Ich musste gerade an den Direktor der Klinik denken, in der ich einmal gearbeitet habe. Er sagte genau dasselbe, als er mein Urlaubsgesuch bewilligte. Er wusste, dass ich nicht zurückkommen würde. Ich ersparte ihm den Stress, mich feuern zu müssen.«

Calvino hatte nicht mit Zustimmung gerechnet. Er fragte sich, ob das Raphaels Art war, mit älteren Autoritätsfiguren umzugehen, indem er ihn mit einem Klinikdirektor in einen Topf warf. Raphael wusste, was die Narben für Pinks Zukunft bedeuteten. Potenzielle Kunden schätzten es nicht besonders, wenn eine Prostituierte sich selbst schnitt und ihren Seelenzustand öffentlich an ihren Handgelenken zur Schau stellte. Das zerstörte das Bild von der Hure mit dem goldenen Herzen, von der Aussicht auf ein unschuldiges sinnliches Abenteuer. Nur in Raphaels Welt war es ein absolut natürlicher und verständlicher Akt der Kommunikation. Jeder, der den Strichcode dieses Schmerzes einlas, kannte die Geschichte, ohne sie hören zu müssen.

»Waren Sie selbst auch einmal Patient?«

Raphael hörte auf zu malen und lächelte verächtlich, während er die Leinwand studierte.

»Ich war Hilfspfleger. Wie gesagt, ich habe in der Klinik *gearbeitet*«, betonte er und hob den Blick zu Calvino. »Es war eine kleine private Nervenklinik außerhalb von Montreal. Es gab nur sechzehn Zimmer für die Patienten. Jeder hatte ein eigenes. Meine Aufgabe war es, dafür zu sorgen, dass sie nichts kaputtmachten, brav ihre Medizin nahmen und sich nicht umbrachten. Die meisten Insassen waren junge Frauen. Die Ärzte konnten nicht viel für sie tun, außer sie mit Medikamenten vollzupumpen. So lebten sie immer halb im Land der Träume und waren gut lenkbar. ›Geführte Versorgung‹ lautet der Fachbegriff in psychiatrischen Kliniken. Erschreckend, wenn man erst einmal erfahren hat, was es heißt, Menschen zu versorgen, die nicht versorgt werden wollen. Ich habe durch die Arbeit dort viel über Frauen gelernt. Einige der geistig gesündesten Frauen dieser Welt stecken in solchen Kliniken. Ihre Eltern, Freunde und Verwandte wissen nur nicht, was sie mit ihnen anfangen sollen. Ich tat, was ich konnte.«

Calvino hatte in Thailand schon viele ausgebrannte junge Männer gesehen. Sie hielten nicht lange durch. Das Land war nicht mehr das tropische Paradies von einst, das eine verwundete Seele heilen konnte. Vielleicht war es das nie gewesen. Raphael gehörte zu einer neuen Generation, die etwas verloren hatte, was Calvinos Altersgruppe mit dem Älterwerden zu schätzen gelernt hatte – zu seiner Zeit hatte man noch einfach verschwinden können. Spurlos. Keiner hatte einen in die Welt zurückholen können, vor der man geflohen war.

»Ist das der Grund, warum Sie Urlaub genommen haben? Burnout?«, fragte Calvino.

Raphael nahm das Malen wieder auf und konzentrierte sich auf Calvinos Mund, dessen Ausdruck durch kleine Muskelbewegungen zwischen neutral, missbilligend und amüsiert changierte.

»Ich habe eine Anzahl der Patientinnen gemalt. Wissen Sie, was dann passiert ist?«

»Jemand hat Sie wegen Verstoßes gegen die Krankenhausvorschriften hingehängt«, riet Calvino.

»Das kam erst später. Anfangs waren der Direktor, die Ärzte und Schwestern sehr zufrieden. Nachdem ich angefangen hatte, die Patienten zu malen, leisteten sie weniger Widerstand und machten nicht so viele Probleme. Die Berichte an die Familien waren nicht mehr vollständig erlogen, wenn sie von Behandlungsfortschritten schrieben. Die Kunsttherapie erlebte eine kurze Blütezeit. Management und Ärzte der Klinik sprachen natürlich nicht von Kunst. Es war einfach ein Freizeitprogramm für die Patienten. Sie nannten es »handwerkliches Arbeiten unter Anleitung«. Krank, was? Aber Privatkliniken sind seltsame Orte. Und mein bescheidener Sieg im Namen der Kunst war nur kurzlebig.«

»Van Gogh hat in einer Irrenanstalt gemalt«, warf Calvino ein.

Raphael nickte zustimmend.

»Er hat einige seiner besten Arbeiten im Käfig geschaffen.«

»Was ist denn passiert, dass die Sache den Bach runterging?«

Calvino fing langsam an, den Jungen zu mögen.

»Wollen Sie das wirklich wissen?«

»Es gibt einen Grund, warum ich Sie in Ihrem Versteck in Bangkok so leicht finden konnte. Ich habe nie eine echte Erklärung dafür gefunden.«

»Also gut. Ich bat die Patientinnen um Erlaubnis, bevor ich sie malte. Später hieß es, dass sie rein rechtlich gar nicht in der Lage gewesen wären, ihre Zustimmung zu erteilen. Solche Entscheidungen überforderten ihre geistigen Kräfte. Sie verstanden die Bedeutung nicht. Aber ich fragte die Patientinnen um Erlaubnis, und sie gewährten sie mir. Mir reichte das. Ich bat alle, ihre persönliche Geschichte aufzuschreiben. Völlig unabhängig, was und wie immer sie wollten. Die meisten sprachen von dem Anlass, durch den sie in einem Einzelzimmer in einer privaten Nervenklinik gelandet waren. Einige dieser Texte gehörten zu dem Besten, was ich je gelesen habe. Ich ließ auf der Leinwand Platz zum Schreiben. Ein paar von ihnen hörten gar nicht mehr auf, sie drehten sie um und schrieben in winzigen Buchstaben auf der Rückseite weiter. Es waren Geschichten voller Frustration, Zorn, Zurückweisung, Hass, Zweifel und Verzweiflung. Machtvolle Texte«, sagte Raphael und verstummte, während er nach einer anderen Farbtube suchte.

Beim Malen sprach er weiter, ohne die Konzentration zu verlieren.

»Die Hauptfiguren der Storys waren Familienangehörige, meistens die Väter und Mütter, und es ging um Probleme innerhalb der Familie, die ihnen unendliches Leid bereitet hatten. Irgendwann bekamen ein paar der Eltern während eines Besuches die Bilder ihrer Töchter zu sehen. Die Patientinnen waren stolz darauf und konnten es gar nicht erwarten, sie ihren Eltern zu zeigen.«

»Was war das Problem?«, erkundigte sich Calvino.

»Nachdem eine Mutter die Geschichte ihrer Tochter gelesen hatte, flippte sie richtiggehend aus und behauptete, ich hätte ihrer Tochter abscheuliche Ideen in den Kopf gesetzt. Ich erwiderte, dass es nicht meine Storys seien. Ich hatte den Patientinnen nur den Stift in die Hand gedrückt. Bald meldeten sich noch andere Mütter und selbstverständlich auch die Väter. Es war ihnen äußerst peinlich, dass die Ärzte und das Personal die Geschichten gelesen hatten. Natürlich waren sie ihnen nicht neu, sie wollten nur nichts davon wissen. Sie auf einem Gemälde niedergeschrieben zu sehen, war eine Erfahrung, die sie bis in die Grundfesten erschütterte. Das Aufschreiben dieser Gefühle machte sie öffentlich und damit real.«

»Nachdem Sie Ihre Patientinnen in die Scheiße getunkt hatten, kann es Sie doch kaum überrascht haben, wenn andere darüber die Nase rümpften«, meinte Calvino.

»So kann man es ausdrücken. Aber es waren ja nicht nur Worte, die in der Luft hingen. Sie klebten an dem Bild der Person, die die Geschichte erzählt hatte. Das machte die

Eltern verrückter, als ihre Töchter es waren. Sie beschwerten sich beim Klinikdirektor. Es war ja eine Privatklinik. Sie zahlten einen Haufen Geld für die Behandlung ihrer Kinder, und jetzt schlug ihnen von denen offene Feindseligkeit entgegen. Sie wollten Heilung, sagten sie. Malen und Schreiben verzerrten die Wirklichkeit. Ich erwiderte, dass alle Geschichten ungenau und verfälscht seien. Na und? Die Story gehörte der Patientin. Wenn sie ihre persönlichen Gefühle ausdrücken wollte, hatte ich kein Problem damit, wenn sie sie auf der Leinwand niederschrieb. Man sagte mir, dass die Patientinnen zu zerbrechlich und zu leicht irrezuleiten seien. Die Eltern bestanden darauf, dass ich aus dem Hospital und von ihren Kindern entfernt wurde. Sie bekamen ihren Willen.«

»Das ist also der Grund, warum Sie gefeuert wurden?«

»Wie oft haben Sie sich die Nase gebrochen?«, fragte Raphael und wich damit der Frage aus.

Calvino hielt drei Finger in die Höhe.

»Man hat Sie geschasst?«, wiederholte er.

»Mehr oder weniger. Zu diesem Teil komme ich noch. Lassen Sie mich erst an Ihrer Nase arbeiten.«

Calvino ging zu einer indirekteren Art der Befragung über.

»Was ist aus den Gemälden geworden?«, fragte er.

»Der Direktor beschlagnahmte sie und sperrte sie in eine Abstellkammer. Er sagte, ich bräuchte schon einen Gerichtsbeschluss, um sie wiederzubekommen. Ich dachte, was soll ich mich mit Richtern und Anwälten abgeben – einen Haufen Kosten, um den Schlüssel zu dieser Tür zu bekommen. Selbst wenn ich das Geld gehabt hätte, ich konnte mir nicht vorstellen, dass sie meine Partei gegen die Klinik ergreifen würden. Ich beschloss, die Verluste abzuschreiben. Ich ging nach Thailand und fragte mich, wozu das Leben taugt, wenn man nicht die Wahrheit malen darf.«

»Haben Sie eine Antwort darauf gefunden?«

»Klar habe ich. Das dicke Geld macht man, wenn man schöne Lügen malt.«

Eine Frau in der bevorzugten Freizeitkleidung der Goldfischglas-Mädchen aus den besseren Seifenmassagesalons tauchte auf. Große Brüste, schmale Hüften, lässig in Jeansshorts und einem orange-braunen ärmellosen Top, das zehn Zentimeter über dem Nabel endete. Zur Präsentation von Taille und Beinen hätte sie kein besseres Outfit wählen können. Sie sah aus wie Aschenputtel ein paar Wochen nach dem Ball. Im Unterschied zum letzten Modell präsentierte dieses seinen Erfolg voll Stolz. Die bloßen Arme der Frau waren frei von Narben.

»Könnten Sie mir zweitausend Baht leihen?«, fragte Raphael Calvino.

Das war keine Kreditanfrage. Raphael wollte ein Geschenk, um ein Geschenk machen zu können.

Die junge Frau stand weniger vor Calvino, als dass sie posierte. Sie stemmte die Hände in die Hüften und lächelte ihn an, während er langsam die Brieftasche herauszog, ihr zwei Geldscheine entnahm und sie Raphael überreichte, der die Hand damit in die Höhe reckte wie ein Quarterback. Nach und nach gewöhnte sich Calvino an den steten Strom der Mädchen, die die Stufen zu Raphaels Studio erklommen. Keine von ihnen blieb lange. Sie kamen mit einem bestimmten Ziel vor Augen, und um das zu erreichen, brauchten sie nur ein paar Minuten, während ihre Freunde unten auf der Straße mit dem Motorrad warteten. Das Atelier war ein analoger Ort, verfügte aber über den Datendurchsatz und das Tempo der digitalen Welt. Diese Frauen aus Fleisch und Blut schwebten herein und hinaus, als bestünden sie aus durchlässigen Pixeln.

Die letzte Frau, die an diesem Tag kam, wog sicher nicht mehr als vierzig Kilo. Mit ihren einen Meter fünfundfünfzig – fit, kompakt und in ihrem kurzen Rock perfekt proportioniert – hätte man sie für das Produkt aus einem futuristischen Bonsai-Set für Anfänger halten können. Sie hatte ungefähr die Größe des Pokals, den der Gewinner eines Golfturniers in die Vitrine stellte. Raphael drückte ihr ein Smartphone in die Hand, und sie schloss sich wie eine Venusfliegenfalle darum. Als Erstes schoss sie ein Selfie von sich selbst. Dann setzte sie sich neben Raphael und knipste ein paar weitere Bilder, während sie in einer Art Zeichensprache Grimassen schnitt. Raphael blieb ausdruckslos. Sie küsste ihn auf den Mund und entschwebte in die Küche wie eine Fee.

»Entweder man fotografiert ein Mädchen, oder man lässt sie sich selbst fotografieren. Sie sehen sich gerne selbst auf den Bildern. Es ist der Beweis dafür, dass sie existieren. Sie posten ihre Selfies auf Instagram oder Facebook für Freunde und potenzielle Kunden. Ich habe auch schon diesen Weg genutzt. Ich fälle kein Urteil über sie, und auch nicht über die Freier. Meiner Meinung nach sollte man ein Mädchen fürs Modell stehen, Reden oder Ficken bezahlen. Und als Maler sollte man ihnen noch mehr geben, weil sie einem Geld einbringen, wenn man das Bild verkauft.«

»Das haben Sie also Ihren Modellen erklärt, und die haben es verstanden?«

Bangkok war voller Männer, die genau zu wissen glaubten, was ein Mädchen von der Straße wollte. Meistens lagen sie völlig daneben.

»Es ist ganz einfach, Vinny. Der Grund, warum sie so verkorkst sind, ist der, dass Männer sie umsonst ficken wollen – oder kostenlos fotografieren, filmen oder malen. Das ist schlechtes Karma. Ich sage, man sollte bezahlen, ob man sie ficken will oder nicht. Das ist es, was sie von einem Mann erwarten. Respekt. Außerdem brauchen sie das Geld für ihre Familien und Freunde.«

Die Frauen umschwärmten Raphael wie Motten das Licht. Es gab deutlich erkennbare Unterschiede, echte

Schönheiten, aber auch völlig ausgebrannte Mädchen. Das Maß dafür war, wie bei der Entfernung zwischen zwei Sternen, die Zeit, die bereits hinter ihnen lag. Und wenn sie nicht Sternen glichen, dann Kriegsveteranen voller Narben, die daran erinnerten, wie sie angeschossen, zerhackt, niedergeschlagen oder die Treppe hinuntergestoßen worden waren. Unsichtbar in der Tiefe lagen die schlimmsten Narben. In ihrer Welt kam man nicht ohne Verwundungen davon. Jede von ihnen hätte mehrfach ein Purple-Heart verdient gehabt.

»Jenny, warte, ich muss dein Bild erst suchen«, sagte Raphael. »Setz dich da drüben hin.«

Er deutete auf einen Stuhl. Sie nahm Platz und wartete.

Raphael erhob sich vom Boden und durchwühlte die Leinwandstapel. Endlich fand er, wonach er gesucht hatte, das Gemälde des Bonsai-Mädchens. Er reichte es ihr zusammen mit einem Stift und bat sie, ihre Geschichte aufzuschreiben. Jenny senkte den Kopf und betrachtete ihr Abbild. Sie wirkte darauf überhaupt nicht klein, eher überlebensgroß. Ihre glänzenden, großen Augen waren mit intensivem Blick auf etwas Unsichtbares gerichtet. Bei genauerem Hinsehen ging ihr verlängerter Oberkörper in anatomisch zweifelhafte Brüste, Hüften und Beine über – sie sah aus wie ein menschlicher Lebensbaum. An ihrem Bauch erkannte man afrikanisch anmutende Stammesnarben. Die Haut wirkte angeschwollen, als hätte eine Kolonie von Regenwürmern sich darunter Gänge gegraben. Aus einem umgekippten Kübel floss Wasser auf wurzelähnliche Füße, die in die Erde übergingen.

Während sie auf die Leinwand schrieb, hielt sie den Stift in der einen und ihr Handy in der anderen Hand.

»Es dauert nicht lange, Vinny«, sagte Raphael. »Sie können sich ein wenig die Füße vertreten, wenn Sie möchten. Ich habe schon darauf gewartet, dass Jenny vorbeikommt, um das Bild zu vervollständigen. Es ist erst dann fertig, wenn sie ihre Geschichte hinzugefügt hat.«

»Genau wie in der Klinik«, bemerkte Calvino.

»Ja, so ähnlich. Mit dem Unterschied, dass Jenny geistig gesund ist. Jedenfalls die meiste Zeit.«

Sie blickte vom Schreiben auf.

»Was sagst du da über mich? Sprich Thai.«

Calvino erklärte Jenny auf Thai, dass Raphael nur Gutes über sie gesagt hatte. Sie wirkte skeptisch.

»Warum hat er mich gemacht wie hässliches Gespenst?«

»Was hat sie gesagt?«, erkundigte sich Raphael.

»Sie will wissen, weshalb Sie sie als hässliches Gespenst gemalt haben.«

»Sie ist kein Gespenst. Ihre Lebendigkeit wurzelt in der Erde.«

Calvino schaffte es nicht, das ins Thailändische zu übersetzen. Er war nicht einmal sicher, ob er es verstanden hatte.

»Jennys Bild ist das zweite in der Sechs-Grade-Serie. Ich versuche seit Monaten, sie dazu zu bringen, endlich ihre Story aufzuschreiben. Sie war schon dreimal hier und ist immer wieder fortgelaufen, weil ihr nichts einfiel.«

»Nicht nur Künstler sind temperamentvoll«, sagte Calvino.

Er konnte erkennen, wie sein eigenes Bild langsam aus der Leinwand, die jetzt zu Raphaels Füßen lag, aufzutauchen begann. Es war schwer zu beurteilen, da es noch nicht fertig war und er es kopfstehend betrachtete.

Calvino blickte auf und sah in der Tür zum Schlafzimmer eine große Hündin mit goldenem Fell stehen. Raphael rief sie zu sich.

»Hey Charlie, komm mit auf die Party.«

Der Golden Retriever bewegte sich vorsichtig durch die Leinwandstapel, kam zu Raphael und leckte ihm die

Wange. Raphael steckte sich den Pinsel zwischen die Zähne und kraulte Charlie den Hals. Jenny, die inzwischen lieber auf dem Fußboden Platz genommen hatte, ignorierte die Hündin.

»Sie will zum Pinkeln vor die Tür«, sagte Raphael. »Jeden Tag um diese Zeit will sie raus. Pünktlich wie die Maurer.«

Charlie hatte ungefähr dieselbe Größe wie das Bonsai-Mädchen auf dem Boden.

»Ich möchte, dass Jenny heute mit dem Schreiben zurande kommt. Könnten Sie mir einen Gefallen tun?«

»Wenn wir fertig sind«, meinte Calvino, »kann ich mit Charlie Gassi gehen.«

Er rief den Namen der Hündin, und sie trottete zu ihm.

»Diese Golden Retriever sind echte Schlampen«, sagte Raphael. »Die gehen mit jedem. Ich schätze, sie mag Sie. Die Leine muss irgendwo unter dem Sofa liegen. Glaube ich jedenfalls. So genau weiß ich es nicht mehr.«

Calvino fand sie und befestigte sie an Charlies Halsband. Jenny arbeitete langsam weiter an ihrer Lebensgeschichte.

»Lassen Sie sich Zeit«, schlug Raphael vor.

Calvino ging mit Charlie hinunter auf die brütend heiße Straße, blieb stehen, wenn sie sich hinhockte und schnüffelte, bis sie ihm signalisierte, dass sie bereit war, weiterzugehen. Dabei fand er Zeit, über seinen Urgroßvater nachzudenken, der vor mehr als hundert Jahren in Bangkok gelebt hatte. Diese Stadt hatte schon immer Künstler, Schriftsteller, Schwindler, Huren, Gesetzlose und Außenseiter angezogen. Sie war ein Fluchtpunkt für Verzweifelte und Verlierer, die nach einer letzten Chance suchten, einen Platz auf dem Traumschiff zu ergattern. Galileo Chinis Geschichte war nicht so verlaufen. Ihn hatte man als Maler nach Thailand eingeladen. Es hatte ihn drei Jahre hier gehalten, bevor er nach Italien zurückkehrte.

Calvinos Großvater hatte einmal behauptet, dass man jeden Künstler nach der Qualität seiner Fehler beurteilen konnte. War es nicht Salvador Dalí gewesen, der gesagt hatte: »Fehler sind beinahe stets von geheiligter Natur?« Raphael hatte jetzt zwei Jahre als Künstler in der Stadt hinter sich und Fehler gemacht wie jeder andere – auch Maler suchen sich die falsche Stadt aus, den falschen Partner, die falschen Modelle, Farben, Freunde oder Dealer. Manchmal zeichnen sie sogar ihre Fehler in einer Art provokativem »Fang-mich-wenn-du-kannst« Spiel auf. Caravaggios Männer hatten zwei Meter lange Arme besessen, die von Tizian zwei linke Hände. Waren das tatsächlich Fehler gewesen? Raphaels »Lebensbaum«-Version des Bonsai-Mädchens erlaubte sich Freiheiten mit der menschlichen Anatomie. Manche Menschen hätten seine Entscheidung als falsch bezeichnet.

Charlie blickte mit gespitzten Ohren und schiefgelegtem Kopf zu Calvino empor. Die Hündin zerrte ihn in eine Seiten-Soi. Zwanzig Meter weiter verkaufte ein Händler Hühnerleber und -mägen auf Holzspießchen. Calvino kaufte einen und streifte die gebratenen Fleischstücke ab. Charlies Konzentration ließ keinen Augenblick nach, während sie sie eines nach dem anderen verschlang. Als die Hündin den letzten Hühnermagen hinuntergeschluckt hatte, sah Calvino auf die Uhr und fragte sich, ob Jenny wohl je mit ihrer Geschichte fertig werden würde.

SECHS

Die zweite Sitzung

Calvino kam zu spät zu seiner zweiten und letzten Sitzung. Er nahm die Treppe hinauf zu Raphaels Atelier zwei Stufen auf einmal. Die Tür stand halb offen. Er stieß sie ganz auf und trat ein. Im farbbekleckerten Wohnzimmer war der verschlissene Vorhang am Fenster teilweise zurückgezogen, und man sah die kahle Backsteinwand gegenüber. Von Raphael keine Spur. Nur der Geruch nach Terpentin und Ölfarbe hing in der Luft.

Er rief seinen Namen.

Langes Schweigen folgte.

»Schlafzimmer«, ächzte Raphael mit leiser, verklingender Stimme.

Einen Augenblick später kam eine große, langbeinige Frau mit blauen Augen aus dem Schlafzimmer wie eine Antilope, die über einen Fluss voller Krokodile springt. Ihre langen blonden Haare waren schweißverklebt, sie trug kein Make-up, und ihre Nasenkorrektur hatte sicher fünfhundert Dollar gekostet. Während sie den linken Arm in ein zerknittertes Sommerkleid schob, setzte sie mit der rechten Hand eine halb volle Flasche Mekong Whiskey an die Lippen und trank − thailändisches Feuerwasser, hergestellt aus fünfundneunzig Prozent Zuckerrohr und Melasse und fünf Prozent Reis. Sie lächelte Calvino zu und bot ihm die Flasche an. Es gab nur eine Methode, mit dem kräftigen

Geruch des Mekong umzugehen. Er trank einen Schluck, spürte dem Brennen nach und gab sie zurück.

»Mir ist Wodka lieber als der Mist«, sagte die Frau mit verwaschener Stimme, als sie die Flasche wieder an sich nahm.

»Alles in Ordnung mit ihm?«, erkundigte sich Calvino mit einem Nicken in Richtung Schlafzimmer.

»Raphael hat versucht, mich unters Bett zu trinken«, sagte sie. »Aber die Matratze liegt am Boden. Er war weggetreten, und als er wieder zu sich kam, hat er noch ein bisschen mehr getrunken.«

»Wo liegt sein Problem?«

»Er bumst zu viele Ladys. Thai-Ladys, koreanische Ladys, russische Ladys, kenianische Ladys.«

Sie hielt inne, als würde sie in der Erinnerung nach einer Nationalität kramen, die sie vielleicht vergessen hatte.

»Und zu viele Ladys haben ihn zu gern. Die thailändischen nennen ihn Schmetterling, der malt. Und ein malender Schmetterling taugt nichts für eine Lady«, sagte sie, öffnete die Wohnungstür und schlüpfte hinaus.

Calvino streckte den Kopf ins Schlafzimmer. Raphael lag im Bett und hatte sich das Laken über den Kopf gezogen.

»Hatten wir nicht einen Termin?«

»Wo ist sie hin?«

»Wer?«

»Kristina. Ach, vergessen Sie's. Ich hab einen Schädel wie Watte. Aber manchmal arbeite ich am besten, wenn ich nicht so ganz scharf sehe.«

Er schob das Laken herunter und stützte sich auf die Ellbogen, blickte sich um, sah Charlie neben der Matratze liegen, rollte sich auf die andere Seite und tastete auf dem Boden herum.

»Hat die Schlampe meine Flasche mitgehen lassen?«

»Kristina. Glaube ich jedenfalls. Sie kommt aus Russland.«

Er presste die Hände gegen die Schläfen.

»Scheiße, mein Schädel explodiert gleich.«

»Vielleicht sollte ich lieber ein andermal wiederkommen«, meinte Calvino. »Wenn Sie sich besser fühlen.«

»Bleiben Sie!«

Raphael hob den Blick und grinste. »Sorry, ich wollte Sie nicht anschreien.«

»Mich von einem Betrunkenen malen zu lassen, ist nicht gerade meine Vorstellung davon, mich zu amüsieren.«

»Sie haben recht. Ich bin ein Arschloch. Ein Säufer. Ein Verlierer. Ein Trottel. Aber sie müssen auch die positive Seite sehen.«

»Und die wäre?«

»Diese Eigenschaften erleichtern es mir ungemein, mich hier einzufügen. Niemand erwartet etwas von mir. Ist das nicht gut, Vinny?«

»Sich selbst leidzutun?«

Charlie kam ums Bett herum gelaufen, schnüffelte an Calvinos Bein und leckte ihm die Hand. Sie kannte ihre Pappenheimer. Er tätschelte ihre Flanke.

»Bin gleich wieder auf den Beinen.« Raphael rülpste. »Ich fühle mich schon besser. Kristina hat versucht, mich unter den Tisch zu trinken. Miststück. Aus Moskau. Ich sagte ihr, dass ich aus Montreal stamme. Keiner trinkt uns unter den Tisch, uns Montrealer.«

Er schwang die Beine über den Rand der Matratze, stemmte sich hoch und stand schwankend und wackelig da, bevor er aufs Bett zurückfiel. Lachend erhob er sich wieder.

»Ich brauch 'nen Joint und 'ne Tasse Kaffee.«

Er ging in die Küche, schenkte zwei Becher Kaffee ein und ließ einen über die Theke zu Calvino hingleiten. Er trug dieselben Muay-Thai-Boxershorts wie meistens.

»Wissen Sie, was ich vergessen habe?«, fragte er.

»Unsere Verabredung?«, riet Calvino.

Kopfschüttelnd betrachtete er Raphaels schmale Glieder und die knochige Brust, während er mit der Hüfte über der Spüle hing, als müsste er sich gleich übergeben. Er hatte zu viele Runden gegen die Mekong-Flasche im Ring gestanden und wollte nicht zugeben, dass die russische Prostituierte gewonnen hatte.

»Ich habe vergessen, sie zu bezahlen.«

»Sie kommt sicher wieder«, vermutete Calvino.

»Sie kommen immer wieder.«

Das war die Anziehungskraft der Jugend. Es ging nicht nur ums Geld. Die Frauen kehrten zu Raphael zurück, wie es Calvino zu Lebzeiten nie mehr ergehen würde. Sie ließen einen jungen Mann eher ran, weil seine Jugend an sich einen Wert darstellte, wenn er sie mit ihnen teilte. Frauen wie Kristina schliefen nur mit älteren Männern, weil sie bezahlten, nicht etwa, weil sie ihre Erfahrung zu schätzen wussten.

»Sie werden nicht ewig wiederkommen«, bemerkte Calvino.

»Ich weiß. Aber ich habe sie gemalt«, sagte Raphael. »Kennen Sie mein Bild von ihr?«

Calvino schüttelte den Kopf. »Das muss ich übersehen haben.«

»Ich zeige es Ihnen.«

Er schlurfte ins Wohnzimmer, kauerte sich neben dem Sofa hin und durchwühlte einen Stapel Bilder. Schließlich zog er eines heraus, das eine nackte weiße Frau zeigte, die eine Flotte von Rolls Royce Silver Clouds stoppte. Es war seine Interpretation des Mannes auf dem Platz des himmlischen Friedens, der sich den chinesischen Panzern entgegenstellte.

»Für eine Russin bedeutet Freiheit etwas ganz anderes als für Sie oder mich oder den Typ auf dem Tiananmen-Platz. Oder für Charlie.«

Charlie hatte sich auf dem Boden auf den Rücken gerollt, die Hinterbeine gespreizt. Maul und Beine zuckten, während sie durchs Land der Träume rannte.

»Gefällt es Ihnen?«

»Sie hält den Verkehr auf«, sagte Calvino.

»Sie ist eine Macht.«

Raphael starrte sein eigenes Gemälde mit weit aufgerissenen Augen an, als würde er ein spannendes neues Detail darin entdecken.

»Ihr Körper ist ihre Waffe. Sie benutzt ihn, um den Reichtum zu stoppen. Eines Tages wird damit Schluss sein. Dann überrollt er sie. Aber nicht heute, und auch noch nicht morgen.«

Raphael drehte das Bild um und legte es mit der Rückseite nach oben zurück.

»Sie hat ihre Geschichte noch nicht aufgeschrieben. Ich sagte ihr, dass sie das tun sollte. Dann fingen wir an zu trinken. Sie war nackt und saß auf dem Stuhl da. Eines führte zum anderen. Ich legte den Pinsel weg und nahm sie mit ins Schlafzimmer. Ich gab ihr Mekong. Wir fickten. Und dann standen Sie vor dem Bett.«

Er kratzte sich den Zweitagebart und betrachtete das Bild.

»Manche Modelle schreiben nicht viel. Eine schrieb nur eine einzige Zeile: ›Das Leben ist ein Schwanzlutscher wie ich.‹ Da kann man hineinlesen, was man will.«

Er suchte das Bild mit der einzeiligen Geschichte heraus und zeigte es Calvino.

»Sehen Sie? Das habe ich nicht erfunden.«

Er berührte das Bild mit dem Zeigefinger. Die Farbe war noch feucht. Das Mädchen musste unmittelbar vor der Russin im Atelier gewesen sein.

»Ich habe noch andere Russinnen gemalt«, sagte Raphael und wühlte in einem Stapel von Gemälden. Er zog eines heraus. »Anna.«

Calvino sah in die übergroßen, leeren, toten Augen einer jungen Frau um die zwanzig, die nackt auf Raphaels Sofa ruhte. Eine Brust war üppig und die andere verschrumpelt wie die einer Krebskranken. Ein Hüftknochen bohrte sich durch die fahlgelbe Haut. Auf den misshandelten Körper hatte Raphael das Gesicht eines erhabenen Engels gemalt. Calvino zählte sechs Zehen am rechten Fuß.

Die handschriftliche Geschichte des Models entsprach der Stimmung von Raphaels Gemälde. »Mutter sagte, ich wäre zur Hure geboren. Eine russische Frau enttäuscht ihre Mutter nie.«

Kurz und schmerzlos. Ein hastig hingeworfener Abschiedsbrief.

Raphael wartete auf Calvinos Reaktion. »Die Geschichte passt zu Anna wie das Tüpfelchen auf dem I.«

»Eher wie das T in Teflon«, meinte Calvino.

Raphael lächelte breit.

»Genau. An Anna bleibt nichts hängen.« Er steckte sich einen Joint an und inhalierte tief.

Dann ging er in die Küche und kehrte mit einer Schüssel Trockenfutter für Charlie zurück. Sie verschlang es in weniger als einer Minute. *Das ist angeboren*, dachte Calvino. Langsames Fressen war aus dem Genom herausgezüchtet worden. Als Meditation über die Bedeutung von Appetit, Hunger und Panik in einer Welt des Mangels, gab es nichts Besseres, als einem Golden Retriever beim Fressen zuzusehen.

»Nach unserer ersten Sitzung habe ich über Tremblay nachgedacht, den Typen aus Kanada, von dem Paul Steed sagte, dass er auf der Suche nach Ihnen sei.«

»Eric geht noch auf die Zeiten der Kommune zurück. Ich hatte seit acht Jahren nichts mehr von ihm gesehen oder gehört.«

»Irgendeine Ahnung, warum er sich die Mühe machen sollte, in Bangkok nach Ihnen zu suchen?«

»Gewissensbisse«, meinte Raphael.

»Was heißt das?«

»Er war mein Pate. Aber ein schlechter. Er hatte keinerlei Interesse daran, den Kontakt zu halten. Er war ein viel beschäftigter Mann. Verkaufte Pot in British Columbia.«

Raphael grinste, während er wieder an dem Joint sog. Er reckte das Kinn in die Luft, und der Rauch kräuselte sich aus seiner Nase.

»Er hat Paul also gebeten, Sie zu finden, weil er sich schuldig fühlte, ein so lausiger Pate gewesen zu sein?«

»Scheiße, keinen Plan. Klingt doch irgendwie nachvollziehbar.«

»Hat er Ihnen Hilfe bei den Problemen mit der Klinik angeboten?«

Raphael schüttelte den Kopf.

»Er hätte Angst gehabt, damit Aufmerksamkeit auf sich zu ziehen. Er hielt sich immer bedeckt. Ein Drogendealer mischt sich nicht in solche Probleme ein. Und als eine der Patientinnen auf meiner Station sich umbrachte, hat er die Stadt verlassen.«

»Das mit der Patientin, die Selbstmord beging, hatten Sie bisher nicht erwähnt.«

Raphaels Miene verdüsterte sich. Er wirkte müde und benebelt. Seine Hand zitterte, als er einen Pinsel aufhob.

»Ihr Name war Lindsey Wagner.«

Er erzählte ihre Geschichte, während er die Arbeit an Calvinos Porträt wieder aufnahm. Am Anfang von Raphaels Schwierigkeiten hatte gestanden, dass er damit experimentierte, die private Vergangenheit der Patienten mit seinen surrealistischen Bildern zu vermengen, um Schmerz und Leid darzustellen. Sein Projekt hätte im Grunde unbegrenzt weitergehen können. Die Klinik bildete eine kleine, in sich geschlossene Gemeinschaft. Niemand von außerhalb mischte sich ein. Die Malerei erfreute sich damals noch eines gewissen Rufs als therapeutisches Mittel, eine Möglichkeit, Patienten zu beschäftigen und aus ihrem

Schneckenhaus zu locken, sie zu heilen und wieder in die Gesellschaft zu integrieren.

Aber Kunst war eine Sache und Raphaels Malerei eine andere. Sein Stil kam in keiner Studie vor, wie man psychisch Kranke am besten behandelte. Und seine heile Welt ging eines Nachts in die Brüche, als Lindsay, eine dreiundzwanzig Jahre alte Frau mit bipolarer Störung, aus der Klinik hinausspazierte und per Anhalter in die Stadt fuhr. Sie betrat ein kleines Bistro und bestellte ein Glas Rotwein. Als die Kellnerin ein paar Minuten später damit zurückkehrte, bemerkte sie, dass Lindsay sich ein zwanzig Zentimeter langes Messer in die Brust gerammt hatte. Sie saß zur Seite gesunken mit glasigen Augen am Tisch, verlor Blut und war ziemlich tot. Die Serviererin ließ das Glas Wein fallen. Es zerschellte am Boden. Sie schrie. Polizeiautos mit rotem Funkellicht fuhren vor. Ein Krankenwagen traf unter Sirenengeheul ein. Die Nachrichtensender kamen wenig später und richteten ihre Kameras ein. Eine eingehende Untersuchung folgte. Kernstück war Raphaels Gemälde, auf das die Patientin mit Filzstift ihren Abschiedsbrief geschrieben hatte: »Vater hat keine Seele, Mutter ist unerträglich oberflächlich und gemein. Und ich, ich bin nur noch ein Schatten, der es müde ist, auf die Sonne zu warten.«

Auf Raphaels Gemälde erhob sich eine Medusenkrone aus züngelnden Schlangen aus dem Kopf der jungen Frau. Ihr Mund stand offen und war zu einem kreisförmigen Schrei geformt, die dunklen, weit aufgerissenen Augen voller Furcht. Man warf Raphael vor, einen Albtraum geschaffen zu haben. Man macht ihn in gewisser Weise für ihren Tod verantwortlich. Er erklärte, dass er nur etwas getan habe, das anderen zu mühsam gewesen sei – er hatte die Dämonen der Patientin befreit und ihnen eine Stimme verliehen, in ihren eigenen Worten. Die psychisch Kranken galten als Menschen, die nichts zu sagen hatten, es sei denn, um den Ärzten den Schlüssel zu ihrem Wahnsinn in die Hand zu geben.

Man hatte sie des Rechts beraubt, für sich selbst zu sprechen, frei und unzensiert.

»Die Klinik versuchte, den Skandal zu vertuschen«, sagte Raphael.

»Und Sie waren der Sündenbock«, vermutete Calvino.

Raphael zuckte die Achseln.

»Es lag nicht nur an der Klinik. Die Familie behauptete, ich wäre gottlos und der reinste Satan. Die Polizei nannte mich einen Pornografen. Ein Sozialarbeiter sagte, ich würde einen schlechten Einfluss ausüben. Ein Arzt versicherte, dass ich zu viel Macht über die Patienten gewonnen und ihrer medizinischen Behandlung im Weg gestanden hätte. In der Lokalzeitung erschien ein Artikel, der andeutete, ich sei selbst psychisch krank und sollte besser als Patient in die Klinik eingewiesen werden, statt dort zu arbeiten. Immerhin hatte ich etwas erreicht.«

»Und das war?«

»Der Hass gegen mich und die Schuldzuweisungen erzeugten eine Einheitsfront. Niemand musste sich selbst schuldig fühlen oder Verantwortung übernehmen. Keiner fragte, wie die Frau entkommen war. Lasche Sicherheitsvorkehrungen? Nein, alles wurde mir angehängt. Die allgemeine Meinung ging dahin, ich müsse gefeuert werden. Ich ersparte ihnen die Mühe und kündigte selbst. Sie zahlten mir noch drei Monatsgehälter, und ich ging. Die Abmachung lautete, dass ich das Land verlassen sollte. Die Klinik hatte Angst, verklagt zu werden. Sie wollte mich so weit weg wie möglich wissen. Okay, ich habe Ihnen erzählt, dass ich Urlaub genommen hätte. Tatsächlich sagte man mir, ich solle mich so schnell wie möglich aus Kanada verpissen.«

»Wenn einer am Boden liegt, treten die Leute gerne nach«, meinte Calvino.

»Deshalb ist das Entscheidende, gar nicht erst zu Boden zu gehen. Sondern weiter auf den Fußballen zu tänzeln. Die erste Regel des Boxens.«

»Wann darf ich denn Ihre Geschichte in Schriftform lesen?«, fragte Calvino, halb im Scherz, halb als Herausforderung.

»Ich sage Ihnen was. Sie bekommen sie. Aber heute will ich erst einmal Ihr Porträt beenden. Und *Sie* schreiben *Ihre* Geschichte auf.«

»Sie wollen *meine* Geschichte im Austausch gegen Ihre?«

»Ganz wie Sie wollen. Genau wie bei meinen Modellen«, sagte Raphael. »Nur keine Eile.«

Er stöberte in seinem Farbtubensortiment herum – Kadmiumgelb, Magenta, Kobaltblau, bis er schließlich Indigoblau auf die Palette drückte und mit Weiß mischte. Er arbeitete an einem Bereich unterhalb von Calvinos rechtem Auge und visierte über den Pinsel, um die Größenverhältnisse seines Gesichts zu messen. Er malte rasch, mit sicherem Blick und sicherer Hand. Die Form von Calvinos Gesicht schien, wie das Bild selbst, in stetem Wandel begriffen zu sein. Es war ein Antlitz, das mehr als einen Schlag eingesteckt hatte. Wie der Mond, dessen kalte, tief eingegrabene Narben aus weiter Entfernung sichtbar waren und so lange da sein würden wie er selbst.

Als Raphael den Pinsel weglegte und sich die Hände säuberte, spürte Charlie, dass ihr Herr und Meister fertig war. Sie trabte in die Küche und kehrte mit der Leine im Maul zurück. Die Hündin sah Calvino an und versuchte anscheinend, ihm eine Nachricht zu übermitteln.

»He, Charlie, Zeit für einen Spaziergang?«, fragte Calvino.

Sie bellte und wedelte wild mit dem Schwanz, peitschte damit gegen das Sofa wie der Rotor eines Hubschraubers und brachte einige der dort gestapelten Bilder gefährlich ins Wanken. Die Unterbrechung schien Raphael nicht zu stören.

Charlie stupste Calvino ans Bein.

»Sie mag Hühnerleber«, bemerkte er.

Raphael tippte sich mit den Fingerknöcheln gegen den Kopf.

»Charlie, du kleine Hure, du hast Mr Calvino zu deinem Lieblingsgrill geschleift. Das ist schon okay, Mr Calvino. Es bedeutet, dass sie Sie mag.«

»Sie mag Leber.«

Kristina, das russische Model, platzte ohne Vorwarnung wieder ins Atelier. Sie war inzwischen halbwegs nüchtern und hatte sich umgezogen. Sie trug einen Trainingsanzug und Laufschuhe und hatte die Haare zurückgebunden.

»Du Schwein, wo ist das Geld, das du mir versprochen hast?«

Raphael fischte einen Geldbeutel aus seinen Muay-Thai-Shorts und brachte einen zerknitterten Hundert-Dollar-Schein zum Vorschein.

»Du bist weggerannt, bevor ich dich bezahlen konnte.«

Sie nahm das Geld und lächelte.

»Niemand haut Kristina übers Ohr«, verkündete sie.

»Könntest du noch ein bisschen mehr von deiner Geschichte auf dein Bild schreiben?«

»Warum sollte ich?«

Sie formte die Lippen zu einem schmollenden Kussmund.

»Weil du schön bist und es mir versprochen hast. Die Geschichte, die du niedergeschrieben hast, wirkt unvollständig. Möchtest du ein Glas Mekong? Mr Calvino wollte gerade gehen. Er macht mit Charlie einen Spaziergang und spendiert ihr einen kleinen Imbiss.«

Raphael zwinkerte Kristina zu, und sie lachte, als wäre das irgendein privater Scherz zwischen ihnen.

Der Junge kam bei Frauen gut an. Er machte es ihnen leicht, ihn zu mögen. Und wenn ein so junger Mann sich persönlich für sie interessierte, wurde er zu einem leuchtenden Klecks Titanweiß auf der elfenbeinschwarzen

»Setzen Sie sich«, sagte Calvino. »Ratana würdest du uns ein Glas Wasser bringen? Also, was ist in dem Paket? Das Bild ist kleiner als das, das Sie für die Serie gemalt haben.«

»Es ist ein zweites Porträt von Ihnen«, erklärte Raphael. »Aber dieses gehört Ihnen.«

Calvino kramte im Schreibtisch nach einer Schere. Er schnitt die Luftpolsterfolie weg und fühlte sich dabei aufgeregt wie ein Kind an Weihnachten. Raphael saß da, spielte mit einem Stift und beobachtete Calvinos Gesicht, als der Privatdetektiv sein eigenes Bild auspackte.

»Ich habe einen Stift mitgebracht, damit Sie Ihre Geschichte draufschreiben können«, erklärte Raphael.

»Warten Sie, mein Junge. Lassen Sie mir ein bisschen Zeit.«

Er lehnte das Bild an den Computermonitor und trat ein paar Schritte zurück. War das wirklich er? Die Person auf dem Gemälde hatte ein zerschlagenes, narbiges Boxergesicht mit blutunterlaufenen Augen und einem grob genähten Riss unter dem linken Auge. Vincent Calvino sah aus wie ein Mittelgewichtler am Ende einer langen, zermürbenden und wenig erfolgreichen Laufbahn. Mittels einer Kombination aus Licht und Schatten war es Raphael gelungen, ein stolzes, entschlossenes Gesicht abzubilden, müde von einer Reihe von Niederlagen, doch immer noch mit einem Aufflackern von Ehrgeiz und keineswegs bereit, sich auszählen zu lassen.

»Also bis ich das hier gesehen habe, dachte ich, *Ihr* Gesicht sähe aus wie gequirlter Matsch«, kommentierte Calvino schließlich und blickte den jungen Maler an. »Dabei sehen Sie so gut wie unberührt aus.«

»Es gefällt Ihnen nicht?«

»Schmeichelhaft ist es nicht gerade. Das Bild, das Sie für ihre Serie gemalt haben, das mochte ich. Aber das? Ich sehe aus wie …«

Calvinos Stimme verklang ernüchtert.

»War es das, was Sie wollten? Schmeichelei? Zierrat? Das Gesicht eines Filmstars?«

»Lassen Sie mich ausreden. Ich sehe aus wie jemand, der in den Kampf zieht, ohne sich um die Konsequenzen zu scheren.«

»Dann nehmen Sie jetzt den Stift.«

Calvino ergriff ihn und zog die Leinwand näher. Er kratzte sich am Kinn, während er das Porträt musterte.

»Da ist kein Platz, um meine Geschichte zu schreiben.«

»Hinten schon. Drehen Sie es um.«

Tatsächlich, auf der Rückseite der Leinwand befand sich eine weiß grundierte Fläche. Calvino schrieb. »Aufgeplatztes Fleisch, zerschlagene Züge. Der Einsatz ist hoch, und nur Ignoranten spielen mit. Es ist leicht, die Karten neu zu mischen, doch ein Gesicht ist nicht zu ersetzen. Ich kann es nur einmal ausspielen. Jede Niederlage hinterlässt ihre Spuren. Siege versanden im Nichts. Ein lausiger Spieler blufft weiter, aber seine Miene verrät ihn.«

Raphael las Calvinos Worte. Er nickte ein paar Mal, ohne dass sich sein Gesichtsausdruck veränderte. Er hatte schon viele solche Geschichten gelesen. Calvino wünschte sich unwillkürlich die Anerkennung des Künstlers, und er musste an Kristinas Story mit den Tränen und der Perle denken. Dann fiel ihm eine bessere ein: »In jedem Bild ruht auf ewig eine gefrorene Perle. Wenn man ein Meer von Tränen gemalt hat, wird es Zeit, ein Floß zu bauen und auf dem Ozean davonzutreiben.« Es war zu spät. Er hatte schon etwas anderes geschrieben.

»Jetzt ist das Bild fertig.«

Raphael stand auf und wollte gehen.

»Fertig? Was heißt das?«, fragte Calvino.

»Jetzt besteht eine Brücke von draußen zu dem, was innen ist.«

»Moment mal, wo wollen Sie hin?«

»Zurück ins Atelier zum Malen.«

»Ich habe Sie noch nicht bezahlt.«

»Es gefällt Ihnen nicht. Sie müssen nichts bezahlen.«

Calvino hätte es lieber gegen das erste Bild eingetauscht, auch wenn er wusste, dass es zu einer Serie gehörte. Er wollte es haben.

»Wie wäre es, wenn wir dieses Bild gegen die Nummer sechs Ihrer Serie tauschen?«

Raphaels blaues Auge schloss sich vollständig, als er ein Auflachen unterdrückte. »Vinny, es geht nicht, dass Sie die Erdbeere zurückgeben und stattdessen das Schokodonut nehmen. Das hier ist Kunst. Ihr Urgroßvater war ein Künstler.«

Calvino seufzte und dachte, dass das Blut sich über die Generationen hinweg verdünnte, und alles, was er selbst von Kunst verstand, sich in einem einzelnen Tweet ausdrücken ließ.

»Lassen Sie mir ein bisschen Zeit, mich daran zu gewöhnen. Sich mit dem eigenen Gesicht abzufinden, ist auch eine Kunstform.«

Er rief Ratana zu sich. Sie schlüpfte hinter Raphael herein.

»Sieh dir das an.«

Bewundernd betrachtete sie Raphael Pascals Version von Vincent Calvino.

»Das bist du.«

»Ich hatte befürchtet, dass du das sagen würdest.«

Raphael wartete, bis Calvino seine Aufmerksamkeit wieder auf ihn richtete.

»Und was denken Sie?«, fragte er.

»Ich sehe aus wie der Stuntman, den Sylvester Stallone abgelehnt hat, weil er zu fertig wirkte für die Rolle des abgetakelten Boxers«, meinte Calvino. »Kommen Sie, mein Junge. Ich liebe es. Das ist dieselbe Visage, die ich jeden Morgen rasiere, also ja, ich kenne den Ausdruck. Darum rasiere ich mich mit geschlossenen Augen. Den Luxus bietet mir Ihr Bild nicht. Aber ich freunde mich schon noch damit an.«

»Deshalb male ich gerne Mädchen von der Straße. Sie wissen, dass die Schmeicheleien eines Mannes nichts taugen. Sie sind wertlos. Aber sie spielen das Spiel mit. Der Hauptgewinn ist die Kontokarte des Kunden. Wissen Sie, warum sie immer wieder zu mir zurückkommen? Ich sehe sie so, wie sie sind, und ich mache mich nicht über ihre Geschichten lustig. Ich beachte sie, wenn sie mir Modell stehen. Das Gesamtpaket – Gesicht, Körper und Verstand – ist schwer zu ertragen. Es ist wie mit der Wahrheit. Wir ignorieren sie gerne, es sei denn, sie schmeichelt uns.«

Während Raphaels Ansprache saß Calvino einfach nur da und starrte das Bild an. Der Künstler wusste nicht, ob er ihm überhaupt zugehört hatte.

»Wenn Sie es nicht haben wollen, werfen Sie es weg«, sagte Raphael.

Er verstummte und starrte den Mann an, der sich selbst im Porträt betrachtete. Calvino sagte kein Wort. Er hatte die Finger unter dem Kinn ineinander verflochten.

Zum ersten Mal seit langer Zeit sah er sich selbst an. Einen Mann, der sich gut gehalten hatte für sein Alter. Aber wenn man genau hinsah, erkannte man, dass die Schönwetterzeit vorbei war und sich dunkle Jahre voll tobender Stürme zusammenbrauten. Raphael hatte Calvinos Gesicht nicht nur so dargestellt, wie es war, sondern wie es in der Zukunft aussehen würde.

Als Calvino endlich aufblickte, war der Maler gegangen.

Dritter Teil

EINS

Calvino lümmelte in seinem Schreibtischsessel und hatte die Füße mit überkreuzten Fußknöcheln auf den Tisch gelegt. Er hatte die schwarze Beerdigungskrawatte gelockert und ließ einen Rest Whiskey im Glas kreisen, bevor er ihn austrank.

Lichtstreifen der tief stehenden Sonne legten sich über das Büro und schnitten ihm die Beine an den Knien ab. Sein maßgeschneidertes schwarzes Baumwolljackett hing über der Stuhllehne. Er wirkte entspannt und gelöst wie ein Leichenbestatter am Ende eines langen Todestags. Vorsichtig nahm er die .38 Police Special aus dem Lederhalfter. Er hatte die Waffe seit Monaten nicht mehr aus der Schreibtischschublade genommen. Er befeuchtete ein Tuch mit Waffenöl und zog es durch den Lauf. Der Geruch des Öls durchdrang das kleine Büro.

Ed McPhail saß am Sofa, einen Drink in der Hand, tief in Gedanken versunken. Das war seine Art, sich einen Überblick zu verschaffen. Er sah zu, wie Calvino den Revolver reinigte und zitierte eine alte Regel von Tschechow – wenn im ersten Akt eine Pistole auftaucht, kündigt die Person mit der Waffe damit an, sie im letzten Akt zu benutzen. Calvinos Antwort darauf lautete wie üblich: »Das Leben ist nicht in Akte unterteilt. Revolver bekommt man zu Tausenden zu sehen, und trotzdem wird nur ganz selten einer auf einen Menschen abgefeuert.«

McPhail schenkte sich Whiskey nach.

»Ich halte es da mit Tschechow.«

»Pratt zitiert pausenlos Shakespeare, und jetzt kommst du mir auch noch mit Tschechow.«

»Tja, du inspirierst einen eben dazu, die Toten zu zitieren.«

»Raphael …« Calvino sprach den Namen langsam aus und zog ihn in die Länge, während er die Waffe hin und her drehte. »Wie kommt es, dass die Toten immer so weise klingen?«

»Ein weiser Mann begeht keinen Selbstmord«, widersprach McPhail.

»Sokrates«, sagte Calvino. »Er war weise … und er hatte Glück.«

»Glück? Wieso?«

»Er durfte sich sein Gift selbst aussuchen. Und Raphael erging es genauso.«

»Was hast du mit der Knarre vor?«

McPhail hatte die Waffe nicht aus den Augen gelassen, seit Calvino sie aus dem Halfter gezogen hatte.

»Reinigen.«

Er drehte den .38 Police Special um und träufelte mehr Öl auf das Tuch.«

Calvino hatte das Geschäft mit der Privatdetektei zurückgefahren. In letzter Zeit hatte er keinen Fall mehr angenommen, bei dem er einen Revolver hätte brauchen können, und seitdem die Armee geputscht hatte, trug er ihn auch nicht mehr bei sich. Er vermisste den sanften Druck des 38er, der sich, wenn er ihn im Schulterhalfter trug, angefühlt hatte wie ein alter Freund, auf den man sich verlassen konnte. Man brauchte ihn vor allem, um einen Gegner einzuschüchtern und zur Aufgabe zu bewegen. Zu schießen und zu töten kam nur infrage, wenn gar keine andere Wahl blieb.

Ein Ausländer, der mit einer Handfeuerwaffe angetroffen wurde, war schon in guten Zeiten eine Garantie dafür, allen das Leben schwer zu machen. Und schlimmere Zeiten als jetzt nach einem Staatsstreich gab es nicht. Früher hatte ein Anruf von Pratt die Dinge regeln können. Aber Militär und Soldaten waren nicht mehr in der Laune, Ausländer mit Samthandschuhen anzufassen. Sie hassten es, wenn jemand außer ihnen Waffen trug. Einen zweiten Verfassungszusatz wie in den USA suchte man in Thailand vergeblich. Calvino fragte sich, ob es in der Geschichte der Menschheit jemals einen Militärputsch gegeben hatte, bei dem das verfassungsmäßige Recht, Waffen zu tragen, für all die Menschen eingeführt wurde, denen man gerade die Regierung gestohlen hatte. Aber es war Zeitverschwendung, darüber nachzudenken. McPhail zündete sich eine Zigarette an, lehnte den Kopf zurück und starrte zur Decke, während Calvino weiter seine Waffe putzte. McPhail klopfte mit der Handfläche auf das Sofapolster und überlegte, wie viele weinende Ehefrauen hier schon Calvino von der Untreue ihrer Ehemänner vorgejammert hatten. Er hob den Kopf und ließ Rauch aus beiden Nasenlöchern strömen wie ein Drache, während er das Bild studierte, das Raphael von Calvino angefertigt hatte. Es hing in einem verschnörkelten Goldrahmen, den man eher in einem Museum erwartet hätte, neben Calvinos Anwaltsdiplom und seiner Lizenz als Privatdetektiv.

»Der Mann, das Diplom, die Lizenz. Die Geschichte deines Lebens«, sagte McPhail und deutete nacheinander darauf, während er Calvino ansah.

Calvino berührte den Lauf seines .38 Police Special.

»Das reicht nicht mal für den Klappentext, McPhail.«

Es war McPhails Idee gewesen, sich vor dem dritten Abend der Bestattungsfeierlichkeiten im Wat in Calvinos Büro zu treffen. Er hatte noch einen Blick auf das Porträt werfen wollen, das Raphael gemalt hatte. Er hatte es schon einmal gesehen, nicht lange nachdem Raphael es abgeliefert hatte. Aber nun war der Maler tot, und McPhail glaubte, dadurch würde er das Gemälde vielleicht mit anderen Augen betrachten. Er begutachtete es abermals. Welche Geheimnisse hatte Raphael in die Farben und Pinselstriche gepackt?

»Ich wollte es mir noch einmal anschauen. Mann, und das tue ich gerade. Ich sehe es nicht zum ersten Mal.«

Er beugte sich vor und schnippte seine Zigarettenasche in den Aschenbecher auf Calvinos Schreibtisch. Es lagen bereits zwei Stummel mit Lippenstift auf den Filtern darin. *Vinny ist ein ungezogener Junge gewesen*, dachte er.

»Und?«, fragte Calvino.

»Und was?«

McPhail hatte den Faden verloren. Irgendwo den Anschluss verpasst, und jetzt konnte er nur noch versuchen, dem Zug über die Gleise hinterherzurennen. Calvino wartete.

»Hast du deine Meinung darüber geändert?«

»Und das sollst du sein, Vinny?«, wollte McPhail wissen, wandte den Blick von dem Bild ab und inhalierte tief. »Wenn das sein Stil war, hat er sich gerade noch rechtzeitig abgemurkst. Sonst hätte ihm früher oder später jemand die Mühe abgenommen.«

»Das ist Kunst, McPhail.«

»Der Wert ist gestiegen. Toter Künstler und so. Denk mal drüber nach, Calvino. An deiner Stelle würde ich das Ding schleunigst verscherbeln.«

McPhail war mehr an der Farbe des Lippenstifts an den Zigarettenkippen interessiert als an Calvinos Bild. Das fand er anregender.

Calvino entlud den 38er und reinigte die Trommel.

»Raphael glaubte, das Leben sei eine Abfolge von Abstürzen und Nahtoderfahrungen. Er hatte eine eigene

Bewegungstheorie. Du weißt schon, Bewegung. Rauf, runter …«

»Und rein, raus«, sagte McPhail. »Alles eine Frage der Reibung. Mehr ist da nicht dran.«

»Raphael sah eine Tragödie in der Begrenzung unserer Bewegungsfähigkeit.«

»Er hätte das nicht so eng sehen sollen. Wenn man ein Mädel dazu bringt, mehr als zwei Bewegungen zu vollführen, ist das schon ein Erfolg. Aber was sollte das ganze Gerede von der sechs, als wär's eine magische Zahl? Raphael und seine sechs dies und das? Bewegung? Was hatte er denn erwartet? Eine Gebrauchsanweisung fürs Leben?«

»Ich bin fast fertig«, sagte Calvino. Der Geruch nach Waffenöl klebte an seinen Händen. Er schob den Revolver ins Halfter.

»Mann, also was er aus deinem Gesicht gemacht hat, das macht mich echt traurig. Der muss wirklich fertig gewesen sein. Mit all den Weibern, die in seinem Atelier ein und aus gegangen sind, hätte er sich doch wie der King fühlen müssen. He, wie kann einer deprimiert sein, mit dem so viele Frauen ins Bett hüpfen? Das ergibt doch keinen Sinn. Ich hab sie bei der Bestattung gesehen. Die hatten ihre feinsten Verführungsfummel an und machten den Ausländern schöne Augen. Neun bis zehn auf einer Skala von zehn. Klasseweiber allesamt. Mann, ich hätte Gott weiß was gegeben, um unter solchen künstlerischen Ängsten zu leiden. Was will man mit so jemandem anfangen? Er verwickelt sich in seiner selbst gestrickten Tragödie und bringt sich um. Das ist doch krank. Wenn ich in seinem Alter nach Thailand gekommen wäre …«

»Dann wärst du schon seit zwanzig Jahren tot.«

McPhail lachte und bediente sich noch einmal reichlich von der Büroflasche Johnnie Walker Black.

»Wahrscheinlich. Aber ich wäre 'ne glückliche Leiche gewesen. Ich hätte mich nicht gekillt. Das hätte ich Johnny Walker überlassen.«

»Raphael hat im Leben kaum mehr als eine Reihe von Illusionen und Fallstricken gesehen.«

»So eine Pferdekacke.«

»Nein, eigentlich keine Fallstricke. Eher Köder, die in einer Falle liegen. Wenn man glaubt, dass das Leben keinen Zweck hat und das Dasein sinnlos ist, wozu soll man dann glücklich sein? Glück bedeutet so jemandem gar nichts.«

McPhail schnaubte und sog an seiner Zigarette.

»Also verkauf das Bild.«

Er las einen der Stummel mit Lippenstiftresten aus dem Aschenbecher.

»Du hast doch nicht etwa letzte Nacht eines von den Bargirls abgeschleppt?«

Calvino grinste.

»Jetzt hast du mich erwischt, Ed.«

»Ha«, sagte McPhail. »Der Lippenstift belastet dich schwer.«

Er warf die verschmierte Kippe zurück in den Aschenbecher.

»Was ist denn mit dir los, Ed? Du siehst eine Waffe und meinst sofort, ich will jemanden erschießen. Du bemerkst einen alten Zigarettenstummel mit Lippenstift, und gleich nimmst du an, ich hätte es mit einem von Raphaels Modellen getrieben.«

McPhails Gesicht zuckte, während er sich aus dem Sofa stemmte und sich streckte. Durch einen Nebel von Zigarettendunst und Johnnie Walker Black versuchte er, eine schlagfertige Antwort zu finden.

»Sollten wir uns nicht langsam zum Tempel aufmachen?«, erwiderte er schließlich.

Auf Eines konnte man sich bei McPhail verlassen, dachte Calvino. Wann immer ihm die Worte fehlten, verkündete er, dass es Zeit war, zu gehen.

Calvino richtete seine Krawatte, schnappte sich sein Sakko. Er ging zur Tür und griff nach der Fernbedienung für die Klimaanlage.

»Du hast deine Knarre vergessen«, sagte McPhail.

»Fall nicht auf dieses alte Tschechow-Zitat rein, McPhail.«

»Soll ich sie nehmen?«

»Das wäre ein Fehler.«

McPhail griff nach dem Aschenbecher und betrachtet seufzend die Zigarettenkippen.

»Was machst du denn da?«, fragte Calvino.

»Ich würde nicht wollen, dass Ratana den Lippenstift sieht.«

»Die Dinger sind von einer der Freiwilligen von der Selbstmord-Hotline.«

»Die heiße Blondine? Wusste ich's doch!«

»Die andere.«

»Die fette Alte?«

»McPhail, du solltest für die US-Präsidentschaft kandidieren.«

»Ach ja? Und du solltest die Beine unter die Arme nehmen und schleunigst die Fliege machen, wenn man sich den Pegel deiner Probleme so ansieht.«

McPhail drehte den Aschenbecher um und kippte den Inhalt in den Papierkorb.

Auf der Treppe zur Straße hinunter schlug ihnen die Hitze der Nacht entgegen wie schwarzgebrannter Schnaps mit einer Prise LSD.

»Langsam, Calvino. Du hast noch gar nicht gesagt, wie viel du für das Stallone-Porträt bezahlt hast.«

»Zwei Riesen«, antwortete er. »US-Dollar.«

McPhail schnappte nach Luft, während sie zu Calvinos Wagen gingen.

»Mann, du musst es ja dicke haben. Zwanzig Hunderter. Erinnere mich dran, wenn du mir das nächste Mal hundert Mäuse für einen Job anbietest.«

»Vorhin hast du gemeint, dass der Wert nach Raphaels Tod stark gestiegen sein müsste.«

»Ich dachte eher, ein Zweihundert-Dollar-Bild könnte auf vierhundert gestiegen sein.«

Calvino lachte und richtete die Fernbedienung auf seinen BMW. Die Scheinwerfer blinkten.

»Du gehst immer aufs Ganze, Ed. Das gefällt mir so an dir.«

ZWEI

Am dritten und letzten Tag von Raphael Pascals Totenfeier war die Sala ungefähr halb voll, wie ein Optimist gesagt hätte, oder halb leer, wenn man mit dem Pessimismus liebäugelte. Alternativ, mit Calvinos Augen, konnte man es auch als die goldene Mitte betrachten. Es war genau richtig. Die Trauergäste bei der Beisetzung von Ausländern verschwanden während des dreitägigen Rituals wie Eisenspäne, die von den Magneten ihrer gesellschaftlichen Verpflichtungen angezogen wurden – fleischlichen Liaisons in klimatisierten Räumen bei sanfter Musik, eine willkommene Ablenkung, tausend Meilen entfernt vom Singsang der Mönche und dem Duft der Räucherstäbchen.

Das hatte nichts mit Respektlosigkeit zu tun. Drei lange Tage auf harten Stühlen zu sitzen, immer umgeben von denselben, gramgefurchten Gesichtern, das war einfach keine Konkurrenz für Bangkoks Attraktionen. Calvinos Gesetz: Wir sind auf Vergnügen geeicht. Der Tod ist nur ein vorübergehender Kurzschluss, und die Überlebenden tun so, als würden sie ihn reparieren.

McPhail stand vor der Sala und legte mit ein paar anderen Trauernden eine Zigarettenpause ein. Während sie sich gestikulierend unterhielten, zischten die rot glühenden Enden der Kippen durch die Dunkelheit wie winzige Leuchtkugeln. Die Raucher fanden sich zu Grüppchen zusammen, und nikotinfleckige Finger und Zähne bearbeiteten in lebenslanger symbiotischer Harmonie die Zigaretten. Ein billiger ironischer Kommentar drängte sich auf, wenn man sah, wie sie im Schatten eines Krematoriums vor sich hin pafften.

Pratt trug ein weißes Hemd, dazu eine schwarze Hose und Krawatte. Er stand abseits von den Rauchern vor der Sala und sprach mit einer hoch gewachsenen, langbeinigen jungen Thailänderin in einem schwarzen Hosenanzug mit Fensterausschnitt, der ihre Taille sehen ließ. Ein flacher, einladender Bauch als Vorgeschmack auf die edlen Leckereien unter der Geschenkverpackung. Sie brach mitten im Wort ab, als Calvino näherkam. Pratt stellte ihn als Freund vor und bat sie, weiterzusprechen.

»Ich wollte nicht stören«, sagte Calvino.

»Pim hatte am Tag von Raphaels Tod eine Verabredung mit ihm«, erklärte Pratt.

Pim nickte.

Calvino glaubte, sie von einem von Raphaels Bildern zu erkennen. Ganz sicher war er allerdings nicht. Es waren so viele Gesichter, so viele Gemälde.

Pim zog sich argwöhnisch an einen ruhigen Ort in sich selbst zurück und sperrte ihn aus.

»Sie haben ihn am letzten Mittwoch getroffen?«, hakte Calvino nach.

Pratt fügte hinzu: »Sie dürfen Khun Vincent Ihre Geschichte gerne erzählen. Er war ein enger Freund von Raphael.«

Calvino lächelte. *Einmal kein Shakespeare*, dachte er. Pratt hatte Raphaels Standardsatz zitiert: Erzähl mir deine Geschichte. Er fragte sich, ob Pim die Anspielung auf die Storys auf den Bildern des Künstlers verstand. Doch es wäre nicht der richtige Zeitpunkt gewesen, sie danach zu fragen.

Sie seufzte, presste die Lippen zusammen und betrachtete die anderen Trauergäste, als würde sie dort nach Inspiration suchen. Tastend wagte sie sich aus ihrem sicheren Zufluchtsort hervor.

»Ich komme am Mittwochmorgen in Raphaels Atelier, um elf Uhr. Seine Tür ist abgeschlossen. Ich finde das komisch. Raphael sagt, er schließt nie ab. Jeder ist willkommen. Die Leute kommen und gehen, ganzer Tag. Am Mittwoch ich kann nicht hinein. Ich frage mich: ›Warum tut er das?‹«

»Haben Sie geklopft?«, fragte Calvino.

Sie ballte die rechte Hand zur Faust und schlug auf eine unsichtbare Tür ein, eine kleine Tatortrekonstruktion. Sie wiederholte die Geste.

»Ja, genau so. Bum, bum.«

»Aber Raphael kam nicht an die Tür?«, erkundigte sich Calvino mit einem Seitenblick auf Pratt, dessen Miene nichts verriet. »Haben Sie versucht, ihn anzurufen?«

»Sein Telefon klingelt, aber er nimmt nicht ab. Ich denke, vielleicht ist er *mao* von Mekong-Whiskey. Ich klopfe wieder an die Tür. Ich glaube, er kann es nicht hören. Sehr laute Musik innen.«

»Was für Musik?«, fragte Calvino.

»*Farang* Musik.«

»Wie oft haben Sie geklopft?«

Pim schloss halb die Augen, als würde sie sich in eine Art Taschenrechner-Modus versetzen.

»Sehr oft. Ich bin zu wütend auf ihn, um zu zählen. Ich habe viel zu tun. Er vergeudet meine Zeit. Ich zahle Taxi. Ich sage Morgentermin mit Kunden ab. Pim ist wütend. Ich frage ihn, warum er mir das antut.«

»Wie haben Sie das gemacht?«

»Ich schreibe Zettel an seine Tür.«

»Was haben Sie ihm geschrieben?«

Sie verstummte und versuchte sich zu erinnern.

»›Warum willst du Pim nicht sehen? Was mache ich falsch?‹ Und ich schreibe meine private Telefonnummer auf, falls er verloren hat.«

»Sie haben den Zettel an die Tür gehängt?«, wollte Calvino wissen. »Wie?«

Pim zog einen kleinen Block mit gelben, herzförmigen Stickern mit Smileys aus der Tasche. In der linken oberen Ecke befanden sich ein Foto von Pim, ihr Name und die Nummer ihres Escort-Services, daneben ein Bereich für Mitteilungen. Calvino bestaunte die professionelle Arbeit. Sie löste eine der Haftnotizen ab und reichte sie ihm.

»Ist es Ihnen recht, wenn ich das behalte?«, fragte Calvino. »Und eine Frage noch, Pim. Erinnern Sie sich zufällig an den Text des Songs, den Sie gehört haben?«

Sie erwiderte seinen Blick verständnislos.

»›Should I Stay Or Should I Go?‹ Soll ich bleiben oder lieber gehen?«

»Wie Sie wollen«, antwortete sie.

Calvino lächelte. Ein Teil des thailändischen Charmes lag darin, die Dinge wörtlich zu nehmen. Dann standen die Worte ausschließlich für das, was sie an der Oberfläche bedeuteten.

»Es ist der Text eines Songs.« Er trat näher und sang ihn ihr vor. »›Darling, you gotta let me know, should I stay or should I go? If you say that you are mine, I'll be there till the end of time, So you gotta let me know, should I stay or should I go?‹«

Einige der Trauergäste drehten sich nach Calvino um.

»›The Clash‹, verkündete eine der freiwilligen Mitarbeiterinnen der Selbstmord-Hotline, die Calvino beim Betreten der Sala zugelächelt hatte.

»Ich weiß nicht«, meinte Pim. »Vielleicht ja, vielleicht nein. Ich bin zu wütend, um auf Worte zu hören.«

Wenn ein Singvogel erst dem Käfig entkommen war, war er nur schwer zum Verstummen zu bringen. Pims Gesicht rötete sich vor Zorn, als sie den Augenblick vor der Ateliertür noch einmal durchlebte. Sich den Ärger gegenüber Pratt von der Seele zu reden, schien ihr gutgetan zu haben. Aber sie hatte ihr Lied gesungen, und nun war nur noch mit Wiederholungen zu rechnen.

McPhail trat neben Pim und sog an seiner Zigarette.

»He, Kumpel, willst du mich nicht vorstellen?«

Er ließ die Kippe fallen, trat sie mit dem Absatz aus und lächelte Pim an.

»Baby, du bist so schön, dass ich glatt dein Badewasser trinken möchte.«

»Ed, es ist immer eine gute Idee, das Trinkwasser abzukochen«, riet Calvino.

»Später, McPhail«, sagte Pratt. »Gehen wir rein. Die Mönche sind da.«

McPhail brummelte unterdrückt: »Erst gibst du den Retriever zurück, und jetzt schnappst du dir die Mieze. Was habe ich dir bloß getan, Calvino, dass du mich so sehr hasst?«

Pim nutzte die Unterbrechung durch McPhail, um sich abzusetzen und in die Sala zurückzukehren. Die drei Männer sahen ihr nach. Pratt seufzte, schüttelte den Kopf und folgte ihr.

»Hab ich was Falsches gesagt?«, fragte McPhail, nachdem sie alleine zurückgeblieben waren.

»Nein, Ed. Aber du musst noch ein bisschen an deinem Timing arbeiten.«

»Meine Mutter hat immer gesagt, ich bin damit aufgewachsen, nach der falschen Musik zu tanzen.«

»Man sollte auf seine Mutter hören.«

Als Pratt die Sala wieder betrat, musste er sich eingestehen, dass McPhail recht hatte. Pim war wirklich eine Augenweide.

Nachdem er drei Abende lang mit den Trauergästen gesprochen hatte, war er auf jemanden gestoßen, der nicht nur nützliche Informationen besaß, sondern auch diese glitzernde Oberfläche, von der sich der Vernehmende so leicht ablenken ließ. Pratt musste sich ins Gedächtnis rufen, dass er beruflich hier war. Er war zwar im Ruhestand, dachte jedoch immer noch wie ein Cop. Auch wenn es in diesem Fall nur eine formlose Anfrage war, geboren aus der Freundschaft mit einem jüngeren Beamten seiner ehemaligen Abteilung.

Es fiel ihm schwer, sich auf den Fall zu konzentrieren. Und dann waren da noch die Trauerfeierlichkeiten. Er hoffte, wenn er einmal dem Engel des Todes begegnete, würde dieser so aussehen wie Pim.

In den hinteren Reihen der Sala saß wie an den vorhergehenden Abenden Gavin de Bruin, flankiert von einem kleinen Freiwilligenkontingent seiner Selbstmordhotline. Sie wirkten wie Frontsoldaten, die für kurze Zeit aus der Schlacht abgezogen worden waren, um einen der ihren zu betrauern. Während Calvino zu seinem Platz ging, winkte er Gavin, ihm in der ersten Reihe Gesellschaft zu leisten, die für Familienangehörige und Ehrengäste reserviert war. Gavin zog es jedoch vor, bei seiner Truppe zu bleiben.

An diesem Abend gab es eine Neubesetzung unter den Gästen in der ersten Reihe. Ratana war da, ganz in Schwarz. Sie tupfte sich mit einem Taschentuch die Augen. Calvino setzte sich in den Klappstuhl neben ihr, und als er sich vorbeugte und an ihr vorbeisah, bemerkte er auch Paul Steed und Tuk.

Die zwei hängen aneinander wie Kletten, dachte er.

Sie steckten die Köpfe zusammen und unterhielten sich im Flüsterton. Tuk schluchzte während des Singsangs der Mönche. Sie war nicht allein in ihrer Trauer. Auch andere Frauen in der Sala, von denen Calvino einige aus dem Atelier wiedererkannte, betupften sich die geröteten, geschwollenen Augen mit Papiertaschentüchern. Raphaels Brigade von begehrenswerten Frauen hatte keinen einzigen Abend verpasst – und das war ein echtes Paradoxon. Die pure, sinnliche Schönheit ihrer Jugend, die auf die emotionalen Akkorde von Männern abgestimmt war, zierte die Sala ebenso wie die Blumenarrangements. Es war ein Maß für die Anziehungskraft, die der Verstorbene auf sie besessen hatte.

Am vergangenen Abend hatte Calvino sich noch gefragt, ob er je das Geheimnis ergründen würde, wie Raphael all diese Mädchen dazu gebracht hatte, sich seinetwegen die Augen auszuweinen. Nicht nur eine oder zwei, sondern eine ganze Busladung von Frauen, die mit ihren Tränen einen schniefenden Chor bildeten. Der dritte Abend war ihre Galavorstellung. Der Vorhang senkte sich langsam über dem kleinen Drama, das sie aus dem normalen Verlauf ihrer Nächte gerissen hatte. In dieser letzten Nacht hatte Calvino den Grund für ihre Trauer begriffen – Raphael hatte zu ihnen gehört, hatte sie verstanden, geliebt und nie verurteilt. Dasselbe galt für die Freiwilligen der Selbstmord Hotline und die Handvoll junger Männer aus der Muay-Thai-Boxhalle. Sie waren am letzten Abend schüchtern und zurückhaltend in die Sala geschlüpft, um Abschied zu nehmen. Wenn man sich die Menge so ansah, hätte es sich um eine politische Veranstaltung handeln können, bei der jede anwesende Gruppe Raphael für sich selbst reklamierte.

Calvino drehte sich auf dem Stuhl um, nickte in Gavins Richtung und formte mit den Lippen: »Wir sprechen uns später.« Gavin machte eine zustimmende Geste.

Pratt half zwei Laienhelfern des Tempels, Roben, Kerzen und Räucherstäbchen und die Speisen für die Mönche zu verteilen. Die Hauptarbeit leistete das Personal, das die schweren Körbe herumschleppte.

An den beiden ersten Abenden war Ratana lautlos in die Sala geschlüpft, hatte den Sarg mit einem *Wai* geehrt und war rasch wieder ins Dunkel verschwunden. Sie war das Phantom der Nacht gewesen.

Raphaels Tod hatte sie so verstört, wie Calvino es seit dem Verlust von John-Johns Vater nicht mehr erlebt hatte.

Seine Trauerfeier hatte im selben Tempel stattgefunden. Die Erinnerungen waren zurückgeflutet, und zwei Nächte hintereinander war sie vor ihnen geflohen. Heute, am letzten Abend, stellte sie sich ihren Gefühlen.

»Ich weiß, wie schwer das für dich ist«, sagte Calvino.

Sie schenkte ihm ein schwaches Lächeln.

»Es ist das erste Mal seit Johns Beerdigung«, fuhr er andeutungsweise fort.

»Ich fürchte, ich habe mich mit seinem Tod immer noch nicht abgefunden. Das werde ich wohl nie.«

Als er sie fragte, wie es ihr ginge, antwortete sie: »Ich kann es dir nicht erklären, warum ich mich so seltsam fühle. Es fällt mir schwer, es zu glauben.« Sie schwieg kurz und fügte hinzu: »Er war so jung und talentiert. Das Leben hatte ihm noch so viel zu geben.«

»Möchtest du darüber sprechen?«, fragte er.

»Als er das letzte Mal ins Büro kam, war ich so beschäftigt. Er wollte reden. Ich hatte keine Zeit. Ich hätte ihm zuhören sollen. Vielleicht hätte ihm das geholfen.«

Die Worte hätten genausogut ihrem toten Freund John wie Raphael gelten können.

Einige der Trauergäste schienen sich mit der Bürde einer Schuld herumzuschlagen. Sie dachten, dass sie etwas hätten ändern können. Sie glaubten, Raphael gegenüber versagt zu haben. Das war es, was die Toten den Lebenden antaten: Sie ließen sie mit einem tief sitzenden Gefühl der Unzulänglichkeit zurück.

»Es gibt niemals nur einen einzelnen Grund, Ratana. Es ist wie beim Tod durch Altersschwäche. Nie ist es nur ein Organ, das versagt. Alles fällt auseinander.«

»Er war doch erst sechsundzwanzig«, sagte sie.

Genauso alt wie ihr Freund John bei seinem Tod in Bangkok. Er war erschossen worden.

»Man muss nicht physisch alt sein, um an Altersschwäche zu sterben«, erwiderte er.

»Was soll das denn heißen?«

»Raphael hatte das Gefühl, alles getan zu haben, was er tun wollte. Sein Werk war vollendet. Er sah keinen Grund mehr, zu warten, bis das Leben ihm den natürlichen Ausweg zeigte. Manche Menschen haben keine Geduld mit den Regeln, die für die Lebenden gemacht sind. Sie tun, was sie wollen, und haben es eilig zu gehen.«

»Ich habe nicht intensiv genug hingehört. Das ist es, was wehtut. Wenn ich je aufhören sollte, dir zuzuhören, sag mir bitte Bescheid.«

»Das wird schon wieder.«

Ratana stand auf, ging zu den Mönchen und kniete mit einem Strauß Blumen im Arm nieder. Sie hatte darum gebeten, in der letzten Zeremonie eine Rolle spielen zu dürfen. Calvino vermutete, dass sie das mit Pratt vereinbart und dieser wiederum über die Laienhelfer die Mönche informiert hatte. Ratana rutschte auf Knien an der Reihe der Mönche entlang und legte Rosen auf die Schals, mit deren Hilfe sie physischen Kontakt zu Frauen vermieden. Calvino sah wie alle anderen Anwesenden in der Sala zu, während diese geheimnisvolle Frau mit dem tränenüberströmten Gesicht Verdienste für Raphael erwarb.

Wer konnte schon wissen, warum jemand manchmal so heftig auf den Tod eines Menschen reagierte, den er kaum kannte? Etwas an ihrer Verbindung, aufgebaut in ein paar kurzen Begegnungen, hatte lebhafte Erinnerungen gesät, die für ein ganzes Leben reichten. Wer wollte sagen, ob es nur ein leeres Ritual, ein Aberglaube oder Wunschdenken war, den Toten Verdienste nachzuschicken? In einer Sala, wo der Tote auf der einen Seite von den Lebenden durch eine Reihe von Mönchen getrennt war, schien alles möglich zu sein. Wenn auch wenig wahrscheinlich. Ratana legte Blumen vor jedem einzelnen der Mönche nieder. Calvino überlegte, dass alle Menschen in ihren kleinen Nischen der Unsicherheit gefangen waren und diese Mönche für den schwachen Schimmer einer Hoffnung sorgten, die Waagschale des Lebens könnte sich am Ende zu ihren Gunsten neigen.

Als die Mönche verschwunden waren und Schalen mit Reissuppe verteilt wurden, gingen die Trauergäste in einen Zyklus aus Essen und Gesprächen über. Pratt aß nichts. Er hatte zu tun. Calvino nahm eine Schale Suppe an und stellte sie auf den leeren Stuhl neben sich. Über den Mittelgang hinweg beobachtete er Paul Steed, dessen Gesicht über der Schüssel hing wie ein Staubsauger. Der Appetit mancher Menschen kannte keine Grenzen. Die Gegenwart eines Toten minderte das Vergnügen nicht. Die Thais hatten kein Problem damit, neben einem Sarg zu essen. Aber Ausländern verging da normalerweise der Appetit. Ihr Magen verkrampfte sich beim Anblick von Nahrung. Erst wenn sie lange genug im Land gelebt hatten, konnten sie mit den Thailändern mithalten.

Ratana war an ihren Platz zurückgekehrt, nachdem sie die Blumen verteilt hatte. Den anderen Trauergästen kam sie zu jung vor, um Raphaels Mutter gewesen zu sein, und zu alt für seine Witwe. Ganz in Schwarz gekleidet, mit zurückgebundenen Haaren, erinnerte sie Calvino und Pratt an die Tage der Trauer für ihren eigenen Partner.

»Irgendwie erscheint es mir so irreal«, sagte sie und sah erst Calvino, dann Pratt an.

Pratt wusste, dass kein Lächeln das heilen konnte, was in ihrem Gesicht geschrieben stand.

»Seid Ihr denn des Wachens auch gewiss? Mir scheint's, wir schlafen, wir träumen noch««, zitierte er aus *Ein Sommernachtstraum*.

Shakespeares Worte wirkten, wie sie es seit vier Jahrhunderten getan hatten.

»Es ist wie ein Traum«, stimmte Ratana zu.

Und es wird Zeit aufzuwachen, dachte Calvino. Er überquerte den Mittelgang und nahm auf dem Klappstuhl neben Paul

Steed Platz. Tuk saß auf seiner anderen Seite. Calvino beugte sich vor, sodass er Tuks Reaktion auf seine Fragen an Paul ebenfalls sehen konnte. Sie hielt Pauls Hand. Er spielte seine Rolle gut. Er hatte ihr zur Seite gestanden, als Calvino Raphaels Leiche im Schlafzimmer untersuchte. Er hatte ihr die Hand gehalten und seitdem nicht wieder losgelassen.

»Letzter Tag«, sagte Paul.

Er blies die Wangen auf und stieß kopfschüttelnd die Luft aus. Er schluckte die letzte Garnele hinunter und gab seine nun leere Plastikschale zurück. Sein Appetit schien ungestillt.

»Die Suppe schmeckt gut. Sie sollten sie probieren, Calvino.«

Calvino war nicht wegen des Essens gekommen. »Helfen Sie mir, mich an ein paar Details unserer Unterhaltung im Atelier zu erinnern.«

»Woran denn?«, fragte Paul sachlich.

»Fangen Sie bei dem Zeitpunkt an, als Tuk die Leiche entdeckte.«

Paul kratzte sich am Kinn und richtete den Blick nach oben, als würde er eine Erinnerungswolke betrachten. Doch es schien ein klarer Tag zu sein. Er stieß Tuk mit dem linken Knie an. So gewann man die Aufmerksamkeit einer Frau.

Er lächelte sie aufmunternd an und drückte ihr die Hand, sprach in beruhigendem Ton.

»Süße, um wie viel Uhr hast du Raphael am Mittwoch gleich wieder gefunden?«

Ihre Augenlider flatterten und schlossen sich, als würde sie sich einer angenehmen Erinnerung hingeben.

»Ich weiß nicht. Gegen zwölf?«

»Wie sind Sie in die Wohnung gekommen?«

Sie richtete den Blick auf Calvino. Es war der Ausdruck einer Frau, die sich gut darauf verstand, einen Mann anzusehen, wenn er nach Anzeichen dafür Ausschau hielt, dass sie nicht die ganze Wahrheit sagte.

»Was meinen Sie damit?«, fragte sie.

»War die Ateliertür abgesperrt?«, wollte Calvino wissen.

Sie schüttelte den Kopf und schnäuzte sich. Als sie wieder aufblickte, ließ sie ein halbherziges Lächeln aufblitzen. Calvino las darin einen Anflug von Geringschätzung, gemischt mit Mitleid, weil er Raphael doch nicht so gut gekannt hatte, wie er glaubte. Sonst hätte er diese Frage nicht gestellt.

»Raphael schließt nie ab. Er sagt immer: ›Politik der offenen Tür‹.«

»Sind Sie sicher, dass es Mittag war?«, erkundigte sich Calvino. »Könnte es auch ein oder zwei Stunden früher gewesen sein? Oder haben Sie die Nacht dort verbracht?«

Paul legte den Arm um Tuk.

»Sie hat Ihnen doch schon gesagt, dass es Mittag war. Genau wie der Polizei. Warum lassen Sie sie nicht in Ruhe? Sie hat schwere Zeiten hinter sich, Calvino.«

Es war nicht der richtige Zeitpunkt, sich mit Paul Steed anzulegen. Calvino überließ ihn seiner Beschützerrolle. Tuk war klug genug zu wissen, dass Paul ein Niemand war und sein Schutz nichts bedeutete.

»Kommen Sie morgen zur Einäscherung?«, fragte Calvino.

Paul interpretierte die Frage als kleinen Sieg.

»Ja. Tuk hat mich darum gebeten.«

Calvino drehte sich halb um, als er Pratt von hinten rufen hörte.

»Pratt, komm doch bitte mal kurz her. Hier ist jemand, der glaubt, er wüsste, was schwere Zeiten bedeuten.« Und zu Paul gewandt: »Paul, Sie kennen ja meinen Freund Pratt.«

Paul ließ Tuks Hand los, um Pratt mit einem *Wai* zu grüßen, den dieser erwiderte.

»Wir haben uns in Raphaels Atelier kennengelernt«, erklärte Pratt, während Paul mühsam lächelte.

»Hi«, sagte er und schluckte. »Natürlich erinnere ich mich an Sie.«

Paul schien sich im Handumdrehen in einen schweigsamen Menschen verwandelt zu haben. Er erinnerte sich gut daran, dass Pratt von allen mit seinem früheren Rang angesprochen worden war: General. Calvino hatte zwar gesagt, dass er pensioniert sei, aber nach seinem Einfluss zu schließen, ließ der wahre Ruhestand noch auf sich warten. Die Frage war nur, warum ein thailändischer Polizeigeneral persönliches Interesse am Selbstmord eines Ausländers zeigte.

Paul beobachtete ihn besorgt, als er Tuk ansprach, um das Eis zu brechen.

»Khun Tuk, wie fühlen Sie sich?«, fragte Pratt auf Thai.

»Sehr traurig«, antwortete sie in derselben Sprache und grüßte ihn mit einem tiefen *Wai*.

»Es dauert seine Zeit«, meinte Pratt.

Schon wieder dieses Wort. »Zeit«. Es verfolgte sie und ließ ihr keine Ruhe.

Da die Höflichkeiten ausgetauscht waren, reichte Calvino Pratt sein Smartphone.

»Mach doch bitte ein Gruppenfoto von uns.«

Pratt schoss mehrere Aufnahmen.

»Kommen Sie, Tuk, Sie auch«, forderte Calvino sie auf. Nach einer weiteren Reihe von Schnappschüssen gab Pratt das Handy zurück.

»Ich schicke Ihnen Kopien«, sagte Calvino zu Paul. »Ich habe im Büro ja noch Ihre E-Mail-Adresse.«

Paul zog eine Visitenkarte aus der Brieftasche und reichte sie Calvino.

»Ich habe eine neue«, sagte er. »Sie steht auf der Karte. Dann bis morgen bei der Einäscherung.«

Hastig verließen er und Tuk die Sala.

»Er wirkt nervös, Pratt.«

»Verdacht wohnt stets im schuldigem Gemüt.«

»Ja, aber wessen ist er schuldig?«, fragte sich Calvino laut.

Pratt sah Paul und Tuk nach, die Arm in Arm vor dem Eingang zur Sala stehen geblieben waren.

»Das ist die Frage«, sagte er. »Er war dein Klient. Ich dachte, du wüsstest es vielleicht.«

Calvino sah Gavin mit einem Thailänder Anfang dreißig auf sich zukommen. Er war schlank, hatte einen Schnurrbart, kurz geschnittene Haare und ein Raubvogelgesicht.

»Ich wollte Ihnen Chatri vorstellen«, begrüßte ihn Gavin. »Er war Raphaels Muay-Thai-Trainer.«

Chatri hatte Schwierigkeiten mit den englischen Zeitformen. Das war nicht so einfach, wie die Faust zu ballen.

Calvino und Chatri tauschten einen *Wai* und sahen sich dabei fest in die Augen, als würden sie nach dem Mann hinter der Höflichkeitsbekundung suchen. Calvino brach den *Wai* als Erster ab.

»Das ist ein guter Name für einen Muay-Thai-Trainer«, meinte er. »Tapferer Ritter.«

Chatris Miene wurde sanfter.

»Sie sprechen Thai«, bemerkte er.

»Es kommt nur auf den richtigen Trainer an«, erklärte Calvino.

Das brachte den Coach zum Lachen.

»Ich weiß, dass Sie Raphaels Freund waren. Es tut mir leid um ihn.«

Er ergriff Calvinos Hände und schüttelte sie.

»Kannten Sie ihn auch außerhalb der Boxhalle?«

»Manchmal haben wir Nudeln gegessen«, sagte Chatri. »Er isst thailändisches Essen wie Thai.«

Das war wohl das größte Kompliment, das ein Thai einem Ausländer machen konnte.

»Hatten Sie Grund zu der Annahme, dass er sich umbringen würde?«

Chatri zuckte mit den Schultern.

»Man kann nicht in das Herz eines Mannes sehen«, meinte er.

»Hatte er Streit mit jemandem aus der Boxhalle?«

Chatri schüttelte den Kopf.

»Hat er Sie je in sein Atelier eingeladen?«

Die Antwort ging aus Chatris Gesichtsausdruck deutlich hervor. Die Beziehung hatte sich auf die Boxhalle und den Ring beschränkt.

»Hat er Sie einmal um Rat gefragt?«

»Ich war sein Coach. Ich bringe ihm alles bei, was ich weiß.«

»Ich meine nicht beim Muay Thai. Eher in der Hinsicht, dass Sie ihm vielleicht jemanden genannt haben, der ihm etwas Bestimmtes besorgen konnte.«

Damit hatte er eine Angelleine mit einem ganzen Bündel von Haken ausgeworfen.

»Einmal fragt er mich, wie man wechselt Geld … ob ich jemand kannte. Ich sage ihm, ist möglich.«

»Darf ich Sie einmal zum Lunch einladen, Khun Chatri, damit wir uns weiter unterhalten können?«

Chatri zog eine Visitenkarte hervor und reichte sie Calvino.

»Rufen Sie mich an, wann Sie wollen.«

Nach einem weiteren Austausch von Wais entfernte sich Chatri.

»Chatri ist ein guter Mann«, sagte Gavin. »Ich habe ihn gebeten zu kommen. Es ist nicht leicht für ihn. Die Beisetzung eines Ausländers, er spricht nicht gut Englisch, die Entfernung, er hätte viele Gründe gehabt, sich zu drücken.«

Gavins Bemühungen waren anerkennenswert. Schließlich war Calvino kein Cop, sondern nur Privatschnüffler. So hatte er zwar mehr Bewegungsfreiheit, geriet aber selbst leicht ins Fadenkreuz, weil die Polizei es nicht besonders schätzte, wenn Außenseiter die Nase in ihre Ermittlungen steckten. Calvino mochte den Coach, der Raphael den Clinch und andere Muay-Thai-Techniken gelehrt hatte. Er hatte einen Mann mit den Augen eines Wolfs und dem Herzen einer Taube erblickt.

»Seltsam, seinen Muay-Thai-Trainer danach zu fragen, wo man Geld wechseln kann. Jede Bank wechselt Geld«, meinte Gavin.

»Es gibt verschiedene Arten von Wechseln. Es ist wie bei einem Schusswechsel. Es kann sich um feindlichen Beschuss oder um freundliches Feuer handeln«, antwortete Calvino.

»Ich merke schon, dass Sie Waffenmetaphern schätzen. Das hat vermutlich mit Ihrer Branche zu tun«, bemerkte Gavin.

Calvino hatte sich eine Blöße gegeben. Der Seelenklempner hatte recht – er dachte in Begriffen von Waffen, Munition, Fallen und Explosionen. Ein Vierteljahrhundert in Bangkok prägen die Metaphern eines Menschen.

»Der Junge und seine Kunst haben mir gefallen. Deshalb will ich wissen, ob an seinem Tod etwas faul war. Macht es Ihnen etwas aus, wenn ich Ihren Freiwilligen noch ein paar Fragen stelle? Ich verspreche auch, mich nicht über Waffen auszulassen.«

Gavin entspannte sich und sah ein paar Trauergästen nach, die an ihnen vorbeihuschten. »Sie haben ja neulich Nacht im Restaurant gesehen, dass ich nicht ihr Aufpasser bin. Sprechen Sie mit ihnen, so viel Sie wollen. Das ist schließlich ihr Job: mit Menschen zu reden, die jemanden brauchen, der ihnen zuhört.«

Einer der Freiwilligen, ein *Farang* in mittleren Jahren, blieb neben Gavin stehen und sagte: »Bei unserer Arbeit machen wir die Erfahrung, dass angestaute Gefühle sehr explosiv sein können. Wenn sie eine kritische Masse erreicht haben, knallt es.«

»Das ist Jim aus Chicago«, stellte Gavin ihn vor.

»Hallo Jim aus Chicago«, grüßte Calvino. »Wie gut kannten Sie Raphael?«

»Gut genug, um drei Tage hintereinander zu seiner Trauerfeier zu kommen.«

»Neulich Nacht im Lokal sind Sie mir aufgefallen. Als ich nach Pentobarbital fragte, sagten Sie nichts. Irgendeine Ahnung, woher Raphael seinen Vorrat hatte?«

Jim schüttelte den Kopf, und ein paar andere Freiwillige, die sich zu ihnen gesellt hatten, verneinten ebenfalls kopfschüttelnd, etwas über den Lieferanten zu wissen.

»Keine Ahnung. Damals nicht, und heute genauso wenig. Leider«, sagte Jim.

»Es ist in Thailand nicht schwierig, an Drogen zu kommen«, meinte Gavin. »So heißt es jedenfalls.«

»Ich habe mal gehört, dass es im Hinterland einen Tierarzt geben soll, von dem man etwas bekommen kann ...«, sagte Jim.

»Wer hat Ihnen das gesagt?«, unterbrach ihn Calvino.

Die *Mem-Farang* Freiwillige, die die beiden mit Lippenstift verschmierten Zigarettenstummel in seinem Büro hinterlassen hatte, räusperte sich.

»Das war ich. Aber es ist nur ein Gerücht. Es gibt keinen Beweis dafür, so oder so.«

»Ich wollte gerade sagen, dass Raphael seine eigenen Quellen hatte«, erklärte Jim und warf der Frau einen scharfen Blick zu. »Er hatte keinen Tierarzt nötig. Die Frauen, mit denen er sich umgab, waren keine einfachen Mädels vom Lande, deren Familien ihnen vielleicht sagen konnten, wo es einen netten bestechlichen Tierarzt gab. Genau genommen war Raphael viel besser mit Thailändern vernetzt als wir alle, abgesehen von Gavin. Wenn er eine Todesdroge wollte, kostete ihn das lediglich einen Anruf. Oder er hat eines seiner Modelle gebeten, den Kontakt herzustellen. Sie haben ihn verehrt. Sie haben ja die Mädchen gesehen, die jeden Abend in der Sala auftauchen. Jedes von ihnen hätte für ihn den Mond vom Himmel geholt.«

Die anderen in der Gruppe nickten zustimmend.

Die Anzahl der Freiwilligen wuchs, bis sich ein Kreis von acht oder neun Personen um Calvino und Gavin gebildet hatte wie eine Wagenburg in Feindesland. Ein Mann in den Vierzigern drängte sich nach vorne. Er sah aus wie eine ältere Version von Raphael. Sein Name war Ronnie, ein Psychiatriepfleger aus Kalifornien, der Raphael gut gekannt hatte. Im Unterschied zu den anderen war er ein paar Mal in seinem Atelier gewesen. Die beiden Männer hatten gekifft und sich mit Mekong-Whiskey betrunken, über Selbstmordfälle geredet, Theorien, Methoden und Abschiedsbriefe diskutiert.

»Raphael war sehr ungezwungen, deshalb kann man nicht sicher sein«, sagte Ronnie. »Er sprach bei der Hotline über Selbstmord, als hätte er geplant, sich ein paar Stunden später umzubringen. Sobald er wieder in seinem Atelier war. Aber dann lief irgendein Model nackt durch die Gegend und bettelte ihn an, sie zu malen und ihr Geld zu geben. Es war wie eine verrückte Reality-TV-Show, als ob er sich nur auf diese Weise wirklich lebendig fühlte. Er brauchte den Eindruck, dass der Tod das Leben bedrohte. Nach einer Weile dachte ich, dass er nur eine Rolle spielte, das allerdings sehr überzeugend. Aber sich selbst zu töten, war Teil von Raphaels Identität. In seinem Alter wäre es mir nie in den Sinn gekommen, mich umzubringen. Ich war nicht wie er, habe ihn nicht verstanden. Und dem äußeren Anschein nach hätte ich nicht gedacht, dass er Ernst macht.«

»Weil er bluffte?«, fragte Calvino.

»Ja«, antwortete Ronnie schulterzuckend. »Aber anscheinend war er kein Bluffer.«

»Sein alter Herr hat Selbstmord begangen«, verkündete Jim.

»Sein Vater scheint ein wenig irre gewesen zu sein«, warf Gavin ein.

»Der Apfel fällt nicht weit vom Stamm«, erklärte Ronnie. Solche Klischees hatten vermutlich schon mehr als einen Anrufer der Hotline dazu gebracht, vom Balkon zu springen.

»Die meisten Männer würden ohne zu zögern mit Raphael tauschen«, meinte Jim.

»Die Frauen …«, erklärte Ronnie. »Keiner hatte mehr Frauen als Raphael. Aber es spielte keine Rolle. Nicht einmal die schönste Frau der Welt hätte ihn noch von der Kante zurückreißen können, nachdem er sich einmal entschlossen hatte, zu springen.«

Calvino wollte es scheinen, als hätte Raphael seine Models benutzt, um mit einem Pinsel als Balancierstange auf dem schmalen Grat zwischen seiner und ihrer Welt zu wandeln. So geschickt machte er das, dass man hätte denken mögen, der Junge hätte das perfekte Gleichgewicht gefunden – ohne Netz und doppelten Boden, aber trotzdem sicher auf dem Hochseil. Und selbst wenn er gefallen wäre, wäre eine seiner nackten Schönheiten vorgesprungen, um ihn aufzufangen.

»Springen oder gestoßen werden … das macht schon einen Unterschied«, meinte Calvino.

»Für die meisten Lebenden«, erwiderte Gavin. »Sie wollen das Rätsel eines Todes aufklären und sein Geheimnis ergründen. Ich dagegen sehe nur einen Sarg. Ich bin nur gekommen, um Lebwohl zu sagen. Darin liegt kein Geheimnis.«

Es kam nicht besonders überraschend, dass Gavin de Bruin von einem Geheimnis statt einer Erklärung sprach, wenn eines seiner Schäfchen den Panikknopf drückte und aus dem Strudel ausbrach, in dem er sich ohne Hoffnung auf Rettung verloren hatte. Schuld, Schande und Mysterium kollabierten zum schwarzen Loch der Trauer.

DREI

Calvino blickte vom Balkon seiner Wohnung auf das Panorama der Skyline von Bangkok hinaus. Bei Nacht ragten die Hochhäuser an der Rama IV und der Sukhumvit Road wie Silos aus Glas und Stahl in den schwarzen, sternlosen Himmel hinein. Es war die Silhouette einer erwachsenen Großstadt mit High-Heels, Lippenstift und Make-up, eine raffinierte und elegante Erscheinung in rot und gelb. Er starrte über die City, das Bangkok, das die Springer zu sehen bekamen, bevor sie sich vom Balkon stürzten. Er befand sich hoch genug über dem Boden, dass es definitiv das Ende bedeutet hätte, wenn er sich über das Geländer geschwungen hätte.

Tuk hatte sich den Ablauf ihrer Geschichte schön zurechtgebogen, bis auf ein winziges Detail. Warum hatte sie behauptet, dass die Tür zu Raphaels Atelier an jenem Mittwoch unversperrt gewesen wäre? Weil sie erst nach ihrer Ankunft abgeschlossen worden war? Pim hatte betont, dass sie die Tür um elf Uhr versperrt vorgefunden hatte. Sie hatte zornsprühend kehrtgemacht, weil sie so rüde ausgesperrt und der Möglichkeit beraubt wurde, ein wenig Kohle zu ergattern.

Lügen, Verwirrung und Sorglosigkeit erzeugten geistige Zustände, die die unterschiedlichen Wahrnehmungen erklären konnten. Nicht nur bei den Frauen. Auch Raphaels Gemütszustand bedurfte genauerer Betrachtung.

Es entsprach überhaupt nicht seiner Gewohnheit, die Tür abzuschließen.

Aber Calvino hatte die Erfahrung gemacht, dass die Menschen ständig Dinge taten, die nicht zu ihnen passten. Sie handelten emotional. Das machte sie so unberechenbar und interessant. Ein Todesfall schuf aus seinen Widersprüchen Überraschung und Schock, Auslassungen und Geheimnisse. Raphaels Selbstmord war gleichermaßen erwartet wie unerwartet gekommen, was sich im Zustand seiner Tür widerspiegelte. Verschlossen oder unversperrt. Doch bei der Tür gab es keine Zwischentöne. Falls sie nicht in die Quantenwelt von Schrödingers Katze eingetreten war, die zugleich lebendig und tot war, gab es nur ein so oder so für sie.

Pim arbeitete für dieselbe Escort-Agentur wie Tuk. Entweder eine der beiden professionellen Sexarbeiterinnen log, oder sie waren eine quantenphysikalische Beziehung zur Wahrheit eingegangen. Lügen gehörten in ihrer Branche zum Handwerkszeug. Bis auf seltene, hart gesottene Romantiker und Idealisten, wurde das allgemein toleriert und für notwendig erachtet, um den wahren Status von Schrödingers Katze zu verschleiern.

Calvino trat in die Wohnung zurück und schloss die gläserne Schiebetür zum Balkon. Er ließ sich auf das weiße Ledersofa fallen, streckte die Hand aus und drückte die Leertaste seines Laptops, der aufgeklappt auf dem Kaffeetisch lag. Der Bildschirm leuchtete auf, und er scrollte ziellos durch Dutzende von Seiten von Raphaels Homepage.

Er war nicht sicher, wonach er suchte. Der Maler schrieb ellenlang über Kunst und Tod, seinen Vater und die Kommune, Montreal, seine persönlichen Erfahrungen in der Klinik, und er hatte in Bangkok ein Malertagebuch verfasst. Ausgesprochen gründlich, mit Daten, Orten, Namen, Ansichten, Ideen und Emotionen. Er fand sich gut in der Welt der Worte zurecht, und so hielt er die

Modelle auch hier noch einmal fest, nachdem sie durch sein Leben gestolpert waren. Er zeichnete auch ein klares Bild davon, dass Kinder, die in einer Kommune aufwuchsen, eine völlig unübliche Art von Erziehung genossen, und dass ihre Einstellung und Werte sich dadurch von anderen unterschieden. Auf Calvino wirkte es so, als hätte die Kommune eher einem Dorf im hintersten Winkel von Thailand geähnelt als einer großen Stadt wie Montreal. Diese Jugend hatte Raphael geprägt. Und die Mädchen erkannten in ihm sich selbst wieder, oder zumindest einen, der ihnen nicht unähnlich war.

Calvino fragte sich, ob das Tagebuch ein Gemeinschaftsprojekt gewesen war, ein Teil von Raphaels Therapie, nachdem er ein aktives Mitglied der Hotline geworden war. Genauer gesagt: Bangkok-Selbstmord-Vorbeugungs-Hotline. Die Mitarbeiter besaßen persönliche, nummerierte Namenskarten. Hatten andere Freiwillige mit ihren Gedanken und Ideen zu Raphaels Geschichten beigetragen? Manchmal wirkte die Website eher so, als wäre sie Gavins Werk. Immer wieder fielen Calvino Textfragmente ins Auge, die von ihm hätten stammen können, zum Beispiel »Marc Aurel glaubte, dass der Tod entweder Auslöschung oder Metamorphose bedeutet.«

Wie auch immer die Autorschaft aussah, Raphaels seitenlange Notizen wechselten zwischen einem Ratgeber für das Leben und einem Plädoyer für den Tod.

Calvino fiel auf, dass der Abschnitt über Raphaels Vater ein wenig anders klang, als Raphael es in seinem Tagebuch beschrieben hatte. Er musste daran denken, was Pratt einmal gesagt hatte: »Die meisten Kriminalermittlungen übersehen den Vater des Verdächtigen. Er ist das Rollenvorbild für den Jungen. Wenn man den Vater kennt, kennt man den Mann und weiß, warum er getan hat, was er glaubte, tun zu müssen.«

Einer der besten Menschen, der je gelebt hat, war mein Vater. Das ist ein großes Wort. Sie könnten mir Übertreibung vorwerfen. Aber ich werde das, was er mich gelehrt hat, als ein Modell für ein gutes Leben beschreiben, und dann können Sie selbst beurteilen, ob die Handlungen und Ansichten meines Vaters meine eigenen erklären.

Flavio arbeitete als Automechaniker und Oldtimerrestaurator. In seiner Freizeit war er Grafikdesigner. Er hatte einige Abendkurse belegt, doch in Wahrheit brachte er sich die Kunst des Designs selbst bei. Jeden Abend saß ich nach dem Abendessen, wenn das Geschirr abgeräumt war, mit anderen Kindern und Mitgliedern der Kommune an unserem langen Esstisch und sah zu, wie Flavio Entwürfe für CD-Einleger und Buchcover skizzierte. Er ließ sich gerne von alter Geschichte inspirieren. Nordischen Legenden, griechischen Göttern und Helden, römischen Kaisern, irischer Folklore, angelsächsischen Mythen …

Er hatte immer ein paar Aufträge, aber die meisten CD-Produzenten wollten moderne, poppige Bilder mit schönen Frauen oder Landschaften. Was Flavio zeichnete, gefiel ihnen nicht. Er arbeitete nachts an dem »kommerziellen Mist«, wie er die Sachen für die Musikindustrie nannte. Das war einer der Gründe, warum der Ältestenrat der Kommune uns hinauswarf. Flavio hatte sich »an die« verkauft. »Scheiß auf die«, sagte mein Vater. »Scheiß auf die CD-Firmen, scheiß auf den Rat!« Wir packten unsere paar Habseligkeiten in einen »U-Haul« Anhänger und fuhren weg. Ich erinnere mich noch, wie ich aus dem Rückfenster sah und die Kommune, das einzige Zuhause, das ich je gekannt hatte, am Horizont verschwand.

In einer anderen Zeit, an einem anderen Ort, wäre mein Vater vielleicht als großer grafischer Künstler berühmt geworden. In unserem Arbeiterviertel in Montreal sprachen die Leute nicht über Kunst oder Design. Sie hatten Jobs, bei denen sie sich die Hände mit Schmierfett und Öl schmutzig machten. Die Haltung zu grafischem Design unterschied sich nicht groß von der der Kommune – nutzloser Pipifax, mit dem echte Männer sich nicht abgaben. Flavio war ein echter Mann, und die Unterstellung tat weh.

Flavios Welt spaltete sich auf zwischen Personen, die Grafikdesigner beauftragten, und solchen, deren Fahrzeuge einen Mechaniker brauchten. Er machte sich gerne die Hände schmutzig, arbeitete an Autos, reparierte sie und genoss den Gesichtsausdruck der Besitzer, wenn ihr Wagen wieder wie eine gut gefütterte Katze schnurrte. Er hatte die schwieligen Hände eines Arbeiters oder Boxers, nicht die weichen eines Grafikdesigners, der mit den Fingerspitzen arbeitete.

Noch Jahre später, wenn ich in einem Laden nach Schallplatten und CDs stöberte, stieß ich auf Cover mit den Designs meines alten Herrn. Das war kein Zufall. Ich suchte absichtlich danach. Die CDs standen schachtelweise bei uns zu Hause herum. Ich kannte seinen Stil in- und auswendig. Wenn ich auf eines seiner Designs stieß, zog ich die CD heraus, als hätte ich sie zufällig entdeckt und hielt sie in die Höhe, damit jeder sehen konnte, was für ein tolles Cover sie hatte. Dann nahm ich sie mit zur Kasse und zeigte sie dem Verkäufer.

»Mein Dad hat das Cover entworfen«, sagte ich.

»Und, wollen Sie sie kaufen oder was«, fragte er gewöhnlich zurück.

Ich musste an das Funkeln in den Augen meines Vaters denken, wenn er am Küchentisch gearbeitet hatte. Nicht dem großen in der Kommune, sondern dem kleinen, an dem wir später jeden Abend in der Stadt zusammensaßen. Ich ignorierte den blöden Verkäufer und ging direkt mit der CD zur Kasse, wo ich den Kassierer fragte, ob er wisse, wer der Coverdesigner gewesen sei. Er zuckte natürlich die Achseln und starrte mich an, als wäre ich verrückt geworden.

»Sie?«, riet er meistens.

»Nein, Sie Idiot, mein Vater war der Künstler.«

Ein Schulterzucken, ein schiefes Grinsen, ein unausgesprochenes: Du armseliger Arsch, werd' endlich erwachsen! Aber die Angestellten erinnerten sich an mich. Sie verstanden, wonach ich Ausschau hielt. Wenn ich wiederkam, führten sie mich gleich zur neuesten Ladung CDs, die noch hinten im Karton verpackt lagen. Sie hatten sie schon nach dem Namen meines Vaters auf der Liste der künstlerischen Mitarbeiter durchgesehen.

»Dein alter Herr ist Künstler«, sagten sie. »Cool.«

Sie zuckten nicht mehr mit den Schultern. Ihr Lächeln war nicht länger schief.

Was ich ihnen allerdings nicht sagte, war, dass mein Vater fast nie Geld für seine Arbeit erhielt. Künstler arbeiteten nicht für Geld. Jeder wusste, dass Geld den wahren Künstler korrumpierte, ihn zur Hure machte. Wie schön für die Musikindustrie, die etwas umsonst bekam und von einem Mythos profitieren konnte.

Flavio passte in das Klischeebild eines Künstlers und gab sich damit zufrieden, CDs oder etwas zum Essen und zum Trinken statt einer Bezahlung zu erhalten. Dieselbe Einstellung zu Geld hatte er, wenn er Autos reparierte – er nahm dafür Eier, Hühner, Gemüse, Obst und gelegentlich sogar eine lebende Gans entgegen. Geld interessierte ihn nicht. Meine Mutter hatte er in der Kommune in Quebec kennengelernt. Als sie dort wegzogen (oder hinausgeworfen wurden, je nach Standpunkt), hatten sie sich in Montreal niedergelassen. Aber das, was sie teilten und gerne mochten, war nach dem Weggang aus der Kommune nie wieder dasselbe. Ihr Anker, ihr Kompass, ihr Polarstern … wie immer man die Kommune als Teil ihrer Existenz bezeichnen wollte … blendete nicht länger die Kompromisse aus, die normale Menschen eingehen müssen, um in der Welt zu überleben.

Flavio, der Mann mit den blonden Haaren, der Mechaniker, der Künstler, arbeitete mit beweglichen Teilen und wählte die Farben aus einem Kasten tief in seinem Herzen aus. Er handelte voller Leidenschaft und verlor sich darin, CD-Cover zu entwerfen und Autos zu reparieren. Freizeit? Zu besonderen Anlässen kochte er italienisch. Meistens verhielt er sich wie ein Mann ohne Ego und akzeptierte einfach, was das Leben ihm bot. Wenn er anderen helfen und ihnen etwas Gutes tun konnte, nahm er für seine Dienste, was immer sie ihm gaben.

Meine Mutter war dagegen. Sie nannte ihn dumm und sagte zu mir, dass mein Vater nichts taugte. Sie fand, Flavio würde nie genug Geld nach Hause bringen, damit es halbwegs reichte. Wir lebten in einer ewig ungeheizten Wohnung. Mutter hatte sich verändert. Ihre Einstellung glich der eines Menschen, der nie in einer Kommune gelebt hatte. Für sie war sie nur ein Abschnitt gewesen, eine Auszeit in ihrem Leben. Ein Ort, an dem sie Freunde, Bewunderung und Erinnerungen gesammelt hatte, bevor sie in die echte Welt hinauszog. Mein Vater dagegen fand, dass es in der realen Welt ebenso wichtig war, füreinander da zu sein, wie in der Kommune. Es gab nur kaum jemanden, der diese Werte teilte. Menschen mit dieser Einstellung konnte man an den Fingern einer Hand abzählen. Meine Eltern hatten sich nie gezankt, solange sie in der Kommune lebten. Jetzt stritten sie andauernd, als hätten sie außerhalb der Kommune entdeckt, dass sie sich in der wahren Natur des anderes getäuscht hatten. Flavio blickte bei solchen Gelegenheiten von seiner Skizze am Küchentisch auf, stieß einen langen Seufzer aus, zündete sich einen Joint an und tat so, als wäre die Stimme meiner Mutter nur eine starke Windbö, die sich bald wieder legen würde …

Mein Vater stand jedes Mal mit stolzgeschwellter Brust neben seinem gelben Cadillac Eldorado Oldtimer von 1957, während er gleichzeitig den Bauch einzog. Er hatte den Wagen restauriert, bis er wieder wie neu aussah, und er stand den ganzen Winter in einer beheizten Garage. Mutter zickte wegen der Heizkosten herum. Ihm war das egal. Sobald die Leute das Auto sahen, gerieten sie ins Schwärmen. Es war in perfektem Zustand. Mein Vater hatte eine ein oder zwei Jahre lange Warteliste für seine Oldtimerrestaurierungen. Liebhaber waren bereit, monatelang auf Flavios magisches Händchen zu warten. Er übereilte nie etwas … für seine Restaurierungen gab es keine festen Liefertermine. Der Job musste bis ins kleinste Detail perfekt ausgeführt werden. Ich sah ihn stundenlang an Rückbankpolstern arbeiten, die später niemand mehr eines zweiten Blickes würdigte.

Er glaubte nicht an viele Regeln. Er dachte, dass sie einen Menschen nur in den Ruin führten. Aber eine Regel gab es, an die er sich immer hielt – er fuhr den Cadillac niemals im Eis und Schnee des kanadischen Winters. Jedes Jahr, wenn es Frühling wurde, rollte er dieses bildschöne gelbe Fahrzeug aus der Garage in die Einfahrt und setzte sich ans Steuer, während er den Song »Should I Stay or Should I Go« von The Clash hörte.

Für Dad war das nicht einfach ein Song, es war eine philosophische Frage, die er sich jedes Jahr erneut stellte. Er liebte das Automobil. Der Eldorado war wie ein Spiegel. In diesem Wagen erkannte er seine Liebe zur Perfektion und zur Kunst wieder. Er war nicht bloß eine fahrbare Maschine. Er war ein Sinnbild der Schönheit, das er mit seiner Vorstellungskraft und seinen Händen erschaffen hatte.

Man hätte denken sollen, dass er mit diesem Cadillac in ganz Montreal herumgefahren wäre, um damit anzugeben. Aber so war Dad nicht. Er lenkte den Cadillac nie auch nur aus der Einfahrt. Er hatte Angst vor einem Unfall. Dann hätte er von vorne anfangen und versuchen müssen, dem zerknitterten Metall seine ursprüngliche Form wiederzugeben. Ihn plagte die urtümliche Angst, die Einzelteile nicht wieder richtig zusammensetzen zu können. Doch seine eigentliche Furcht war, dass er mit dem Cadillac einen entscheidenden Teil seiner Persönlichkeit verlieren würde. Sein liebstes Kunstwerk war gleichzeitig sein Lebenswerk, und seine Zerstörung hätte auch ihn selbst vernichtet.

Die schnippischen Kommentare meiner Mutter über die Nutzlosigkeit des Wagens trafen ihn tief. In gewisser Hinsicht hatte sie natürlich recht. Es war nur ein Auto. Aber er behandelte es nicht wie ein solches. Nichts brachte meine Mutter mehr auf die Palme, als ihn in der Garage in dem Eldorado sitzen zu sehen, während er The Clash hörte. Außer vielleicht, wenn er ihn einmal im Jahr in die Einfahrt hinaus fuhr, den Motor im Leerlauf drehen ließ und drinsaß wie ein Teenager, während er einen Joint rauchte, der Musik lauschte und den Rhythmus mit den Händen auf das Lenkrad klopfte.

»Es wäre nett, zur Abwechslung mal Bargeld zu haben statt Eier und Hühner«, sagte meine Mutter.

Damit meinte sie die letzte Autoreparatur, eine Ventilgeschichte an einem 1968er Buick, für die der Besitzer Dad mit Hühnern, Eiern, Käse und einem Viertel einer Ziege bezahlt hatte.

»Es geht nicht ums Geld«, erwiderte Dad.

»Worum denn dann?«

Er blickte von seinem Skizzenblock auf. Ich saß auf dem Stuhl neben ihm und malte auf einen eigenen Block, den er mir geschenkt hatte. Irgendwo trieb er immer Bargeld für Künstlerbedarf auf.

»Um die Strömung. In Fluss zu kommen. Da braucht man kein Geld. Man fliegt, fliegt hoch über den Wolken und will nie wieder herunterkommen.«

Ich blickte auf von meiner Zeichnung. Sie zeigte die Gänse in der Kommune, und ich malte sie aus dem Gedächtnis.

Meine Mutter reagierte mit wilden, verletzenden Worten, die in der Hitze des Zorns geschmiedet waren.

»Fliegen? Wir leben auf dem Boden. Sieh dir deine Füße an. Du brauchst Schuhe. Sieh dir meine und Raphaels Füße an. Wir brauchen Schuhe. Du bist selbstsüchtig. Du siehst nicht, dass deine Strömung nicht für eine Familie reicht, die neue Schuhe kaufen muss. Du sagst, du willst nie wieder herunterkommen. Aber uns hast du runtergeworfen und im Stich gelassen.«

Dann sagte sie die Worte, die ich nie vergessen habe: »Ich wollte, ich wäre geblieben.«

Die Art, wie er sie ansah … als wäre er vergewaltigt, verlassen, zurückgewiesen und für unbrauchbar befunden worden. Etwas tief in ihm war zerbrochen, und als erfahrener Restaurator wusste er, dass es nicht in seiner Macht lag, das wieder zu reparieren.

»Nimm das zurück«, verlangte er.

Sie ging schluchzend hinaus. Er stand mit zitternden Händen da, mit schlaffem Mund, während er mit leeren, weit aufgerissenen Augen zur Decke starrte. Er sah aus, als würde er gleich in Ohnmacht fallen.

Mutters Äußerung, dass sie die Entscheidung bereute, mit ihm die Kommune verlassen zu haben, brachte das Fass zum Überlaufen. Dad wurde brutal aus seiner »Strömung« herausgerissen und in den Abgrund geschleudert. Es wäre zu simpel, meiner Mutter die Schuld zu geben. In Dads Kopf sah es kompliziert aus. Vielleicht war es die Kombination aus Hasch, The Clash und seinen Visionen von Design, die ihn zu dem Entschluss brachten, den Schalter endgültig umzulegen. Er hatte versucht, sein Leben mit einer langen Reihe von Einsen zu programmieren. Das hatte nicht funktioniert, und jetzt blieben ihm nur noch die Nullen. Wenn ein Mensch die Null auf dieser Wählscheibe erreicht hatte, dann verschwand er.

In dem Jahr, als ich neun Jahre alt wurde, sah ich zu, wie Flavio, mit frisch geschnittenen Haaren und in seinem Lieblingshemd, zu den voll aufgedrehten Klängen von The Clashs »Death or Glory«, Tod oder Ruhm, langsam den Caddy aus der Einfahrt lenkte. Ich stand daneben. Er lächelte. Ich winkte, und er zwinkerte mir zu, während er das Fenster herunterkurbelte.

»Sei ein braver Junge«, sagte er.

»Wo fährst du hin?«, fragte ich.

»In die Strömung.« Er saugte tief an seinem Joint, stieß den Rauch aus und lauschte dem Song. »Ich habe den Ruhm gewählt.« Dem »Ruhm« ließ er ein breites Lächeln folgen.

Ich hatte ihn schon oft stoned erlebt, aber dann lachte er und machte Witze. Das hier war ein falsches Grinsen. Ich habe jahrelang darüber nachgegrübelt und glaube, Dad hatte einen Handel mit sich selbst abgeschlossen ... Er ging ein großes Risiko ein, doch er war überzeugt davon, dass die Chancen zu seinen Gunsten standen.

Es ging alles sehr schnell. Darüber zu schreiben und es nachzulesen dauert viel länger, als die Kette der Ereignisse tatsächlich war, ein Glied nach dem anderen. Ich blieb am Rand der Einfahrt zurück, während der wunderschöne gelbe 1957er Caddy an diesem klaren frischen Morgen auf die Straße zurückstieß. Es war ein Frühlingstag wie von der Postkarte. Dad streckte den Arm zum Fenster heraus und winkte. Wir wechselten noch ein paar

Worte, bevor er und der Wagen verschwanden. »Ich bin stolz auf dich«, rief er. »Male die Welt so, als hättest du von ihr persönlich den Auftrag erhalten, das Bild der Natur wiederherzustellen. Tu das, mein Sohn.«

Ich wusste, dass die Leute solche Sachen von sich gaben, wenn sie stoned waren. Aber ich versprach ihm, mein Bestes zu tun.

Ich glaube, er hatte sich selbst im Rückspiegel angesehen und einen Menschen erblickt, dem er sein ganzes Leben aus dem Weg gegangen war – einen furchtsamen Mann. Spiegel lügen nicht. Sie reflektieren die Realität, ob man sie sehen will oder nicht. Dad trat sich selbst und seiner Angst gegenüber und ließ sich nicht mehr abhalten. Er fand in sich den Mut, diesen frisch gewaschenen und polierten Oldtimer zu fahren. Er legte den ersten Gang ein und rollte langsam los. Dann beschleunigte er und bog um die Ecke am Ende unserer Straße.

Flavio fuhr in die Richtung der alten Kommune. Ich halte es für möglich, dass er nicht genau wusste, wohin er wollte. Er fuhr einfach vor sich hin. Er war in die Strömung eingetaucht. Sich von ihrem Windschatten ziehen zu lassen, war ein Erlebnis für sich. Es gab kein klares Ziel … alles war pure Bewegung.

Ich sehe meinen Dad in meinen Träumen. Er sitzt am Steuer des Wagens, der sein ganzer Stolz war, verlässt die Gegend und fährt davon.

Als er am Abend noch immer nicht wieder da war, setzte ich mich an den Küchentisch und betrachtete seine letzten Skizzen. Mutter lief vor dem Herd auf und ab und sagte: »Er kommt nicht zurück. Ich weiß es.«

Ein paar Tage später räumte sie den Küchentisch ab, nahm seinen Teller fort, zerknüllte die Skizzen zusammen mit meinen Zeichnungen von den Gänsen in der Kommune, und warf sie in den Müll. Das war der Tag, an dem die Polizei uns mitteilte, dass er tatsächlich nicht zurückkommen würde. Ich weiß nicht, ob Mutter weinte, aber ich glaube, daran würde ich mich erinnern. Ich weinte für uns beide.

Mein Dad hatte mir eine allerletzte Lektion erteilt, in einer Abfolge von Zeichen und Zielen … Bleib nicht für immer im Leerlauf in der Einfahrt stehen. Bring dein echtes Leben in Fahrt. Stürz dich in die Strömung und zieh den Stecker. Tod oder Ruhm.

Es spielte keine Rolle, auf welche Seite die Münze fiel. Es kam nur auf diese verrückte Idee an … Du kannst jederzeit aus einem Leben hinausfahren, das sich totgelaufen hat. Mach den Absprung, solange du noch in der Lage bist, auf ein Pferd zu steigen und in den Sonnneneuntergang zu reiten. Werde ein Teil der Strömung. Jage ihr nicht nach. Werde zu einem Teil von ihr. In Dads Fall hatte es lange gedauert, bis er den Entschluss fasste, aber dann trat er das Gaspedal voll durch und hängte sich in den Windschatten der Strömung wie eine Schlange, die ihren eigenen Schwanz jagt.

Hat er ihn erwischt? Das ist die Frage, die ich mir im Lauf der Zeit immer wieder gestellt habe.

Die Polizei fand meinen Vater über dem Lenkrad seines klassischen gelben 1957er Cadillac Eldorado zusammengesunken auf. Er hatte einen Plastikschlauch vom Auspuff durch das Ausstellfenster in den Wagen geführt. Dad war aufs Land gefahren und hatte in einem Feld etwa fünfhundert Meter von seiner alten Kommune entfernt angehalten. Bei der Beerdigung sagte jemand, Dad sei mit einem Lächeln im Gesicht gestorben. Es gibt viele Interpretationen für ein Lächeln. Wie ich es sah, hatte er sich auf den Rücken des Pegasus geschwungen, dieses weißen geflügelten Pferdes, das ich ihn so oft hatte zeichnen sehen.

Von griechischen und nordischen Sagen erfuhr ich auf dem Schoß meines Vaters, während er mir vorlas. Später begriff ich, dass seine Ängste eine Art psychischen Ansteckungskeim bildeten, der sich wohl über die Rennbahn der DNA verbreitet hatte. In der Klinik sah ich diese Theorie bestätigt. Welche Chance hatte man schon mit zwei verrückten Eltern? Spaulding Grays Mutter beging Selbstmord. Jahre später sprang Spaulding Gray, als seine Schauspielerkarriere den Bach hinunterging, von Bord der Staten-Island-Fähre. Die Leiche fand man erst Tage später. Wie Flavio war er auf den Rücken des Pferdes mit den weißen Schwingen geklettert.

Mein Dad war fünfunddreißig, als er starb. Er hatte seine Frau enttäuscht und vermutlich den Verstand seines Sohns gründlich durcheinandergewirbelt mit seinem Gerede über die Strömung, Design, Restaurierung und das Leben in der Kommune. Er lebte lange genug, um zu wissen, wie flüchtig das Glück war, und dass nichts einfach war. All die Jahre, in denen er den Cadillac in der Garage angelassen hatte und in die Einfahrt zurückgestoßen war, seine Lieblingsband auf höchster Lautstärke laufen ließ, den Wagen wieder hineinfuhr und darum herumtanzte wie der Hohepriester nach einem erfolgreichen Ritus ... Das waren nur Generalproben für seine Flucht gewesen. Er hatte die letzte Restaurierung beendet und war in bar bezahlt worden. Sein letztes Design für einen Buchumschlag war fertig und auf dem Weg zum Verlag. Der Zeitpunkt war richtig und gut gewählt. Es blieb ihm nichts mehr zu tun oder zu beweisen, bevor er sich ein letztes Mal in die Strömung stürzte.

Ich habe selbst schon eine Weile überlegt, wie ich diesen gelben 1957er Cadillac Eldorado Oldtimer am besten aus meiner eigenen Einfahrt rangiere. Flavio hat seinem Sohn eine wichtige Fahrstunde erteilt.

Er wäre wohl überrascht, wenn er wüsste, dass Pegasus mich in eine Militärdiktatur in der Dritten Welt verschlagen hat, wo Künstler und politische Aktivisten in Umerziehungslager oder ins Gefängnis wandern. Ich liebe den Duft der Gefahr. Waffen und Macht. Ein Herr der Fliegen bläst in sein Muschelhorn und ruft die anderen dazu auf, zu tun, wie ihnen befohlen wird. Ist es nicht ein Spaß, die Macht ihre Zähne fletschen zu sehen? Ich habe erlebt, wie Menschen, die ähnlich dachten, die sich ähnlich kleideten und handelten, plötzlich aufeinander losgingen. Sie hatten gelernt, sich gegenseitig an die Kehle zu fahren, weil sie sich nicht einig waren, wer das Sagen haben sollte. Es ist das reinste Theater, und ich male die Marionetten, die darin mitspielen, nackt oder angezogen, mit Fäden oder ohne. Sie strömen den lieben langen Tag durch mein

Atelier, und ich sehe, wie die Strippenzieher sie lenken, bis sie zucken, sich drehen, sich verbeugen, ficken und essen. Ich habe mir eine wundervolle Sammlung von Puppen zugelegt. Ich habe ihnen beigebracht, sich Dads Musik anzuhören, während sie nackt auf einem Stuhl in meinem Atelier sitzen.

Aber dieses Kopftheater reicht nicht. Es ist wie mit dem Geld, das reicht auch nie.

Damit hatte mein Dad recht. Wie mit den meisten Dingen.

Die Frauen, die mir Modell sitzen, wissen genau, wie sie die Fäden ihrer Kunden ziehen müssen. Diese kleinen, schlanken Finger restaurieren Männer, wie Dad Oldtimer restaurierte. Sie bringen sie langsam wieder in den Zustand zurück, den sie hatten, als sie noch ladenneu glänzend waren. Doch es gibt einen Unterschied ... Dad liebte seine Oldtimer. Meine Modelle verachten die Männer für ihre Dummheit, Leichtgläubigkeit und Naivität. Wenn sie sie ficken, verschwimmen Realität und Theater miteinander. Sie treiben in der Anti-Strömung, in der alles in der Zeit erstarrt. Meine Modelle leben in einem Land der Illusion, angeheuert von reichen Schlafwandlern, die alle davon träumen wollen, dass sie wach sind. Für sie ist der Sex nicht einfach ein Vergnügen. Er ist der Schlüssel zur Tür, die in ihre Traumwelt führt.

Ich lege Wert darauf, meine Tür nie zu verschließen. Die Realität findet ohnehin ihren Weg. Warum es ihr schwer machen? Soll doch durch die Tür kommen, was immer einen finden will.

Ein Mann wacht auf. Was dann? Dad kannte die Antwort. Er kam zu sich.

»Tod oder Ruhm ...« So geht das Lied. Ich höre die Stimme meiner Mutter: »Vergiss nicht, er hat diesen Cadillac mehr geliebt als uns.« Ich entgegne ihr: Wenigstens hat er etwas geliebt und ist dem, was er liebte, im Tod treu geblieben.

Dad war ein Künstler. Mehr muss man nicht wissen. Die Kunst war seine erste Liebe, und mit ihrer Hilfe stellte er die Harmonie in verbrauchten, beschädigten Dingen wieder her.

Einmal las mir mein Vater einen Brief vor, den ein Freund aus der Kommune ihm geschrieben hatte. Ich war damals noch ein Kind. Woran erinnere ich mich, was hat mein Gedächtnis ergänzt?

»*Die Kunst zerfällt. Ermordet, verstümmelt und portioniert wird sie in den Strom des Kommerzes eingepasst. Niemand verkauft noch eine Kuh. Sie verkaufen Steaks und Hamburger, nachdem die Metzger mit der Kuh fertig sind. Die meisten Künstler sind Metzger, die mit blutigen Schürzen und Messern arbeiten. Sie können das Fleisch nur auf so und so viele Arten zerteilen. Die Leute wollen Hamburger. Dasselbe könnte man über Filme und Bücher und Musik sagen. Der Künstler hat längst die Tür zum Schlachthaus durchschritten und den Marktplatz betreten. Den Schlachthof ignorieren wir gerne. Er existiert nur als eine vage Erinnerung in der Geschichte des Fleisches. Und was in der Kunst herauskommt, ist auch nur totes Fleisch — die Künstler haben die Vision des Pegasus verloren.*«

Der Metzger improvisierte nicht. Er war ein Mechaniker, kein Künstler. Das Objekt seiner Begierde war tot. Nichts, was er mit seinem Messer damit anstellte, änderte daran etwas. Er konnte das Tier nicht wieder herstellen, nur zerteilen. Einem hungrigen Menschen Fleisch zu liefern, war ein Geschäft. Ein Auto zu restaurieren war Kunst.

Aus der Zeitung von heute: »*9. März 2016. Die Polizei wurde um 13.54 Uhr zum Schießplatz Patong Hill gerufen, nachdem ein Anrufer Schüsse gemeldet hatte.*« *Es klingt wie ein Witz. Natürlich gab es Schüsse. Das ist der Sinn eines Schießplatzes, oder? Die Schießscheibe dort sollte aus Papier bestehen und nicht aus dem Kopf des Schützen selbst, einem Ziel aus Knochen, Fleisch und Hirn. Aber der Kugel war das egal.*

Als die Polizei eintraf, hatte sich eine kleine Menge von Schaulustigen um die Leiche versammelt. Ein thailändischer Angestellter der Anlage identifizierte den Toten als Mr Andres, einen vierzig Jahre alten Esten. Die Polizei sagte, dass Mr Andres sich mit einer 45 STI Eagle Pistole selbst in den Kopf geschossen habe. Das Personal kannte ihn, weil er zuvor seinen Pass am Mietschalter hinterlegt hatte. Er hatte sich mit einer geliehenen Waffe erschossen, die die Polizei in seiner rechten Hand vorfand. Ein anderer Angestellter behauptete, Mr Andres habe unglücklich und frustriert gewirkt.

Er hatte drei Zigaretten geraucht, bevor er auf den Schießstand gegangen war, wo er sieben Schüsse auf die Scheibe abfeuerte, bevor er die Waffe auf einen Punkt hinter seinem Ohr richtete und ein letztes Mal abdrückte. Er war auf der Stelle tot gewesen. Die Polizei hatte die estnische Botschaft verständigt.

Geschichten von Farangs, die sich selbst erschießen, sind rar. So zu sterben, verlangt Planung. Auf Selbstmorde trifft das selten zu. Die Springer stürzen sich meistens in einem spontanen Anfall vom Dach. Sie handeln eher aus einen Impuls heraus, als ihren Mut zusammenzunehmen.

Was hätte mein Dad wohl von meiner thailändischen Aktmalerei als Kunstform gehalten? Hätte er die Courage der Mädchen bewundert, sich an triebgesteuerte Männer zu verkaufen? Oder hätte er sie als Metzgerinnen betrachtet, die mit Fleisch arbeiten? Ich denke, für ihn wären sie Restauratorinnen von alt gewordenen Vehikeln gewesen. Ein Schlüssel dafür findet sich in den Nachrichten, die ich auf Tuks iPhone gelesen habe, während sie in meinem Bett schlief. Manchmal sehe ich ihr beim Schlafen zu und frage mich, ob sie von einem weit entfernten Ort mit kühlen Drinks träumt, guten Drogen, weißen Pferden, Infinity Pools und dem Meer. Sie sagte mir, dass sie das anstrebe. Sie arbeitete mit derselben Hingabe daran wie mein Vater an seinen Oldtimern.

Paul: Bist du bereit?

Tuk: Ja, Darling. Küsschen. （＾人＾）

Paul: Du hast es dir nicht anders überlegt? 🐢🐢

Tuk: Ich tue, was du sagst. Du machst dir zu viel Sorgen.

Paul: Sicher dass du ⁗,⊕凸⊕⁗、

Tuk: Ich lüge nicht. ☺🔒

Ein Künstler erzählt keine Lügen. Tuks Kunst war glatt poliert, scharf und hart wie die Klinge eines Gurkha-Messers, die sich hinter einem langen, leidenschaftlichen Kuss verbarg.

VIER

Die Zeremonie von Raphaels Einäscherung begann um 10.30 Uhr. Nur eine Handvoll Personen waren da. Nach drei Tagen Sala und bei einem frühmorgendlichen Termin gingen die meisten Leute auf dem Zahnfleisch. Für die Anwesenden war es erste Priorität, sich von dem Kegel aus gleißendem Sonnenlicht fernzuhalten. Gavin und einer der Hotline-Freiwilligen hatten ein Stück Schatten für sich reserviert. Nicht weit entfernt standen Paul und Tuk, Ratana, Pratt, P'Pensiri, Oi und McPhail und mehrere junge Frauen Schlange. Sie warteten darauf, die Stufen zu erklimmen. Hinter den Kulissen waren die Arbeiter des Krematoriums tätig. Aus dem Hintergrund sahen Polizisten in Zivil zu. Der betonierte Hof, der in der brennenden Sonne lag, war menschenleer. Der Krematoriumsofen waberte in Wellen von Hitze. Das Pflaster unter den Füßen der Trauergäste flirrte in der Sonne. Einer nach dem anderen gingen sie die Treppe zu der offenstehenden Ofentür hinauf. Raphaels Sarg stand in der Hauptkammer.

Jeder sprach ein paar Abschiedsworte, grüßte den Sarg mit einem Wai und warf eine Orchidee aus Spanholz in den Rachen des Ofens. Dann schloss sich die Tür mit einem Knall, und die Düsen mit Erdgas öffneten sich, setzten die Kohle und das Holz in der Brennkammer in Brand und brachten die Temperatur auf 1150 Grad Celsius. In der Hitze verdunstete der Wasseranteil von Raphaels

Körper im Nu, und in der nächsten Stufe wurden Fleisch und Knochen als Rauch durch den Schornstein geblasen. Ein paar Stunden insgesamt reichten aus. Zurück blieben Asche und die verkohlten Knochen des Mannes, der einmal Raphael Pascal geheißen hatte.

Hinten im Hof stand einsam in einem schattigen Flecken ein Chinese im Geschäftsanzug. Calvino war er in den letzten drei Tagen nicht aufgefallen. Er befragte ein paar Leute nach ihm, doch niemand schien etwas über ihn zu wissen. Also ging Calvino hin und stellte sich vor. Er erkundigte sich, woher er Raphael kenne.

Der Chinese schnalzte mit der Zunge, ohne dass sein Dauerlächeln flackerte.

»Mein Auftraggeber hat mich angewiesen, den Versand der *Sechs Grade der Freiheit* zu arrangieren, die er erworben hat.«

»Wo sitzt Ihr Auftraggeber?«

»Hongkong.«

»Besitzt er auch eine Quittung?«, fragte Calvino.

Das Lächeln des Chinesen wurde noch breiter und weißer, bis man die Goldkrone an einem oberen Eckzahn sah. Das ließ ihn so aussehen, als würde er eher beißen als bellen. Er reichte Calvino seine Visitenkarte.

»Die Transaktion wurde in bar getätigt.«

»Ausgezahlt an Raphael?«

»Über seinen Agenten Mr Lang. Ich hätte erwartet, ihn bei der Zeremonie anzutreffen. Doch er hat vor einer halben Stunde angerufen, dass er sich verspäten würde.«

Auf der Rückfahrt ins Büro sagte Ratana: »Niemand von seiner Familie war da.«

Das stimmte. Seine Putzfrau und seine Vermieterin konnte man kaum als Familienangehörige bezeichnen, ebenso wenig wie Calvino oder den chinesischen Agenten, der aus rein geschäftlichem Interesse erschienen war. Die Botschaft hatte niemanden ausfindig machen können. Ratana hatte das arg mitgenommen. Dass kein Familienmitglied der Beerdigung beiwohnte, war in Thailand das Schlimmste. Sterben musste jeder, klar. Doch in Thailand starben die meisten im Kreis der Familie, die sie auch wie Lastenträger ins nächste Leben hinübertransportierte. Woher sollte Raphael wissen, wo es hinging? Er musste doch zornig oder verängstigt sein, weil man ihn so im Stich gelassen hatte.

»Jemand von seiner Familie hätte ihm Lebewohl sagen müssen«, bekräftigte sie.

Calvino warf ihr einen Blick zu.

»Er hat mir erzählt, dass die Beisetzung seines Vaters an einem klaren sonnigen Apriltag stattfand, als er neun Jahre alt war. Er aß eine Tüte Eis, die dieser Eric Tremblay ihm gekauft hatte. Die ganze ehemalige Kommune war erschienen. Das war seine Familie, und nach der Auflösung der Kommune war sie in alle Winde verstreut worden. Erst sein Tod hatte sie wieder zusammengeführt, um zu feiern, was sie verloren hatten.«

FÜNF

Mehrere Tage nach der Einäscherung saßen Calvino und McPhail auf einem Logenplatz in der verstopften Soi Cowboy und hatten die Füße um die Metallbeine ihrer Barhocker geschlungen. Auf der Straße wimmelte es von Schleppern, Cops, Taxifahrern, Zuhältern, Freunden der Mädchen und illegalen Einwanderern, die mit gefälschten Markenuhren handelten. Doch sie waren nur die Nebendarsteller. Die Stars waren die Mädchen in ihren winzigen Bikinis. Sie säumten den Straßenrand. Alle Darsteller bewegten sich wie auf Anweisung eines unsichtbaren Regisseurs am Soi-23-Ende der Soi Cowboy.

»Ich kann mich nie erinnern. Heißt es bei Gänsen Schwarm oder, oder ... was anderes? Es liegt mir auf der Zunge«, sagte McPhail.

»Schar. Bei Gänsen spricht man von Schar«, antwortete Calvino und sah einer Gruppe vorbeiwatschelnder chinesischer Touristen in Shorts und Sandalen nach. Sie drehten die Köpfe nach Gänseart um hundertachtzig Grad von links nach rechts und fragten sich wahrscheinlich, ob sie auf dem Langen Marsch irgendwo falsch abgebogen waren. Frauen in Bikinis und High Heels versuchten, sie mit Sirenengesängen von beiden Seiten der Soi aus auf sich aufmerksam zu machen, was die Chinesen nur noch mehr verschreckte. Es entging ihnen nicht, dass es sich um äußerst junge Frauen handelte. Und sie lächelten ihnen auch noch zu, als wollten sie sie gerne kennenlernen.

»Das ist so ähnlich, als ob man einen Wasserfall beobachtet.«

»Aber ohne Regenbogen«, ergänzte Calvino.

»Die Einäscherung ist schon drei Tage her, und ich brauche immer noch einen steifen Drink«, stellte McPhail fest, winkte der Serv;ererin und gab ihr sein leeres Glas. »Kannst du auch noch den Rauch aus dem Schornstein riechen? Also ehrlich. Er hat sich mir so richtig in die Nase gehängt, falls du weißt, was ich meine.«

McPhail schüttelte den Kopf, als wollte er den Gestank loswerden. Er riss ein Papiertaschentuch aus einer Schachtel und schnäuzte sich.

»Scheiße, er sitzt mir voll in der Nase.«

»Bei Haubentauchern sagt man dazu Pinguintanz.«

»Hä? Tanzende chinesische Pinguine auf der Soi-Cowboy? Na sowas. Übrigens, das erinnert mich. Wer war eigentlich der Chinese bei der Einäscherung?«

»Der Abgesandte eines Kunstmäzens aus Hongkong.«

»Hat eher ausgesehen wie ein Aasgeier. Die kaufen Kunst?«

Calvino sah zu, wie ein Chinese sich von einem Bikinimädchen abschleppen ließ.

»Er behauptet, sein Auftraggeber hätte Bilder von Raphael gekauft. Und jetzt will er sie haben.«

»Du hast ihm doch gesagt, er soll sich verpissen, oder?«

»Ich sagte ihm, dass ich den Namen der Person wissen muss, der seinem Auftraggeber die Kunstwerke vermittelt hat.«

Davon hatte der chinesische Anzugträger nichts wissen wollen. Aber er hatte gemerkt, dass Calvino nicht nachgeben würde. Also hatte er einen Namen ausgespuckt: Lang.

»Gib ihm das Bild, das Raphael von dir gemalt hat. Das schreckt ihn sicher so ab, dass es für eine panische Flucht nach China reicht. Diese Freiheitsserie ist verhext. Hast du selber gesagt. Die Modelle sind alle tot, bis auf dich und dieses eine Escort-Mädchen.«

Calvino nickte und reckte sein Glas in die Höhe. »Ich habe noch etwas über die Frau herausgefunden, von der die Polizei sagt, dass sie sich vor fünf Tagen umgebracht hat.«

»Welche Frau?«

»Holly Lam. Ihr Bild war in der ›Timeline‹. Aber wer erinnert sich schon an das Foto einer toten Frau, wo es doch so viele Kochvideos und Bilder von Verkehrsunfällen und Schlägereien und Hunden gibt, die in Clownskostümen herumtanzen? Ich sag dir was, Ed. Niemand erinnert sich mehr an was. Ich habe die Timeline heruntergescrollt, bis ich auf die Aufnahme dieser schönen *Luk Khrueng* Frau stieß. Holly Lam. Ich hatte ihr Gesicht schon einmal gesehen, in Raphaels Atelier. Er hatte sie als Teil der Serie gemalt. Ihr Vater war Thai-Chinese. Die Mutter Dänin. Blaue Augen. Dreiundzwanzig. Im Polizeibericht steht, es war eine Überdosis. Die Pathologie sagt aber, dass sie Pentobarbital geschluckt hat. Das ist keine Droge, die man nimmt, um high zu werden. Man nimmt sie, um zu sterben.«

»Nachahmungstat. Nichts Neues. Das Leben geht weiter.«

»Sie hat Raphael Modell gestanden.«

»Das hast du schon gesagt.«

McPhail brauchte eine Weile, um zu verdauen, dass er schon wieder in Verbindung mit einem toten Escort-Girl stand. Das wurde ihm langsam zu viel. Stirnrunzelnd nahm er einen tiefen Zug von seiner Zigarette und stieß den Rauch gedankenversunken aus.

»Ich hasse diesen Gestank nach verschmortem Fleisch«, erklärte er. »Der geht mir nicht mehr aus dem Kopf. Da hilft nur Zigarettenrauch.«

»Ich muss immer daran denken, dass der Vater Thai-Chinese war. Und ein Chinese kauft die Serie. Das Mädchen hat dafür Modell gestanden. Sie arbeitete für dieselbe Agentur wie die anderen zwei Pentobarbital-Selbstmorde. Das kann doch kein Zufall sein. Wie könnte es *keine* Verbindung geben?«

»Es gibt anderthalb Milliarden Chinesen. *Das* ist mal eine Verbindung. Ich bleibe bei Nachahmungs-Selbstmord.«

Der Freitod hat etwas Ansteckendes, dachte Calvino. Soweit hatte McPhail es richtig erkannt.

»Die drei Frauen arbeiteten alle für denselben Escort-Service. Eine Nachahmungstat wäre es dann, wenn ein Fremder davon gelesen hätte, dass irgendein Star sich umgebracht hat und denkt, wenn es für den gut genug war, warum versuche ich es nicht auch mal?«

»Hat dir Pratt nicht gesagt, dass ein paar seiner Polizistenfreunde glauben, es wäre Mord gewesen? Dieses Pentobarbital-Zeugs ist besser als eine Kanone. Kein Lärm. Es sieht aus wie Selbstmord. Das perfekte Verbrechen.«

»Ein wichtiger Teil einer Mordermittlung ist es, die Mordwaffe zu identifizieren und mit dem Verdächtigen in Verbindung zu bringen«, sagte Calvino. »Vielleicht kann man das Pentobarbital zu der Person zurückverfolgen, die es dem Verstorbenen verkauft hat, aber das wäre nicht direkt wie ein rauchender Colt. Prostituierte begehen öfter Selbstmord. Das wundert keinen. An den Details ist niemand interessiert. Es ist kein großer Verlust. Es besteht kaum Veranlassung, den scheinbaren Freitod einer wertlosen Frau zu untersuchen, die anständige Ehemänner korrumpiert hat. Die Gesellschaft ist froh über ihr Ende.«

»Du hast recht«, sagte McPhail. »Außerdem vermasseln die Leute ständig ihren Selbstmord. Wenn man es ihnen zu schwer macht, endet es damit, dass sie Windeln tragen müssen und an Maschinen hängen. Ich sage, lasst sie einen sauberen Schnitt machen! Eine Flasche Pentobarbital. Aber an dieser Serie von Selbstmorden stinkt wirklich was.«

McPhail schnäuzte sich und betrachtete den Rotz in seinem Taschentuch, bevor er es zusammenknüllte und in den Aschenbecher warf.

»Das ist schwarzer Ruß aus dem Krematorium. Ich schnäuze Raphael aus meiner verdammten Nase aus. Deprimierend, oder?«

McPhails Aufmerksamkeit wandte sich wieder der Parade der chinesischen Touristen vom Festland zu, die ziellos im grellen Neonlicht blinzelten und sich mit offen stehenden Mündern umsahen wie eine Schulbusladung Vierzehnjähriger, denen man den Schlüssel zur Mädchenumkleide anvertraut hat.

»Mao dreht sich sicher im Grab um«, bemerkte McPhail, als die letzten Nachzügler der Marschkolonne vorbei waren.

»Er liegt in einem Mausoleum«, sagte Calvino.

»Vollgestopft mit Pentobarbital.«

»Eher voller Einbalsamierungsflüssigkeit.«

McPhail zog eine Augenbraue hoch.

»Warum führen die Chinesen nicht eine zweite Obduktion durch? Schneiden ihn live im Fernsehen auf? Weltweite Fernsehrechte. Denk mal an das Publikum. Das Geld. »Budweiser präsentiert: Was Mao im Kopf hatte.« Und dabei könnten sie gleich eine Autopsie von diesen hirntoten Touristen durchführen, die sie nach Thailand schicken. Unterhaltung pur.«

Die Kabbelei zwischen McPhail und Calvino ging weiter, während dieser vor seiner Verabredung mit Pratt in einem Nachtklub namens *Finders* am anderen Ende der Stadt die Zeit totschlug.

»Ich treffe Pratt um zehn im *Finders*«, bemerkte er. »Kennst du den Klub?«

»Echt hochklassig. Aber drüben.«

Die Formulierung »drüben« war eine Kurzform von »könnte genauso gut auf der anderen Seite des Mondes liegen«.

»Und was weißt du sonst noch?«

McPhail antwortete: »Nur Hörensagen. Heute Morgen habe ich auf Facebook eine gesponsorte Anzeige dafür gesehen. Oder jemand hat mir die Werbung gemailt.«

»Du stehst in allen Verteilern, McPhail.«

»Ich bin berühmt. Wo bleibt mein Drink?«

Er schnäuzte sich wieder, steckte sich eine Zigarette an und sah sich nach der Serviererin um. Das Einzige, an das er sich noch von der Informationsflut in den sozialen Medien erinnerte, waren der Name und das Aussehen des betreffenden Nachtklubs. Soweit es ihn anging, hätte er sich tatsächlich irgendwo auf dem Mond befinden können, schließlich lagen unfassbare zwölf Kilometer zwischen ihm und der Soi-Cowboy. McPhails Haltung erinnerte Calvino an einige New Yorker, die er im Village gekannt hatte, und die unerhört stolz darauf gewesen waren, in fünfundzwanzig Jahren nie weiter als bis zur 14th Street gelangt zu sein.

»Hat Pratt etwas gesagt, warum er sich ausgerechnet in diesem Klub mit dir treffen will? Ist eigentlich nicht sein Stil. Oder führt er ein geheimes Leben, von dem ich nichts weiß?«

»Das letzte Selbstmordopfer hat in dem Nachtklub gearbeitet.«

»Hast du nicht behauptet für einen Escort-Service?«

»Tagsüber Schwarzarbeit, nach 22.00 Uhr im Klub. Und sie stand Raphael Modell. Pratt will alles wissen.«

»Warum geht er dann nicht in eine Bücherei?«

»Ich leite deinen Vorschlag weiter.«

Calvino sah auf die Uhr.

»Zeit zu gehen«, sagte er, nahm seine Quittungen aus dem Becher und winkte der Serviererin.

»Aber du bist doch erst seit ein paar Minuten hier«, beschwerte sich McPhail und zündete sich eine frische Zigarette an.

»Tuks Foto ist auf der Website dieser Escort-Agentur. Sie läuft dort unter dem Namen Rabbit.«

»Warum haben sie sie dann nicht umgebracht, bevor sie mit den Cops plaudern konnte?«

Calvino musterte McPhail, während er die Rechnung beglich. Er fragte sich, ob dessen zeitversetzte Fragen etwas darüber aussagten, wie das Leben sich für ihn entwickelte.

»McPhail, ihr Gemälde gehörte nicht zu der Serie. Ich bin der Einzige, der von der Reihe noch am Leben ist. Sechs Bilder. Nummer fünf war Fah, die von ihrem Exfreund ermordet wurde. Nummer vier war Holly Lam, die mit Pentobarbital aus der Welt schied. Fon war die Nummer drei, ebenfalls Pentobarbital. Nummer zwei hieß Jenny, fünfundzwanzig Jahre alt, die im Januar an derselben Droge starb. Nummer eins in der Serie war Raphaels Selbstporträt. Wie stehen die Chancen, dass eine solche Selbstmordserie Zufall ist? Nur Fahs Tod passt nicht ganz ins Bild. Ich vermute, sie wurde ermordet, bevor sich ihr Freitod arrangieren ließ.«

McPhail verdrehte die Augen. »War Fah die Film-Tussi, mit der du ein Date hattest?«

»Nein, das war Fon. Fon heißt Regen. Fah ist der Himmel.«

»Charlie Brown, da hängt aber eine gewaltige schwarze Wolke über deinem Schädel. Mann, du bist Nummer sechs. Deine Glückszahl. Trink noch ein Glas darauf.«

»Später. Ich muss los.«

»Bist du bewaffnet?«

McPhail hielt nach Anzeichen für eine verborgene Pistole Ausschau. Calvino lachte bloß.

»Die ist im Büro.«

»Und wenn es Stunk gibt? Ich sollte mitkommen und dir den Rücken freihalten«, sagte McPhail.

Er schien ein bisschen verletzt zu sein. Seine Augen wirkten traurig, und er ließ die Schultern hängen, während die Kellnerin seinen Drink vor ihn hinstellte.

»Pratt passt auf mich auf.«

»Okay, schon verstanden. Hau ab.«

Calvino rutschte vom Barhocker und stopfte zwei Fünfhundert-Baht-Scheine in McPhails Quittungsbecher.

»Ich habe keine Ahnung, warum der Junge mich als Testamentsvollstrecker eingesetzt hat«, sagte er.

McPhail grinste ihn an. »He, er hat darauf vertraut, dass du das Richtige tust.«

»Aber was *ist* das Richtige, Ed?«

»Frag nicht mich. Ich mach' schon viel zu lange alles falsch.«

Calvino wandte sich ab, doch McPhail hielt ihn am Arm zurück.

»Warte mal, Vinny. Was, wenn dieses Treffen mit Pratt ein Hinterhalt ist?«, fragte er.

»Wie kommst du denn darauf?«

McPhail nippte an seinem Drink. Er schien sich vom Krematoriumsrauch befreit zu haben.

»Ich habe ein schlechtes Gefühl. Ich rieche einen Trick in diesem Nachtklub. Du bist der Einzige in der Serie, der noch am Leben ist. Sei vorsichtig.«

»Du meinst eine Falle, keinen Trick. Pratt wird dem Personal ein paar Fragen stellen und versuchen, ein paar Verbindungen herzustellen. Wir werden ein paar Gläser trinken, ein paar Scherze machen, und dann fahre ich nach Hause.«

»Sag nicht, ich hätte dich nicht gewarnt.«

»Ich werde daran denken, Ed.«

»Vinny, Eines noch. Wie lautete Holly Lams Name beim Escort-Service?«

»Honey«, erwiderte Calvino. »Honig.«

McPhail warf ihm einen zweifingrigen militärischen Salut zu.

»Der Honig ist im falschen Bienenkorb gelandet.«

Als Calvino ging, flirtete McPhail bereits mit einer der Tänzerinnen an der Chromstange. Calvino schob sich durch die Menge Richtung Soi 23, wo er geparkt hatte. Über Seitenstraßen gelangte er bis zur Sukhumvit und fuhr weiter quer durch die Stadt. Der Online-Artikel über Holly Lams Tod war in der Lawine der täglichen Nachrichten untergegangen, zugeschüttet von einem Meer aus Lärm, eingeklemmt zwischen Bildern von Katzen und Hunden und Tellern mit Steaks, Shrimps oder Salat.

Am ersten Tag von Raphaels Beerdigung war eine junge Ausländerin namens Holly Lam tot aufgefunden worden. Sie besaß eine doppelte Verbindung zu Raphael. Sie hatte dieselbe Selbstmorddroge verwendet, und sie hatte für ihn Modell gestanden. Sie war die Figur auf einem der Bilder in der *Grade der Freiheit* Serie.

Holly oder Honey repräsentierte den vierten Grad.

Calvino erinnerte sich an das Gemälde. Es war in Farbe und Aufbau verblüffend gewesen. Raphael hatte das Gesicht in allen Details festgehalten, sodass es realistisch von der Leinwand blickte. Aber da hörte der Realismus auf. Hollys Kopf saß auf dem Körper eines Fötus mit einem raupenartigen gerippten Kokon und einem Dutzend Armen und Beinen, manche kürzer, andere länger, die sich um Musikinstrumente schlangen – eine Geige, ein Banjo, eine Gitarre, ein Keyboard, ein Saxofon. Holly steckte in einem rechteckigen Mutterleib. Bienen summten wie ein Heiligenschein um ihren Kopf. Ein Schwarm Vögel tauchte aus dem Fluss ihrer Haare auf. Sie hatten einen Spalt in der Gebärmutter entdeckt und waren ausgebrochen. Neben dem Kopf des Fötus beobachtete eine dreifarbige Katze mit weit aufgerissenen Augen und ausgefahrenen Krallen die Flucht der Vögel und wartete geduldig.

Die Geschichte, die sie hinterlassen hatte, war auf eine einzelne Zeile kondensiert. Holly hatte die kürzeste aller Storys in der *Grade der Freiheit* Serie niedergeschrieben. Calvino kannte den Satz. Es war ein Zitat, das er von Pratt im Lauf der Zeit öfter gehört hatte. Calvino hatte Raphael gefragt, woher es stammte. Seine Antwort hatte gelautet, dass sie es von ihrem T-Shirt kopiert hatte.

»Wer ist's, der mir kann sagen, wer ich bin?«

Als Calvino Pratt gegenüber erwähnte hatte, dass er die Verszeile von einem von Raphaels Gemälden kannte, hatte dieser langsam erwidert: »*König Lear.*« Er hatte Calvino fragend angesehen, bis er erklärte: »Das Mädchen hatte es von einem T-Shirt.«

Pratt hatte ihm einen kurzen, englischsprachigen Artikel über den Tod der Frau gemailt und später eine Zusammenfassung des Obduktionsberichts geschickt, in dem das Pentobarbital nachgewiesen wurde. Calvino hatte ihren Namen mit der Liste von Raphaels Modellen abgeglichen. Volltreffer. Er hatte das Bild von Holly Lam fotografiert und als JPG mit folgender Nachricht an Pratt gemailt: »Erinnerst du dich an das Bild aus Raphaels Serie? Du warst überrascht, ein handschriftliches Zitat aus *König Lear* darauf zu finden. Holly stand ihm Modell. Sie hat ihre Lebensgeschichte in Shakespeares Worten erzählt.«

Pratt hatte geantwortet: »Die Polizeibeamten fanden ein Pillenfläschchen mit verschreibungspflichtigen Medikamenten bei ihr. Es handelt sich vermutlich um ein Schlafmittel. Sie hatte am Tag zuvor in einem Hotel eingecheckt. Miss Holly wurde letztmals am Sonntag gegen 22.00 Uhr gesehen. Die Beamten vor Ort konnten die Todesursache nicht feststellen. Die Leiche wurde ins forensische Labor des Polizeikrankenhauses überstellt.«

Mit einem hatte McPhail recht: Die weitverbreitete Überzeugung, dass es eine klar erkennbare Linie zwischen Wahrheit und Fake News gab, galt schon seit Jahren nicht mehr. Die Menschen hatten Schwierigkeiten, sich unter den Gerüchten, Legenden, Lügen, Halbwahrheiten, Propagandasendungen und Witzen hervorzuwühlen, die ihren Verstand wie frischer Schnee einstäubten. In Bangkok lief die Spekulationsmaschine heiß, wann immer ein Ausländer tot aufgefunden wurde, sei es durch Selbstmord, Unfall oder eine Gewalttat. Der Chor der Barhockerphilosophen überschlug sich dabei, im Morast der Unwahrheit zu wühlen, während andere mit dem Abraum alte Löcher zuschaufelten.

Alles und jeder war verdächtig. Die Leute beschwerten sich nicht einmal mehr über Fakes. Sie hatten sich an das Leben angeschmiegt wie ein dritter Flügel an einen Vogel. Es war nicht mehr peinlich, wenn man sich in einer Welt von Blendern täuschen ließ. Die Informationen flossen schneller und schneller, und alle rannten ihnen hinterher, ohne einen Zentimeter aufzuholen.

Was ist das für ein Escort-Girl, das König Lear zitiert, um sein Leben in einem Abschiedsbrief zu beschreiben?

Frage: »Wer ist's, der mir kann sagen, wer ich bin?«

Antwort: Nicht lösbar.

Vielleicht war McPhail da über etwas gestolpert, dachte Calvino. Was, wenn die Selbstmorde Teil eines komplexeren Spiels waren, eine brillant geplante und ausgeführte Täuschung? Er musste tiefer graben.

SECHS

Pratt saß mit zwei weiteren Thailändern im Hintergrund des Nachtklubs – einem Mann in den Dreißigern, der aussah, als könnte er der Manager sein, und einer Serviererin. Ein Dutzend Tische umgab eine für die Band bestimmte Bühne. Darauf standen eine Gitarre, ein Klavier, ein Schlagzeug und ein Saxophon, während die Band an ihrem Tisch saß und Bier trank. Das erste Set war gerade zu Ende gegangen, als Calvino eintraf.

Pratt erspähte ihn sofort. Seine Haltung und sein Gang waren so unverwechselbar wie ein Fingerabdruck. Calvino sah aus, als wäre er gerade nach schwerem Beschuss aus einem Artillerieunterstand gekrochen und bewegte sich geduckt, als hielte er nach Scharfschützen im hohen Gras Ausschau. Pratt fing seinen Blick auf und winkte ihm. Calvino hätte eine Kugel für ihn aufgefangen, dachte Pratt. Es gab nicht viele Menschen, denen er das zutraute. Von einem Thailänder hätte er angesichts dieses Gedankens nur ein amüsiertes Grinsen geerntet. Schließlich war Calvino ein Ausländer. Er stand auf der einen Seite der Linie, und die Thais auf der anderen. Wie es immer gewesen war.

Die beiden Thais an seinem Tisch lächelten auf typisch zurückhaltende Weise. Sie fühlten sich eingeschüchtert und bedrängt, weil ein Ausländer an ihrem Gespräch über den Selbstmord einer Angestellten teilnehmen sollte. Sie wirkten zusammengekrümmt, als hätte man ihnen einen Eisenstab aus dem Rückgrat gezogen.

Kurz nachdem Calvino sich an den Tisch gesetzt hatte, stand die Kellnerin auf, und wenige Sekunden später entschuldigte sich auch der Manager. Pratt und Calvino blieben allein zurück.

»Ich hoffe, ich habe nicht gestört«, meinte Calvino.

»Wir hatten schon alles durchgesprochen. Sie wollten gerade gehen, als du gekommen bist.«

Dieselbe Serviererin, die Pratt soeben vernommen hatte, kehrte an den Tisch zurück und fragte Calvino, was er trinken wollte. Er lächelte ihr zu, doch sie reagierte kühl. Sie hatte voll auf Kellnerinnen-Modus umgeschaltet und war bereit, einen Ausländer zu bedienen, der mit einem Ex-Bullen zusammensaß. Sie sah ihn an wie eine Spinne aus ihrem Netz heraus.

»Haben Sie mich schon vermisst?«

Sie legte den Kopf schief.

»Nicht direkt«, meinte sie.

Er wandte sich zu Pratt.

»Sie hat mich nicht vermisst. Aufrichtigkeit – das findet man in der Soi Cowboy so selten wie einen Malzwhisky.«

»Darf ich jetzt Ihre Bestellung aufnehmen, *Ka*?«, fragte sie.

»Johnnie Walker Blue«, antwortete er.

Sie notierte es sich und verschwand, ohne ihn anzusehen. Diese Art von teurem Drink bestellten reiche Chinesen, um vor dem Personal zu protzen. In der Welt der Nachtklubs war das Problem mit der Vulgarität, dass sie einen Säufer auf magische Weise in einen Mann von Macht und Einfluss verwandelte, ebenso wie seine Autos, sein Schmuck und die willigen Frauen, mit denen er sich wie mit Möbelstücken umgab. Je mehr der Gast ausgab, umso wichtiger und einflussreicher galt er. In Bangkok konnte man sich mit

Geld Respekt erkaufen, und an Orten wie dem *Finders* spielte es keine Rolle, woher es kam.

Die Serviererin brachte den Drink und lächelte ihm zu. Er gab ihr hundert Baht Trinkgeld, und sie bedankte sich mit einem *Wai*. Das System des Respekts funktionierte wie ein Verkaufsautomat. Man steckte sein Geld in den Schlitz, und das Produkt landete im Ausgabeschacht.

»Hast du irgendetwas Brauchbares von ihnen erfahren?«, fragte Calvino.

Pratt starrte in sein Glas, als erforderte die Erforschung seiner Brechungseigenschaften seine volle Aufmerksamkeit.

»Einiges.«

»Zum Beispiel?«, wollte Calvino wissen.

Er ließ den Blick über die ersten Besucher des Nachtklubs gleiten, die nach und nach herein tröpfelten. Elegant gekleidet, modische Frisuren, teure Handtaschen und Uhren. Sie hielten die Köpfe gesenkt, und das Licht vom Display ihrer Smartphones flackerte über ihre Gesichter wie mittelalterliche Kerzen. Manche Klubs spezialisierten sich auf die wohlhabende Mittelschicht, die sich nach dem Arbeitsalltag entspannen wollte. *Finders* gehörte nicht dazu. Die Besucher saßen wie Scherenschnitte über ihre Drinks gebeugt und verließen sich darauf, dass schnelles Geld, schnelle Frauen und Autos ihren Anspruch auf Respekt und Privilegien garantierten.

»Vier Selbstmorde …«, sagte Pratt. »Raphael und drei seiner Modelle – Jenny, Holly und Fon, die alle bei demselben Escort-Service angestellt waren. Und wie sich herausstellt, arbeiteten Holly und Fon auch noch eine gewisse Zeit in diesem Nachtklub.«

»Bis sie zu der Escort-Agentur wechselten«, ergänzte Calvino.

»Mehr Geld, angenehmere Arbeitszeiten«, bemerkte Pratt. »Jedenfalls nach Meinung des Managers.«

»Hat es ihn überrascht, dass Holly und Fon sich umgebracht haben?«

»In seiner Welt überrascht ihn gar nichts mehr, sagt er. ›Haben Sie schon einmal von Pentobarbital gehört?‹, wollte ich wissen. Seine Antwort: ›Nur Coke, Ecstasy und Crystal Meth.‹ Später ergänzte er noch Rohypnol und fragte mich, ob Pentobarbital eine psychedelische Droge sei. Ich antwortete, dass das keiner so genau weiß.«

Pratt dachte einen Augenblick nach und fügte hinzu: »Es hat sich übrigens herausgestellt, dass einer der Besitzer des Klubs zugleich Anteile an der Escort-Agentur besitzt.«

Calvino grinste.

»Lass mich raten. Sein Name ist Sia Lang.«

»Woher weißt du das, Vincent?«

Pratt beugte sich vor und legte die Hände um sein Glas. Er wollte hören, was Calvino von dem chinesischen Gangster aus Schanghai wusste.

»Raphael hat den Namen erwähnt.«

»Und was hat er über ihn gesagt?«

»Sie hatten geschäftlich miteinander zu tun. Und bevor du wissen willst, in welcher Weise: Die Frage solltest du Lang selbst stellen. Ich weiß es nicht. Vielleicht wollte Raphael einen chinesischen Gangster malen und dem Bild den Titel ›Chinesisches Neujahrsfest, Bangkok 2016‹ geben.«

Pratt verstand Calvinos Anspielung auf Chinis Gemälde des chinesischen Neujahrsfestes. Sein Freund hatte recht. Obwohl sich an der Oberfläche viel verändert hatte: Wenn man den Lack abkratzte, waren die Dinge ganz ähnlich wie zu Chinis Zeiten.

»Das Entscheidende ist, Vincent, dass Raphael Modelle gemalt hat, die für Sia Langs Escortdienst gearbeitet haben. Zwei davon wurden in diesem Klub rekrutiert. Und alle sind sie tot.«

»Lade Sia Lang vor. Sprich mit ihm in dieser speziellen Sprache, die er verstehen wird«, schlug Calvino vor.

»So einfach ist das nicht.«

Calvino begriff.

»Aha. Er genießt Protektion von ganz oben«, sagte er.

Pratt verstummte, während die Rädchen seines Verstandes sich weiterdrehten. Calvino hatte eine ziemlich genaue Vorstellung davon, wie das Ergebnis aussehen würde.

»Wenn Teufel ihre schwärzesten Sünden ausüben wollen, so täuschen sie uns zuvor in himmlischen Gestalten«, zitierte Pratt aus *Othello*.

»Die Teufel machen es einem nie leicht, Pratt.«

»Und Engel gibt es nicht«, erwiderte dieser.

Pratt sah ihn über den Tisch hinweg an, mit dieser Mischung aus weltmüder Weisheit und der Last der Resignation, die diese Weisheit hinterlässt. Calvino fühlte ein Frösteln, wie es ihn immer überkam, wenn Pratt seine Deckung fallen ließ.

»Jetzt verstehe ich, warum du dich bei den Bestattungsfeierlichkeiten so engagiert hast«, sagte er. »Du musstest die Anwesenheit der Polizei rechtfertigen und …«

Es gab immer einen Grund für alles. Im Land der Engel mit den gestutzten Flügeln war es schon ein Kampf, vom Boden abzuheben. Ausflüge ins Paradies kosteten Geld.

»Übrigens, im Krematorium«, sagte Pratt, während die Mitglieder der Band sich erhoben und wieder die Bühne betraten. »Ich habe gesehen, dass du dich mit Mr Wang Tao unterhalten hast.«

Calvino grinste.

»Woher weißt du, wie er heißt?«

»Nachdem meine Leute ihn fotografiert hatten, ließ ich ihn gründlich überprüfen. Wang Tao ist Partner in einer Anwaltsfirma in Hongkong, die einige der reichsten Familien dort vertritt.«

»Er hat mir seine Visitenkarte gegeben«, sagte Calvino. »Er behauptet, sein Klient hätte Raphaels Serie gekauft. Ich bat ihn um eine Quittung.«

Pratt breites Lächeln entsprach nicht dem, mit dem er normalerweise Anerkennung ausdrückte.

»Wie hat er reagiert?«, fragte er.

»Als hätte ihm ein Waldelfe in die Hose gegriffen.«

»Und wie seid ihr verblieben?«

»Angespannt. Ich fragte Wang Tao nach dem Grund seiner Anwesenheit bei der Einäscherung.«

»Und er sagte: ›Ich möchte nur die Asche mitnehmen.‹«, fiel Pratt Calvino ins Wort.

Die Band begann, eine unaufdringliche Coverversion von Steppenwolfs »Born To Be Wild« zu spielen.

»Woher weißt du das?«

»Er ist bereits im Besitz einer Exportlizenz, um die Asche von Thailand nach Hongkong zu überführen.«

Calvino schnippte mit den Fingern.

»Einfach so? Der Typ kriegt Vorzugsbehandlung? Unter Umgehung der kanadischen Botschaft? Ohne Zustimmung des Testamentsvollstreckers? Ohne dass jemand fragt, wer sein Klient ist und wozu er Raphaels Asche haben möchte?«

»Raphael hat keine Familie mehr, Vincent.«

»Was will der Typ mit der Asche?«

Pratt seufzte und winkte nach der Rechnung.

»Spielt das eine Rolle?«

»Spielt überhaupt etwas eine Rolle, Pratt?«

Das war eine Frage, mit der Raphael sich vielleicht hätte anfreunden können.

Der Manager kam an ihren Tisch und beteuerte, dass die Getränke selbstverständlich aufs Haus gingen. Sie erhoben sich zum Gehen, und der Mann verbeugte sich mit einem Wai vor Pratt.

Als sie den Klub verließen, musste Pratt zur Seite treten, um zwei Paare hereinzulassen, die sich vorbei drängten. Sie hatten keine Ahnung, dass sie einem General im Ruhestand die Vorfahrt nahmen. Pratt schwieg. Er wandte sich zu Calvino, als wäre nichts gewesen.

»Wang Tao hat unserer Bitte zugestimmt, nur die Hälfte der Asche mitzunehmen«, erklärte er.

»Hat er ein Abkommen mit der Polizei getroffen? Woher soll ich wissen, wie viel er tatsächlich an sich genommen hat?«

»Er hat Asche zurückgelassen, das ist das Entscheidende.«

»Er hat ein kleines Häuflein von Raphael-Asche dagelassen«, gab Calvino zurück.

Er war am Morgen nach der Einäscherung zum Wat zurückgekehrt, um der Zeremonie beizuwohnen, bei der die Asche des Toten eingesammelt wurde. Er hatte erwartet, Paul und Tuk würden vielleicht auch da sein. Oder Gavin. Oder P'Pensiri oder Oi, das Hausmädchen. Doch er war allein gewesen. Er ging nach vorne, wo die Mitarbeiter die Asche wie das Strichmännchen eines Dreijährigen ausgelegt hatten. Calvino sah sofort, dass da etwas nicht stimmte. Der rechte Arm und das rechte Bein des Strichmännchens waren verschwunden. Nur der Kopf und die linke Seite des doppelt Amputierten waren noch intakt. Ein Angestellter hatte anschließend den Chef geholt. Dieser hatte Calvino erklärt, dass Wang Tao bereits im Morgengrauen mit einer Genehmigung aufgetaucht sei, die Asche an sich zu nehmen. Noch in Calvinos Anwesenheit hatte ein Krematoriumsmitarbeiter die verbliebenen Überreste zu einem neuen, etwas kompakteren Strichmännchen umgeformt.

Nachdem sie den Nachtklub verlassen hatten, setzten Calvino und Pratt das Gespräch neben Calvinos Wagen fort. Die Hitze der Nacht traf sie wie ein Schlag. Pratt schüttelte sie ab, als verfügte er über einen geheimen Mechanismus zur Kontrolle seiner Körpertemperatur.

»Tuk hat bei demselben Escortservice gearbeitet«, sagte Calvino. »Sie hat Raphael Modell gestanden. Sie war seine Freundin. Die Wahrscheinlichkeit ist groß, dass sie ihre Freundinnen gebeten hat, sich auch von ihm malen zu lassen.«

Calvino verlagerte sein Gewicht auf den anderen Fuß und verschränkte die Arme, als wäre ihm plötzlich kalt.

»Richtig«, stimmte Pratt zu. »Sie waren in seinem Atelier. Er hat sie gemalt. Sie haben sich umgebracht. Und er ist ihnen in den Tod gefolgt.«

»Das ist alles, was deine Abteilung an Hinweisen für ihre Mord-Selbstmord-Ermittlung hat?«

»Wie du schon bei der Beerdigung gesagt hast, passt Einiges nicht zusammen«, erwiderte Pratt. »Tuks drei Freundinnen sind tot, sie selbst hat es jedoch geschafft, am Leben zu bleiben. Und dann ist da noch Pim, die am Morgen von Raphaels Tod zu einer Verabredung auftauchte und die Tür verschlossen vorfand. Raphael hatte sie immer offen gelassen. Warum ausgerechnet an diesem Tag nicht?«

»Die Frage habe ich mir auch gestellt«, sagte Calvino.

»Irgendeine Antwort darauf gefunden?«

Calvino schüttelte den Kopf. Manchmal fiel ein Puzzleteilchen durch einen Spalt und blieb für immer verschollen.

»Hat die Polizei Abschiedsbriefe von den drei Frauen gefunden?«

»Die Antwort darauf kennst du.«

Calvino legte den Kopf schief. »Du überschätzt meine Fähigkeiten.«

Pratt schüttelte den Kopf.

»Es sind nicht deine Fähigkeiten. Es sind die Bilder. Für diese Serie hat jede der Frauen einen Abschiedsbrief geschrieben.«

»Raphael hat sie lediglich gebeten, ihre Geschichte aufzuschreiben. Warum sprichst du von Abschiedsbriefen?«

»Vielleicht hätten sie sie zu dem Zeitpunkt nicht so genannt, aber die Formulierungen passen. Sie haben sie in ihren eigenen Worten niedergeschrieben. Ich habe sie mehrfach gelesen. Immer wieder stoße ich auf Düsternis, Finsternis und Depression, nicht wahr?«

»Holly hat bei Shakespeare geklaut.«

»Fall es ihre eigene Idee war, dieses Zitat zu verwenden. Möglicherweise hat es ihr auch jemand vorgeschlagen, weil ihr selbst nichts einfiel.«

Einer, der clever war, etwas von Psychologie verstand und die richtige Art von Einschüchterungstaktik einsetzte, war in der Lage, einen Menschen dazu zu bringen, sich das Leben zu nehmen. Und falls nicht, konnte man ja immer noch Hilfestellung leisten und ihm einen mit Pentobarbital angereicherten Drink verabreichen. Wenn eine Prostituierte tot aufgefunden wurde, gab sich niemand große Mühe mit der Suche nach einem Motiv, sobald die Droge im Obduktionsbericht auftauchte.

»Die Serie umfasst sechs Gemälde«, sagte Calvino, während er die Fotogalerie seines Handys öffnete. Hier sind sie. Sieh mal.«

Er zeigte Pratt die Bilder in der richtigen Reihenfolge. Beim sechsten hielt er an.

»Nummer sechs bist du«, bemerkte Pratt.

Calvino blickte von seinem Smartphone auf.

»Ich sehe gerade die einzige Person aus Raphaels Serie vor mir, die noch am Leben ist«, stellte Pratt fest. »Sei vorsichtig, Vincent.«

»Das ist heute Abend schon meine zweite Warnung.«

»Und die erste?«

»Hüte dich vor Täuschungen. Die stammte von McPhail.«

»Keine Sorge. Ich bringe deine McPhail-Zitate schon nicht mit Shakespeare durcheinander.«

Calvino betrachtete sein eigenes Porträt, gemalt von Raphael Pascal. Aus irgendeinem Grund repräsentierte er den sechsten Grad der Freiheit.

»Und du hoffst, wenn du das Pentobarbital bis zur Quelle zurückverfolgen kannst, führt dich das zum Mörder?«, fragte Calvino. »Und falls nicht, ziehst du wenigstens den Dealer aus dem Verkehr und rettest ein paar Menschenleben?«

»Gibt es eine bessere Art, unsere Zeit auf Erden zu verbringen?«

»Nein. Darum bin ich hier.«

»Lass uns den Mistkerl finden«, sagte Pratt.

»Und wenn er Protektion genießt?«

Pratt zuckte mit den Schultern.

»Man zielt auf seine Achillesferse.«

Calvino öffnete die Tür seines Wagens.

»Pass ein bisschen auf mich auf. Als das letzte überlebende Modell der Serie könnte ich in der richtigen Position sein, um ihn aufzuspüren. Einfach dadurch, dass ich am Leben bleibe.«

»Damit spaßt man nicht, Vincent.«

»Okay, schon verstanden. Deshalb also die Zivilbeamten bei den Bestattungsfeierlichkeiten und der Einäscherung. Der Drogendealer könnte sich unter die Menge gemischt haben, um sich an das letzte Mitglied im Klub der sechs *Grade der Freiheit* heranzumachen, das noch frei in Bangkok herumläuft.«

»Suchen wir einen Mörder?«, fragte Pratt. »Oder sogar zwei oder mehr? Der Fall ist kompliziert. Wer profitiert von Raphaels Tod? Da gibt es nur einen. Und das ist derjenige, dem diese sechs Bilder gehören. Sie werden im Wert steigen. Drei weibliche Modelle in einer epischen, künstlerischen Tour de Force, alle ausgelöscht mit derselben, schwer zu beschaffenden Droge. Aber die sechste Person, ein *Farang*, reitet auf einer Welle großer Untergrundkunst, angereichert mit den Geschichten von toten Prostituierten in Bangkok. Das könnte den Preis der Kunstwerke stark in die Höhe treiben und diesen *Farang* unglaublich reich machen.«

»Pratt, ich höre dich, aber das bist nicht du, der da spricht. Wer ist denn auf die Idee gekommen? Jemand aus deiner Abteilung?«

Pratt nickte zustimmend. »Du passt ins Bild. Du besitzt die Kunstwerke. Du hast für eines der Bilder Modell gestanden. Überleg mal, wie das aus dem Blickwinkel meiner Ex-Kollegen von der Polizei aussehen muss. Ich habe ihnen erklärt, dass jemand versucht, Vincent Calvino etwas anzuhängen. Wie du selbst sagst, hast du dir im Lauf der Zeit eine Menge Feinde gemacht. Hat man dich in eine Falle gelockt? Schon möglich. Allerdings sieht es eher so aus wie eine Gelegenheit, fünf Fälle auf einmal aufzuklären und den Chef zum Helden zu machen. Er kennt nämlich Calvinos Gesetz: Die beste Methode, einen Job zu erledigen, ist, ihn von jemand anderem durchführen zu lassen. Und wenn es funktioniert, sahnt man den Ruhm ab.«

»Wie soll es weitergehen? Ich übergebe die Bilder diesem Wang Tao, er fliegt sie nach Hongkong zu seinem Klienten, und plötzlich bin ich nicht mehr von Interesse? Ist es das, was die Kerle wollen?«

In Thailand reichten reine Indizien durchaus aus, um einen Mann, der nicht die richtigen Verbindungen hatte, zu einem tödlichen Rendezvous mit einem engen Verwandten des Pentobarbitals zu verurteilen. Die Ironie entging weder Pratt noch Calvino.

»Man hat dich zum Sündenbock gemacht.«

»Und dabei bin ich nicht einmal Burmese.«

»Das ist kein Witz, Vincent.«

»Okay, und wer hat mich reingelegt? Raphael?«, fragte Calvino kopfschüttelnd. »Das ergibt doch keinen Sinn.«

»Ich habe nicht gesagt, dass es Raphael war. Aber ergibt es für dich einen Sinn, dass er dich zum Testamentsvollstrecker eingesetzt und dir all seine Gemälde vermacht hat?«

»Ich habe ihm vom künstlerischen Hintergrund meiner Familie erzählt.«

»Du hast dir schmeicheln lassen und bist unvorsichtig geworden.«

»Pratt, ich hatte keinen Streit mit ihm. Nicht im Geringsten.«

Es war wie in einem Muay-Thai-Kampf, wenn ein Boxer mit zu viel Selbstvertrauen sich unbesiegbar fühlte, die Deckung fallen ließ und sich einen Kniestoß in die Rippen einhandelte. Calvino erinnerte sich daran, wie Raphael mit der modernisierten Version von Chinis Gemälde vom chinesischen Neujahr in seinem Büro aufgetaucht war, und ihm brach der Schweiß aus.

Pratt hatte recht. Er hatte zugelassen, dass die Verbindung seiner Familie zu Chini sich in seinem Kopf aufblähte und ihm vorspiegelte, er würde tatsächlich etwas von Kunst verstehen. Ein Teil seiner Identität baute sich auf den Gemälden auf, die sein Urgroßvater vor hundert Jahren in Thailand gemalt hatte. Er hatte sich in dem Glauben gewiegt, dass dieser ihm das künstlerische Gen hinterlassen hatte. Dabei hatte er nur eine Story geerbt, die ein längst verstorbenes Familienmitglied mit Bangkok verband. Ein Mensch lässt sich über die Intensität und Dauer seiner Verbindung zu dem Land definieren, in dem er lebt. Calvino machte sich gerne vor, dass er mehr war als ein heruntergekommener Privatschnüffler, der miese kleine Fälle in den Randzonen von Bangkok übernahm. Dass er von einer Ahnenreihe von Künstlern abstammt, die hierher gekommen waren, um ihre Visionen und Grenzen auszuloten. Er hatte sich eingebildet, einen Maler dadurch zu beeindrucken. Calvino hatte seine Verbindung zu einer langen Reihe von künstlerischen Vorfahren besiegeln wollen. Seine Schnapsideen waren zu etwas Realem und Greifbaren destilliert, zu etwas, an das er selbst glaubte.

»Wie gesagt, Pratt. Warum hätte Raphael mich reinlegen sollen? Das wäre bösartig gewesen. Er hatte keinen Grund, so etwas zu tun.«

»Das Gute ohne das Böse ist wie Licht ohne Dunkelheit, welches wiederum ist wie Rechtschaffenheit ohne Hoffnung.‹«

»Und aus welcher Shakespeare-Tragödie stammt das?«

»Leider keine der Tragödien. Es ist aus *Ende gut, alles gut.*«

In der *Noir*-Landschaft von Bangkok war die Tragödie der Normalzustand. Ein Happy End gab es selten. Das Böse mochte sich scheinbar geschlagen in seine Höhle zurückschleppen und ein paar Tage oder gar Generationen lang überwintern, doch seine Saat starb nie aus. Sie keimte, und wuchs irgendwann zu einem Mammutbaum heran, hoch wie ein Wolkenkratzer, an dem es reichlich Balkone für frisch eingetroffene Springer gab. Shakespeare hatte erkannt, dass nur eine Komödie das Potenzial zu einem guten Ende besaß. Doch das Leben war lediglich eine Tragödie mit komischen Momenten. Ein schwarzes Loch, auf dessen Grund eine *Noir*-Welt von Verlierern und Gewinnern kreiselte.

»Wie viel Zeit bleibt mir noch?«, fragte Calvino.

Pratt blieb für einen langen Augenblick stumm.

»Drei, vier Tage, vielleicht eine Woche, um Wang Tao die Bilder zu übergeben. Andernfalls verschluckt dich das System.«

Calvino wusste, was das bedeutete. War er erst einmal im Gulag der Generäle mit ihren Fototerminen, Pressekonferenzen, Staatsanwälten, Gerichten und Gefängnissen gelandet, konnte weder Pratt noch sonst jemand noch etwas für ihn tun. Er würde lediglich eine Randnotiz im Reich der Verlierer sein. Es war die Art von Geschichte, die Sieger gerne als Warnung verbreiteten.

»Ich werde darüber nachdenken«, sagte Calvino und zückte die Autoschlüssel.

»Gib ihm die Bilder«, riet Pratt. »Es sei denn, du könntest beweisen, dass ein Milliardär aus Hongkong nicht dafür bezahlt und gelogen hat.«

»Die Reichen lügen und betrügen nie, nicht wahr?«

»Natürlich tun sie das. Aber ihre Anwälte verstehen sich darauf, die Lügen im Kleingedruckten zu verstecken.«

»Jetzt mal langsam, Pratt. Ich war selbst mal Anwalt.«

»Und aus genau dem Grund bist du keiner mehr.«

Calvino fand, dass dies die beste und vielleicht letzte Gelegenheit war, um Pratt von dem Notizbuch mit den monatlichen Bestechungsgeldern für Polizisten und andere Beamte zu erzählen. Er zweifelte nicht daran, dass Pratt einige der Namen erkennen würde.

»Pratt, auch die Reichen können nicht alle Beweise für ihre Untaten verschwinden lassen«, sagte er. »Je mehr auf dem Spiel steht, desto größer das Risiko, dass sich jemand einmischt. Und dann werden auch die Wohlhabenden zu Opfern. Der Unterschied ist nur, dass sie eine Art Kanonenbootpolitik betreiben und ihre Wang Taos ausschicken, um sich alles zu schnappen, was ihrer Meinung nach ihnen gehört, und alle abzustrafen, die ihnen in die Quere kommen. Oder siehst du das anders?«

»Worauf willst du hinaus, Vincent?«

Pratt kannte ihn gut. Er wusste, dass sich unter der vagen, tastenden Andeutung ein Korb voller Giftschlangen verbarg.

Calvino wollte ihm die Wahrheit sagen, und ihm war klar, dass ihr Verschweigen eine Art von Lüge war. Aber er wusste auch, dass der Ausgang vorherbestimmt war, sobald er den Deckel der Büchse der Pandora lüftete. Wenn Pratt von den Informationen aus dem Notizbuch erfuhr, würden sich die Wölfe auf ihn stürzen.

»Ich denke nur laut nach, Pratt.«

Und er überlegte weiter, schweigend jetzt … über die Mädchen der Straße, ihren Zugang zu Raphaels Atelier und dessen Beziehung zu Sia Lang, der seine Finger im Nachtklubgeschäft und einem Escortservice stecken hatte. Er vermutete, dass das verlorene Notizbuch den Manager und die Besitzer des *Finders* silberne Kugeln schwitzen ließ.

»Pass auf dich auf, Vincent.«

Calvino lächelte und stieg in den Wagen. Er legte die Hände aufs Lenkrad und starrte vor sich hin, bis Pratt nicht mehr zu sehen war.

In der Dritten Welt gab es Gerechtigkeit nur als IKEA-Ausgabe – eine Schachtel voller Einzelteile, die man selbst zusammenbauen musste. Mit dem Unterschied, dass der Packung keine Gebrauchsanweisung beilag. Man hatte nicht einmal eine vage Vorstellung davon, wie das fertige Modell aussehen sollte. Es war nicht fair. Es war nicht richtig. Aber es war schon immer so gewesen. Bereits Sokrates hatte vor den Monstern gewarnt, die unter dem Bett lauerten. Pratt hatte die Laken zurückgeschlagen, und Calvino hatte sich hingekauert und lange in die wachsamen Augen geschaut, die ihn aus der Dunkelheit heraus anstarrten. Der richtige Zeitpunkt war noch nicht gekommen, Pratt zu sagen, was er darin erblickt hatte. Calvino brauchte mehr Zeit. Aber es blieb ihm nicht mehr als eine Woche. Danach würde das Ding unter dem Bett ihm ins Gesicht fahren und ihm die Klauen in den Hals schlagen.

SIEBEN

Calvino durchsuchte Raphaels Atelier. Schlafzimmer, Küche, Bad, sogar die Treppenabsätze, die Stufen, den Eingang zum Gebäude. Er glaubte, bis zum letzten Winkel alles durchwühlt zu haben. Und er fand nichts. Die Aussichten, eine Art zweites Notizbuch zu entdecken, waren gegen Null gesunken, während er auf dem Sofa saß und auf P'Pensiri wartete, Raphaels Vermieterin. Am ersten Abend der Trauerzeremonie war sie an ihn herangetreten und hatte mit respektvoller, leiser und dem Anlass angemessener Stimme gesagt: »Behalten Sie Khun Raphaels Wohnung noch für den Rest des Monats. Die Miete ist bezahlt. Vielleicht können Sie sie noch brauchen.«

P'Pensiri hatte sich als Prophetin erwiesen. Er hatte mehr und mehr Zeit in der Wohnung verbracht. In der Nacht zuvor war er auf dem Sofa eingeschlafen und erst von der Sonne geweckt worden, die ihm ins Gesicht schien. Als er die Augen aufschlug, sah er zwei Frauen vor sich stehen und miteinander flüstern.

Es waren P'Pensiri und Oi, Raphaels Putzfrau. Zwei der Begünstigten von Raphaels Testament, die ihm wie aus einem Traum heraus erschienen waren.

»Khun Vincent, einen Moment lang dachte ich ...«, begann Khun P'Pensiri und unterbrach sich mitten im Satz.

Calvino vervollständigte ihn für sie: »Dass ich tot wäre.«

P'Pensiri lachte unbehaglich. Oi war außer Atem. Ihre Blicke huschten durch den Raum, und sie sah aus, als wäre sie gerade einer durchgehenden Herde Elefanten aus dem Weg gesprungen.

»Sie sind früh dran«, sagte Calvino.

Das Zuspätkommen schien in die thailändische DNA eingeprägt zu sein. Aber P'Pensiri überraschte ihn in dieser Hinsicht immer wieder, und er fragte sich, ob seine Kenntnisse des Landes, das er adoptiert hatte, wirklich so oberflächlich waren.

»Ich habe Oi mitgebracht. Ich hoffe, Sie haben nichts dagegen. Sie muss die Wohnung sauber machen. Sie hat Angst vor Geistern, aber ich habe ihr gesagt, sie soll nicht so dumm sein. Es gibt keine Geister. Ich bin mitgekommen, damit sie sich selbst davon überzeugen kann.«

»Mir sind keine Gespenster begegnet«, sagte Calvino und zwinkerte der Putzfrau zu. »Ich habe mich umgesehen, aber nichts entdeckt, was die Polizei nicht schon gefunden hätte.«

Oi blickte kleinlaut drein und verzog die Lippen zu einem gezwungenen Lächeln. Sie verschwand in der Küche, kam mit einem Besen zurück und begann zu fegen. Calvino war sie nicht wie eine Frau vorgekommen, die sich vor Geistern fürchtete. Es hatte eine Menge Mut erfordert, ihm von dem Notizbuch zu erzählen. Wenn sie jetzt nervös war, dann vermutlich, weil sie befürchtete, er könnte es in Gegenwart ihrer Arbeitgeberin erwähnen. Doch bald löste sich ihre Anspannung und sie summte leise vor sich hin, während sie das Schlafzimmer kehrte.

»Sie ist die beste Putzfrau, die ich je hatte. Sie ist mir fast wie eine Schwester ans Herz gewachsen«, erklärte P'Pensiri. »Ois Familie geriet mit der alten Militärregierung in Burma in Konflikt. Wenn so etwas passiert, ist man verloren, und es endet damit, dass man für irgendjemanden als Dienstmädchen arbeitet. Eine

Menge ihrer Angehörigen haben stattdessen eine Kugel in den Kopf bekommen.«

P'Pensiri sprach weise Worte, doch wie bei allen weisen Menschen gab es Lücken darin, so groß, dass ein ganzer Lastwagen hindurchgepasst hätte. Sie war zur Millionärin geworden, ohne selbst etwas dazu getan zu haben. In gewisser Hinsicht glich es einem Lottogewinn. Die Stadtentwicklung von Bangkok hatte ihren Bezirk erreicht, und Bauunternehmer, Stadtplaner und Politiker verdienten sich eine goldene Nase daran. Sie konnte den Rest ihres Lebens einfach so dahinrollen, ohne auch nur den Motor anwerfen zu müssen. Es reichte, das zu bewahren, was sie besaß. Und doch wirkte sie wie eine nette alte Tante. Es sagte eine Menge aus, wenn jemand, der sein Testament verfasste, dabei an seine Vermieterin dachte. Andererseits hatte Raphael sich vielleicht schuldig gefühlt, weil er sich in ihrer Wohnung das Leben genommen hatte.

P'Pensiri hatte der Versuchung widerstanden, alle Wertsachen zu konfiszieren, bevor ihr jemand zuvorkam. Schließlich hatte die Hälfte aller Prostituierten in Huai Khwang Zutritt zu Raphaels Wohnung gehabt. Calvino hatte oft erlebt, dass ein Todesfall in Thailand als Gelegenheit herhalten musste, mit dem Finger auf die Armen zu zeigen – seht nur, wie gierig und opportunistisch sie sind! Von da war es nur ein kleiner Schritt, bis man sagte: »Den Armen kann man nicht trauen. Sie bestehlen sogar die Toten.«

Ob sie in die Wohnungen von Opfern von Flugzeug-, Eisenbahn- oder Verkehrsunfällen eindrangen, oder in die eines Menschen, der vom Balkon gesprungen war – sie auszuräumen und alles mitzunehmen, was nicht niet- und nagelfest war, war die einzige Chance auf eine Art Do-it-yourself-Umverteilung. P'Pensiri war reich, und die Reichen konnten es sich leisten, großzügig zu sein. Ihr Klan hatte genügend Vermögen angehäuft, um sich entspannt zurücklehnen zu können.

Aber abgesehen von Marx, Ethik und Moralphilosophie, mochte eine andere Erklärung für P'Pensiris Zurückhaltung in ihrem Glauben an das Übernatürliche liegen. Die gebildeten Einheimischen gaben es ungern zu, aber sie fürchteten den Zorn der Geister. Bei Oi schien das nicht der Fall zu sein, aber was P'Pensiri anging, war Calvino sich nicht so sicher.

Ein junger *Farang*, der Selbstmord begangen hatte, kehrte nach dieser Vorstellung an den Ort seines Todes zurück – sollte er ihn je verlassen haben –, um nachts zu spuken und sich an den Lebenden zu rächen. Außerdem ließ sich eine frei gewordene Wohnung, in der jemand sich umgebracht hatte, nur schwer an einen Thailänder vermieten. Calvino war nie einem Geist begegnet, obwohl er im Lauf der Jahre häufig an Orte gekommen war, wo ein *Farang* den Tod gefunden hatte. Allerdings hatte er dabei viele verschreckte Menschen angetroffen, die sich vor Geistern fürchteten.

P'Pensiri griff in die Handtasche, zog einen Schlüsselring hervor und drückte ihn Calvino in die Hand.

»Heute werden alle Schlösser ausgetauscht. Hier sind die neuen Schlüssel.«

Sie hingen an einer Kette mit einem dieser knopfäugigen Affen daran.

»Danke, P'Pensiri«, antwortete Calvino lächelnd.

»Bleiben Sie, so lange Sie wollen. Wenn Sie fertig sind, schließen Sie bitte ab. Morgen kommt ein junger Ausländer, um sich die Wohnung anzusehen. Ich weiß, dass der Monat noch läuft und die Miete bezahlt ist. Sollten Sie also etwas dagegen haben, kann es auch bis zum Ersten warten.«

»Wenn ich die Wohnung nicht selbst nehme, gebe ich die Schlüssel zurück, Khun P'Pensiri.«

Sie winkte ab, als wäre das eine unbedeutende Angelegenheit.

»Selbstverständlich, Mr Calvino. Lassen Sie sich so viel Zeit, wie Sie wollen. Wenn ich fragen darf, wonach suchen Sie eigentlich?«

»Das weiß ich nicht«, erwiderte er.

»Das ist allerdings Problem«, sagte sie.

»Größer könnte es gar nicht sein.«

Sie ging zur Tür, sah sich um und rümpfte die Nase, als hätte sie etwas Schlechtes gerochen.

»Ich lasse Oi hier, um sauber zu machen. Falls Sie sie behalten wollen, verbürge ich mich dafür, dass sie gute Arbeit leistet.«

Er fing Ois Blick auf, als sie aufschaute, um seine Antwort zu hören.

»Ich werde es mir überlegen.«

»Wenn ich Ihnen noch irgendwie behilflich sein kann, Khun Vincent, rufen Sie mich an.«

Als P'Pensiri gegangen war, stellte Calvino fest, dass Oi in der Küche mit dem Abwasch begonnen hatte.

»Khun Oi, Sie wussten, dass das Notizbuch im Boiler an der Wand versteckt war. Und ich habe mich gefragt … woher Sie das wussten. Ich habe ihn mir angesehen und glaube nicht, dass die Abdeckung einfach heruntergefallen sein kann.«

Sie wischte sich die Hände trocken.

»Ich habe es an den Schrauben am Gehäuse bemerkt. Ich machte es nicht zum ersten Mal sauber. Sie waren verrostet. Wer hatte also plötzlich neue eingedreht? Beim nächsten Mal brachte ich einen Schraubenzieher mit. Und so fand ich das Notizbuch.«

Sie sah ihn abwartend an.

»Ich habe das Notizbuch an mich genommen«, sagte er. »Warum haben Sie mir davon erzählt?«

Oi musterte ihn wie bei der Beerdigung – so, wie man jemanden ansieht, der Macht über einen besitzt, während man nicht weiß, wie er diese einsetzen wird und ob er einem schaden kann. Die Burmesen hatten viel Übung in solchen Abwägungen.

»Raphael hat Ihnen vertraut«, erklärte sie schließlich. »Ich glaube, er vertraute nicht vielen Menschen. Ich wusste nicht, was ich damit tun sollte. Ich dachte, Sie hätten vielleicht eine Idee.«

»Haben Sie eine Ahnung, wie das Notizbuch in den Boiler gekommen ist?«

Sie schüttelte den Kopf.

»Ich weiß nicht, wer es da hineingetan hat.«

»Das war genau meine Frage«, sagte Calvino.

In Thailand waren Dienstmädchen, vor allem diejenigen, die aus Burma stammten, oft die versteckten Spionagezentren eines Haushalts und spielten wichtige Nebenrollen in zahllosen Familiendramen.

»Warum haben Sie es nicht P'Pensiri gegeben?«

»Wäre Ihnen das lieber gewesen?«

Calvino schüttelte langsam den Kopf. Oi nickte und sah Calvino in die Augen, ohne zu blinzeln, als wollte sie sagen: *Ich weiß, wie man Dinge geheim hält, aber ich habe nichts zu verbergen.*

»So etwas ist gefährlich. Ich bin eine Frau, mit mir können sie alles machen. Besser, dass Sie es haben.«

»Und warum haben Sie Raphael nichts davon erzählt?«

»Er war ein Kind im Körper eines jungen Mannes. Ich fragte mich, würdest du deinem eigenen Sohn von einem solchen Mafia-Buch erzählen? Oder wärst du lieber still und beobachtest, ob er etwas von dem Versteck weiß? Aber er ging immer am Boiler vorbei, ohne ihn auch nur anzusehen. Ich sagte mir, der Junge weiß nichts davon. Jemand weiß es, aber nicht er.«

ACHT

Eine halbe Stunde vor Sonnenuntergang fuhr Calvino mit dem Lift sechzig Stockwerke hinauf zum Dach des Hotels. Die Türen öffneten sich zu einem exklusiven Restaurant mit Rundumblick über Bangkok. Lang saß, flankiert von zwei Bodyguards, an der Bar. Sein weißes Seidenhemd von der Farbe einer Wolke stand am Kragen offen, und die Bügelfalte seiner maßgeschneiderten Hose war scharf genug, um eine Kobra in Stücke zu schneiden.

Zwei junge Thailänderinnen in glamourösen Kleidern und zehenfreien High Heels massierten ihm Rücken und Nacken. Sie bearbeiteten ihn wie zwei Profimusikerinnen, die Wolfgang Amadeus Mozarts Klaviersonaten vierhändig einstudiert hatten. Lang genoss die Aussicht und die konzertante Behandlung, die seinem nicht mehr ganz jungen Körper zuteil wurde, während er an einem Rotwein nippte, der in einem Glas von der Größe einer kleinen Weltkugel vor ihm stand. Lang ließ den Wein kreisen und erzeugte einen blutroten Mini-Tsunami, der langsam Fahrt aufnahm und höher kroch. Er hatte sich eine Wagenburg gebaut, in die kein Außenseiter eindringen konnte, ohne aufzufallen. Chinesen wie Lang traten stets in Gruppen auf. Wie die Veranstalter von Zero-Dollar-Touren, den thailändischen Kaffeefahrten, schmissen sie mit Geld um sich, um sich Respekt und Loyalität zu erkaufen. Die Leute an den Außenrändern der Gruppe schützten den Prinzling in seinem selbst gewählten Käfig im Zentrum.

Calvino schlenderte zur Brüstung und umklammerte sie mit festem Griff, während er die Stadt aus der Hubschrauberperspektive betrachtete. Tausende von Hochhäusern erstreckten sich wie Legoschlösser, soweit das Auge reichte.

Eine Fata Morgana aus Schwarzgeld flimmerte in den Hitzewellen, die von der schier endlosen, üppigen Infrastruktur ausstrahlten. Das Restaurant am Dach lockte diejenigen an, die die Geschichte von Bangkok in Beton, Stahl und Glas gegossen hatten. Sie waren keine Künstler. Sie waren Kopisten, die heißes Geld wuschen und ihre zukünftigen Wetteinsätze platzierten. Calvino beobachtete Lang ein Weile, bevor er sich ihm näherte. Die passende Gelegenheit bot sich, als Lang eine weitere Runde für sein Gefolge bestellte. Alle hatten sich entspannt, und das war etwas, das ein Bodyguard nie tun sollte. Als Calvino Lang erreichte, saß dieser halb abgewandt auf dem Barhocker und hatte die Augen genussvoll geschlossen, während fingerfertige Hände seinen Nacken massierten.

»Mr Lang, Sie sind schwer zu finden.«

Sia Langs Augenlider glitten auf wie die eines Reptils, und dunkle Pupillen weiteten sich, während er den Blick auf Calvino richtete.

»Sie sind der Ausländer, der mich angerufen hat.«

Das war typisch – Calvino galt als Ausländer, aber er als Chinese zählte sich zu den Einheimischen. Lang füllte perfekt die Rolle aus, die er sich durch zu viele Gangsterfilme über die Triaden aus Hongkong angeeignet hatte. Seine Bodyguards spannten sich, doch er hob den Finger, was sie als Signal interpretierten, sich zurückzuhalten.

»Wang Tao lässt Ihnen Grüße ausrichten«, sagte Calvino. Er stand nahe genug, dass er den Wein in Langs Atem riechen konnte.

»Was wollen Sie?«

Nicht: »Wer sind Sie?«, »Woher kommen Sie?«, oder »Sind Sie mir hierher gefolgt?« Nein, Small-Talk war nicht sein Ding. Er presste die Lippen zusammen und verschluckte sein Lächeln wie eine Schlange, die sich in den eigenen Schwanz beißt. Chinesen kamen lieber gleich zur Sache.

»Wang Tao sagte mir, dass ein Klient in Hongkong Sie beauftragt hat, eine Serie von Gemälden zu kaufen.«

»Und was geht Sie das an?«

»Ich bin im Besitz dieser Bilder. Wang Tao sagte, sie hätten eine Quittung für die Zahlung?«

Langs Ausdruck veränderte sich.

»Sie müssen Vincent Calvino sein.«

Er schüttelte Calvino die Hand. An der Rechten trug er einen Ring mit einem walnussgroßen Brillanten. Man hätte mit diesem Diamanten das Fensterglas für die ganze Stadt zuschneiden können.

»Ich war in Schanghai, als Raphael Selbstmord beging. Es tat mir leid, davon zu hören. Raphael hatte die Quittung. Ich gab ihm das Geld.«

»Wie viel haben Sie ihm bezahlt?«

Sia Lang blinzelte, als fiele es ihm schwer, sich an ein so nebensächliches Detail zu erinnern, eine so unbedeutende Summe.

»Wenn ich mich recht entsinne, belief sich der Nettopreis auf Hundertfünfzigtausend.«

»Und der Kaufpreis? Der Bruttobetrag?«

Bei diesen Worten fiel Langs Lächeln so schnell wieder in sich zusammen wie ein herunterrasselndes Schaufenstergitter bei Ladenschluss.

»Selbstverständlich erhielt ich eine Kommission. Fünfzig Prozent. Das ist üblich. Sie können sich in jeder beliebigen

Kunstgalerie erkundigen. Sie berechnen mindestens fünfzig Prozent. Raphael hatte keine Probleme mit der Abmachung. Jetzt werden Sie behaupten, dass er tot ist und nicht mehr sagen kann, was er davon hielt. Aber ich kann es Ihnen bestätigen. Er war zufrieden damit. Sehr glücklich.«

Ein kleines Stöhnen des Wohlgefallens entrang sich seinen Lippen, während er den Arm um die eine Frau legte und die andere, die weiter seine Schultern massierte, mit den Fingern genau die richtige Stelle gefunden zu haben schien.

Es blieben Fragen offen. Wang Tao war in der Stadt, um Druck auf Lang auszuüben, damit er etwas in Ordnung brachte. Doch Lang mochte nur den Druck von den Fingern einer Frau, die ihm die verspannten Schultern bearbeitete. Sicher beruhigte es seine Nerven nicht, dass Wang Tao den Blick eines Vollstreckers hatte, ein Auge zusammengekniffen, mit dem anderen über einen Gewehrlauf visierend.

»Ich wollte Sie anrufen. Ich komme eben erst von einer Geschäftsreise zurück. Ich sagte Wang Tao, alles sei in Ordnung. Ich würde mich darum kümmern. Aber Anwälte machen sich von Berufs wegen Sorgen, also hat er ein Flugzeug nach Bangkok genommen, weil er sich lieber hier Sorgen macht als in Hongkong.«

Lang grinste, und seine Bodyguards lachten pflichtschuldig über den kleinen Scherz ihres Chefs auf Kosten von Wang Tao. Calvino glaubte, dass Lang log und keineswegs vorgehabt hatte, ihn anzurufen, jedoch die Wahrheit sagte, was seine kürzliche Rückkehr nach Bangkok betraf.

»Haben Sie Wang Tao schon getroffen?«, fragte Calvino.

»Er hat sich in meinem Büro häuslich eingerichtet. Deshalb bin ich hier, um ihn mal vom Hals zu haben. Er glaubte, ich hätte die Bilder. Ich sagte ihm, dass Raphaels Testamentsvollstrecker sie hat. Es liegt nicht in meinen Händen.«

Er sah Calvino an, und das Lächeln stahl sich zurück auf seine Lippen.

»Es liegt in Ihren, Mr Calvino. Viel Glück dabei.«

Er wandte sich wieder seinen Frauen zu. Calvino tippte ihm auf die Schulter.

»Ich versuche da, etwas zu verstehen.«

»Was verstehen Sie denn nicht, Mr Calvino?«

»Warum Raphael den Verkauf nie erwähnt hat. Er hat eine Menge über die *Sechs Grade der Freiheit* Serie geredet. Aber nichts von einem großen Zahltag gesagt. Das finde ich eigenartig. Sie nicht?«

»Was wollen Sie damit sagen, Mr Calvino? Dass ich ihm das Geld nicht gegeben habe?«

Einer von Langs Leibwächtern schob das Revers zurück, um eine im Halfter steckende Waffe zu präsentieren.

»Ich war nicht dabei. Keine Ahnung.«

»Ganz genau. Sie haben keine Ahnung.«

»Sie haben Raphael mit Models versorgt. Leider hatten sie eine überdurchschnittliche Sterberate, nachdem sie ihm Modell gestanden hatten.«

»Er wollte gestörte Mädchen«, erwiderte Lang und sah die Frau an, die ihm die Schultern massierte. »Schauen Sie mal in meinem Nachtklub vorbei, dann stelle ich Ihnen ein nettes, ganz normales Mädchen vor. Eines, das sie von all diesen Fragen ablenkt.«

»Sie haben die Modelle und den Käufer besorgt, er die Farbe und die Leinwand«, sagte Calvino.

Lang grinste.

»Ich glaube, Sie verstehen die Situation sehr gut.«

»Nur eine Kleinigkeit macht mit noch Sorgen.«

»Und die wäre, Mr Calvino?«

»Raphael hat ein Nachtklub-Notizbuch erwähnt, in dem Bestechungsgelder an Cops und Beamte aufgelistet sind. Na ja, wahrscheinlich nur so ein Blödsinn, wie versponnene Künstler ihn eben von sich geben.«

Calvino wandte sich ab, doch Langs Hand zuckte vor und hielt ihn zurück. Es hätte ihn fast vom Hocker gerissen, als Calvino herumwirbelte, um sich aus seinem Griff zu lösen.

»Sie haben das Notizbuch?«

Jegliches Amüsement war aus seiner Stimme gewichen. Langs ernste Seite präsentierte sich mit einem wutverzerrten Gesicht.

»Dann existiert dieses Notizbuch also wirklich?«, fragte Calvino. Er runzelte die Stirn, presste die Lippen zusammen und blinzelte nicht. »Das ist ja schockierend! Ich frage mich, wie Raphael in seinen Besitz gekommen ist.«

»Mr Calvino, gefällt Ihnen der Blick aus diesem Restaurant?«

Calvino sah auf das Panorama von Hochhäusern hinaus. »Hübsch.«

»Aber auf dem Flug nach unten nicht mehr ganz so sehr.«

»Wang Tao hat mir von der Asche erzählt«, sagte Calvino, ohne den Blickkontakt zu unterbrechen. »Er sagte, die Asche wäre Teil der Abmachung für die Serie. Er sagte, dass Sie ihm immer noch die Asche des letzten Modells schuldig wären. Er ist gekommen, um sie abzuholen, zusammen mit den Bildern.«

Lang wandte als Erster den Blick ab. »Sie können Wang Tao sagen, dass sein Klient sie übermorgen in seinem Besitz haben wird«, erklärte er.

Calvino verengte die Augen, beugte sich vor und starrte Lang ins Gesicht. »Mal sehen, ob ich das richtig verstehe. Sie haben mich von meiner Rolle als menschliches Frisbee gerade zu Ihrem Laufburschen befördert?«

»Es ist immer gut, wenn ein Mann seinen Platz kennt«, antwortete Lang.

»Und noch besser ist es, wenn er seine Versprechen hält.«

Es war nicht so, dass Calvino Drohungen nicht ernst nahm. Das tat er. Doch eine Drohung von jemandem wie Lang wurzelte, trotz ihrer Rasiermesserschärfe, in den Tiefen von dessen eigener Furcht. Falls Lang den Käufer aus Hongkong, der genug Geld hatte, um eine ganze Panzerdivision zu finanzieren, übers Ohr gehauen hatte, würde er bedenkenlos Raphael die Geschichte anhängen. Vielleicht machte Calvino ihm Angst, weil er ihn durchschaute. Es gab keinen Schutz vor einem Mann, der tief genug in den eigenen Verstand eindrang, um den Deckel von der Büchse der Falschheit abzuheben, sodass jeder sie sehen konnte.

NEUN

Am nächsten Tag steckte Calvino den neuen Schlüssel in das glänzende Schloss mit Doppelverriegelung und drehte ihn. Der Riegel glitt schwerfällig zurück, und er ließ McPhail den Vortritt, bevor er die Tür zu Raphaels Atelier von innen zumachte.

»Was für eine Müllkippe«, meinte McPhail.

»Du hättest es gestern sehen sollen. Die Putzfrau hat schon sauber gemacht.«

»Putzfrau? Bestimmt nicht mehr, seit General Custer in der Schlacht am Little Big Horn einen Pfeil abgekriegt hat.«

»Eher gestern.«

»Wie viel hat Raphael für die Bruchbude bezahlt?«

»Achttausend Baht im Monat.«

McPhail steckte den Kopf ins Schlafzimmer.

»Gar nicht so schlecht. Ist die Wohnung zu vermieten?«

»Eben hast du noch gesagt, es wäre eine Bruchbude.«

Raphael hatte sich nicht groß um den Haushalt gekümmert, und die Frauen, die durch sein Atelier strömten, hatten keinen Zimmerservice angeboten.

»Na ja, jetzt wo ich mich umgesehen habe. Es ist immer noch ein Loch, hat aber Potenzial als Unterschlupf.«

Calvino dachte an P'Pensiri, während er eine Tasche mit drei großen Flaschen Chang-Bier abstellte und sich auf die Couch setzte.

»Bier?«, fragte er und reichte McPhail eine der Flaschen.

»Hast du einen Öffner?«

»Schau mal in der Küche nach.«

Calvino beobachtete McPhail, während er nach etwas stöberte, das als Flaschenöffner dienen konnte. Schließlich verschwand er doch in der Küche, und als er zurückkam, trank er direkt aus der Flasche.

»Du solltest dir mal die Küche ansehen, Vinny«, sagte McPhail.

»Hast du etwas entdeckt?«

»Na ja, zum Beispiel einen Öffner. In der Schublade«, erwiderte McPhail.

»Und was noch?«

»Eine Ratte, so groß wie eine Katze.«

»Ich meinte eher etwas Ungewöhnliches.«

McPhail verdrehte die Augen zum Himmel. »Vinny, ich sagte gerade, dass ich eine riesige Ratte gesehen habe. Sie hat mich angeglotzt, und ich habe zurückgestarrt. Mr Ratte wich keinen Millimeter zurück. Und ich? Na ja, ich musste mein Bier aufmachen.«

»Willst du die Wohnung immer noch mieten?«

McPhail setzte die Flasche an und trank.

»Ich denke darüber nach.«

»Sagt dir der Spruch etwas, dass man Unrat wittert?«, fragte Calvino.

»Ach, die Ratte in der Küche war groß genug, um Deodorant zu verwenden.«

»Ich habe der Vermieterin gesagt, dass ich die Wohnung nehme.«

»Wozu denn das?«

»Als Inspiration«, antwortete Calvino.

McPhail trank lange aus der Flasche, setzte sie dann ab und rülpste lautstark.

»*Das* nenne ich Inspiration.«

Calvino machte eine weitläufige Geste. »Ich werde das Gefühl nicht los, dass ich etwas übersehen habe.«

»Was zum Beispiel? Eine Leiche?«

»Leichen stinken. Man kann sie nicht verstecken, außer hinter meterdicken Wänden. Nicht einmal mit Deodorant.«

»Mann, die Cops haben doch alles durchsucht. Und die Nutten auch, da kannst du drauf wetten. Wenn die Cops und die Nutten nichts gefunden haben, was sich lohnt, dann ist auch nichts da.«

»Vielleicht haben sie nicht an der richtigen Stelle gesucht.«

McPhail verschwand mit einer zweiten Flasche Bier wieder in der Küche und man hörte entsprechende Geräusche.

Die Idee, sich in Raphaels Atelier noch einmal umzusehen, war Calvino bei dem Besuch im Dachrestaurant gekommen. Er hatte sich die Gesichter der beiden Bodyguards gut eingeprägt. Die Chance, ihnen wiederzubegegnen, war von Null auf sehr wahrscheinlich gestiegen, was auch in seiner Absicht gelegen hatte. Es war nur eine Frage der Zeit, bis jemand kam, um nach dem Notizbuch zu suchen. Nach Langs Gesichtsausdruck zu schließen, wollte er es unbedingt zurückhaben. Und Calvino hatte begonnen, sich zu fragen, was im Atelier noch alles versteckt sein mochte.

Es war belanglos, dass keine der üblichen Spuren eines Tatorts zu sehen waren, keine Glasscherben, keine Blutspritzer. Die Nachbarn hatten weder laute Stimmen noch einen Streit gehört – nichts deutete auf Gewalt oder einen Kampf hin. Doch das versteckte Notizbuch komplizierte das saubere, klare Bild, das Calvino sich sonst gemacht hätte. Was, wenn Lang Raphael um das Geld für die Bilder betrogen hatte, und Raphael hatte ihn im Gegenzug mit dem Notizbuch erpressen wollen? Dann hätte Lang durchaus ein Motiv gehabt, ihn mit einer tödlichen Dosis Barbiturate auszuschalten. Oder er hatte von Anfang an nicht vorgehabt, sich an die Abmachung zu halten, den Maler ermordet, das Geld eingesteckt und den Verdacht auf den Testamentsvollstrecker gelenkt. Lang war ein Heckenschütze, aber Calvino wusste aus Erfahrung, dass Leute, die aus dem Hinterhalt feuerten, früher oder später auf einen Scharfschützen stießen, der besser war als sie.

Die Begegnung mit Lang hatte Calvino zu dem Schluss gebracht, dass er Pratt das Notizbuch unbedingt zeigen musste. Genau das, was zu vermeiden er gehofft hatte. Wenn ein Stein einmal ins Rollen gekommen war, wurde er immer schneller. Die Cops, die das Atelier durchsucht hatten, würden Gesicht verlieren. Der zuständige Revierleiter und seine Stellvertreter konnten in den Innendienst versetzt werden. Es war ein schlechter Zeitpunkt, sich rachsüchtige Menschen zu Feinden zu machen.

Abermals ließ Calvino den Blick durch das Atelier schweifen. Es gab ein Sprichwort, dass man einen Raum wahrnehmen musste, ohne ihn zu sehen. Er ging ins Schlafzimmer und konzentrierte sich auf die Doppelbettmatratze, auf der sich Raphael Pascal in fötaler Stellung zusammengekrümmt hatte. Er hatte seinem Selbstporträt in Muay-Thai-Hosen nicht unähnlich gesehen, der Nummer eins seiner Serie, auf der er ein Aktmodell mit einem Messer in der Brust dargestellt hatte.

Plötzlich traf es Calvino wie ein Schlag. Natürlich hatte die Polizei von dem verschwundenen Notizbuch Wind bekommen.

Selbstmord stellte ein Paradoxon des Strafgesetzes dar – Mörder und Opfer in Personalunion. Der Täter war tot. Raphaels Abschiedsbrief und eine starke Dosis Pentobarbital in seinem Blut hätte ausreichen müssen, um zu dem Schluss zu kommen, dass hier nur ein beliebiger *Farang* den Freitod gewählt hatte. Doch es war nicht genug gewesen. Warum saß irgendeinem hochrangigen Polizisten ein Gecko quer im Arsch? Das Notizbuch war ein klarer Beweis für Korruption. Und diesen Gecko loszuwerden, war jemandem wichtiger, als den Selbstmord als Selbstmord zu nehmen. Das bedeutete, dass es nicht das Geringste mit der Beweislage zu tun hatte, wenn man Calvino mit einer Mordanklage drohte, jedoch sehr viel mit dem Notizbuch. Er seufzte. Die Cops hatten aus einem einfachen Fall einen komplizierten gemacht. Nur ein finanzielles Schwergewicht konnte einen solchen Wandel bewirken.

Ein Mordvorwurf benötigte entsprechendes Beweismaterial oder ein Geständnis. Beides gab es nicht. Allerdings spielte das keine Rolle, da man Beweise »finden« und Geständnisse »erlangen« konnte. Mit den unwichtigen Details beschäftigte sich nur der Verstand eines *Farangs*. Ein dunkler Schatten hatte sich irgendwann zwischen der ersten Untersuchung und der Trauerfeier über Calvino gelegt. Jemand ganz oben in der Nahrungskette hatte beschlossen, die Geschichte von Raphaels Tod umzuschreiben.

»Da kann dich einer nicht leiden, Vinny«, verkündete McPhail, als er aus der Küche zurückkam.

»Hast du da drin noch etwas gefunden?«

McPhail zwinkerte ihm zu und stellte die leere Flasche auf den Boden.

»Schau dir das mal an.«

Calvino folgte ihm in die Küche. Die Türen unter der Spüle standen offen. McPhail ließ sich auf Hände und Knie nieder und verschwand mit Kopf und Schultern in der Öffnung. Er kam mit einer Holzvertäfelung wieder zum Vorschein, kroch abermals hinein und tauchte diesmal mit etwas auf, das in ein blaues Duschhandtuch eingewickelt war.

»Da drin ist Mr Ratte verschwunden. Und jetzt schau mal, was ich hinter der Täfelung gefunden habe.«

Calvino wickelte das Handtuch auf. Er spürte die 597 Gramm Gewicht einer Glock 19. Er überprüfte Ladestreifen und Kammer. Voll geladen.

»Was zum Henker fängt ein Maler mit einer Glock an?«, fragte McPhail.

»Es ist nur eine Vermutung, dass es seine war«, antwortete Calvino.

»Vielleicht hatte er sie zur Ungezieferbekämpfung. Ratten. Bloß dass sie versteckt war. Wenn sie nicht ihm gehörte, wem dann?«

»Dutzende von Personen gingen jeden Tag im Atelier ein und aus.«

»Wir haben Drogen. Wir haben Waffen. Alles, was zu einer gut ausgestatteten Wohnung in Bangkok gehört. Da konnte ja gar nichts schiefgehen«, meinte McPhail. »Ist noch Bier da?«

»Nimm es dir.«

»Was hast du mit der Knarre vor?«

Calvino wog die Waffe in der rechten Hand.

»Ich überlege noch.«

»Jetzt sind deine Fingerabdrücke drauf«, bemerkte McPhail. »An deiner Stelle würde ich sie loswerden. Macht bloß Kopfzerbrechen. Scheiß auf die Cops. Die haben nichts in der Hand außer ihren eigenen Schwänzen. Lass es ruhen.«

McPhail sah das Wesentliche nicht. Die Cops wussten, dass sie immer das bessere Blatt hatten. So funktionierte das Spiel. Es war egal, welche Karte ein Cop ausspielte, wenn einer der großen Chefs einen Fall entschieden hatte.

Calvino wickelte die Glock wieder in das Handtuch.

»Soll ich sie zurücklegen?«, fragte McPhail.

»Ich behalte sie erst mal«, erwiderte Calvino.

»Genau. Gib sie Pratt. Er kann sie überprüfen lassen.«

Calvino lächelte. Tatsächlich konnte Pratt da gar nichts machen, und ihn in die Situation zu bringen, das Unmögliche versuchen zu müssen, hatte keinen Sinn.

»Du hast nichts falsch gemacht, Vinny. Das zählt doch auch was.«

»Nach thailändischen Maßstäben gilt das gar nichts, Ed.«

Die Regeln dafür, was in Thailand zählte oder nicht, stammten aus uralten Zeiten. Sie funktionierten wie eine zweite Haut. Sie reichten Jahrhunderte zurück und waren im sogenannten »Kodex der drei Siegel« niedergelegt. Der Wert eines Menschen bemaß sich wie der des Opiums nach dem Gewicht. Aber es ging nicht darum, wie viele Kilogramm eine Person auf die Waage brachte. Die Persönlichkeit besaß ein immaterielles Gewicht, das präzise messbar war. Die Waagschalen der Justiz neigten sich demgemäß. Es entsprach einer Zahl, die durch »Rai« teilbar war, dem thailändischen Flächenmaß. Man schätzte einen Mann oder eine Frau nach der Größe des Landes ein, das ihm oder ihr theoretisch zustand. Leichtgewicht oder Schwergewicht, alles hing vom Familiennamen ab: Reichtum, Titel, Stellung. Das System war nie als Werkzeug zur objektiven Ermittlung von Wahrheit gedacht gewesen, oder auch nur um Gerechtigkeit walten zu lassen, sondern ausschließlich zum Erhalt eines Ordnungsprinzips, in dem das gesellschaftliche Ansehen über das Schicksal entschied. Auch die Harmonie selbst hatte Gewicht. Und die Ansicht eines hochrangigen Polizisten war wie eine Elefantenherde gegen das Wort eines ameisengleichen Ausländers.

»Was hast du jetzt vor?«, fragte McPhail und trank das letzte Bier aus.

»Es ist heiß hier drin. Warum gehst du nicht nach Hause? Ich brauche ein bisschen Zeit für mich allein.«

McPhail erhob keine Einwände.

»Bevor ich mich entscheide, ob ich die Wohnung miete, erkundige dich bei der Vermieterin, ob die Munition inklusive ist.«

»Klaro, Ed«, antwortete Calvino.

Als McPhail gegangen war, setzte er sich wieder aufs Sofa und breitete die Arme auf der Rückenlehne aus. McPhail mochte einen neuen Schlupfwinkel entdeckt haben, aber er musste keine Vorwände suchen, um ihn nicht zu mieten.

Jetzt war nur noch die Frage, wer zuerst auftauchen würde – Lang oder die Cops? Calvino hatte sein Schicksal besiegelt, indem er gegenüber Lang das Notizbuch erwähnte. Egal, jedenfalls verfügten sie nicht über den neuen Wohnungsschlüssel.

Die Cops hatten beim ersten Versuch das Notizbuch und die Pistole übersehen. *Ich aber auch*, dachte Calvino. Er hatte mit keinem von beidem gerechnet. Dabei sollte er doch inzwischen gelernt haben, dass man besser auf Fallstricke und Hinterhalte achtete, selbst wenn es keinen Grund dafür zu geben schien. Zu Beginn hatte niemand daran gedacht, eine Mordanklage gegen ihn zu stricken. Doch darüber war der Fall weit hinaus.

Calvino hatte in seinem Leben reichlich Tatorte begutachtet. Wenn ein Mensch starb, untersuchte man seinen Körper nach Anzeichen von Gewalteinwirkung. Man überprüfte seine Kleidung nach ungewöhnlichen Spuren: Risse, Löcher, Lippenstiftschmierer, Haare, fehlende Knöpfe, Blutflecken, Alkohol- oder Zigarettengerüche.

Raphael war wie ein Boxer gekleidet gewesen. Calvino hatte den Muay-Thai-Shorts keine besondere Bedeutung beigemessen. Im Atelier wurde es tagsüber sehr heiß, da war es sinnvoll, in kurzen Hosen zu arbeiten. Überhaupt hatte er neben seiner Muay-Thai-Ausrüstung nur wenig Kleidung besessen. Die Boxershorts zum Malen zu tragen, war für Raphael ganz normal gewesen. Hemd und Krawatte hätten dagegen Verdacht erregt.

So lautete die Stimme der Logik, der die Cops leider nicht immer gehorchten. Sie folgten dem Trommelwirbel ihrer Anführer, die den meisten Lärm im Universum der Musik veranstalteten. Dass Raphael Muay-Thai-Kleidung getragen hatte, gab den Cops die nötigen Karten in die Hand, um das Selbstmordblatt zu übertrumpfen. Calvino würde bald nichts anderes übrig bleiben, als zu passen und die eigenen Trommelstöcke wegzupacken.

Das merkwürdige Verhalten von *Farangs* stieß täglich hunderte von Malen auf Unverständnis.

Raphael hatte die Shorts nicht wegen der Hitze getragen. Sie waren ein Statement gewesen. Es war ihm nicht um die Shorts oder die eingebundenen Hände gegangen. Er hatte als Boxer im Clinch abtreten wollen. Dafür sprachen seine Tagebucheinträge. Aber Calvino konnte sich gut vorstellen, wie die Augen eines thailändischen Polizisten bei dieser Theorie zunehmend glasig wurden, bis er endlich sagte: »*Farangs* denken zu viel.«

Mord? Im Autopsiebericht stand, dass man Prellungen an Raphaels Körper entdeckt hatte. Doch schließlich war er Boxer und musste sich im Ring Kratzer, Abschürfungen und Blutergüsse geholt haben. Jedenfalls gab es keine Anhaltspunkte dafür, dass jemand ihm die Kiefer aufgestemmt und ihm zehn Gramm Gift in den Rachen gestopft hatte. Alle Indizien beim Auffinden der Leiche wiesen auf Selbstmord hin.

Trotzdem konnte man die Szene natürlich als Mord interpretieren. Die Teilchen des größeren Puzzles wurden erst später sichtbar. Drei Modelle einer Bilderserie, die an einer Selbstmorddroge, und ein viertes, das aus anderen Gründen gestorben war. Das Notizbuch eines Bordells über Schutzgeldzahlungen, versteckt in einem Boiler. Eine Pistole, gefunden hinter einer Vertäfelung unter der Spüle. Ein chinesischer Gangster, der bei einem Milliardär aus Hongkong abkassierte, um ihm die Gemäldeserie eines obskuren *Farang*-Künstlers zu liefern, der sich in Bangkok verkrochen hatte. Und dann noch die Ankunft eines Anwalts aus Hongkong, der Raphaels Asche und sechs Bilder abholen sollte. Calvino hatte Raphaels Atelier natürlich wie eine Kommune erlebt, einen sicheren Zufluchtsort für Prostituierte. Ein Ermittler dagegen hätte allein dadurch auf Mord schließen können, dass er diese Teile zusammensetzte.

Pratt hatte ihm erklärt, dass die Indizien so interpretiert wurden. Der zusammengekrümmte Raphael in seinen Muay Thai Boxershorts war der Inbegriff eines Besessenen. Seine Kleidung enthielt eine Botschaft, die jeder Anfänger im Polizeidienst lesen konnte – ein *Farang*-Boxer hatte seinen letzten Kampf in den Slums von Bangkok gekämpft. Ein anderer war besser gewesen als er.

Calvinos Gedanken kreisten um Raphaels Abschiedsbrief. Das Vorhandensein eines solchen entschied normalerweise die Angelegenheit. Doch nicht immer. In Bangkoks Gassen und Hinterhöfen existierte eine richtiggehende Mini-Industrie von Fälschern, die perfekte Kopien von Pässen, Personalausweisen, Führerscheinen, Presseausweisen und Universitätsdiplomen anfertigten. Es gab Kriminelle im Überfluss, die es in dieser Sparte zur Meisterschaft gebracht hatten. Warum nicht auch ein Abschiedsbrief?

Es war Paul Steed gewesen, der ihn entdeckt hatte.

Meistens konnte die Polizei solche »gefundenen« Abschiedsbriefe gar nicht schnell genug anerkennen, selbst wenn das Opfer sich in einem Raum mit zu großer Deckenhöhe erhängt hatte. Sie deuteten auf den Brief und winkten ab, wenn jemand feststellte, dass es ja gar keinen Stuhl oder ein anderes geeignetes Möbelstück gegeben hatte, auf das der Tote hätte klettern können. Selbst wenn das Opfer die Hände auf den Rücken gefesselt hatte, war das nur ein unbedeutendes Detail. Eine Morduntersuchung verursachte einfach zu viel Papierkram. Das war ein gutes Motiv, fehlende Stühle und gefesselte Hände zu übersehen. Ein Handschriftenexperte musste nur bestätigen, dass der Brief vom Verstorbenen verfasst worden war. Fall abgeschlossen.

Allerdings stammte der Abschiedsbrief zweifellos aus Raphaels Hand, und dennoch hatte das eine Mordermittlung nicht verhindern können. Immerhin war der Vorwurf noch nicht ausgesprochen worden. Wenigstens das. Das hieß, dass die Cops hinter etwas her waren, das Calvino liefern konnte, sofern man ihn genügend unter Druck setzte.

Es spielte keine Rolle, ob Calvino Raphael tatsächlich ermordet hatte und vielleicht die Models dazu. Es ging nur darum, Indizien auf kreative Weise so zusammenzusetzen, dass sich ein Fall konstruieren ließ. Der Punkt war inzwischen erreicht. Kehrte der Killer nicht häufig an den Ort seines Verbrechens zurück? Calvinos Klient Paul Steed hatte ihn nach ihrer übereinstimmenden Aussage ins Atelier gerufen. Aber was, wenn Calvino sich von Anfang an am Schauplatz befunden hatte und der Anruf ihm nur als Alibi dienen sollte? Das Problem mit der Realität war, dass man aus ihren Einzelteilen praktisch jede beliebige Story zusammensetzen konnte. Sie musste nicht wahr sein. Nur plausibel. Als Prüfstein galt das Vertrauen des Zuhörers darauf, dass der Erzähler selbst sie für wahr hielt. Ungewöhnlich genug. Während er das Schlafzimmer verließ, gestand Calvino sich ein, dass die Polizei eine gute Geschichte konstruiert hatte. Es spielte keine Rolle, dass sie nicht stimmte. Calvinos Wort war nichts dagegen.

Es gab nur einen einzigen Ausweg aus dieser vertrackten Situation. Calvino musste einen Beweis finden, der ihre Lesart der Indizien widerlegte. Als Kind in New York hatte ihn einmal eine Lehrerin gefragt: »Weißt du, wie oft man ein Stück Papier in der Mitte falten kann?«

Er erinnerte sich, »fünfzig Mal« geantwortet zu haben. Die Lehrerin hatte gelächelt und den Kopf geschüttelt. »Die meisten Leute glauben, es ginge sieben oder acht Mal. In Wirklichkeit kann man es zwölf Mal falten. Um es hundertunddrei Mal zu tun, müsste das Blatt so groß sein wie das komplette Universum. Das ist Tatsache.« Seit McPhails Weggang hatte Calvino das Gefühl, die Grenzen von Raphaels Kosmos falsch eingeschätzt zu haben. Es gab noch eine Menge Ecken und Winkel zu entdecken.

Er kniete sich neben das Bücherregal, zog Sciascias *Der Tag der Eule* heraus und blätterte darin. Als er den Blick wieder hob, befand er sich auf Augenhöhe mit dem Regalbrett unterhalb von dem, auf dem der Sciascia gestanden hatte. Es war voller Kunstbände über Caravaggio, Lucian Freud, Francis Bacon, Rembrandt, Rubens und Tournier. Eingeklemmt zwischen den Kunstbüchern und Gabriel García Márquez' *Erinnerungen an meine traurigen Huren* sah er ein Buch mit dem Titel: *Einmaleins für Polsterer – vollständige und detaillierte Anleitungen für professionelle Ergebnisse.* Es wirkte merkwürdig fehl am Platz. Calvino zog den Band heraus und blätterte durch die bebilderten Beschreibungen von Polsterwerkzeugen, Gurtbändern, Nahttechniken, Biesen, Chaiselongues. Erst dachte er, dass Flavio Pascal seinem Sohn die Anleitung hinterlassen haben musste. Doch als er das Impressum aufschlug, sah er, dass das »Einmaleins« lange nach dem Tod des Vaters erschienen war. Calvino zog sein Handy hervor und schlug den Titel bei Amazon nach. Anscheinend war das Buch in England ein Bestseller gewesen. Es stammte von einem Volkshochschullehrer aus Colchester. Auf Amazon verkaufte es sich besser als *Erinnerungen an meine traurigen Huren* des Nobelpreisträgers Márquez und nahm einen höheren Rang ein.

Seit wann war eigentlich grünes Licht dafür gegeben worden, dass sich jeder seine eigene kleine Realität zusammenbastelte? Man bekam die kalte, harte Wirklichkeit komplett mit Werkzeug, Material, Schritt-für-Schritt-Anleitungen und Illustrationen geliefert. Das Problem war, dass es noch keine Gebrauchsanweisung für traurige Huren gab. Alles hing in der Luft und prasselte irgendwann herab wie Monsunregen. Ein Sinn erschloss sich nicht. Was wie Realität wirkte, war ein verzweifelter Versuch, Irrationalität und Zusammenhanglosigkeit zu erklären.

Er klappte das Polsterbuch bei dem Kapitel über Chaiselongues auf. Auf einer Seite befand sich ein

Daumenabdruck von Raphael in lila Farbe. Calvino drehte sich um und betrachtete das einzige Polstermöbel im Raum, ja in der gesamten Wohnung: Das Sofa mit seinem farbbekleckerten Bezug. Es wirkte alt. Es wirkte antik. Aber war das nicht das Ziel einer Restaurierung – etwas nicht brandneu aussehen, sondern es diskret sein Alter zeigen zu lassen? Polstern war wie Botox für Möbel. Calvino stellte das Buch ins Regal zurück, ging zum Sofa und nahm darauf Platz. Er war oft hier gesessen, ohne groß darüber nachzudenken. Er schob die Hände zwischen die Kissen und brachte ein paar Ein- und Fünf-Baht-Münzen zum Vorschein, außerdem eine Handvoll Flusen mit Hundehaaren. Waffen, Drogen und andere verbotene Dinge zu verstecken war eine Kunstform, die wie Gladiatorenkämpfe zu einer entfernten vor-digitalen Vergangenheit gehörte – bis auf Bangkok, wo die Gladiatoren noch in der Arena standen.

Calvino hatte vermutet, dass eins von Raphaels Modellen das Atelier als sicheres Versteck benutzt hatte – vielleicht auch mehrere von ihnen. Das Buch über Polsterei ließ ihn Raphaels Rolle neu überdenken – hatte er von der Pistole und dem Notizbuch gewusst? Modell oder Künstler? Wer hatte die Orte ausgewählt, um die heiße Ware zu verbergen? Oder lag hier ein Gemeinschaftswerk vor wie in der Freedom-Place-Kommune?

Ein Maler wie Raphael, der seine eigene Rolle als Künstler kreiert und wie Caravaggio Schönheit und Gewalttätigkeit auf die Leinwand übertragen hatte, mochte nicht bemerkt haben, dass die Straßenmädchen sein Atelier als Zwischenlager für gestohlene Artefakte des Nachtlebens benutzten. Für die Mädchen wiederum sprach, dass sie hier einen bequemen, leicht zugänglichen Platz hatten, dessen Bewohner, ein Maler, sich ganz auf seine Kunst konzentrierte. Aber das hieß, Raphaels neugierige Natur außer Acht zu lassen. Tuk beispielsweise hatte wahrscheinlich keine Ahnung gehabt, dass Raphael sich für ihr geheimes

Leben in den Textnachrichten interessierte. Er hatte ihre Nachrichten ausgebeutet und in sein Online-Tagebuch kopiert. Er hatte gewusst, dass die Frauen, die in sein Atelier kamen, alle eine verborgene Geschichte besaßen. Seine Kunst lebte davon, solche Existenzen auszuleuchten. Und ein weiterer Faktor – ein wichtiger, wie Calvino fand – war Raphaels Ausbildung als Boxer. Ein Mann, der Muay Thai beherrschte, musste lernen, wie man antäuschte, um mit der Faust, dem Ellbogen oder dem Knie einen Treffer beim Gegner zu landen.

Raphael war Künstler und Boxer zugleich gewesen, dazu der Sohn eines Restaurators und Polsterers, einem, der unter die Oberfläche des Alten und Beschädigten tauchte, um es neu wieder aufzubauen …

Calvino stand auf und kauerte sich vor das Sofa hin, ließ die Hände über die Sitzfläche gleiten. Es war unmöglich zu sagen, ob der Bezug restauriert worden war. Es gab nur einen Weg, es herauszufinden.

Er ging in die kleine Küche und zog die oberste Schublade der Küchenzeile neben der Spüle auf. Nichts. In der nächsten fand er, wonach er suchte. Er schob Löffel, Messer und Gabeln beiseite und griff nach einem Teppichmesser. Mit dem Daumen drückte er die Klinge heraus und untersuchte sie auf Gebrauchsspuren. Doch das schimmernde Metall gab nichts preis. Er ging zurück ins Wohnzimmer und setzte sich auf die Sofakante, ließ die freie Hand über die Rückenlehne gleiten und tastete nach Unregelmäßigkeiten. Er fand keine. Seine Hand fuhr weiter über die Sitzfläche. Auch hier spürte Calvino nichts Ungewöhnliches. Die Oberfläche war glatt und gleichmäßig und gab keinen Hinweis darauf, dass sich darunter etwas verbarg.

Flavio Pascal war ein erfahrener Autorestaurator gewesen, und Calvino nahm an, dass dazu eine ganze Anzahl von Fertigkeiten gehörten, nicht zuletzt das Aufpolstern. Vorder- und Rücksitze eines edlen Oldtimers oder das Design von viktorianischen Klub-Ledersesseln – beide waren ein aufwendiger und komplexer Ausdruck von Komfort und Stil. Flavio war ein talentierter Handwerker gewesen, und wenn es ein Gen für so etwas gab, konnte Raphael seine Fähigkeiten geerbt haben. Es gab nur eine Art, es herauszufinden.

Calvino stieß das Teppichmesser in das rechte Sitzpolster und zog einen geraden Schnitt hindurch. Er warf einen Blick auf das »Einmaleins des Polsterers«. Es war der falsche Schnitt gewesen, aber es spielte keine Rolle. Er zog das farbbekleckerte schwarze Kunstleder ab wie eine zähe Haut, doch es wollte nicht reißen. Calvino setzte noch zwei senkrechte Schnitte an den Enden des ersten, sodass er das nahtlose Material zurückschlagen konnte. Er erinnerte sich an eine Legende über »Naugahyde«-Kunstleder, die er als Kind gehört hatte. Im Unterschied zu dem Leder, für das man Tiere töten musste, war das Naugahyde die Haut des mythischen, gehörnten und grinsenden Nauga, das sich auf natürliche Weise häutete.

Nachdem er den Bezug entfernt hatte, steckte Calvino die Hand in die Innereien des Sofas und riss Schaumstoffbrocken heraus. Unter dem Schaumstoff traf er auf eine Schicht aus Tierhaaren, und darunter die mit Sackleinwand umwickelten Bretter des Gestells. Zwischen der Polsterung und dem Rahmen entdeckte er eine kleine Tasche, die mit Isolierband zugeklebt war.

Er schnitt das Klebeband durch und zog den Reißverschluss der Tasche auf. Darin befand sich ein Tagebuch in Taschenbuchgröße. Es wirkte ziemlich abgegriffen. Einige Seiten waren zerrissen, andere fleckig oder beschmiert mit altem Schmutz oder Fett in Form von Fingerabdrücken. Calvino blätterte die etwa dreihundert Seiten durch. Sie waren in einer säuberlichen, deutlichen Handschrift beschrieben die von einem nachdenklichen und besonnenen Verstand zeugte. Auf die erste Seite hatte Flavio

Pascal seinen Namen und das Datum eingetragen. Seitdem waren beinahe dreißig Jahre vergangen. Er beschrieb seinen Standort als »Freedom Place Kommune«, dreiundzwanzig Meilen östlich von Montreal, Quebec. Calvino las ein paar zufällig ausgewählte Passagen. Auf der ersten Seite war mit vergilbtem Tesafilm eine Art Zeitungsausschnitt befestigt. Anscheinend hatte Flavio ihn aus einer Broschüre ausgeschnitten und ins Tagebuch geklebt.

Wir vom Freedom Place widmen uns der Aufgabe, unsere kulturellen und psychologischen Ketten zu durchschneiden. Wir bewegen uns auf einen Horizont zu, an dem die Grade der Freiheit sich öffnen. Unser Ziel ist es, unser Wissen zu erweitern. Begleite uns auf den einzigen Weg im Leben eines Menschen, auf den es ankommt. Unsere Kommune ist ein Ort, an dem wir wieder lernen, miteinander zu leben, Nahrung ohne Chemie anzubauen, Tiere als fühlende Wesen zu behandeln und unsere Flüsse, Meere und Länder gesunden zu lassen. Wir streben danach, den ursprünglichen Zustand unseres Planeten wieder herzustellen und mit der Natur als völlig freie Männer und Frauen zu koexistieren. Wir besitzen 60 Morgen Farmland und Wald und 36 Cottages. Wir sind Lehrer, Hausbauer, Ökologen und Pfleger des Landes. Wir sind Restauratoren der Erde. Begleite uns auf unserer Reise.

Calvino steckte das Tagebuch zurück in die Tasche. Er griff wieder nach dem Teppichmesser und schnitt das Kunstleder auf der anderen Sitzhälfte auf. Darin stieß er auf eine zweite, wesentlich größere Sporttasche mit dem Logo einer Muay Thai Halle. Er zerrte sie aus den zerstörten Innereien des Sofas. Diese Tasche war schwer und wog sicherlich zehn Kilo. *Dafür hätte man eine kleine Bibliothek von Tagebüchern gebraucht*, dachte Calvino. Er durchschnitt das Isolierband, das in doppelter Lage um die Tasche gewickelt war. Als er den Reißverschluss aufzog, starrte ihn Benjamin Franklin von Bündeln von Hundert-Dollar-Banknoten entgegen, die jeweils hundert Scheine enthielten. Darauf lag ein Umschlag, der an Vincent Calvino adressiert war. Mit einem Knie auf das ausgeweidete Sofa gestützt, riss er ihn auf. Das Papier darin sah aus wie eine Seite aus einem seltenen alten Buch.

Lieber Mr Calvino,

obwohl Sie keine Ahnung hatten, in was Sie da hineingeraten sind, werden Sie nun erkennen, dass ich großes Vertrauen in Ihre detektivischen Fähigkeiten gesetzt habe, denn sonst würden Sie jetzt nicht diesen Brief lesen.

Ich hege keinen Zweifel daran, dass Sie mein Geheimnis lüften werden. Und sollte ich mich irren, was soll's? Dann war es eben das Karma dieses Geldes, und es wird seinen angestammten Platz in dieser Welt finden.

Wenn ich es offen herumliegen gelassen hätte, hätte es sich längst in Luft aufgelöst. Das wäre in gewisser Weise auch ganz hübsch gewesen. Mir war es ziemlich egal. Aber es hätte die falsche Art von Aufmerksamkeit erregt. Sobald die Modelle einmal herausfinden, dass man reich ist, betrachten sie einen mit anderen Augen. Dann bekommt man kein ehrliches Gesicht mehr zu sehen. Und wenn man keine Ehrlichkeit in den Augen eines Modells sieht, wie soll man es malen? Das ist unmöglich!

Bitte geben Sie das Geld der Selbstmord-Hotline von Bangkok. Reden Sie mit Gavin und überlegen Sie mit ihm zusammen, wie sich das für ihn möglichst problemlos abwickeln lässt. Wenn (nicht falls) es Schwierigkeiten gibt, bestechen Sie, wen immer Sie bestechen müssen, und spenden Sie den Rest dieser gemeinnützigen Organisation. Bitten Sie Gavin, es den Flavio Pascal Fond zu nennen, oder irgendeinen anderen Titel im Namen meines Vaters.

Sie werden inzwischen auch das Tagebuch entdeckt haben, das sicher viele Fragen beantwortet.

Ich hatte anfangs angenommen, dass Sie wüssten, wer Sie wirklich geschickt hatte, um mich zu suchen: Es war Eric, und nicht Paul. Im Lauf von ein paar Monaten ging mir auf, dass ich mich geirrt hatte. Ich glaube, Sie hatten nicht die geringste Ahnung, dass Sie nur benutzt wurden. Allerdings wird Sie das in Ihrer Branche nicht besonders überraschen. Das Tagebuch kann Sie über Eric Tremblay und meinen Vater Flavio Pascal aufklären.

Ich will Ihnen nur die Grundzüge berichten. Flavio war das einzige Mitglied der Kommune, das sich je unter einer erfundenen Anklage vor einer Vollversammlung der Gemeinschaft verantworten musste. Sie sollte über seinen Ausschluss entscheiden, weil er die Grade der Freiheit nicht verbesserte. Klingt wie ein Witz, nicht wahr? Aber so war es.

An jenem Abend gerieten Flavio und Eric in Streit. Dad schlug ihn nieder und brach ihm das Nasenbein. Es dauerte ein paar Minuten mit kühlenden Handtüchern, bevor er die Augen wieder aufschlug und taumelnd auf die Beine kam. Am nächsten Morgen kletterten wir bei Tagesanbruch in Dads Auto. Meine Mom verstaute mich auf dem Rücksitz und stieg selbst vorne ein. Sie musste nicht aussprechen, dass sie sich entschieden hatte. Sie stieg nur ein, knallte die Tür zu und sagte: »Fahr, Flavio!«

Später fand ich den wahren Grund dafür heraus. Eric wollte Flavio loswerden. Es ging um eine Frau. Eric hatte sich in meine Mutter verguckt. Tremblay zwang sie, zwischen ihm und Dad zu wählen. Zu bleiben oder zu gehen. Sie entschied sich für Flavio. Bei einem guten Mechaniker zu bleiben hieß, dass sie nie Hunger leiden würde. Dad führte ein Tagebuch über ihre Zeit in der Kommune. Er gab es meiner Mutter und ließ sie versprechen, es mir an meinem achtzehnten Geburtstag zu überreichen. Zu ihrer Ehre muss gesagt werden, dass sie ihr Versprechen gehalten hat.

Damals hatte sie bereits einen Geliebten und war nach Kanada gezogen. Es war ihr nicht mehr wichtig, was Flavio über sie geschrieben hatte, über Eric, die anderen in der Kommune und ihr gemeinsames Leben. Es war ihr Abschiedsgeschenk, ein Schlussstrich unter die Vergangenheit, sodass sie ohne Ballast in den Sonnenuntergang reiten konnte. Dad und ich waren ein Bindeglied zu einer Zeit, die sie hinter sich lassen wollte. Das alte Tagebuch wurde weitergegeben, und damit schloss sich dieses Kapitel ihres Lebens.

An meinem achtzehnten Geburtstag veranstaltete sie eine Party für mich, zu der sie auch Eric Tremblay einlud. Die Kommune hatte sich schon Jahre zuvor aufgelöst, aber ein paar Leute aus den alten Zeiten kamen trotzdem. Die Geburtstagsfeier war also eigentlich ein Wiedersehensfest der Freedom Place Kommune. Jeder brachte mir ein Geschenk mit. Handwerksgegenstände, Marmelade, eine Staffelei für meine Bilder. Eric behauptete, er hätte etwas Besonderes für mich. Er überwies mir fünftausend Dollar in damals nahezu wertlosen Bitcoins. Der Wert wäre im Keller, sagte er, aber das sei nur vorübergehend.

Es war eine seiner seltenen richtigen Vorhersagen. Das Kleingeld entwickelte sich zu richtig dicker Kohle. Mein achtzehnter Geburtstag war ein voller Erfolg für mich, aber für den armen Eric ein Tiefschlag. Er hatte meine Mutter verloren und jetzt auch noch die Bitcoins. Verlierer können nur eines wirklich gut: verlieren. Eric erteilte mir damit eine wertvolle Lektion. Irgendwann trieb ich einen Chinesen namens Sia Lang auf, der mir die Bitcoins gegen Gebühr in Bargeld umtauschte. Gott segne die Chinesen, weil sie jede Art von geschäftlicher Transaktion durchführen können. Aber man sollte ihnen nicht vertrauen.

Angesichts der Herkunft des Geldes und der Personen, die es in der Hand gehabt hatten, sah ich ein sehr schlechtes Karma. Ja, nicht nur Menschen können schlechtes Karma haben, auch Geld. Es stinkt nach Illoyalität, Rache, Drogen und schlechtem Blut. Erics altes Drogengeld zerfiel erst zu Staub, bevor es plötzlich wieder zum Leben erwachte. Vielleicht vergeht der Gestank, wenn ich es Gavins Gruppe spende.

Nicht lange vor dem Selbstmord meines Dads sagte meine Mutter zu ihm: »Ich wollte, ich wäre dortgeblieben.«

Mein Leben hätte sich völlig anders entwickelt, wenn sie in der Kommune und bei Eric geblieben wäre. Sie hat mir beigebracht, dass wir alle nur Gäste sind. Wir können gehen oder bleiben. Diese Wahl haben wir. Und ich will nicht bleiben. Sie dagegen, Vincent, *werden die schwerere Wahl treffen.*

Sie fragen sich sicher inzwischen, welche Überraschungen ich Ihnen noch hinterlassen habe, die Ihnen Kopfschmerzen bereiten werden. Ich sage mit voller Überzeugung: Sie haben den Hauptpreis gewonnen. Aber es gibt noch einen Trostpreis – die Sechs Grade der Freiheit *Serie und meine anderen Bilder. Sorgen Sie dafür, dass sie irgendwo eine gute Wand finden.*

Raphael Pascal

Vierter Teil

EINS

Gavin de Bruin wohnte in einem kleinen Haus in einem von Bangkoks wenigen verbliebenen Familienwohnsitzen. Es war einer dieser Orte, die außerhalb der Zeit zu existieren schienen und von der hektischen Stadtentwicklung vergessen worden waren. Hier hausten normalweise keine Ausländer. Das Erste, was Calvino dazu einfiel, war, dass Gavin wie ein Thai lebte. Dazu gehörte kein Schweigegelübde wie bei der italienischen Mafia, aber die Grundregeln, nach denen die Sopranos und die Thailänder lebten, glichen sich im Großen und Ganzen. Die Familie blieb unter sich, es sei denn, sie brauchte etwas von der Außenwelt. Er blickte an den Flanken der Hochhäuser empor, die das Gelände umgaben – einschüchternde Gebäude aus Glas und Stahl, gesprenkelt mit winzigen Gestalten, die sich hinter weit entfernten Fenstern bewegten wie Arbeiter in einem Panoptikum. Gavin hatte das Glück gehabt, ein kleines Haus in einer thailändischen Enklave alten Stils zu finden. Das bedeutete, es war nach dem Zweiten Weltkrieg gebaut worden. Es war ein Ort, an dem die moderne Welt hinter den Toren sehr weit entfernt zu sein schien.

Calvino drückte auf die Klingel neben dem Zugangstor. Ein Dienstmädchen kam heraus und öffnete. Er fuhr den Wagen hinein. Sie zeigte ihm Gavins Haus, und Calvino parkte davor, stieg aus und ging zur Tür. Während er die Schuhe auszog, sah er die vertraute Gestalt eines Golden

Retrievers auf sich zu galoppieren. Er kniete sich mit seiner Tüte voller gegrillter Hühnerleber hin. Charlie warf ihn um, bellte und leckte ihm das Gesicht. Er stützte sich auf den Ellbogen und zeigte ihr die Tüte.

»He Charlie, habe ich dir etwa gefehlt?«

Die Hündin schnüffelte an der Plastiktüte mit zwei Spießen Hühnerherzen und Leber.

»Oder hast du nur die Leckerbissen vermisst?«

Eine ähnlich Frage stellte sich Calvino gelegentlich in Bezug auf die Frauen, die durch sein Leben schwirrten wie eisige Kometen, und erst Monate oder Jahre später wiederkehrten. Charlie saß mit gespitzten Ohren da und wischte mit dem Schwanz den Boden. Ihr Kopf lag auf einer Höhe mit zwei großen Wasserkrügen. Sie schlabberte etwas Wasser, nahm dann ihre hoffnungsvolle Haltung wieder ein und wartete, dass Calvino die Hühnerleber von den Spießen zog. Er fütterte sie ihr häppchenweise. Sie nahm ihm jeden Brocken sanft aus den Fingern und wartete gierig auf den nächsten. Gavin erschien in der Tür und beobachtete Calvino und den Hund eine Weile.

»Charlie vergisst nie einen Freund«, sagte er.

»Das ist die hündische Definition für eine Futterquelle.«

»Es ist dasselbe, was Freundschaft für viele Menschen bedeutet.«

»Hübsches Haus«, bemerkte Calvino und betrachtete das weiß getünchte Holzständer-Cottage mit seinem Dach aus gebrannten Ziegeln. In einem kleinen Hof standen zwei Wasserbecken mit Lotusblüten und Fischen. Die ockerfarbenen Töpferwaren vor einem traditionellen Haus deuteten oft darauf hin, dass der Besitzer näher an der Bronzezeit lebte als im digitalen Zeitalter.

»Kommen Sie doch herein.«

Calvino richtete sich auf, während Charlie die letzte Hühnerleber verschlang. *Der Instinkt eines Hundes unterscheidet sich nicht sehr von dem eines Menschen*, dachte er. Wenn man sie füttert, bleiben sie. Lässt man sie hungern, setzen sie sich ab, schnuppern herum und suchen nach einem geeigneteren Ernährer.

»Ich habe Charlie auch vermisste«, sagte er.

Er folgte Gavin in ein uninteressantes Wohnzimmer. Beistelltische, Leselampe, ein Bücherregal, ein paar Stühle, ein Kunstledersofa. Alles wirkte wie aus zweiter Hand. Auf dem Boden lagerten stapelweise Bücher und Zeitschriften neben der Stehlampe. Ein paar schmutzige Kaffeebecher und Teller auf dem Tisch deuteten darauf hin, dass die Putzfrau nicht regelmäßig kam. Er lebte wie ein Junggeselle, ein Lebensstil, der Calvino sehr vertraut war.

Charlie stieß die Tür mit der Nase auf und kam schwanzwedelnd ins Wohnzimmer gelaufen. Sie ließ die Zunge heraushängen und spitzte die Ohren, ob irgendjemand ihr vielleicht noch mehr zu fressen geben würde. Gavin nahm ein Hundebiskuit aus einer Schachtel, und ohne Kommando setzte sie sich aufmerksam hin. Er gab ihr das Biskuit.

»Wie haben Sie dieses Haus gefunden?«

Es war nicht der Luxus des kleinen Hauses, der Calvino beeindruckte – denn es war sehr bescheiden. Es war die Tatsache, dass ein *Farang* ein Haus bewohnte, das für ein Mitglied einer thailändischen Familie gebaut worden war, nicht zur Vermietung.

»Meine Vermieterin und ihre Sippe leben auf dem Gelände – Khun P'Pensiri. Sie haben Sie bei der Beerdigung kennengelernt. Sie besitzt eine Menge Immobilien in der Gegend. Die Miete hochzutreiben ist nicht ihr Stil. Außerdem mag sie Ausländer und ist sehr wohlhabend. Sie war drei oder vier Mal in Holland und schätzt vor allem die Holländer.«

»P'Pensiri ...«, sagte Calvino nachdenklich. »Neulich hat sie sich mit mir in Raphaels Atelier getroffen und mir die neuen Schlüssel gegeben. Sie hat die Schlösser austauschen lassen.«

»Ich habe ihm das Atelier besorgt.«

»Glück für ihn.«

Calvino streckte die Hand aus und tätschelte Charlie.

»Am Ende eher nicht«, erwiderte Gavin.

Er sah zu, wie Calvino sich von Charlies beachtlichem Charme umgarnen ließ.

»Setzen Sie sich doch.« Gavin nickte zum Sofa hin. Er verschwand in der Küche und ließ Calvino mit Charlie allein.

Die Häuser auf dem Gelände waren im Stil der 1960er Jahre erbaut, eine Mischung aus ein- und zweistöckigen, geweißelten Gebäuden mit halb geschlossenen Außenbereichen zum Kochen. Die Veranden von zweien der Häuser waren mit Deckchairs und Tischchen ausgestattet, an denen man nach Sonnenuntergang kühle Drinks genießen konnte − allerdings verschluckten die angrenzenden Hochhäuser die Sonne inzwischen bis auf drei oder vier Stunden am Tag. Erst nach elf Uhr morgens stieg sie über einem an der Ostseite auf, und gegen zwei Uhr nachmittags ging sie hinter dem im Westen schon wieder unter. Noch vor wenigen Jahrzehnten hatte es überall in Bangkok solche Anlagen mit einfachen Häusern gegeben. Es war eine Erinnerung daran, dass die Thailänder aus Bangkok und der Provinz lange Zeit denselben Wohnstil gepflegt hatten. Inzwischen waren nur noch wenige solche Enklaven im Stadtkern übrig. In einer von ihnen befand Calvino sich jetzt, als wäre er soeben aus einer Zeitmaschine geklettert.

Der Hauptraum des Hauses war nichts Besonderes. Er war mit dem Nötigsten möbliert und sah aus wie eine Fliege im Bernstein, konserviert aus einer lange vergangenen Zeit. An der Wand hingen ein paar gerahmte Fotografien von Meer und Bergen. Calvino erkannte eine Lampe, deren Duplikat neben Raphaels Bett im Atelier stand. Auch das Kunstledersofa ähnelte in Form und Stil dem von Raphael, obwohl es natürlich nicht voller Farbflecken war. Die Wohnung hatte sogar eine ähnlich Atmosphäre, wobei Calvino auffiel, dass er keines von Raphaels Bildern an der Wand sah. Die Fenster mit den geschlossenen Vorhängen gingen auf die Zufahrt und den Rasen hinaus.

Die Neonlichter der Vergnügungsviertel nicht weit hinter den Mauern waren zu dieser Stunde ausgeschaltet, und graue, pseudogriechische Säulen und riesige Bilder von lächelnden Frauen lagen in der grellen Sonne. Sobald die Tore geschlossen waren, sah man hier nichts mehr von den Massagesalons, Restaurants und Nachtklubs – nicht einmal ein Anzeichen, dass eine solche Welt überhaupt existierte. Doch auch wenn sie unsichtbar war, raste die Glitzerwelt mit Lichtgeschwindigkeit auf alles zu, was von Orten wie diesem aus der alten Welt noch übrig war. Es war nur eine Frage der Zeit, bis die Mauern und diese Anlage von ihr verschluckt wurden.

Aber hier in Gavins Cottage schien die Glitzerwelt im Augenblick Teil eines fremden Universums zu sein. Calvino schlenderte zu den Regalen und legte den Kopf schief, um Titel und Autoren auf den Bücherrücken entziffern zu können. Die meisten Bände waren populärwissenschaftliche Schriften über Psychologie, Soziologie und Politik, daneben ein paar Romane, die in Bangkok spielten. Calvino blieb vor einer Reihe von Büchern stehen, die ein gemeinsames Thema hatten: *Myths about Suicide, The Suicidal Mind, No Time to Say Goodbye, Why People Die by Suicide*. Alles Bücher über Selbstmord. Er zog das erste heraus und blätterte darin, als Gavin mit einem Glas Wasser aus der Küche zurückkam.

»Da stehen einige sehr interessante Erkenntnisse drin«, sagte Gavin und reichte Calvino das Glas. »Kaltes Wasser. Das ist eine thailändische Tradition, die mir gefällt«, fügte er hinzu.

Calvino nickte zustimmend, trank einen Schluck und stellte das Buch ins Regal zurück. In letzter Zeit hatte er den

Eindruck, dass ein Privatdetektiv sich zu allererst die Bücher ansehen sollte, die jemand sammelte. Daraus ließen sich Motive, Absichten, Neigungen und Persönlichkeit ableiten.

»Ihr Job ist es, in die Köpfe der Menschen einzudringen, nicht wahr?«, fragte Calvino. »Und wenn es Ihnen erst einmal gelungen ist, die Tür zu öffnen, sehen sie sich in aller Ruhe um und ergründen die Ursache für die Ängste eines Patienten. Sie gehen rein und reparieren die Leitungen in den neuronalen Netzen. Eine kleine Renovierung, und schon kann der Klient wieder mit seinen Angstzuständen umgehen.«

»Bitte setzen Sie sich doch, Mr Calvino«, sagte Gavin.

Es war ihm gleichgültig, wie Calvino sich seinen Beruf vorstellte. Vermutlich bekamen Seelenklempner so etwas öfter zu hören, während sie versuchten, nachdenklich und einfühlsam zu wirken.

»Vincent. Sie können mich Vincent nennen.«

Gavin nahm auf dem Sofa Platz, während Calvino sich in einen Polstersessel setzte. Er nippte an seinem Glas und stellte es dann auf einen Plastikuntersetzer mit winzigen eingebetteten Muschelschalen.

»Mit Ihrer Sammlung von Büchern über Selbstmord lässt sich gut ein Gespräch anknüpfen«, meinte er.

Mit einem Seitenblick auf das Regal erwiderte Gavin: »Die meisten Psychologen halten sich auf dem Laufenden, was die Fachliteratur angeht.«

»Vielleicht schreiben Sie ja mal ein Buch über Raphael.«

»Nein, das kann ich mir nicht vorstellen. Das ginge schon aus Gründen des Arztgeheimnisses nicht. Außerdem habe ich nicht den Wunsch, über Selbstmord zu schreiben. Mich interessiert eher die Psychologie von Menschen, die bis an die Kante gehen, dann aber zurücktreten. Ehrlich gesagt, finde ich Werke über Kindheitsprobleme sinnvoller und hilfreicher.«

»Haben Sie Raphael einmal Modell gestanden?«

Calvino wechselte bewusst das Thema. Gavin war ein Experte darin, ein Gespräch dahin zu lenken, wo er es haben wollte.

Gavin lächelte und schüttelte den Kopf.

»Berufsethos?«, fragte Calvino.

»In gewisser Weise. Es gab eine Grenze. Soviel ich weiß, hat sich niemand von der Hotline von Raphael malen lassen. Er malte lieber …«

»Fremde.«

»Er brauchte den emotionalen Abstand.«

»Oder er fühlte eine emotionale Nähe zu Straßenmädchen«, meinte Calvino. »Künstler und Prostituierte, das ist eine lange gemeinsame Geschichte.«

»Schon möglich. Er suchte nach Nähe. Vielleicht nach jemandem wie seinem Vater. Sie haben ja sein Tagebuch gelesen. Die Geschichte von seiner Arbeit in der Nervenklinik in Montreal enthüllte ein Bedürfnis danach, eine persönliche Beziehung zu den Patienten herzustellen. Junge Frauen in einer Privatklinik gehören zu den verwundbarsten Menschen überhaupt. Er hatte das Gefühl, dass die meisten von ihren Eltern im Stich gelassen worden waren. Raphael war wie einer dieser Touristen, die einen Tempel besuchen und dem Mann auf der Straße davor mit dem Holzkäfig seine ganzen Vögel abkaufen, um sie freizulassen. Der Händler öffnet die Käfigtür. Die Vögel fliegen aus. Der Tourist hat ein gutes Gefühl, er glaubt, sich Verdienste erworben zu haben. Aber sobald er weg ist, kehren die Vögel in den Käfig zurück. Raphael wollte den Käfig zerstören. Er wollte wahre Freiheit.«

»Wie sein Vater«, sagte Calvino.

»Ist das der Grund für Ihren heutigen Besuch? Weil Sie über Raphaels Geisteszustand und seinen Vater sprechen wollen?«

Calvino flocht die Hände zu einer Brücke, und die Zeigefinger berührten seine Unterlippe.

»Hat Ihnen schon einmal jemand gesagt, dass Sie hellsehen können?«

»Ich wollte lediglich sarkastisch sein«, erwiderte Gavin.

»Ich nicht. Ich setze mich für Menschen ein, Gavin. Das liegt in meiner Natur. Aber ich muss wissen, für wen ich den Kopf hinhalte. Es macht einen Unterschied, ob man glaubt, dass jemand auf der richtigen Seite steht. Dann unterstützt man ihn und bezieht Stellung, selbst wenn es weh tut. Wissen Sie, Gavin, wenn man in der realen Welt Druck ausübt, drücken die Leute zurück. Und wenn es sich um mächtige Persönlichkeiten handelt, kann das ziemlich kritisch werden. Ich stehe an einem Scheideweg, und ich muss ein paar schwierige Entscheidungen treffen. Hat Raphael Ihnen je gesagt, dass er Geld für Ihre Selbstmord-Hilfsgruppe zurückgelegt hatte und es im Namen seines Vaters Flavio Pascal stiften wollte?«

Gavins Lächeln erlosch.

»Ist das Ihr Ernst?«

Er verstummte und versuchte, in Calvinos Miene zu lesen. Machte er Witze?

»Er lebte doch von der Hand in den Mund«, erklärte Gavin.

»Wie ein Mann lebt und was er besitzt, muss nicht unbedingt etwas miteinander zu tun haben. Bevor wir über Raphaels Stiftung sprechen, möchte ich ein paar Dinge aufklären.«

»Natürlich. Ich habe nichts dagegen. Bitte, was kann ich Ihnen sagen, was Sie nicht schon wüssten?«

»Die Polizei glaubt nicht daran, dass Raphael Selbstmord begangen hat.«

Gavin lachte laut heraus und schüttelte den Kopf.

»Sind Sie deshalb zu mir gekommen?«

»Die Polizei findet es nicht zum Lachen. Sie glaubt, er wurde ermordet.«

»Hat jemand ein Geständnis abgelegt?«

Eine naheliegende Frage. Die Polizei hatte Mittel und Wege, Geständnisse zu erzwingen, wenn die Verdächtigen sich weigerten, zu kooperieren. Calvino schüttelte den Kopf.

»Niemand hat gestanden.«

»Aber die Polizei muss doch etwas in der Hinterhand haben. Schließlich gibt es einen Abschiedsbrief und den Autopsiebericht. Ich würde sagen, das spricht doch eine deutliche Sprache, meinen Sie nicht auch, Vincent?«

Er verstummte, als Charlie ihm die Hand anstupste und zwischen den Ohren gekrault werden wollte.

»Haben die Cops einen Verdächtigen?«

»Mich. Ich bin ihr Verdächtiger.«

»Das ist doch absurd«, sagte Gavin.

»Danke. Ich werde Sie als Leumundszeugen aufrufen«, erklärte Calvino trocken und ließ ein Lächeln aufblitzen. »Ich möchte wissen, was hinter Raphaels geheimer Website steckt.«

»Inwiefern?«

»War das Ihre Idee?«, wollte Calvino wissen.

»Er war mein Patient. Wir haben über die Notwendigkeit gesprochen, Gefühle, Zweifel, Zorn und Ideen auszudrücken. Sie niederzuschreiben, gehört zur Standardbehandlung, das wusste er von seiner Arbeit in der Klinik. Wenn Sie je in Therapie gewesen wären, wüssten Sie das auch.«

»Ich kenne die Technik, ein Tagebuch zu führen.«

Calvino hatte schon einmal seine Gedanken für einen Therapeuten niedergeschrieben. Er wusste, wie das lief. Aber er wollte sich von Gavin nicht auf ein Nebengleis abdrängen lassen.

»Aus eigener Erfahrung?«

Calvino nickte. »Hat er mit Ihnen über die Modelle gesprochen, die in sein Atelier kamen?«

Gavin bejahte. »Es gab viele Frauen in seinem Leben.«

»Ich interessiere mich für die, die für die *Sechs Grade der Freiheit* Modell gestanden haben. Vier von ihnen sind tot, drei davon durch Selbstmord. Eine Reihe von miteinander in Verbindung stehenden Selbstmorden erzählt eine Geschichte, die den Cops missfällt.«

Gavin schüttelte den Kopf.

»Das hat er nie erwähnt. Seltsam. Wir standen uns nahe. Es überrascht mich, dass er mir so etwas verschwiegen hat. Sind Sie sicher, dass Raphael davon wusste?«

»Nein. Was ist mit einem chinesischen Geschäftsmann namens Sia Lang? Hat er diesen Namen je erwähnt? Lang aus Schanghai?«

Gavin wirkte verständnislos.

»Nein, ich kann mich an niemanden namens Lang erinnern. Ich glaube auch nicht, dass er ihn in seinem Tagebuch genannt hat. Wenn er etwas geschrieben hat, war er brutal ehrlich zu sich selbst. Es gab so viele Frauen, die durch sein Leben und sein Atelier flatterten. Ich denke, er hatte Schwierigkeiten, sich an alle zu erinnern. Wer waren die Modelle, die sich umgebracht haben?«

Calvino erklärte ihm die Umstände der drei Freitode – alle Frauen hatten im selben Klub gearbeitet. Sie waren jung gewesen, stammten vom Land und hatten eine lange Geschichte von Drogenkonsum, gescheiterten Beziehungen und Kindesmissbrauch hinter sich. Sie hatten genug Pentobarbital geschluckt, um einen Ochsen zu töten.

»Raphaels Tod war der letzte in der Reihe. Im Lauf des vergangenen Jahres sind Holly Lam, Jenny, Fon und Fah gestorben. Alle außer Fah haben sich selbst getötet. Ihr wurde von ihrem Freund vor sechs Monaten in den Kopf geschossen. Raphaels Serie umfasst sechs Gemälde. Alle Dargestellten sind tot, bis auf einen.«

Gavin lehnte sich ins Sofa zurück.

»Und Sie sind Nummer sechs«, bemerkte Gavin.

»Der einzige Überlebende.« Langsam sah er sich selbst als den ahnungslosen Trottel in einem Cartoon, den der Zeichner in eine unlösbare Klemme manövriert hatte.

»Und das macht Sie in den Augen der Polizei verdächtig?«

Charlie hatte sich an Calvino angeschlichen, ließ sich neben ihm fallen und legte ihm die Schnauze auf den Fuß. Calvino zuckte mit den Schultern, während er die weichen Ohren der Hündin streichelte.

»Sie haben sich selbst einen Floh ins Ohr gesetzt. Wenn das passiert, kratzen sie einfach so lange weiter, bis das Jucken aufhört. Und ich suche nach einem Weg, den Floh wieder einzufangen.«

»Wie kann ich dabei behilflich sein?«

»Ich wüsste gerne, ob es Aufzeichnungen über die Personen gibt, die Raphael bei der Selbstmord-Hotline beraten hat. Ich weiß natürlich, dass das vertrauliche Informationen sind.«

»Das wäre ein Problem, aber ganz abgesehen davon bleiben die Anrufer anonym. Sie nennen uns nur selten ihren Namen. Und wir fragen nicht danach. Sie sind emotional aufgewühlt. Sie sind deprimiert, beschämt, aufgebracht, leidend und wütend.«

Er erhob sich vom Sofa und ging zur Eingangstür.

»Ich möchte Ihnen etwas zeigen.«

Er führte Calvino zu einem kleinen Haus am Ende der Anlage. Davor standen ein Motorrad und ein paar Fahrräder.

»Kommen Sie her«, sagte Gavin. »Schauen Sie.«

Calvino richtete den Blick nach oben, da Gavin auf das Dach zeigte.

»Vor ein paar Jahren hatte P'Pensiri Probleme mit Springern aus diesem Hochhaus. Innerhalb von drei Jahren stürzten sich zwei Leute aus den Fenstern. Ich überzeugte sie davon, die Selbstmord-Hotline in diesem Cottage unterzubringen und auf das Dach in großen fetten thailändischen Lettern zu schreiben: ›Selbstmord-Hotline. Rufen Sie uns an. Wir helfen.‹ Dazu die Telefonnummer. Seit wir das Schild aufs Dach gemalt hatten, gab es keine Springer mehr.« Er zückte sein Mobiltelefon, öffnete eine

App und scrollte herunter bis zu einem Foto des Schriftzugs auf dem Dach, aufgenommen von einem Hochhaus in der Nähe. Er zeigte Calvino das Display. Der Maler hatte nicht widerstehen können und im »O« der Hotline ein fröhliches gelbes Smiley platziert. Calvino konnte sich eines Grinsens nicht erwehren, als er Gavin das Telefon zurückgab. »So weit, so gut«, meinte Gavin.

Er klopfte mit den Fingerknöcheln gegen die Wand, obwohl die nicht aus Holz war.

»Sie sind abergläubisch«, verkündete Calvino.

»Das sind wir alle, Vincent. Aber wir können nichts dafür. Schließlich sind wir nur Menschen.«

Calvino legte sich die Hände wie Scheuklappen seitlich an die Augen. Aus diesem Blickwinkel konnte er das Schild nicht lesen. Aber nach dem Foto auf dem Display des Handys zu schließen war die Ansage von den Fenstern, die die Wohnanlage umgaben, klar und deutlich zu verstehen.

»Gehen wir hinein«, schlug Gavin vor.

Er öffnete die Tür und Calvino folgte ihm. Der Hauptraum verfügte über mehrere altmodische Holzschreibtische und ein paar normale Tische mit Stühlen. Daneben standen Rucksäcke am Boden. Es gab eine Kaffeemaschine, eine große Dose Instantkaffee, Löffel und Becher. Drei Freiwillige saßen an den Schreibtischen. Calvino erkannte ein paar von Raphaels Bestattung wieder. Einer von hielt gerade den Telefonhörer in der Hand, deshalb sprach Gavin im Flüsterton. Calvino konnte nur das eine Ende des Gesprächs verfolgen, unterbrochen von Pausen. »Wie viele Pillen haben Sie genommen? ... Wie heißt das Medikament? ... Wo sind Sie? ... Ist jemand bei Ihnen? ...«

Ein weiteres Telefon klingelte, und ein zweiter Freiwilliger hob ab. Diesmal war es die thailändische Freundin eines *Farangs*, die auf dem Balkon eines Wohnhauses stand. Sie weinte, flehte und schrie so laut, dass ihr mit Thai durchsetztes, gebrochenes Englisch im ganzen Raum zu hören war. Der Freiwillige antwortete auf thailändisch und legte immer wieder Pausen ein, um die Antworten aufzuzeichnen. Alle machten sich Notizen und tippten auf ihre Tastaturen ein. Gavins und Calvinos Anwesenheit registrierten sie mit einem knappen Winken und einem Nicken, ohne zu lächeln. Manchmal beendete ein Anrufer das Gespräch abrupt. Dann rief der nächste an, und der Freiwillige begann wieder von vorne damit, eine empathische Verbindung aufzubauen. Gavin erklärte, dass sie in Vier-Stunden-Schichten arbeiteten – einer seiner Leute hatte sie einmal als »die längsten Stunden meines Lebens« bezeichnet.

Sie kehrten durch das Gelände zurück, während Charlie hinter ihnen her trottete.

»Jetzt kennen Sie unsere Organisation. Wir sind unterfinanziert. Wir versuchen, an sieben Tagen in der Woche durchgehend die Telefone zu bemannen, aber es ist nicht immer möglich. Die Freiwilligen sind schnell ausgebrannt, fliegen nach Hause oder suchen sich einen Job, von dem sie leben können. Die Fluktuation ist hoch. Und es ist nicht leicht, Ersatz zu finden. Einen Teil der Kosten finanziere ich aus eigener Tasche. Ab und zu erhalten wir Spenden.«

Calvino dachte, dass aus der Unterfinanzierung bald eine goldene Nase werden würde. Seit er die Freiwilligen an den Telefonen beobachtet hatte, während sie ihre E-Mails kontrollierten und Kaffee tranken, verstand er Gavin besser.

»Wie Sie gesehen haben, hat man bei der Hotline nicht viel Privatsphäre«, sagte Gavin, während sie zu seinem Haus zurück schlenderten. »Jeder hört, was die anderen sagen, und wir würden es gar nicht anders haben wollen. Am Ende der Schicht bitten wir die Freiwilligen um Vorschläge, wie sie oder ein Kollege etwas hätte besser machen können. Aber das heißt nicht, dass wir die Identität der Anrufer kennen würden. Es hat keinen Sinn, sie danach zu fragen, egal, wie vorsichtig man es anstellt. Ich fürchte, es ist unmöglich, zu sagen, ob eine der Frauen, die für Raphael Modell gestanden haben, bei uns angerufen hat.«

Vor Gavins kleinem Haus blieben sie stehen. Die Hochhäuser ragten um sie herum auf wie das Blätterdach eines Walds. Calvino fragte sich, ob eine der winzigen Gestalten hinter den Fenstern wohl gerade das Schild auf dem Dach der Hotline las. Charlie kratzte an der Tür und wollte hineingelassen werden.

»Ich wünschte, ich wäre eine größere Hilfe«, sagte Gavin. Es klang aufrichtig.

Er sah, dass den Privatdetektiv etwas beschäftigte, und wartete ab.

»Okay. Nehmen wir mal an, dass er nicht am Telefon der Hotline mit den Mädchen gesprochen hat. Hat er dort irgendwelche persönlichen Anrufe erhalten, an die sich jemand erinnern kann? Einer von Ihrem Personal könnte erwähnt haben, dass er Zeuge eines Gesprächs wurde. Das wäre ja kein Belauschen. Wenn man auf so engem Raum zusammenarbeitet, hört man doch, was der andere sagt.«

»Mir ist nichts dergleichen zu Ohren gekommen, Vincent.«

Calvino riss sich zusammen. Er fürchtete, dass er langsam anfing, verzweifelt zu klingen. Denn das war er. Er brauchte unbedingt einen Hinweis.

»Haben Sie je eines von Raphaels Modellen getroffen?«

»Oft. Es wäre fast unmöglich gewesen, das zu vermeiden. Sie kennen ja sein Atelier und wissen, dass immer mindestens eine junge Frau dort herumlungerte. Sie gingen Tag und Nacht ein und aus, pausenlos. Es tauchten ständig neue Gesichter auf. Ich habe nie erlebt, dass er jemanden weggejagt hätte. Im Gegenteil, er ermutigte sie, zu kommen. Er tat ja kaum etwas anderes, als zu malen und seine Bilder per FedEx an Kunden in Übersee zu verschiffen. Wir trafen uns zweimal in der Woche zu einer Sitzung, wir begegneten uns beim Muay Thai, und am Montagabend kam er zu uns und half bei der Hotline aus. Aber sein soziales Zentrum war das Atelier. Die Party kam zu ihm.«

»Für einen armen Künstler warf Raphael ziemlich mit Geld um sich.«

»›Armer Künstler‹ ist der falsche Begriff, soweit es ihn betrifft, auch wenn er die Rolle gerne spielte«, sagte Gavin. »Er verkaufte eine ganze Menge Bilder über das Internet. Er schuf bewusst ein Geheimnis um sich, indem er sich möglichst zurücknahm.«

»Als ob er sich versteckte«, ergänzte Calvino.

»Er kultivierte das Rätselhafte. Einmal erzählte er mir, dass das der Grund war, warum ihm die Anonymität der Hotline gefiel. Er konnte er selbst sein, ohne dass jemand ihn kannte.«

»Sie meinen also, dass er mit seiner Kunst gut verdiente? Sagten Sie nicht, er lebte von der Hand in den Mund.«

»Das müssen Sie so verstehen, dass es in seinem Leben eine Menge Hände und Münder gab. Ja, er hatte Käufer in Deutschland, England, Frankreich, Kanada, Amerika und den Niederlanden. Viele Menschen – Käufer, Kritiker, Bewunderer und Sammler – wollten ihn persönlich kennenlernen. Er stand nie zur Verfügung. Er vertraute mir seine Adresse und Telefonnummer an. Aber ich bezweifle, dass jemand von den Freiwilligen sie kannte. Für sie war er einfach Raphael. Soviel ich weiß, haben Sie ihm zweitausend Dollar für ein Gemälde bezahlt. Das war nicht ungewöhnlich. Und er stellte an manchen Tagen ein Dutzend Bilder fertig. Er malte täglich. Da läpperte sich Einiges zusammen. Und in seiner Lebensweise war er so genügsam wie ein Kaktus. Ich glaube nicht, dass er Geldprobleme hatte. Er kaufte den Mädchen Handys, Tablet-Computer, Motorräder … zahlte ihre Miete, gab ihnen Geld, damit sie nach Hause fahren und ihre Mütter besuchen konnten …«

Calvino ging im Geiste die Länder durch, in denen Raphael laut Gavin Käufer hatte. Ihm fiel auf, das ein Name fehlte.

»Was ist mit Hongkong? Sagte Raphael etwas von einem reichen Käufer, der seine *Sechs Grade der Freiheit* Serie erwerben wollte?«

Gavin war Psychologe genug, um zu wissen, dass Calvino ihm irgendwann nicht mehr zugehört hatte.

»Ja, aber es war nicht Hongkong. Es war Schanghai. Den Namen des Käufers kenne ich nicht. Tut mir leid.«

»Sagt Ihnen der Name Wang Tao etwas?«

»Sorry, nein.« Gavin zuckte die Achseln. »Mit mir wollte Raphael hauptsächlich über seine Eltern reden, seine Arbeit in der Klinik in Kanada und die Probleme, die er dort gehabt hatte.«

Calvino grübelte über das verborgene Bindeglied zwischen Wang Tao und Lang nach. Er sah die beiden nicht als Menschen, die auf Stundenbasis einen Therapeuten aufsuchten, um sich auszusprechen. Aber er hatte das Gefühl, dass er alle Möglichkeiten ausschließen musste. Außerdem wollte er sicher sein, dass Gavin der richtige Empfänger für den Haufen Geld war, den er zu verteilen hatte, und keiner, der Pläne schmiedete, um sich selbst daran zu bereichern.

Gavin öffnete die Tür zu seinem Cottage. Charlie sprang über die Schwelle, und Gavin trat beiseite, um Calvino den Vortritt zu lassen. Die beiden Männer schwiegen und sammelten ihre Gedanken. Calvino setzte sich aufs Sofa und wartete, während Gavin Kaffee kochte. Er gab ein paar Löffel Instantkaffee in einen Becher und füllte ihn mit heißem Wasser auf. Nirgendwo gab es ein Anzeichen für weibliche Gesellschaft. Calvino fragte sich, ob je eine andere Frau als das Dienstmädchen hier gewesen war.

»Haben Sie eine Freundin?«, erkundigte er sich.

»Hatte. Sie hat mich vor sechs Monaten verlassen«, erwiderte Gavin und nippte an seinem Becher. »Sie sehnte sich nach dem Lebensstil der Reichen und Schönen. Mit mir hatte sie da wohl eine Niete gezogen. Und ich stellte fest, dass es leicht ist, jemanden einzufangen, aber schwer, ihn wieder gehen zu lassen.«

»Das scheint auch das Motto von Raphaels Leben gewesen zu sein«, meinte Calvino. »Das Problem, die Vergangenheit loszulassen.«

»Das kommt häufig vor. Es steht alles in seinem Tagebuch. Mit neun Jahren verlassen zu werden, hat eine Riesenlücke in sein Leben gerissen. Das hat er nie überwunden. Unvermeidlich, würde ich sagen. Wenn man sich die Muster ansieht, die seinen Werdegang bestimmten, scheint das, was später passiert ist, schon vorherbestimmt gewesen zu sein. In der Privatklinik in Kanada kümmerte er sich um Patientinnen, deren chaotisches Leben mit ihren familiären Problemen zusammenhing. Er malte sie. Er ließ sie ihre Geschichten aufschreiben. Er wurde wegen seines Einfühlungsvermögens gefeuert. Er fand seine Arbeit mit den Patienten heilsam. Die wiederum fanden seine Kunst heilsam. Aber sie war unkonventionell, und die Menschen misstrauen allem Neuen. Das Krankenhaus hatte einen Hilfspfleger gesucht, der Tabletten ausgab, aufpasste, dass sich niemand die Handgelenke aufschlitzte, und der die Scheiße, das Blut und die Tränen wegwischte. Raphael war überqualifiziert. Und statt ihn zu unterstützen, zweifelten seine Arbeitgeber seine Motive an. Was wollte er wirklich? Ich weiß nicht, ob Raphael selbst die Antwort darauf kannte. Man könnte ihn als verkorkstes Kind betrachten, das an den falschen Stellen nach einer Vaterfigur suchte, um den Verlust wettzumachen.«

»Aber das hat nicht funktioniert, nicht wahr?«, fragte Calvino.

»Raphael hatte zwei Ersatzväter. Ich bin ungefähr im selben Alter wie sein leiblicher Vater zur Zeit seines Todes. Eine Übertragung durch den Patienten auf den Therapeuten ist normal und zu erwarten. Doch er hatte noch eine zweite Vaterfigur in Bangkok. Sein Name ist Vincent Calvino. Denken Sie mal darüber nach. Sie sind jetzt etwa so alt, wie sein Vater gewesen wäre, wenn er sich nicht umgebracht hätte und noch in Montreal leben würde.«

»Raphael sah mich als Vaterfigur?« Calvino grinste schief.

Er konnte sich nicht vorstellen, für irgendjemanden eine Vaterfigur zu sein. Er hatte Raphael aufgespürt, es war ein normaler Vermisstenfall gewesen. Soweit er zurückdenken konnte, hatte es noch nie einen Rollentausch gegeben, bei dem die Zielperson dachte, ihn gefunden zu haben.

»Die Möglichkeit müssen Sie doch in Betracht gezogen haben. Sie sind ein intelligenter Mensch. Es spielte sicher auch eine Rolle, dass Ihr berühmter Urgroßvater vor einem Jahrhundert in Bangkok gemalt hat. Haben Sie je ein Foto von Raphaels Vater gesehen?«

Gavin erhob sich und verschwand im Schlafzimmer. Calvino hörte, wie er eine Schublade aufzog und wieder zuschob. Er kehrte mit einer Aufnahme von Flavio Pascal zurück.

»Raphael hat in dem Porträt, das er von Ihnen malte, Elemente von Ihnen und seinem Vater verschmolzen.«

Calvino konnte nur eine flüchtige Ähnlichkeit erkennen. Raphaels Vater sah besser aus. Aber die Nasen- und Kieferlinie des Calvinos auf dem Bild schienen von Flavio inspiriert zu sein.

»Er hat Ihnen also mein Porträt in der Serie gezeigt?«, erkundigte sich Calvino.

»Er war stolz darauf. Ja, er hat es mir gezeigt. Ich fragte ihn, ob er die Züge seines Vaters in das Bild hineinkopiert hätte. Er meinte, das sei nicht mit Absicht geschehen. Es war bestimmt aufrichtig gemeint. Aber das Unterbewusstsein spielt uns allen Streiche.«

Nummer sechs der Serie war also eine Hommage an Raphaels Vater gewesen. Er hatte Calvino als Ersatz für das letzte Bild der Serie sitzen lassen. Er dachte an das Schicksal der anderen Porträtierten, der Prostituierten, die ihm als Modelle gedient hatten und durch Mord oder Selbstmord gestorben waren. Dann das Selbstporträt – und auch Raphael hatte sich getötet. Auf Calvino war die Wahl nur gefallen, weil er Raphaels wirklichen Vater repräsentieren konnte, der den Freitod gewählt hatte. Auf der kosmischen Skala standen sechs Gemälden sechs tote Seelen gegenüber: die *Sechs Grade der Freiheit*. Nur Calvino als Stuntman und Double war noch am Leben.

»Ich frage mich, warum er Tuk nicht in die Serie aufgenommen hat«, überlegte Calvino. »Sie standen sich nahe. Sie schlief am Nachmittag bei ihm, während er im Atelier malte. Er durchstöberte ihr Mobiltelefon nach Textnachrichten. Wenn sie gerade nicht hinsah, las er ihre Korrespondenz mit ihren Kunden und ihrem Freund. Bei den meisten Männern hätte das dazu geführt, dass sie dem Freund am liebsten ein Messer in den Bauch rammten, aber nicht bei ihm.«

Gavin zuckte mit den Schultern und antwortete: »Ich habe am zweiten Tag der Feierlichkeiten kurz mit Tuk gesprochen. Sie hatte nichts Selbstmörderisches an sich.«

Calvino hatte in ihr die Professionelle gesehen, ein Mädchen von der Straße. Eine Kämpferin, die von der Pike auf gelernt hatte, indem sie alle beobachtete, von den Managern bis zu den anderen Kämpferinnen und den Kunden, die unterhalten werden wollten. Sie war eine Überlebenskünstlerin, die vielleicht zu Boden gehen, aber sich schnell wieder aufrappeln würde, tänzelnd und mit erhobenen Fäusten.

»Schon komisch, was die Leute bei Beerdigungen so reden«, fügte Gavin hinzu.

»Was hat sie denn Komisches gesagt?«

»Es kam eher unerwartet. Sie sagte, das wäre schon die vierte Trauerfeier, die sie zusammen mit Raphael besucht hätte, aber diesmal war er es, der im Sarg lag.«

»Können Sie sich erinnern, was genau sie damit gemeint hat?«

»Ich war auch verwirrt und bat sie, es mir zu erklären. Ihr Freund verschwand einmal für kurze Zeit, da wurde sie gesprächiger. Sie sagte, dass ein Mädchen, eines seiner Modelle, Selbstmord begangen hätte, und das brachte sie auf eine Idee. Sie schlug ihm vor, weitere Mädchen zu malen, die selbstmordgefährdet wirkten. Anscheinend ging er darauf ein, also wählte sie die Mädchen für ihn aus. Und nachdem die Sitzungen im Atelier beendet waren, gingen sie gemeinsam zu den Trauerfeiern.«

»Haben Sie eine Ahnung, warum sie freiwillig mit so etwas herausrücken sollte?«

»Ihr Freund kam zurück, bevor ich weitere Fragen stellen konnte. Er machte nicht den Eindruck, dass er von meiner Anwesenheit besonders erfreut war, daher ließ ich sie stehen und sprach mit jemand anderem.«

»Raphael hat Ihnen doch sicher erzählt, wie wir uns kennengelernt haben?«, fragte Calvino.

Gavin erwiderte lächelnd: »Allerdings. Er sagte, dass jemand nach ihm suchte. Und dass Sie ihn gefunden hätten.«

»Er sagte, ich hätte ihn gefunden?«

»Das waren genau seine Worte.«

Calvino lehnte sich zurück und stieß den Atem aus, während er sich bequem hinsetzte.

»Seltsam«, meinte er.

Charlie gab Pfötchen und hoffte darauf, gestreichelt zu werden.

»Würde es Ihnen etwas ausmachen, wenn ich mir Charlie für ein paar Tage ausleihe?« Gavins Antwort war ein unverbindliches Lächeln. Es lag ihm auf der Zunge, zu sagen, dass Calvino zuvor so gewirkt hatte, als könnte er Charlie gar nicht schnell genug loswerden. Wie bei den meisten Beziehungen hatte es auch hier ein Auf und Ab gegeben, Bedauern, verpasste Gelegenheiten. Und lange blonde Haare überall.

Der Psychologe wollte ein Versprechen hören, Calvino die Wahrheit. In beiden Fällen gab es immer Hintergedanken. Jeder wollte etwas vom anderen, auch die Richter, die Zeugen einen Eid schwören ließen, bevor sie das aussagten, was sie als die Wahrheit präsentieren wollten.

»Ich bringe sie in ein paar Tagen zurück.«

Gavin streckte die Hand aus und verwuschelte das Fell an Charlies Hals. »Sie mag Sie.«

»Golden Retriever mögen jeden.«

»Gestatten Sie es sich doch, etwas Besonderes zu sein, Vincent. Niemand wird deshalb schlechter von Ihnen denken. Seien Sie Ihr eigener Richter. Legen Sie einen Eid ab, sich selbst die Wahrheit zu sagen.«

Der Gedanke amüsierte Calvino, und Lachfältchen bildeten sich um seine Augen.

Er sagte: »Kennen Sie die Eidesformel, die vor thailändischen Gerichten verwendet wird?« Er hatte sie im Lauf der Jahre oft zu hören bekommen und kannte sie auswendig, so, wie Pratt seinen Shakespeare.

Gavin schüttelte den Kopf. Er hatte keine Ahnung.

»Sie geht so: ›Ich schwöre vor dem Smaragd-Buddha, vor dem Gottkönig und Wächter der Stadt und allen geheimen Göttern, dass ich vor diesem Gericht in vollkommener Ehrlichkeit sprechen werde. Sollte ich auch nur die kleinste Lüge erzählen, sollen Zerstörung und Elend über mich und meine Familie kommen. Doch wenn ich dem Gericht die Wahrheit sage, wird es nur Glück und Wohlstand für meine Familie geben.‹ Wenn Sie ein Ausländer sind, geht das Gericht davon aus, dass Sie keine geheimen Götter oder Familie haben, die durch Ihre Lügen vernichtet werden könnten. Darum bittet man Sie einfach, die Wahrheit zu sagen.«

»Sie können gerne wiederkommen, wenn Sie noch weitere Fragen haben.«

»Was Raphaels Spende angeht ...«

Gavin legte den Kopf schief.

»Stecken Sie sie in einen Umschlag, und wenn Sie mal in der Nähe sind, können Sie ihn bei meiner Vermieterin oder einem der Freiwilligen abgeben, sollte ich nicht hier sein.«

»Sie passt nicht in einen Umschlag«, bemerkte Calvino.

Er hielt sich gerade noch zurück, bevor er den Betrag nannte, der sich in der Reisetasche befunden hatte. Er starrte Gavin an und wartete darauf, dass er den Mund aufmachte – danach fragte, wie viel Geld Raphael wirklich für seine Rettungsgruppe für Selbstmörder gestiftet hatte. Doch er sagte nichts. Auf seltsame Weise fand Calvino das beruhigend. Selbst wenn man ihn provozierte, Gavin war keiner, der auf Geld fixiert war. Wie Raphael Pascal maß er den Wert mit anderen Maßstäben. Geld konnte seine Welt nicht verändern. Die Frage war nur, ob es Gavin verändern würde.

ZWEI

McPhail hatte zugestimmt, Calvino dabei zu helfen, die sechs Bilder aus Raphaels Serie aus seinem Lagerraum, in dem er sie in Sicherheit gebracht hatte, ins Atelier zurückzubringen. McPhail hatte Zweifel geäußert, dass das Atelier der richtige Ort dafür war. Calvino entgegnete, dass P'Pensiri die Schlösser ausgewechselt hatte. Was er nicht erwähnte, war, dass er hoffte, jemand würde kommen, um sich die Bilder zu holen. Er würde bereit sein. Es hatte über eine Stunde gedauert, die großen Leinwände eine nach der anderen die Treppen hinaufzutragen. In der Hitze des Tages schwitzten und fluchten sie vor sich hin, während Charlie fröhlich vom einen zum anderen sprang. Schweiß tropfte von McPhails Gesicht und zerplatzte auf dem sechsten Gemälde. Es war in Luftpolsterfolie eingewickelt und blieb unversehrt. McPhail wischte sich mit dem Handrücken über die Stirn.

»McPhail, du tropfst mein Bild mit Schweiß voll.«

»Was zum Henker erwartest du denn? Es ist heißer als in der Hölle.«

Er betrachtete den feuchten Schmierer an seinem Handrücken und wischte ihn an seinen Jeans ab. Nachdem Calvino die Bilder an die Wand gelehnt hatte, setzten sie sich auf die Couch und tranken kaltes Singha-Bier aus einer Kühlbox neben dem Sofa, während Charlie auf dem Boden döste. Calvino hatte die Box mit Eis vollgepackt.

Er nahm einen Würfel heraus und rieb sich damit übers Handgelenk.

McPhail berührte die Sitzfläche des Sofas.

»Was ist denn mit der Couch passiert? Die sieht ja aus wie neu.«

»Ratana hat jemanden besorgt, der sie frisch aufgepolstert hat«, erklärte Calvino.

»Wozu zum Henker? Warum Geld auf den Schrott verschwenden? Vorher war das Ding wenigstens interessanter Schrott. Jetzt ist er nur noch langweilig.«

McPhail ließ die schweißfeuchte Hand über den Kunstlederbezug gleiten. Es war keine Spur mehr von Farbklecksen zu sehen. Das Sofa sah nicht aus, als gehörte es ins Atelier eines Malers.

»Ich hatte das Buch über Polstern gesehen. Wir hatten die Waffe gefunden ...«

»Ich habe sie entdeckt.«

»Okay, du hattest sie gefunden. Und wir hatten das Notizbuch ...«, erklärte Calvino.

»Davon hat dir die Putzfrau erzählt«, stellte McPhail richtig.

»Okay, die Putzfrau hat mir davon erzählt. Also habe ich im Sofa nachgesehen und das Geld und das Tagebuch gefunden.«

»Willst du meinen Rat hören? Verbrenne das Tagebuch und behalte das Geld.«

»Danke, Ed.«

»Okay. Behalte das Tagebuch und gib mir das Geld. Wie viel sagtest du gleich wieder?«

»Ich habe gar nichts gesagt.«

»Wo bleibt denn Tuk? Ich dachte, sie wollte kommen, um sich die Bilder anzusehen?«

Damit legte McPhail den Finger auf die offene Wunde. Tuk hatte Calvino gerade getextet, dass sie ihre Verabredung absagen müsse. Dabei war sie schon eine Stunde zu spät dran.

»Sie hat mir eine Nachricht geschickt. ›Habe Kunden, kann heute nicht.‹«

»Und was hast du geantwortet?«

»›Morgen?‹ Sie sagte okay. Und ich fragte: ›Wie viel zahlt dir der Kunde?‹. Sie antwortete ›5.000 Baht.‹«

»Und weiter?«

»Ich sagte, gut, morgen, aber pünktlich, dann gebe ich dir 10.000 Baht.«

»Ein Bieterkrieg. Das hat sie sicher sehr genossen.«

Calvino starrte verärgert sein Handy an. Gerade ging eine Nachricht ein. Er wählte die Nummer, und beim fünften Klingeln wurde abgehoben.

»Tuk, triff mich morgen im Atelier, okay? Zwei Uhr nachmittags?«

Er wiederholte den Betrag, den er ihr zahlen wollte. McPhail hatte sich vom Sofa aufgerappelt und trank aus einer frisch geöffneten Bierflasche. Calvino hatte die Bilder und die Wände ausgemessen und eine Markierung für ein Bohrloch für jedes einzelne hinterlassen. McPhail schloss eine elektrische Bohrmaschine an, drückte den Bohrer gegen die Wand und legte los. Tuks Stimme wurde übertönt.

»Warte einen Moment«, rief Calvino.

McPhail hörte auf. Calvino ging ins Schlafzimmer und schloss die Tür hinter sich. Die Bohrmaschine ratterte wieder los.

»Was ist das für ein Krach?«

»Wir hängen Raphaels Serie im Atelier auf.«

»Alle?«

»Alles sechs Bilder.«

Es war nicht ganz klar, ob es an der Erwähnung der Bilder oder an Calvinos wiederholtem Angebot von zehntausend Baht lag, aber sie wurde plötzlich zugänglicher und kooperativer. Vermutlich deshalb, weil er ihre Gebühr verdoppelt hatte. Das würde der neue Maßstab sein, wenn der nächste Kunde nach dem Preis fragte.

Als Calvino ins Wohnzimmer zurückkehrte, zog McPhail den Bohrer gerade wieder fest und arbeitete weiter. Staub von den Backsteinen hinter dem Putz strömte aus den Löchern. Stabile Schrauben wurden mit Plastikdübeln eingesetzt. Als die Bilder endlich hingen, trat McPhail zurück, trank Bier und bewunderte sein Werk.

»Wie lange willst du die Dinger hier lassen? Wirkt nicht gerade wie der sicherste Ort. Das Schloss da hält niemanden davon ab, hereinzukommen.«

»Mindestens bis morgen, vielleicht länger.«

»Dann hat sie dich also endgültig versetzt?«

»Sie hatte einen besser zahlenden Kunden.«

»Scheißfreie Marktwirtschaft«, sagte McPhail grinsend, während er die nächste Bierflasche öffnete. »Um ein Prozent überboten. Es ist nicht mehr wie in den alten Zeiten, bevor Ayn Rand ihnen Flausen in den Kopf gesetzt hat. Weißt du noch?«

»Was weißt du denn von Ayn Rand?«

»Wie wär's mit *Atlas wirft die Welt ab*? ›Lauf um dein Leben, wenn dir jemand erzählen will, dass Geld nichts taugt. Dieser Satz ist die Lepraglocke eines anrückenden Plünderers.‹«

»Weißt du, was ich von Nostalgie halte, McPhail? Wann waren denn die guten alten Zeiten in Bangkok? Die Stadt war immer ein Zufluchtsort für Verlierer, die so tun, als wären Sie mal Gewinner gewesen. Die Vergangenheit war gar nicht so großartig. Nur die Teile, an die wir uns gerne erinnern. Den Rest haben wir vergessen.«

»Schau dir an, wie er dich gemalt hat«, sagte McPhail. Er stand auf Augenhöhe mit den dargestellten Personen und bewunderte seine präzise Arbeit beim Aufhängen. »Das sind verlorene Gesichter, Calvino.«

McPhail musterte die Gemälde, eines nach dem anderen.

Er starrte das an, das Jenny zeigte, und sagte: »Da siehst du das Gesicht einer Kassiererin. ›Geld her, okay? Viele Kunden in Schlange, machen schnell. Der Nächste bitte.‹ Solche Gesichter hat man in den alten Tagen nicht gesehen. Wie er diese Frauen als *Grade der Freiheit* bezeichnen konnte, ist mir ein Rätsel.«

»Wie hättest du sie denn genannt?«

McPhail dachte einen Moment nach und grinste.

»*Lauf um dein Leben.*«

Calvino warf ihm einen Blick zu. McPhail zündete sich eine Zigarette an, und musterte dann wieder die Bilder. Es lag nicht an den einzelnen Gemälden, aber als Gruppe strahlten sie eine Intensität aus, die weit über die individuellen Porträts hinausging. Dadurch, dass sie alle nebeneinander an der Wand hingen, fiel ihm etwas auf, das ihm bisher entgangen war: Jedes der Modelle trug eine Lepraglocke um den Hals.

Calvino wies McPhail auf dieses Detail hin. »Die Glocke klingelt«, sagte er. »Wir achten nicht auf die Bewegung. Wir lauschen nur dem Ton. Darauf wollte Raphael hinaus. *Sechs Grade der Freiheit* bedeuten keine wahre Freiheit im großen Plan der Welt. Die Menschen lassen sich ablenken. Sie sind verwirrt und frustriert. Ihr Geld erkauft ihnen Freiheit. Die Wahrheit ist, wir legen ständig Fallen aus und tappen zugleich in die hinein, die andere uns gestellt haben.«

»Und du glaubst, dass die Falle mit den Bildern funktioniert?«, fragte McPhail, während er das nächste Bier aufmachte und gleich aus der Flasche trank.

Er trat vor das Bild mit Calvinos Porträt.

»Das sage ich dir hinterher, Ed.«

»Wenigstens hat Raphael dich nicht als totales Monster gemalt«, bemerkte McPhail.

»Die Frauen sind auch keine Monster. Was du da siehst, sind die Gesichter, die sie vor den Kunden verbergen. Das macht sie nicht weniger echt.«

»Und was macht es sie?«

»Menschlich.«

All die thailändischen, chinesischen, russischen, burmesischen, laotischen und Khmer-Frauen, die zu den vier Quadratkilometer Umkreis des Huai Khwang MRT migriert waren, starrten sie aus ihren Gemälden heraus an. Sie waren frei. Sie waren gefangen. Sie waren Aussätzige. Sie waren Göttinnen. Widersprüche eines Lebens, das sich in unterschiedliche Richtungen bewegte, aber immer zu einem zentralen geografischen Ort zurückkehrte wie ein Vogel in den Käfig, der am Pfosten eines Händlers vor dem Tempel hing.

»Ich mag diese Gesichter nicht«, verkündete McPhail.

Er wollte seine Erinnerung an eine frühere Generation von Bargirls festhalten. Sie hatten ihn und *Farangs* wie ihn definiert. Aber diese Welt war Vergangenheit. Die Gesichter, an die er sich erinnerte, waren verschwunden. Es fiel ihm schwer, sich von dem zu lösen, was er als junger Mann gekannt hatte, als die Welt noch seine Auster gewesen war. Eine der härtesten Lektionen des Älterwerdens war, dass einem irgendwann nur noch die Schale der Auster blieb. Soweit es McPhail betraf, waren die Gesichter der Frauen – Freiheit hin oder her –, die Raphael gemalt hatte, nicht von dieser Welt. Die neue Generation sah Bangkok mit anderen Augen. Sie erreichte die Stadt lange nach den Töchtern der Reisbauern in ihren billigen Sandalen und Kleidern vom Straßenmarkt, die nach einem *Farang*-Ehemann Ausschau hielten. Die Suche nach einem *Farang*-Ehemann stand nicht mehr auf der Agenda.

»Ich will eine Frau, der es gefällt, den Schlamm zwischen ihren Zehen zu spüren«, sagte McPhail.

»Nein, willst du nicht. Sonst hättest du eine geheiratet.«

Die frühere Generation der Thailänderinnen war in primitiven Bussen ohne Klimaanlage über die Landstraßen aus Isan nach Bangkok geholpert. Inspiriert von

Freundinnen, Nachbarinnen und Verwandten, die ihnen von den Reichtümern erzählt hatten, die es in Bangkok zu holen gab. Sie hatten die schlammigen Hauptstraßen ihrer Dörfer verlassen, wo es noch Außentoiletten gab, aber kein Telefon, und die Hühner frei zwischen Hütten herumliefen, die aus Wellblech, Backstein und Holz zusammengezimmert waren. Baufällige Gebäude, auf Stelzen errichtet. Sie trugen Neunzehn-Baht-Sandalen und ein Amulett von ihrer Mutter um den Hals. In Bangkok fanden sie Freiheit, Geld, Drogen, Aufregung, Freunde und *Farangs*. Als Wiedergeborene kehrten sie in ihre Dörfer zurück, mit Goldketten, hübschen neuen Kleidern und Highheels, Arm in Arm mit einem ausländischen Freund, der zu seiner Überraschung erfuhr, dass die Familie eine Dorfhochzeit vorbereitet hatte und die Mönche im Haus schon Sutras skandierten. Die Saat war gesät für andere Mädchen, die davon träumten, in den Bus nach Bangkok zu steigen und ihr Glück zu machen.

Das Problem mit der Erinnerung war, dass sie im Hafen der Gegenwart einen Anker der Traurigkeit warf, dachte Calvino. Das erklärte, warum manche Männer nie aufs Meer hinaus segelten. McPhails Tirade über das Verschwinden der Frauen aus den alten Tagen endete mit: »Die sind alle zynische, hart gesottene Schlangen. Ich nenne das den Goldman-Sachs-Effekt. Denk mal darüber nach, Calvino. Sie sind wie Hedgefonds-Manager. Es geht darum, die größtmögliche Provision aus dem kleinsten Schwanz herauszuholen.«

Das war nicht Shakespeare oder Ayn Rand, sondern original McPhail, der erfolgreich den Geist der Weisheit von Thai Visa heraufbeschwor.

»Wie soll die Gier nach Geld erklären, dass die Modelle sich umgebracht haben?«, fragte Calvino.

»Die Antwort ist leicht«, erwiderte McPhail. »Die Zeiten sind schwer. Denk mal an den Rückgang der Touristenzahlen.

307

Die Trottel werden immer weniger. Die Party macht nicht mehr so viel Spaß. Sie zahlt sich nicht mehr aus wie früher. Die Mädchen haben den Geldgott durchschaut, und er hat sich ohne zu kündigen verdünnisiert. Keine Kunden, kein Geld ... Was blieb ihnen da noch im Leben? Nichts.«

»Wie kommt man auf den Gedanken, es wäre Raphaels Idee gewesen?«

»Welche Idee?«

»Die Modelle dazu zu bringen, Pentobarbital zu trinken.«

»Wer glaubt denn, dass es seine Idee war? Die Bullen?«

McPhail trank von seinem Bier und betrachtete das Etikett nachdenklich, als würde er es zum ersten Mal sehen. In dem sich ausbreitenden Chaos hatte Calvino vergessen, McPhail davon zu unterrichten, dass Raphael die Trauerfeiern der Toten besucht und Wang Tao ihre Asche aus dem Krematorium geholt hatte.

»Es wäre möglich, dass jemand einen Todeskult ausgetüftelt hat, in dem sich Menschenopfer und Kunst verbinden. Denk mal darüber nach, Ed. Ein reicher Mann, der auf eine einzigartige Kunstserie aus ist, wie sie seit tausenden von Jahren nicht mehr in Auftrag gegeben wurde.«

»Die Selbstmorde wurden von einem reichen, gelangweilten Typen arrangiert?«, fragte McPhail.

Calvino zuckte mit den Schultern.

»Ich verstehe«, sagte McPhail. »Wer weiß? Raphael trieb sich mit Nutten rum, die mit den Reichen auf der Überholspur rummachten. Sie haben nie gelernt, wann man aufhören muss. Pillen, Balkone, Rasiermesser, das sind die einzigen Methoden, die sie kennen, um die Bremse reinzuhauen. Du sagst, er hat seitenweise über Selbstmord und Tod geschrieben. Das sind verwundbare Mädchen. Ein winziger Stoß, und sie gehen über Bord. Ockhams Rasiermesser.«

McPhail hatte gerade Raphaels Philosophie zusammengefasst – das Leben war eine Sisyphusarbeit, bei der man jeden Tag denselben Felsblock den Berg hinauf wälzte. Bewegungsfreiheit im Sinne der Zeiger einer Uhr bedeutete keine echte Freiheit. Es war ein Hohn auf die Freiheit. Die Zeiger bewegten sich wie Sklaven der Sonne und schleiften das Leben im Kreis herum, während es verzweifelt auszubrechen versuchte. Raphaels Tod hatte die Gemälde komplettiert. Die Serie stellte die letzten Bewegungen eines freien Menschen dar. Er war so weit gegangen, wie er konnte, hatte jede denkbare Richtung so weit wie möglich ausgelotet, und sich am Ende am Ausgangspunkt wiedergefunden.

Die Gesichter in Raphaels Serie starrten in den Abgrund und erblickten dort düstere Gestalten aus Volksmärchen, Mythen, Legenden. Es waren Albträume, die sich nur schwer abschütteln ließen, Dinge, vor denen sich niemand schützen konnte, dunkle Schatten, die einen erbarmungslos verfolgten. Umgeben von Raphaels Bildern fühlte sich der Betrachter, als würden sie sich seiner Gedanken bemächtigen, so, wie absolute Dunkelheit einen Menschen der Sprache beraubte. Die Gesichter verbreiteten alle die gleiche Stimmung – trostlos, verlassen, gehetzt von den Kondensstreifen des Schmerzes, Schimären in einem Käfig des Entsetzens, des Schreckens, der Furcht und der Erniedrigung. Die Gestalten bargen ein tiefes düsteres Geheimnis in sich. Doch sie waren nicht isoliert, sondern Teil einer Gruppe von sechs Gemälden. Raphaels Meisterwerk war eine Studie der Bewegungsfreiheit in der Finsternis. Jede Figur strebte zum Licht.

Jede einzelne von ihnen drückte den Gedanken aus, den Raphael als Kind von seiner Mutter gehört hatte: »Ich wünschte, ich wäre dort geblieben.«

Calvino hatte die Serie in zwei Dreierreihen nebeneinander aufgehängt und dabei eine vorgeschriebene Reihenfolge beachtet. Nummer eins hing neben Nummer zwei, drei neben vier und fünf neben sechs.

»Raphael hat genaue Anweisungen hinterlassen. Der Abstand nach oben und zur Seite sollte exakt sechs Zentimeter betragen«, erklärte Calvino.

»Also ich würde Albträume davon bekommen«, verkündete McPhail.

»Nummer fünf ist Fah. Ihr Name lautet übersetzt ›Himmel‹.«

McPhail starrte in Fahs Gesicht, wie der Künstler es eingefangen hatte, erfüllt von einem rauen Schmerz, der einen Menschen in den Wahnsinn treiben konnte. Einen Wahnsinn, der sich zwischen zwei Atemzügen, Augen und Mund so weit aufgerissen wie menschenmöglich, in einem Schrei wie eine Supernova entlud. Calvino hatte nie gesehen, dass jemand Hoffnungslosigkeit und Verzweiflung besser eingefangen hätte.

»Sie hat Schmerzen.«

»Darum hat er sie in der ›Unter‹-Position platziert. Jedes Bild hat eine bestimmte Lage. Es besitzt eine eigene Art von Freiheit. Und jedes einzelne Modell stellt sich dieselbe Frage: ›Soll ich bleiben, oder soll ich gehen?‹«

»Was für ein Freak. Die Leute wollen etwas Schönes sehen, wenn sie nach der Arbeit nach Hause kommen. Die da ist angezogen wie eine aus der Klapse. Ein metallenes Krankenbettgestell wie Gefängnisgitter. Ein Blick auf das Bild, und man möchte sich am liebsten die Pulsadern aufschneiden. Ich gehe nicht mal zur Arbeit, und trotzdem möchte ich mir die Pulsadern aufschneiden, wenn ich das Ding da sehe.«

Er wandte sich zu Calvino.

»Sie hat sich umgebracht, nicht wahr? Pulsadern aufgeschnitten?«

»Nein. Auch keine Überdosis Pentobarbital. Ihr Exfreund hat ihr in den Kopf geschossen.«

»Auf deinem Bild glotzt du Fah mit so traurigen Augen an, dass sie dir gleich aus den Höhlen fallen. Sie hat dir was angetan. Sie überträgt ihren Schmerz wie einen elektrischen Strom auf dich.«

McPhail hatte recht. Der Künstler hatte sie so gemalt, dass sie sich gegenseitig in die Augen sahen, wenn die Bilder in dieser Anordnung aufgehängt waren.

»Tja, der alte Vinny, dem Sturm immer geradewegs ins Gesicht blickend. Das immerhin hat Raphael richtig hingekriegt. Das hat er in dir erkannt, und man hat den Eindruck, dass Fah noch nie einen solchen Ausdruck gesehen hat, und deshalb brüllt sie aus vollem Hals. Aber was soll's? Sie ist tot. Was immer in ihr gebrodelt hat, ich könnte es verstehen, wenn es nicht ihr Freund gewesen wäre, der sie getötet hat. Es spielt keine große Rolle, weil ihre Welt sowieso vor die Hunde geht.«

»Er hat mein Gesicht mit dem seines Vaters kombiniert.«

McPhail rieb sich mit den Fäusten die Augen, senkte sie und sah sich Calvinos Porträt noch einmal genauer an.

»Also den Blick hat er gut hingekriegt«, sagte er. »Den Blick eines Mannes, der dem Sturm nicht ausweicht. Es ist dunkel, und du kneifst die Augen zusammen, weil du nicht viel sehen kannst. Du kämpfst gegen den prasselnden Regen an. Du hast etwas begriffen. Aber du weißt, wenn du ewig so weiterläufst, wirst du den Sturm nie loswerden.«

McPhail hatte eine populärwissenschaftliche Zusammenfassung von Calvinos Gesetz der Bewegung geliefert: Wenn die Mächte, die du nicht kontrollieren kannst, dich nicht aufhalten können, wird nichts dich aufhalten, bis du selbst es tust.

Es war auch eine treffende Beschreibung von Raphael Pascal, einem Künstler, der erkannt hatte, dass er in den Grenzen, die das Leben einem ließ, niemals frei sein würde. Sechs Grade reichten nicht. Wenn der Tod Vergessenheit bedeutete, dann war das besser, als einer Ameise gleich durch ein Labyrinth mit nur sechs freien Wegen zu irren. Calvino überprüfte den Abstand zwischen allen Bildern mit dem Maßband. Exakt sechs Zentimeter. Raphael hatte sechs separate Leinwände bemalt, die zusammen ein Muster mit den sechs Graden der Bewegung ergaben. Er hatte sie miteinander verknüpft und thematisch überlappen lassen, sodass sie sich zu einem großen Ganzen zusammenfügten.

In Raphaels Winkel der Wirklichkeit hatte die Freiheit Grenzen. Man konnte Träume haben, aber ihre Beschränkung lag in jenen sechs Graden der Bewegung. Und unabhängig von der Richtung blieb der erste Schritt immer derselbe: Bleiben oder gehen. Es war der *Hamlet*-Augenblick, und der Spieler konnte sich nicht regen, bevor eine Entscheidung gefallen war.

»Pratt macht sich über etwas Sorgen«, sagte Calvino.

»Hat er gesagt, worum es geht?«

»Die Gemälde, ich, Paul, Tuk, Raphael, Gavin, die Vermieterin.«

»Du hast Charlie vergessen.«

»Charlie ist die Einzige, die immer dabei war. Sie kennt die komplette Geschichte.«

»Hast du mit Paul gesprochen? Schließlich ist er derjenige, der dich angeheuert hat, um Raphael zu suchen.«

McPhail rollte sich langsam eine Zigarette zwischen Daumen und Zeigefinger.

»Das habe ich«, erwiderte Calvino. »Genausogut hätte ich im Grand Canyon mit einem Felsen sprechen können.«

»Er taucht aus heiterem Himmel auf, engagiert dich, eine vermisste Person zu finden, und ein Jahr später ist der Vermisste dein neuer bester Freund. Dann schreibt dieser junge Freund einen Abschiedsbrief, in dem er dich zu seinem Testamentsvollstrecker ernennt und hinterlässt einen Haufen versteckten Geldes. Ja, über so viele Zufälle würde ich mir auch Gedanken machen.«

McPhail hatte recht. Paul hatte Calvino angeheuert, um eine vermisste Person zu finden. Das war Calvinos Spezialität – die Unterschlupfe aufzuspüren, an denen *Farangs* glaubten, sie wären vom Radarschirm verschwunden und unauffindbar. Manchmal engagierte ihn auch ein Expat, um seine Frau oder eine Freundin zu finden, die ihm davongelaufen war. In der modernen Welt verschwand niemand lange.

»Als ich ihn gefunden hatte, malte er gerade in seinem Atelier. Ich ging einfach rein.«

Raphael hatte ihn vom Boden aus angesehen, wo er neben der in Arbeit befindlichen Leinwand saß, und Calvino gefragt, ob er etwas trinken wolle. Falls ja, solle er sich selbst aus dem Kühlschrank bedienen. Er hatte nicht einmal versucht, Calvino zu fragen, wer er war oder was er von ihm wollte. Die meisten Vermissten bemühten sich, sich zu verstecken und einem aus dem Weg zu gehen. Wenn man sie erwischte, leugneten sie, die Person zu sein, die gesucht wurde.

Raphael war ganz auf sein Bild konzentriert gewesen. Calvino hatte gewartet, bis er den Pinsel weglegte, bevor er den Grund seiner Anwesenheit vorbrachte.

»Sind Sie Raphael Pascal?«, hatte er gefragt.

Der Maler hatte strahlend geantwortet: »Allerdings. Ich bin sicher, wir sind uns irgendwo schon mal begegnet, aber ich kann Sie gerade nicht unterbringen. Sind Sie hier, um ein Bild zu kaufen?«

»Nein. Mein Name ist Vincent Calvino. Ich bin Privatdetektiv, und man hat mich engagiert, um Sie zu finden.«

»Ich wusste gar nicht, dass ich verloren gegangen war. Wollen Sie meine Telefonnummer? Ich kann Ihnen meinen Pass zeigen.«

»Wollen Sie nicht wissen, wer mich angeheuert hat?«

Raphael hatte achselzuckend wieder zum Pinsel gegriffen.

»Spielt das eine Rolle?«

Dabei hatte er unschuldig gelächelt wie ein Junge, der gegen alle Wahrscheinlichkeit ein Schachspiel gegen einen Großmeister gewinnt.

DREI

Charlie rollte sich am Ende des Sofas zusammen und vergrub den Kopf in den Pfoten, während sie im Atelier warteten. Calvino ließ die Hündin schlafen und hörte sich im Schlafzimmer *The Clash* auf Raphaels Laptop an. Der Text von »Dictator«, geschrieben vor dreißig Jahren, klang, als würde er von heute stammen. In einer neuen Zeit, mit besseren Waffen, wurde wieder einmal die Freiheit zerschlagen, auf den Straßen zu singen und zu tanzen. An die Stelle der Musik traten die Monologe eines starken Mannes.

In der Hitze des Ateliers drifteten Calvinos Gedanken von der Musik weg, vorbei an den rotierenden Flügeln des Ventilators und der Melodie von Charlies Schnarchen. Er schloss die Augen und dachte an Tuk. Sie besaß ihre eigene eingebaute Zeitmaschine, die immer lief, nie zu spät kam und stets auf Tuk-Zeit eingestellt war. Sie lebte in einer Dimension, in der das Telefon regelmäßig unbeantwortet blieb. Er stellte sich vor, wie sie gerade in einem Fünf-Sterne-Hotel aus der Dusche kam und sich vor dem Spiegel abtrocknete. Er sah ihren letzten Kunden vor sich, irgendeinen Manager der mittleren Etage mit gut gefülltem Spesenkonto, der aus dem Hauptquartier in Melbourne, Chicago oder London eingeflogen war und jetzt auf der Bettkante seine Socken anzog. Vor fünfzehn Minuten hatte Calvino sie noch einmal angerufen, doch das Telefon war ausgeschaltet. Er hatte ihr eine Textnachricht hinterlassen und auf Antwort gewartet. Niemand tippte schneller als eine Nutte mit einem Freier, der dabei um sie herumschwirrte. Aber sobald er gelandet war, war es das gewesen, jedenfalls für eine Weile.

Calvino trug Muay Thai Boxershorts und ein Tiger Muay Thai T-Shirt. Das Tigerlogo hatte wilde Augen und lange, spitze Reißzähne. Er wartete vor dem hin und her schwenkenden Ventilator, während Schweiß durch sein T-Shirt sickerte. Charlie öffnete die Augen und schloss sie wieder. Sie hatte gesehen, was sie wissen wollte, und verzog sich zurück ins Land der Träume. Um das neu gepolsterte Sofa herum war der Boden mit vielen Lagen Farbe gesprenkelt und ähnelte einer grün-blau-roten Karte des frühen Universums im Mikrowellen-Bereich. Calvino nahm die letzte Flasche Singha-Bier aus der Kühlbox und trank einen tiefen Schluck. Er schloss die Augen und legte den Kopf zurück. Der Deckenventilator drehte sich langsam, und Charlies Fell plusterte sich in der Luftströmung, doch Calvino bemerkte es nicht.

Es war jetzt fast ein Jahr her, dass man ihn engagiert hatte, einen verschollenen Künstler aus Montreal zu suchen. Raphael hatte sich in einem Teil der Stadt verkrochen, in dem nur wenige *Farangs* in den verstreuten Wohnhäusern im alten Stil lebten. Doch unter den Fotos, die er bei Facebook hochgeladen hatte, war ein Gemälde, das die Stadt Bangkok zeigte. Calvino hatte es sich genau angesehen und die Gegend erkannt. Er wusste, dass Maler oft eine Spur hinterließen, die zu ihrem Wohnort führte. Sie bedienten sich der Formen und Farben ihrer Umgebung, und in Raphaels Fall hatten die Farben sein Atelier, sein Viertel und seine Modelle wie mit einem GPS-Signal markiert. Die Skyline, die er gemalt hatte, zeigte Reihen von Wolkenkratzern, die mit den Köpfen seiner weiblichen Modelle durchsetzt waren – passfotoartig, im Profil oder Halbprofil, mit nackten Brüsten, passend zum Winkel des Kopfes ausgerichtet. Raphael hatte seine Umgebung verewigt. Es hätten tatsächlich nur noch die genauen GPS-Koordinaten gefehlt. Calvino hatte die Skyline ausgedruckt und nach einigem Suchen die Gebäude in Huai Khwang identifiziert. Er war mit der Metro hingefahren und hatte den Ausdruck in einer Reihe von Motorradrikschas herumgehen lassen. Einer der Fahrer hatte behauptet, die Straße zu kennen, und ihn direkt zu Raphaels Wohnhaus geführt.

»Sind Sie Raphael Pascal aus Montreal?«, fragte Calvino laut.

Das Bier und die Hitze hatten ihn schläfrig gemacht, sodass er lange genug eingedöst war, um im Schlaf zu reden.

»Nein, ich bin Tuk«, antwortete sie kichernd. Sie stand nackt vor ihm. Ihr Kleid hatte sie zusammengefaltet und auf den Stuhl gelegt.

Noch halb im Traum, erwachte er mit einem Ruck. Er stützte sich auf die Ellbogen, riss die Augen auf und betrachtete Tuks schlanken Körper. Er war ausschließlich darauf zugeschnitten, die Aufmerksamkeit eines Mannes zu erregen und zu behalten. Seine Botschaft drang klar und deutlich durch das Hintergrundgeräusch des Lebens – geschwungene schmale Taille, große feste Brüste und lange schlanke Beine. Die Fata Morgana eines idealen Körpers, der nach den holografischen Träumen der Männer geschaffen schien, heruntergeladen mit der modernsten Neurografie-Technologie. Sie liebte die Macht, die er ihr verlieh. Jeden Tag benutzte sie sie, um die Türen zu den Schatzkammern der Welt zu öffnen.

Er streckte die Hand aus und drehte die Musik leiser.

»Wie bist du hereingekommen?«, fragte er und musste sich zurückhalten, um sie nicht zu sich aufs Sofa zu ziehen.

Sie schob sich näher. Er musste sich nur vorbeugen und nach ihr greifen. Sie lachte ihn an, schüttelte den Kopf, und ihre langen Haare wehten im Luftzug des Ventilators. Sie öffnete die rechte Hand, und darin lag ein Schlüssel.

»Aber ich musste ihn gar nicht benutzen«, sagte sie. »Die Tür stand offen, wie immer.«

Tuks Englisch schien sich auf wundersame Weise verbessert zu haben.

»Hat Raphael dir den Schlüssel gegeben?«

»Natürlich. Hättest du das nicht?«

Sie machte es zu einer privaten Angelegenheit, und zwar aus gutem Grund. Ihre Welt war ein Konglomerat aus Persönlichem und Unpersönlichem, sodass das eine sich nie am selben Ort befinden konnte wie das andere.

»Warum bist du nackt?«

»Ist das nicht klar? Du hast mich gerufen, und hier bin ich.«

»Zieh dich an. Ich möchte mich mit dir unterhalten.«

Sie zog einen Schmollmund und klimperte mit den Augenlidern. Sie schien verwirrt zu sein und nicht zu wissen, was sie als Nächstes tun sollte.

»Ich kann auch dreckig reden, wenn du willst.«

»Ich möchte über Raphael und dich sprechen.«

Sie ließ die Schultern ein wenig hängen, und ihr Lächeln erlosch. Die verführerische Pose ging stufenlos in ein entspanntes asiatisches Kauern über. So blieb sie hocken, die Arme auf den Knien balancierend.

»Ich habe geredet und geredet, und jetzt fällt mir nichts mehr ein. Was soll ich dir denn erzählen?«

In ihrer Stimme lag ein gekränkter Klang. Sie erhob sich, ging zu ihrem Kleid und schlüpfte in einer einzigen eleganten Bewegung hinein. Sie stand vor dem Stuhl, den Calvino gegenüber der Wand mit den Bildern platziert hatte.

»Wie ich schon am Telefon gesagt habe«, erklärte er mit einer Geste zu den Gemälden hin. »Ich habe sie für dich aufgehängt.«

Er überragte sie beträchtlich, als er neben sie trat und die Bilder betrachtete.

»Du hast doch niemandem davon erzählt, dass ich Raphaels sechs Gemälde heute herbringen wollte?«

Mit einem Schulterzucken bedeutete sie ihm, dass sie nicht die Absicht hatte, dem Thema ein Wort zu widmen. Stattdessen starrte sie die Bilder an.

»Warum machen reiche Leute so etwas? Wenn ich reich wäre, würde ich mir hübsche Bilder von mir selbst in einem schönen Zimmer kaufen – du weißt schon, eine Suite in einem Fünfsternehotel mit einer Menge Blumen.«

»Du kennst diese reichen Leute?«

»Viele meiner Kunden sind reich«, sagte sie mit einem gewissen Stolz in der Stimme.

Als sie beim dritten Bild der Serie angelangt war, musste sie ein Gähnen mit dem Handrücken unterdrücken. Nachdem das erledigt war, zog sie ihr Telefon hervor und ging die letzten Textnachrichten durch. Falls sie je das geringste Interesse an den Bildern gehabt hatte, war es jetzt verflogen. Die Serie schien ihr über die Tatsache hinaus, dass sie mit dem verrückten *Farang* geschlafen hatte, der sie gemalt hatte, nichts zu bedeuten. Tuk machte sich anscheinend eher Sorgen wegen des Geldes, das Calvino ihr versprochen hatte. Sie überlegte, ob es ihr jetzt, nachdem sie wieder angezogen war, schwerfallen würde, die zehntausend Baht zu kassieren. Er sah zu, wie ihre Daumen tanzten und sie eine Nachricht beantwortete.

»Du bist eine viel beschäftigte Frau«, sagte Calvino und beugte sich zu ihr. »Aber ich brauche deine volle Aufmerksamkeit.«

Er las die Zweifel in ihren Augen.

»Du bezahlst mich, wie du am Telefon gesagt hast?«

»Ich bezahle dich für ein paar Informationen.«

»Du spielst Raphaels Musik«, bemerkte sie und schlug mit einer Hand den Takt.

»Hat er sich mit dir über Musik unterhalten?«

»Nicht oft. Reden ist nicht mein Job. Du bist mein erster Kunde, der reden will. Ich verliere heute meine Rede-Jungfräulichkeit. Aber egal. Du gibst mir zehntausend Baht, und ich gebe dir dafür Worte. Was soll ich sagen?«

»Wenn Reden ein neues Geschäftsmodell wäre, wären wir alle Millionäre. Ich möchte, dass du mir alles erzählst, woran du dich aus der letzten Woche mit Raphael erinnerst. Sprich einfach darüber, was ihr zusammen getan habt. Seine Stimmung, deine Stimmung … Worüber habt ihr geredet? Was immer dir in den Sinn kommt, auch wenn du es unwichtig findest.«

Sie setzte sich auf den Boden und nickte, stützte sich auf die Hände und schlug die Beine übereinander.

»Er mochte Sex. Aber ich wollte nicht. Er beschwerte sich nicht. Er war nicht pervers im Bett. Aber sehr kräftig.«

Charlie dehnte sich neben Tuk, und die Krallen ihrer Vorderpfoten scharrten über den Holzfußboden. Tuk sah der Hündin direkt in die Augen, als sie sie aufschlug. Charlie schnupperte, und ihre lange schwarze Schnauze zitterte, als sie den Duft von Tuks Parfüm wahrnahm. Tuk wirkte verärgert und stieß ihren Kopf weg.

»Der Köter hat mich manchmal angestarrt, wenn wir fickten«, sagte sie. »Manchmal bellte das Vieh oder gähnte oder scharrte mit den Krallen auf dem Boden. Rapha sagte mir, dass sie ein eifersüchtiges Mädchen ist. Ich antwortete, dass alle Mädchen eifersüchtig sind.«

Sie schien sich inzwischen wohl genug zu fühlen, um die Deckung ein wenig sinken zu lassen.

»Welche Musik hat Raphael gespielt, als er starb?«, wollte Calvino wissen.

»Dieselbe, die du gerade spielst.«

Sie legte den Kopf schief, als würde sie über die Musik nachdenken, aber in Wirklichkeit fragte sie sich, wie lange sie noch bleiben musste, bis sie endlich gehen konnte. Sie erhob sich, ging ins Schlafzimmer und setzte sich auf die Bettkante. Sie starrte auf den Bildschirm des aufgeklappten Laptops, auf das geöffnete Menü. Als Calvino in die Tür trat, blickte sie auf.

»Was willst du?«

Calvino war ein schwieriger Fall. Einer dieser *Farangs*, die wie ein Hund an ein paar Schuhen schnüffelten, um herauszufinden, wer sie getragen hatte und wem sie gehörten.

»Was ich will? Ich will, dass du mir zeigst, was passiert ist.«

»Zeigen? Kein Problem. Ich zeige dir alles, okay?«

Sie streckte die Hand aus und berührte seine Finger, und dann lag er mit einer schönen Frau in Raphaels Bett, während *Clashs* »Dictator« aus den Computerlautsprechern den Raum erfüllte.

VIER

Calvino wachte schweißgebadet auf. Er richtete sich auf dem Sofa auf und bemühte sich, den Traum abzuschütteln. Es gab dringende Aufgaben, um die er sich kümmern musste. Er versuchte, die Nebel des Schlafs in seinem Kopf zu klären.

Am Telefon hatte Tuk sich nicht gerade dafür erwärmt, den Tag nachzuspielen, an dem Raphael gestorben war. Calvino hatte sich auch klugerweise nicht so genau ausgedrückt. Stattdessen hatte er gesagt: »Ich möchte, dass du vorbeikommst, um herauszufinden, ob wir den Ablauf des Tages rekonstruieren können. Ich werde sogar die sechs Bilder mitbringen und aufhängen.«

»Genau wie an dem Tag, als er gestorben ist?«, hatte sie skeptisch gefragt.

»Es wird schon nicht traurig. Wir haben Spaß.«

»Spaß« war wie »Aberglaube« ein magisches Wort, das unendliche Möglichkeiten enthielt. Deshalb gaben die Leute Unsummen für beides aus.

Wenn die Polizei in den Medien ein Verbrechen nachstellte, kam darin oft ein Verdächtiger vor, der mit grimmiger Miene auf etwas deutete, umringt von Polizisten in Uniform und Zivil und einer Traube grinsender Zuschauer. Der, der mit dem Finger zeigte, spielte die Rolle des besiegten Bösewichts im thailändischen Rechtstheater, in einem Drama, das gleichzeitig Pressekonferenz war. Es war immer ein großes Fest für die Polizei. Der Reproduktion des Verbrechens folgte das Geständnis des Verdächtigen – und keiner von der Pressemeute fragte jemals, wie lang der Gummischlauch gewesen war, mit dem die Polizei es aus ihm heraus geholt hatte. Das wäre unhöflich gewesen. Es hätte die Feierlichkeiten verdorben.

Calvino hatte seine eigenen Vorstellungen von einem Nachspielen der Tat – fern der Bühne, privat und persönlich. Soweit er sich erinnerte, hatten die hiesigen Cops eine solche Nachstellung noch nie als Köder für einen Verbrecher benutzt. Es war eine alte Methode, die eine moderne Version vertragen konnte, fand er.

Calvino hatte dieselbe Muay Thai Ausrüstung angelegt, die Raphael getragen hatte. Die Bilder hingen an der Wand. Und als Tuk eingetreten war, hatte sie sie nicht wie Kunstkritiker betrachtet, sondern wie ein Buchhalter, der Posten auf einer Liste abhakte.

»Zufrieden?«, fragte er Tuk.

Sie nickte.

»Spaß gehabt?«

Ihr geheimnisvolles Lächeln hätte ebenso Schmerz wie Langeweile ausdrücken können. Das Lächeln des Buddha umfasste ein ganzes Universum der Emotionen.

»Dieselben Muay Thai Klamotten«, sagte er.

Als Vorbereitung für die nachgestellte Szene war die Kleidung nur ein Detail gewesen, das Ratana passend zusammengestellt hatte. Calvino hatte eines der Mädchen vor dem *One Hand Clapping* Massagesalon neben seinem Büro gebeten, ihm die Hände wie einem Boxkämpfer zu tapen. Das Mädchen war nach drinnen verschwunden. Eine Weile hatte er zu seinem Fenster hinaufgeblickt, das auf diese Sub-Soi hinausging, und sich erstaunt gefragt, ob er sie verschreckt hatte. Doch dann kam sie mit der Mamasan wieder heraus, deren Aufgabe es anscheinend war, sich um Kunden mit ungewöhnlichen Vorlieben zu kümmern.

»Ihm haben sie besser gestanden«, meinte Tuk.

Thailändische Frauen konnten brutal ehrlich sein, wenn es um Alter, Gewicht, schiefe Zähne oder den Hautton ging. Er ballte die umwickelten Fäuste.

Tuk tigerte vor den Bildern auf und ab, bis ihr langweilig wurde. Das dauerte weniger als fünf Minuten.

»Und was soll ich jetzt machen?«, fragte sie.

»Gehen wir ins Schlafzimmer.«

Ihre Augen leuchteten auf, als hätte er den Sexmotor angelassen und würde in die Startaufstellung eines Formel-1-Felds rollen. Sie packte seine Hand und zerrte ihn auf die Piste. Das Rennen konnte beginnen.

Tuk hatte gesagt, dass sie mit Raphael am Tag seines Todes im Bett gewesen war. Sie behauptete, seine Freundin zu sein, ein fragwürdiger Status, wenn man den Verkehrsfluss durchs Atelier betrachtete. Doch Einiges sprach dafür, dass sie eine echte Beziehung gehabt hatten. Sie hatte die Nachmittage in seinem Bett verschlafen. Das hatte Raphael dazu genutzt, um die Textnachrichten auf ihrem Smartphone zu lesen und sich auf seinem Laptop Notizen darüber zu machen.

Tuk streifte ihr Kleid ab und setzte sich mit zusammengepressten Knien neben Calvino aufs Bett. Charlie ließ sich in einer Ecke zu Boden fallen, ohne die beiden im Bett aus den Augen zu lassen. Sie sah eine Wiederaufführung, doch als Kritikerin blieb sie stumm und gab nicht zu erkennen, ob die Neufassung dem Original entsprach. Was war besser – der Film oder das Buch? In Charlies Welt fielen Vergangenheit, Gegenwart und Zukunft zu einem einzigen Augenblick zusammen.

»Ich habe ihn angefasst«, sagte sie und ließ die Hand in seine Muay Thai Shorts gleiten.

»Was hat er gesagt?«

»Fühlt sich gut an.«

»Und …?«

»Genau wie du, er ist steif geworden«, sagte sie und streichelte ihn voller Berufsstolz.

Die Augen einer Professionellen blickten nie gleichgültig. Sie strahlten wie die Funken eines Feuerrads, das im höchsten Gang lief.

Er schob ihre Hand entschieden beiseite. In den Clinch zu gehen war einfach, innerhalb wie außerhalb des Boxrings. Tuk leistete keinen Widerstand. Sie drückte den Rücken durch und streckte die Arme über dem Kopf aus. So etwas war sie von Raphael oder ihren Klienten nicht gewohnt.

Verwirrt und verärgert fragte sie abermals: »Also, was willst du?«

»Was hat Raphael von dir gewollt?«

»Ich habe es dir gezeigt. Es hat dir nicht gefallen.«

»Er wollte etwas anderes.«

»Was meinst du?«

»Du hast ihm einen Drink gemixt.«

Sie nickte. »Ich habe ihm immer seine Drinks gemacht.«

»Zeige es mir«, verlangte Calvino.

Auf dem Boden standen eine Armlänge entfernt eine frische Flasche Mekong-Whiskey und zwei Gläser. Calvino beugte sich aus dem Bett, nahm die Flasche und gab sie ihr. Sie ergriff sie ohne zu zögern am Hals. Wenn die Flasche ein neugeborenes Kätzchen gewesen wäre, hätte sie es erstickt. Sie drehte die Kappe ab und goss ein paar Fingerbreit der bernsteinfarbenen Flüssigkeit in ein Glas.

»Willst du dir selbst keinen einschenken?«, fragte Calvino.

Er hielt ihr das zweite Glas hin und sah zu, wie sie den Mekong eingoss. Nachdem sie die Flasche wieder zugeschraubt hatte, reichte er es ihr.

Er stieß mit ihr an. Sie traf keine Anstalten zu trinken.

»Hast du an dem Tag, als er gestorben ist, mit Raphael getrunken?«

Ihr Mund verhärtete sich, und sie fuhr sich mit der Zunge über die Lippen – eine der unwillkürlichen verräterischen

Gesten, wenn ein Mensch kurz nachdenken muss, bevor er mit einer Lüge antwortet.

»Ich trinke mit Raphael. Das hilft mir entspannen. Hilft mir vergessen. Warum fragst du?«

»Ich denke, du bist an jenem Tag sehr früh ins Atelier gekommen. Gegen neun oder zehn Uhr morgens.«

Für ein Straßenmädchen, das chronisch zu spät kam, wäre ein so zeitiges Auftauchen am Morgen ähnlich verräterisch gewesen wie das Lecken der Lippen. Sie hielt Informationen zurück.

Sie trank von dem Glas und stellte es auf dem Boden neben dem Bett ab.

»Ich glaube nachmittags. Ich komme immer nachmittags.«

»Außer an diesem Tag. An dem Tag warst du früher da.«

Sie neigte leicht den Kopf, ohne ihn anzusehen.

»Ich nicht wie *Farang* sehen auf Uhr ganze Zeit.«

»An jenem Morgen hast du die Tür des Ateliers abgeschlossen. Warum?«

Die Frage erwischte Tuk auf dem falschen Fuß. Es war wie ein Knie in die Weichteile bei einem Muay Thai Kampf. Ihre Augen weiteten sich zu Vollmonden, die einen fernen Planeten umkreisten.

»Ich verstehe nicht.«

Das war die übliche Rückzugsposition eines Callgirls. Ein Mantra aus den ewig gleichen drei Worten: »Ich verstehe nicht.« Eine zweite Variante davon hatte ebenfalls viele Anhängerinnen: »Du verstehst mich nicht.« Beide Sätze wurden Jahr für Jahr pausenlos wiederholt und zu Millionen in einer riesigen Bibliothek abgelegt, in der Fragen nach Diebstahl, Mord, Plünderung, Korruption, Verkehrsunfällen, gebrochenen Versprechungen und zerschlagenen Schädeln und Körpern unbeantwortet blieben. Sich dumm zu stellen war das Klügste, was man tun konnte.

Tuk wälzte sich aus dem Bett und ging um Charlie herum ins Atelier. Calvino folgte ihr bis zur Eingangstür, vor der sie stehen geblieben war.

»Die Tür war versperrt. Warum?«

Der Hauch einer Gemütsregung glitt über ihr Gesicht. Calvino hatte sie schon einmal gesehen, in der Sala, als sie vor dem Sarg gekniet und einen *Wai* vollführt hatte. Sie kannte eine Wahrheit, der sie sich nicht stellen wollte.

»Ich denke, er beachtet mich nicht. Anderes Mädchen kommt, und er malt sie.«

»Dann hast du die Tür also abgeschlossen, um Raphael für dich alleine zu haben?«

Tuk nickte, wich Calvinos Blick jedoch aus. Sie wandte sich von der Tür ab, ging zurück ins Schlafzimmer, legte sich hin und verschränkte die Arme vor der Brust. Charlie hob den Kopf. Sie sah hungrig aus. Tuk ignorierte sie. Sie war gefangen in einer eigenen Wolke aus Traurigkeit, Verwirrung und Zorn. Calvino setzte sich neben sie. Sie spielte die Harte, doch Calvino hielt sie für eine Frau, die leicht zusammenbrach, wenn jemand an dem losen Faden der Wahrheit zupfte und den Orientteppich der Täuschung aufdröselte.

»Ich sage der Polizei alles. Warum stellst du mir jetzt neue Fragen?«

»Du hast der Polizei einen Bären aufgebunden.«

»Sie haben mir geglaubt.«

»Aber ich glaube nicht, dass du ihnen die ganze Geschichte erzählt hast.«

Er warf einen Blick auf ihr Glas neben dem Bett und schenkte ihr noch etwas ein.

»Du trinkst ja gar nicht.«

Sie gab keine Antwort. Calvino setzte sich zu ihr aufs Bett, nahe genug, dass er sie berühren konnte, wenn er die Hand ausstreckte.

»Paul hat mir die Wahrheit berichtet«, sagte er.

Er sah ein winziges Zucken in ihren Augenwinkeln. Es war ermutigend genug, um fortzufahren.

»Er meinte, als er an jenem Tag ins Atelier kam, hättest du ihm erzählt, du hättest Pentobarbital in Raphaels Drink getan. Du hattest es auf dem Schwarzmarkt gekauft. Er erwähnte Sia Langs Namen. Klingelt da etwas bei dir? Das sollte es nämlich. Er ist der große Boss bei deinem Escort-Service.«

Bei der Erwähnung von Langs Namen wich ihr das Blut aus dem Gesicht. Langs Agentur hatte eine Sterberate, die nur von der ersten Kolonne der Alliierten übertroffen wurde, die 1945 am Omaha-Beach landete, und die war verdammt hoch gewesen. Sie trank einen kräftigen Schluck und erzitterte, als die Wärme durch ihre Kehle strömte. Calvino schenkte ihr nach. Zwei oder drei Gläser Mekong hatten ungefähr so viel Wirkung bei ihr, als ob man mit einer 22er Pistole auf Elefanten schießen würde.

»Paul sagte, du hättest Angst gehabt, dass Raphael dich satt haben könnte. Du dachtest, er hätte eine neue Freundin. Das machte dich wütend. Er bewahrte Geld im Atelier auf. Ihr beide hattet beschlossen, es euch zu nehmen. Da war nur noch das Problem mit Raphael. Paul fälschte den Abschiedsbrief. Er konnte den Inhalt aus Dutzenden von älteren Briefen kopieren. Er hatte sie alle auf dem Computer gespeichert. Raphael ging mit seinem Todeswunsch hausieren. Seine Modelle begingen Selbstmord. Tod umgab ihn auf allen Seiten. Du hast ihn zu den Trauerfeiern der Modelle mitgenommen. Vielleicht haben du und Sia Lang Paul in dem Glauben gelassen, er hätte die Dinge in der Hand, aber im Grunde war er nur ein Strohmann. Die wahre Action fand anderswo statt. Die Frage ist jetzt, wer war der größere Narr? Paul, Raphael oder ich? Oder warst du es?«

Ein Schatten der Verlegenheit flackerte in ihrem Blick auf, flüchtig wie der Pinselstrich eines Malers, der erkannte, dass er die falsche Farbe verwendet hatte. Sie bemerkte ihren Fehler und berichtigte ihn rasch. Doch es war zu spät. Calvino hatte es bemerkt.

»Jemand hat dich benutzt, Tuk.«

»Ich gehe schlafen, und als ich aufwache, ist Rapha tot.«

»Als du aufgewacht bist, hast du Paul angerufen. Das sagt mir etwas Wichtiges.«

»Was meinst du?«

»Du hast nicht Sia Lang geholt. Ist es nicht das, was du eigentlich hättest tun sollen? War das nicht der Plan – ihn anzurufen, wenn Raphael tot war? Er sollte kommen, um die Bilder abzuholen.«

»Ich hatte Angst«, sagte sie, schlang ihm die Arme um die Taille und legte den Kopf an seine Brust.

»Angst vor Lang«, flüsterte Calvino. »Er wollte die Gemälde.«

Raphael Pascal hatte sich selbst ein Bein gestellt. Es hatte nur noch ein Krimineller vorbeikommen und merken müssen, wie leicht es ihm gemacht wurde. Für Tuk sprach, dass es viele plausible Theorien über Raphaels Tod gab. Er hatte sich eingebildet, Caravaggios Leben nachzuvollziehen – das eines realistischen Malers, der in eine gewalttätige Unterwelt hinabstieg, wo die Menschen einander mit Messern, Schwertern und Fäusten bekämpften.

Caravaggio war nachts nach Trinkgelagen mit schwer bewaffneten Männern herumgezogen, die es darauf anlegten, sich gegenseitig zu beeindrucken, vor allem aber junge Frauen. In eine solche Welt einzutauchen hieß, das Schicksal herauszufordern. Es war ein Selbstmordpakt, dessen Ausgang unkalkulierbar, aber unvermeidlich war. Dieser Mann war für Raphael ein Held gewesen. Er hatte das Rollenbild für zahllose Künstler abgegeben, die den Tanz mit dem Tod tanzten. Sein frühes Ende warf ein verstörend hässliches Licht auf eine Zeit, in der Tod, Korruption und Macht zum Fetisch eines Todeskults zusammengeflossen waren. Raphael war einer langen Tradition von abnormen und surrealen Todesbildern in der Welt der Kunst gefolgt. Ob Caravaggios Malerei ohne seinen gewaltsamen Tod im Alter von achtunddreißig Jahren ebenso viel Anerkennung und Aufmerksamkeit gefunden hätte? Hatte sein indirekter Selbstmord oder zumindest sein selbstmörderisches Verhalten einen glänzenden Ruf begründet und seiner Kunst mehr Vitalität, Durchschlagskraft und Düsternis verliehen?

»Du sagst, wir wollen Spaß haben. Warum so ernst? Reden, reden, reden! Bum-bum viel besser.«

Der Instinkt, von Problemen abzulenken, war universell. Wie gut es funktionierte, hing vom Talent des Ablenkenden und der Ablenkbarkeit seines Publikums ab. Doch im Fall einer attraktiven, nackten jungen Frau, die willens war, einem Mann alle Kurven der Rennstrecke zu zeigen, bedurfte es keiner besonderen Künste.

Ein Spinnennetz von Fältchen bildete sich um Calvinos Augen, während er ein Lachen hinunterschluckte. Er grinste Tuk an und dachte daran, dass das Weibchen der Schwarzen Witwe dem Männchen ihrer Spezies ganz ähnliche Signale sandte und das Spinnenmännchen den Köder immer schluckte.

»Bleiben wir lieber beim Geschäftlichen«, sagte er.

Kaum hatte er es ausgesprochen, bereute er es schon. Darauf wollte sie ja gerade hinaus – das war ihr Geschäft. Sie hatte sich aus der Zone herauslocken lassen, in die sie sich gewöhnlich begab, wenn sie einen Kunden bediente. Sie schreckte zurück vor der Absicht dieses *Farangs*, über den Tod zu sprechen, als wäre er etwas Geschäftliches. Das mit Calvino wurde ihr zu persönlich und verwirrend. Das bewährte Rezept, Charme und Verführung einzusetzen, hatte ihn nicht zum Schmelzen gebracht. Nichts funktionierte.

»Hattest du ihn gern?«

Sie dachte ernsthaft über die Frage nach.

»Gern haben ist schlecht fürs Geschäft«, erwiderte sie.

Das stimmte. Wenn man jemanden gern hatte, wurde man verwundbar. Dabei ging es nicht darum, dass ein Bargirl das Geld eines Mannes für Sex nahm. Die Menschen ließen sich bezahlen, um alle möglichen Dinge zu ertragen. Das Problem war der Gemütszustand, der mit dem Geld einherging. Tuk war eine Professionelle, und sie hielt instinktiv emotionalen Abstand zu Männern. Sie hatte sich ein unsichtbares Werkzeug zugelegt, das die Distanz wie ein Kraftfeld verstärkte. Es erzeugte eine Kluft – unüberwindbar durch Geld, Liebe, Versprechungen, Drohungen oder Beschwörungen. Vielleicht hatte sie wider besseres Wissen versucht, diesen Abgrund mit Liebe zu überbrücken, doch die Brücke hatte die Last der Zukunft nicht getragen. Tuk würde keinen zweiten Versuch riskieren. Sie hatte gelernt, dass in ihrer Welt nur die überlebten, die die Brücken der Liebe hinter sich verbrannten.

Calvino erhob sich vom Bett.

»Zieh dich an.«

Er verließ das Schlafzimmer, bevor sie aus dem Bett steigen konnte.

Sie protestierte nicht. Er hörte aus dem Wohnzimmer, wie sie sich anzog. Sie nahm sich Zeit und ließ ihn warten. Als sie fertig war, kam sie mit einem verlegenen, freundlichen Lächeln heraus. Sie trat zu ihm vor die Bilder und ergriff seine Hand.

»Ich mag dich«, sagte sie unvermittelt.

Er glaubte ihr. Er sah sie an und lächelte.

»Das ist gut. Und jetzt kannst du mir erzählen, wie er die Modelle gebucht hat. Diejenigen, die du den Cops verschwiegen hast.«

»Ich habe der Polizei alles gesagt.«

»Hast du Paul alles gesagt? Weiß er, dass du mit Raphael zu den Totenfeiern der Modelle gegangen bist? Weiß er von dem Deal mit dem Käufer in Hongkong? Aber natürlich,

Paul wusste das alles, nicht wahr? Er fand heraus, dass Lang Raphael eine Menge Bargeld gegeben hatte, das Geld, bei dessen Suche du ihm helfen solltest. Wer hat dir einen besseren Schnitt geboten? Paul oder Lang?«

Sie knallte ihm eine. »Mögen« verwandelte sich in einem Wimpernschlag in Hass.

»Lang will dich tot sehen. Ich sage nein. Ich sage ihm, du bist ein guter Mann«, erklärte sie. »Raphael vertraut dir. Wieso willst du großes Problem machen?«

An jenem Tag hatte *The Clash* stundenlang in Dauerschleife auf dem Laptop gespielt. In dem Laborbericht, den Pratt Calvino gezeigt hatte, stand, dass sowohl die Whiskyflasche als auch das Glas positiv auf Pentobarbital getestet worden waren. Aus der Kopie des Obduktionsberichts ging hervor, dass Raphael zehn Gramm eingenommen hatte, mehr als genug, um sich ins nächste Leben zu katapultieren. Calvino hatte sich ursprünglich vorgestellt, dass Tuk sich an Raphael geschmiegt und gespürt hatte, wie sein Atem flach und seine Haut kalt wurde, während er sein Leben aushauchte. Aber das war gewesen, bevor er von Lang erfahren hatte, von den Bitcoins und dem Kunstsammler in Hongkong, dessen Anwalt zu Raphaels Einäscherung gekommen war.

Wenn die Polizei einen beliebigen jungen *Farang* wie Raphael Pascal nach einem Selbstmord tot auffand, hätte sie es sich leicht machen müssen. Klappe zu, Affe tot. Eine kleine Meldung in den Nachrichten, nach einer Woche längst vergessen. Aber Journalisten waren immer auf der Suche nach saftigen Details, die eine Story am Leben hielten. Dass Raphael eine Selbstmorddroge verwendet hatte und so viele Frauen in seinem Atelier ein- und ausgegangen waren, hatte Aufsehen erregt. Wenn sich in Bangkok eine Art Todeskult eingenistet hatte, war das nichts, was die Lamettaträger von der Polizei ihre Herren und Meister vom Militär erfahren lassen wollten. Dafür gab es wirtschaftliche Hintergründe. Der Tourismus brauchte das Bild eines friedlichen, unterhaltsamen und entspannenden Reiseziels. Wenn es sich herumsprach, dass junge Ausländer und ihre Begleiterinnen hier Zugang zu Todesdrogen hatten, war das ein Tiefschlag für die Branche. Mütter würden sich Sorgen machen, dass ihre Söhne und Töchter die falsche Droge schluckten. Statt zuzugeben, dass der moderne globale Alltag in Bangkok Einzug gehalten und einen personalisierten Todeskult geboren hatte, nahm man dann lieber den einen Mann ins Visier, der am meisten von den Todesfällen profitierte, und hängte ihm die Sache an. Problem gelöst. Sollte doch jemand anderes die Asche einsammeln.

»Wusste Raphael, dass Langs Käufer darauf bestand, dass jedes der Modelle eines tragischen Todes starb?«, fragte er.

Ihre Unterlippe zitterte.

»Er will Modelle, die so denken wie er. Er glaubt, sie wollen auch sterben wie er.«

Er wies auf die Bilder an der Wand.

»Du kanntest diese Frauen von der Escort-Agentur. Wusstest du auch, was aus ihnen werden würde, nachdem sie Raphael Modell gestanden hatten?«

Sie zog die Augenbrauen hoch.

»Ich bin Mädchen vom Land. Ich nicht denke zu viel. Ist nicht gut, denken in meinem Geschäft. Verstehst du?«

»Tuk, gib es einfach zu. Du hast sie sozusagen in Geschenkpapier gewickelt in seinem Atelier abgeliefert.«

Ihr Gesicht verdüsterte sich, bevor gleich der Sturm losbrach.

»Er will hübsche Mädchen zum Malen. Ich will nicht, dass er hübsche Mädchen ansieht. *Farangs* wissen nicht, dass viele Mädchen schlecht, lügen und betrügen nur. Meine Freundinnen nicht so. Ich denke, was ich tue, hilft allen. Aber ich bin dumm.«

Sie sagte es ohne Ironie. Tuk war besessen von der klassischen Angst des Bargirls – dass sie ihren Kunden an das nächste hübsche Gesicht verlor, das zur Tür hereinkam und nach dem sich die Köpfe umdrehten. Sie hatte Raphael gefunden und ihren Besitz bewahren wollen. In diesem Gewerbe galt die Regel, dass ein Mächen nicht im Revier einer Freundin wilderte und umgekehrt.

»Ich helfe meinen Freundinnen, ja.«

Er deutete auf die Bilder.

»Sie sind allesamt tot, und du wusstest, dass sie sterben würden.«

»Das darfst du nicht sagen«, meinte sie zornig, weil er sie dafür verantwortlich machte. »Ich sage dir die Wahrheit. Ich mache keine Droge in ihre Drinks. Ich weiß nicht, wer das tut. Ich bin ehrlich zu dir. Ich habe das Mittel in Raphaels Glas getan. Er hat es gesehen. Nachdem ich ihm den Drink gebe, sagt er: ›Das riecht wie der Tod.‹ Er sieht das Glas an, und ich erzähle ihm, dass Lang mich dafür bezahlt hat. Dann sage ich: ›Ich mache nur Witze‹, aber ich mache keine Witze, und er weiß es. Er sieht das Glas an und wieder mich. Er sagt: ›Willst du dir nicht auch so einen speziellen Drink mixen?‹ Er lächelt mich groß an, als ob er glücklich wäre und sehen möchte, wie ich anderen Drink mache. Ich sage: ›Für mich nicht, ich muss noch arbeiten.‹ Er lacht und lacht. ›Das ist brillant, Tuk‹, sagt er. ›Ehrlich brillant gedacht. Wie sollte ich eine Welt vermissen, die Lang, Paul und dich zusammengebracht hat?‹ Er riecht wieder an dem Glas, als ob er mich verspotten will.

Und ich sage: ›Es riecht nicht. Du sagst, du willst dich töten, aber ich glaube, es ist nicht wahr. Du spielst mit dem Tod. Du bist kein ernsthafter Mann. Bist wie kleiner Junge. Warum du magst dieses Spiel? Warum soll ich dir verrückte Mädchen bringen, die sterben wollen. Du machst Geschäft mit Bildern. Ich mache Geschäft mit Mädchen. Wir sind nicht anders als Gangster oder Killer. Kein Zorn. Es ist Geschäft. Ich bringe Mädchen. Sie steht Modell für dich, sie geht weg und tötet sich. Und du? Versuchst du, sie aufzuhalten? Sagst du: ›Warum hübsches Mädchen wie du will sterben?‹ Nein, du fragst nach neuem Mädchen, das du malen kannst, bis sie sich tötet. Warum tust du das? Ich denke, okay, ich mache dir den letzten Drink. Ich überlasse dir die Entscheidung. Trinken? Nicht trinken? Was wirst du tun?

Er steht bei der Tür mit dem Glas in der Hand. Ich denke, er ist ein gut aussehender Mann. *Jing jing.* Ich glaube immer noch, er macht sich lustig. Aber er sieht mich nicht an. Er sieht Glas an. Ich fange an zu lachen. Er sagt: ›Warum lachst du?‹ Ich sage: ›Sieh deine Füße an.‹ Er sieht auf Füße. Ich sage: ›Siehst du nicht die Farbe? Du tropfst rote, grüne, schwarze und gelbe Farbe auf deine Zehennägel. Deine Füße sehen aus wie Weihnachtsbaum. Ich habe noch nie solche Füße gesehen an einem Mann. Sie sehen aus wie Kinderfüße. Ein Mädchen sieht deine Füße und sie will deine Mutter sein. Auf dich aufpassen. Dir einen Kuss geben und dich in den Arm nehmen.‹ Er denkt eine Minute darüber nach, was ich gesagt habe. Dann zieht er eine Schublade auf und nimmt Papier und Stift heraus. Er setzt sich auf den Boden und schreibt etwas. Ich sehe ihn Geld aus seiner Brieftasche zählen. Er legt das Geld mit dem Blatt Papier auf den Boden. Thailändisches Geld, Dollar, Euro.

›Was ist das?‹, sage ich. ›Frag deinen *Farang*-Freund Paul‹, sagt er. ›Du bist mein Freund, *jing jing*‹, sage ich zu ihm.

Dann kommt er und setzt sich auf Bett. Legt seinen Arm um mich. Küsst mich hier.« Sie zeigte auf ihre Nase. »Dann nimmt er das Glas. Und ich habe Angst. Ich will nicht, dass er stirbt. Ich sage, es war bloß Witz. Ich sage: ›Bist du sicher? Gib her, ich schütte es weg.‹ Er lächelt und trinkt das Glas leer. Er gibt es mir zurück, und ich stelle es auf den Boden neben das Geld. Er lacht und stößt mich nach hinten und legt sich auf mich, flüstert etwas. ›Was sagst du?‹, frage ich. Ich kann ihn nicht verstehen. Er spricht nicht Englisch. Er spricht Französisch. Wir legen uns hin und er berührt meine

Brust. Saugt an meinem Nippel wie ein Baby. Er wird steif und dringt in mich ein. So bleibt er lange, hält mich ganz fest. Wie Muay Thai Mann.«

Raphael war in ihren Armen gestorben.

»Als Letztes sagt er zu mir: ›Willst du bleiben oder willst du gehen?‹ Ich sage ihm: ›Ich bleibe bei dir.‹ Er drückt mich fest und sagt: ›Danke.‹ Ich spüre, wie er stirbt. Er hört auf zu atmen und ich weine und halte ihn ganz fest.«

Die Tränen kehrten wieder, als sie Calvino an sich zog.

»Und dann hast du Paul Steed angerufen?«

»Ich habe Angst. Ich sehe das Geld, das Rapha am Boden gelassen hat. Ich bin überrascht. Es ist nicht viel Geld. Ich denke, Lang und Paul werden nicht zufrieden sein, wenn sehen so wenig Geld. Ich fürchte, sie glauben, ich nehme großes Geld und lüge, sage ihnen, dass nicht viel Geld in der Wohnung. Aber ich habe Angst, Lang glaubt mir nicht. Ich rufe Paul. Ich weiß, er wird mir glauben. Polizei wird kommen und sehen. Jeder wird sehen. Ich habe nicht großes Geld genommen.«

Sie hatte ihre Geschichte für ein Publikum verändert, das ihr keine andere Wahl gelassen hatte. Ihre Version konnte der Wahrheit entsprechen, doch in ihrer Welt war die Wahrheit modellierbar. Die glatt polierte Oberfläche ihrer revidierten Fassung der Ereignisse hatte eine Art von Glanz, einen Schimmer, den die Menschen für ein Zeichen der Wahrheit hielten. Raphael hatte das letzte Gemälde seiner Serie beendet. Er hatte sich dagegen entschieden, Caravaggios Beispiel zu folgen und eine Kneipenschlägerei anzuzetteln. An vielen Orten mag die Zeit der Schwerter und Messer noch nicht vorbei sein, und man ficht dort sein blutiges Geschäft auf der Straße aus. Doch in Bangkok war das zur Rarität geworden. Handy- und Überwachungskameras patrouillierten die Straßen und Bars. Nichts geschah mehr im Verborgenen, und Morde erregten öffentliche Aufmerksamkeit. Sie waren eine Attraktion, aber sie mussten schon etwas Ungewöhnliches sein. Auf der Straße zu sterben, wäre ein Tod aus zweiter Hand gewesen, nur die schlechte Kopie eines Barockmalers, der vor vierhundert Jahren gestorben war.

»Ich gehe jetzt«, sagte sie.

Calvino zählte ihr zehn Tausend-Baht-Scheine in die ausgestreckte Hand. Ihre Lippen bewegten sich stumm, während sie mitrechnete. Als sie sich überzeugt hatte, voll bezahlt worden zu sein, warf sie ihm einen lasziven Kuss zu.

»Wenn du mal wieder reden willst, ruf mich an«, sagte sie und stopfte das Geld in ihre Handtasche. »Aber nicht umsonst. Nichts umsonst.«

Sie lehnte im Türrahmen und Calvino stellte sich vor, dass sie gerade Raphaels Pose imitierte. Er versuchte nicht, sie zurückzuhalten, und fragte sich, warum sie noch blieb und in ihren Highheels auf ihn auf dem Bett herabsah. Er hatte alles aus ihr herausbekommen. Ihre letzten Worte waren entscheidend – sie hatte die Deckung fallen lassen und war aufrichtig gewesen. Die Stimme einer begrenzten Freiheit. Raphael hätte sie zu schätzen gewusst. Sie hatte etwas in ihm gesehen und erkannt, dass er verstanden hatte, dass es nichts umsonst gab.

»Hast du nicht etwas vergessen?«, fragte sie mit schiefem Lächeln, während sie den Kopf auf die Seite legte.

Calvino wusste nicht, was sie meinte.

»Was denn?«, fragte er.

»Geld für Taxi«, erwiderte sie.

Tuk hatte sich nicht bremsen können, die klassische Forderung noch auf der Türschwelle zu stellen. Calvino zählte weitere zweihundert Baht ab, faltete sie und drückte ihr die Scheine in die Hand.

»Hat Raphael dir Taxigeld gegeben?«

Sie warf den Kopf in den Nacken und lachte.

»Natürlich nicht. Aber du bist nicht Raphael.«

Calvino kramte weitere zweihundert Baht aus der Brieftasche und reichte sie ihr. Sie steckte alles in die Handtasche und schloss die Tür hinter sich.

Er stellte sich ihren Alltag vor, ständig auf der Jagd nach ein paar Scheinen. Sie war wie der Kapitän eines Fischtrawlers auf der Suche nach dem Fang seines Lebens. Kleine wie große Fische tummelten sich in allen Schichten und Tiefen. Paul hatte Calvino zwei Riesen bezahlt, um Raphael zu suchen, dieser hatte das Geld Raphael für ein Gemälde gegeben, und Raphael hatte es Tuk in seinem Abschiedsbrief hinterlassen. Das Geld bildete ein Schwerkraftfeld, um das sich alles immer rasanter drehte.

Was taugten Calvinos Gesetze noch, wenn sie ihr Verfallsdatum schneller erreichten, als er sie aufstellen konnte? Wie bei vielen Dingen in Thailand hatte es auch bei Raphaels Mädchen ein zweistufiges Preissystem gegeben, je nachdem, ob sie mit jemandem in ihrem eigenen Alter ins Bett gingen oder nicht. Vielleicht war es wirklich ganz einfach. Raphael war sehr jung gewesen, hatte nie Forderungen gestellt, nie mit ihnen wegen der Kunden oder ihres Freundes gestritten und ihnen Geld gegeben, ohne eine Gegenleistung zu verlangen. Er hatte sie wie menschliche Wesen behandelt. Tuk hatte sein Geld genommen, sich dabei jedoch nie schmutzig oder erniedrigt oder als Hure fühlen müssen. Indem sie Calvino nach Taxigeld fragte, hatte sie verraten, wie sie sich in dem Augenblick vor ihrem Abgang gefühlt hatte.

FÜNF

Calvino hörte, wie die Wohnungstür geöffnet wurde. Er grinste und schüttelte den Kopf. Wahrscheinlich hatte Tuk etwas zurückgelassen – eine Haarbürste, ihr Telefon, Lippenstift oder vielleicht auch nur verletzten Stolz. Doch diesmal lag Calvinos falsch.

P'Pensiri kam als Erste herein, gefolgt von zwei Polizisten in Uniform, darunter ein Colonel. Dann tauchte ein Thailänder im Anzug auf, in dem Calvino Wang Tao von Raphaels Trauerfeier wiedererkannte, der auch später an Langs Tisch im *Finders* gesessen hatte. Er hatte ihn ursprünglich für einen von Langs Leuten gehalten. Tatsächlich war er in der Stadt, um ein Auge auf Lang zu haben und das Geschäft mit der Bilderserie abzuwickeln. Der Anwalt aus Hongkong starrte Calvino ausdruckslos an. Er trat beiseite und ließ die Karawane an sich vorüber ins Atelier ziehen. Als Wang Tao vor der Wand mit den Bildern stehen blieb, gestattete er sich endlich ein Lächeln. Er sah aus wie eine Katze, die einen offenstehenden Vogelkäfig erspäht hat.

»Khun Vincent, ich hoffe, Sie haben nichts dagegen, aber diese Männer sind gekommen, um die Gemälde mitzunehmen«, erklärte P'Pensiri.

Sie stellte die Polizisten vor.

»Ich habe allerdings etwas dagegen, P'Pensiri.«

Sie seufzte und sah ihn mit einer Mischung aus Erheiterung und Enttäuschung an, während er in seinen Muay Thai Trainingsklamotten in der Tür stand.

»Das steht Ihnen zu«, sagte sie. »Nur hat Colonel Panit hier seine Befehle. Als Wohnungseigentümerin hatte ich keine andere Wahl, als zu gehorchen.«

»Was sind das für Befehle? Wessen Befehle?«

Er sah aus wie ein Boxer, der mit dem Ringrichter streitet, obwohl er genau weiß, dass eine solche Diskussion sich nicht lohnt.

»Er soll Raphaels Bilder konfiszieren. Allerdings nicht alle.«

Calvino fing den Blick des selbstzufriedenen Wang Tao ein.

»Diese sechs«, sagte der Mann.

Er nickte zur Wand hin und grinste spöttisch, als er Calvinos Hände bemerkte, bandagiert und bereit, die Boxhandschuhe überzustreifen.

»Dazu brauchen Sie einen Gerichtsbeschluss«, wandte Calvino ein. Das zauberte ein leichtes Lächeln auf Wang Taos stoische Mine. Als wollte er damit ausdrücken, dass Calvinos westlichem Verstand die tieferen Funktionsweisen des Systems verborgen blieben.

Er stand kurz davor, auf den Zehenspitzen zu tänzeln und zu rufen: »Ich bin der Größte!«, aber etwas sagte ihm, dass die Anspielung an Wang Tao und die anderen im Raum verschwendet gewesen wäre.

»Da gibt es nichts zu grinsen, Mr Calvino«, sagte Wang Tao. »Die Polizei braucht keinen Gerichtsbeschluss, um bei einem Verdächtigen während einer Mordermittlung Beweismaterial sicherzustellen. Eine Weigerung könnte so gedeutet werden, dass Sie etwas zu verbergen haben. Es wäre wie ein Schuldeingeständnis.«

Colonel Panit und die anderen überließen das Reden Wang Tao. Doch sie ließen diesen seltsam gekleideten

Farang nicht aus den Augen, der so wirkte, als könnte er gleich etwas Verrücktes anstellen. P'Pensiri konnte dem englisch geführten Gespräch ohne Schwierigkeiten folgen, Colonel Panit verstand etwa vierzig Prozent davon, und der andere Beamte nur Bahnhof.

Der Colonel trat vor, gestikulierte zu den Bildern hin und überreichte P'Pensiri ein Papier in thailändischer Schrift.

»Colonel Panit bittet Sie, dieses Dokument zu unterzeichnen«, erklärte sie Calvino.

»Und wenn nicht?«

Colonel Panit schüttelte den Kopf.

»Wir können regeln freundlich, nette Art. Oder wir können anders. Wie Sie wollen. Ich denke, Sie unterschreiben, so oder so«, sagte er. »Freundliche Art beste. Glauben Sie mir.«

Alle Augen waren auf Calvino gerichtet. Er sah aus wie ein Boxer, der wieder auf die Beine zu kommen versuchte, nachdem ihn ein blitzschnelles Knie in den Solarplexus getroffen hatte und Lanzen aus Schmerz durch Magen und Zwerchfell schossen. Der Colonel nickte seinem Untergebenen zu. Der trat vor und löste ein paar Handschellen vom Gürtel.

»Ich glaube Ihnen, Colonel. Lassen Sie uns nett zueinander sein.«

Der Colonel und die anderen lächelten erleichtert, nicht jedoch Wang Tao.

Calvino machte sich nicht die Mühe zu fragen, woher die Polizei und Wang gewusst hatten, dass die Bilder im Atelier hingen. Wang Tao hielt ihm einen billigen Kugelschreiber hin. Er erwog, Colonel Panit zu bitten, ihm den thailändischen Text vorzulesen. Aber spielte es wirklich eine Rolle, was da stand? Calvino nahm den Stift mit der eingewickelten Hand, kritzelte seine Unterschrift unter das Dokument und gab es zusammen mit dem Stift zurück. Der Colonel in Zivil und sein uniformierter Untergebener begannen, die Gemälde abzuhängen und an die Wand neben der Tür zu lehnen.

»Vorsichtig«, wies Wang Tao sie an. »Das sind keine Reissäcke, die man auf einen Lastwagen wirft. Das ist hohe Kunst. Sehr wertvoll. Gehen Sie bitte behutsam damit um.«

Wie man mit Kunst umzugehen hatte, musste man den Frauen im Umkreis von Wang Tao nicht erklären. Calvino dachte über Tuk nach. Sie hatte ihre Rolle brillant gespielt.

Sie hatte ihn nicht mit einem unerwarteten Anfall von Sentimentalität enttäuscht, sondern genau das getan, was er vorhergesehen hatte. Sie hatte Lang berichtet, dass die Chance bestand, die Bilder in die Hand zu bekommen. Und der hatte sich nur noch überlegen müssen, wie sich die *Sechs Grade der Freiheit* am besten beim Anwalt des Käufers abliefern ließen.

»Wang Tao, Sie haben uns noch gar nicht gesagt, wen Sie repräsentieren«, sagte Calvino.

Der Kopf des Mannes schnellte herum. Er hatte die Anwesenheit des Privatdetektivs fast vergessen, während er den Abtransport der Bilder beaufsichtigte. Calvino war nicht mehr wichtig.

»Diese Information ist vertraulich, Mr Calvino.«

»Ich verstehe. Ehre unter Aschedieben«, spottete Calvino. »Danke für die Aufklärung. Ich persönlich habe mich gegen eine Einäscherung entschieden, wenn meine Zeit gekommen ist. Falls Ihr Klient Sie zu meiner Trauerfeier wieder herschickt, schnappen Sie sich einfach einen Arm oder ein Bein. Machen Sie es wie mit dem südchinesischen Meer, eignen Sie es sich Stück für Stück an.«

Ihm war aufgefallen, dass P'Pensiri ihn eindringlich beobachtet hatte, als er das Dokument unterzeichnete. Sie war in vollem Make-up erschienen, die Haare frisch vom Friseur gepflegt. An der rechten Hand trug sie einen großen Smaragdring, an der linken glitzerte ein Rubin in einem kleinen Nest von Diamanten. An ihrem Handgelenk sah

Calvino eine Cartier-Uhr mit einem Diamantarmband. Es war eine eigene Kunstform, einen Thai nach seinem Erscheinungsbild zu beurteilen. Aus den Juwelen und dem Make-up schloss Calvino, dass P'Pensiri gewusst hatte, dass sie sich mit allen Attributen ihres Rangs ausstatten musste, um ihre Rolle in dieser behördlichen Angelegenheit zu spielen. Hinter der P'Pensiri von Raphaels Trauerfeier, die ihm den neuen Schlüssel zu Raphaels Atelier gegeben hatte, wurde eine andere Frau sichtbar, die er hier in Gegenwart von Colonel Panit zum ersten Mal erblickte. Er bemerkte, wie sie auf ihrer Cartier nach der Zeit sah. In Thailand war die Anzeige der Uhrzeit nur ein Nebeneffekt dessen, was die Uhr über den Träger aussagte.

Als er das Dokument unterzeichnet hatte, fragte er P'Pensiri, was darin stand. Sie wandte sich zu Wang Tao.

Der zog ein Blatt Papier aus der Aktentasche und sagte: »Ich übersetze Ihnen das Wesentliche auf Englisch. Hier steht, dass Sie als Raphael Pascals Testamentsvollstrecker zustimmen, sechs Gemälde aus dem Nachlass an den Anwalt Wang Tao zu übergeben, um einen Anspruch gegenüber dem verstorbenen Künstler auszugleichen. Sie erklären, ihm die Bilder aus freiem Willen auszuhändigen und als Nachlassverwalter auf alle Besitzrechte daran zu verzichten et cetera pp.«

»Kann ich eine Kopie davon haben?«, fragte Calvino den Anwalt.

Wang Tao überreichte ihm das Papier, aus dem er zitiert hatte.

»Für Ihre Unterlagen«, erklärte er.

»Es war mir ein Vergnügen, mit Ihnen Geschäfte zu machen«, sagte Calvino. »Wenn Sie Sia Lang sehen, fragen Sie ihn bitte, wann ich mit dem Geld aus dem Verkauf rechnen kann.«

»Das ist nicht Sache meines Klienten«, erwiderte Wang Tao.

»Wohl nicht. Was sind denn die Angelegenheiten Ihres Klienten?«

»Er macht in Keramik«, gab Wang Tao ohne zu zögern zurück.

»Ein Toilettenschüsselfabrikant, inspiriert von der Terrakotta-Armee. Ein Spezialist. Ich verstehe. Ihr Klient steht in einer langen Tradition chinesischer Opferkunst.«

P'Pensiri blieb neben der Tür stehen, während die Bilder eines nach dem anderen durch das Treppenhaus verschwanden. Auf der Straße wartete ein schwarzer SUV mit laufendem Motor. Als das letzte Bild hinausgetragen wurde, ging auch Colonel Panit. Nur Wang Tao und P'Pensiri blieben zurück.

Calvino stand mit verschränkten Armen und leicht gebeugtem Knie da. Er löste den Blick von der nackten Wand und sah den Anwalt an, der ihn misstrauisch beobachtete. Er schien zu befürchten, dass dieser in die Jahre gekommene Muay Thai Kämpfer ihm das Knie in die Weichteile rammen wollte, und wich einen Schritt zurück.«

»Es war mir ein unvergessliches Erlebnis, Mr Wang Tao.«

Calvino drückte das Knie durch und grinste.

»Ironie ist ein Luxus des weißen Mannes, Mr Calvino. Wenn Sie sich übernehmen, könnten Sie daran ersticken.«

Calvino verzog das Gesicht zu einem gut gelaunten Grinsen.

»Wissen Sie, das ist komisch. Ich dachte gerade daran, dass die Arbeit für die Mafia einem Anwalt ein Leben im Luxus mit fetten Honoraren garantiert. Aber ...«

Wang Taos Grinsen verblasste.

»Aber wenn Sie eine gewisse rote Linie überschreiten, die nie genau zu orten ist«, fuhr Calvino fort, »könnte es sein, dass Sie unter die Räder kommen. Es ist überall dasselbe. New York, Hongkong, Bangkok. Wenn Sie es vermasseln, sind Sie geliefert. Ein anderer bekommt Ihre

Akten und schreibt die Honorarabrechnungen. Eine kleine Lektion für uns alle – niemand ist unersetzlich.«

»Ich kenne auch eine kleine Lektion für Sie. Wenn Sie in einem Augenblick des Zorns Geduld bewahren, vermeiden Sie hundert Tage der Sorge. Es ist der geduldige Mann, der in schwierigen Zeiten unersetzlich ist.«

Da hatte Calvino gerade angefangen, seinen Zorn über Wang Tao abzureagieren, und nun rang er ihm unwillkürlich Respekt ab. Er hatte eine universelle Wahrheit ausgesprochen. Es war verwirrend, jemanden gleichzeitig zu hassen und zu bewundern.

Wang Tao wandte sich ab, als hätte nichts, was er hinter sich zurückließ, noch irgendeine Bedeutung. Zurück blieb ein schales Gefühl. Es war nicht der Tod der Unschuld, eher die Empfindung, dass die Unschuld, wo immer sie sich zeigte, in kalter und systematischer Weise betrogen werden würde.

Schließlich war nur noch P'Pensiri zurückgeblieben. Sie hatte sich mit eng zusammengedrückten Knien auf die Sofakante gesetzt und starrte ihr Mobiltelefon an, um Calvino nicht ansehen zu müssen. Vielleicht hatte sie auch nur vergessen, wie man Blickkontakt herstellte. Stille breitete sich im leeren Atelier aus, in die nur gedämpfter Verkehrslärm von der Straße eindrang. Calvino ergriff als Erster das Wort, während er mit der rechten Hand begann, die Bandage an seiner Linken aufzuwickeln.

»Raphael wurde betrogen«, sagte er. »Seine wertvollsten Bilder sind verloren.«

P'Pensiris Fahrer erschien in der Tür. Er streifte die Sandalen ab, zog die Schultern in der unterwürfigen Haltung eines Dieners ein und kam herein.

»Sie haben Ihr Bestes getan, Mr Calvino«, erwiderte P'Pensiri.

Plötzlich nahm er eine andere Seite der undurchschaubaren Immobilienbesitzerin wahr. Es war ein Gesicht, das Raphael möglicherweise gerne gemalt hätte, geprägt von Ehrgeiz und Begehrlichkeit – ein Janusgesicht, die helle Seite warm und einladend, die dunkle voller düsterer Gewitterwolken.

»Glauben Sie das wirklich?«

»Ich muss jetzt gehen, Mr Calvino. Wenn Sie das Atelier mieten wollen, haben Sie ja meine Nummer.«

Die Kälte des Winters durchzog ihre Stimme.

»Leben Sie wohl, P'Pensiri.«

Sie antwortete mit einem flüchtigen Wai, einem, der für sozial Tieferstehende reserviert war. Es war der Abschied einer Frau, die viel Erfahrung damit hatte, ihren Ehrgeiz in Ton, Haltung und Wai zum Ausdruck zu bringen.

Wenn Wang Tao mit Widersprüchen und Zweifeln jonglierte, die er, um Harmonie zu erreichen, mühsam in einer Art von Gleichgewicht hielt, so fehlte P'Pensiri das Talent dafür. Das machte ihre Fassade löchrig, sodass Calvino erkennen konnte, wie brüchig ihre Welt war. Sie hatte die Augen einer Frau, die, wenn sie zur Decke emporsah, Angst hatte, sie könnte jeden Moment auf sie herabstürzen. Ja, sie wirkte stark und entschlossen, doch sie lief mit Sorgenfalten in ihrem stark geschminkten Gesicht herum. Wang Tao oder P'Pensiri, das Alpha und das Omega der Welt lag in jedem von ihnen begraben.

Doch nicht alles ließ sich verbergen. Tuk war das bei Raphael aufgefallen – ein wahrer Künstler, dessen Lebenselixier die Malerei war, bemerkte es nicht, wenn er sich die Füße mit Farbe bekleckert hatte. Stattdessen tanzte er mit bloßen Füßen zu *The Clash*, wie sein Vater es getan hatte, um seiner abstrakten Kunst Leben einzuflößen. Doch dann hatte er sich mächtigeren Kräften gegenüber gesehen, als er sich hatte vorstellen können. Unvermeidlich, dass er irgendwann feststellte, dass sein Tag der toten Schöpfung nie an die Terrakotta-Armee heranreichen würde. Das hatte ihn jedoch nicht davon abgehalten, den Auftrag anzunehmen, sich einen Hofstaat für die Reise ins Reich der Toten zu erschaffen.

SECHS

Ratana wartete schon auf ihn, als er am Vormittag ins Büro kam. Aus langjähriger Erfahrung erkannte Calvino an ihrer besorgten Miene, dass sie unangenehme Neuigkeiten hatte. Unruhe huschte über ihr Gesicht wie schwankende Aktienkurse nach der Nachricht von einem großen Terroranschlag.

»Was ist das Problem?«, fragte er.

»Gavin ist tot.«

Da war es – in einem einzigen, schlichten Satz, der den ganzen Morgen aus ihr heraus gewollt und nur auf das richtige Publikum gewartet hatte.

»Wann?«

»Gestern Nacht. Es ist online in den Nachrichten. Mit Fotos. Furchtbar.«

Calvino war nicht im Internet gewesen. Er hatte das Handy ausgeschaltet. Nachdem er Raphaels altes Atelier verlassen hatte, hatte er sich tief in sich selbst zurückgezogen und das Schild »Kein Eintritt, bitte nicht stören«, vor die Tür gehängt.

»Wie?«

»Er hat sich mit seinem alten Gürtel erhängt. Bei sich zu Hause.«

Ratana folgte Calvino in sein Büro. Er setzte sich an den Schreibtisch, schaltete den Computer ein und scrollte durch die Morgennachrichten über den Selbstmord eines

Niederländers. Er hatte einen Abschiedsbrief hinterlassen: »Ich wollte, ich hätte mehr tun können. Es tut mir leid, euch Schwierigkeiten zu bereiten. Aber meine Zeit ist gekommen. Es war meine eigene Entscheidung.«

Calvino wählte die Nummer der Hotline. Sie war belegt. Er rief immer wieder an, bis er endlich durchkam.

»Geben Sie mir Ronnie«, bat er.

Ronnie war einer der Wenigen, an den er sich von der Trauerfeier und später aus dem Büro der Hotline erinnern konnte. Ein paar Sekunden vergingen, dann kam er an den Apparat.

»Vincent, wir sind gerade in einer Krisensitzung.«

»Wer hat die Leiche gefunden?«, wollte er wissen.

»Janet«, lautete die Antwort.

Calvino erinnerte sich von der *Bamboo Bar* an sie. Eine nervöse, stille Frau. Es war ihm schwergefallen, sich vorzustellen, wie sie es jemandem ausredete, sich umzubringen. Sie lag im Clinch mit ihrer Mutter und einer älteren Schwester, die einen Wall Street Banker geheiratet hatte.

»Wen hat sie verständigt?«

»Mich. Ich ging zu Gavins Bungalow. Er hatte sich an der Badezimmertür erhängt. Er saß auf einem Stuhl und hatte sich vorgebeugt. Die klassische Sterbeposition. Ich fühlte seinen Puls. Er hatte keinen mehr. Dann rief ich die Polizei.«

»Hat Gavin irgendetwas über das Geld gesagt, das Raphael der Hotline hinterlassen hat?«

»Davon höre ich zum ersten Mal«, sagte Ronnie.

»Sind Sie sicher?«

Er hörte, wie Ronnie am anderen Ende der Leitung rief: »Hat Gavin euch etwas von irgendwelchem Geld erzählt, das Raphael der Hotline hinterlassen hat?«

Gemurmel im Hintergrund. Dann war Ronnie wieder am Apparat.

»Niemand hat etwas von dem Geld gehört.«

Calvino ließ das Kinn auf die Brust sinken. Er legte das Handy auf den Schreibtisch und starrte den Bildschirm an, während Ronnies Stimme dünn und blechern aus dem Telefon drang. »Hallo ... hallo? Sind Sie noch dran? Können Sie mich hören? Alles in Ordnung mit Ihnen?« Die gewohnten Sprüche der Hotline-Freiwilligen eben. Calvino bekam eine Ahnung davon, wie es sein musste, eine Dunkelheit zu erfahren, die tiefer und schwärzer war, als sich in Worten ausdrücken ließ. Er spürte, wie Hoffnungslosigkeit ihn in die Finsternis hineinziehen wollte, und er hatte nicht mehr die Kraft, sich ihrem Sog zu widersetzen.

Ratana hatte noch nie erlebt, dass Calvino eine Träne über das Gesicht rann. Jemand hatte seine Achillesferse gefunden und die Gelegenheit genutzt, um ihn von innen her zu zerreißen. Sie musste an einen geflügelten Garuda denken, jene mythische Gestalt, die halb Mensch und halb Vogel war, ein thailändisches, dem Hinduismus entlehntes Symbol. Der Vogelmensch war herniedergefahren und hatte seine unterschwellige Gewalttätigkeit entfesselt.

Sie ging nach nebenan in ihr eigenes Büro und rief General Pratt an. Eine Stunde später kam er mit einem Karton hausgemachter Kuchen zur Tür herein. Er hatte sie auf dem Villa Market um die Ecke gekauft. Kuchen munterte Pratt auf, wenn er sich bedrückt fühlte, was nicht allzu oft vorkam. Ratana berichtete ihm von ihrer Sorge, Calvino würde wieder in die große Traurigkeit verfallen, wie damals nach der Geschichte in Rangun. Die Träne, die sie auf seiner Wange gesehen hatte, erwähnte sie nicht. Diese kleine, glasklare Perle, die an seinem Profil entlang gelaufen und auf dem Tisch zerplatzt war. Sie hatte sich wie ein ungebetener Eindringling gefühlt. Vincent hätte nicht gewollt, dass sie ihn mit einer Träne im Auge sah, die er nicht mehr zurückhalten konnte.

Als Pratt in Calvinos Büro trat, stand dieser vor dem Fenster und starrte auf das »One Hand Clapping« Schild des Massagesalons unten auf der Straße.

»Ich dachte, ich hätte noch ein paar Tage Zeit«, seufzte er.

Langsam drehte er sich um und kehrte dem Fenster den Rücken zu. »Ich habe ein Problem, Pratt.«

»Welche Art von Problem.«

»Raphael besaß eine Menge Bargeld. Er hatte es im Sofa versteckt. Dem im Atelier, das voller Farbkleckse war.«

»Wie viel Geld?«

»Eine dreiviertel Million Dollar«, antwortete Calvino. »Er hat sie der Selbstmord-Hotline hinterlassen. Ich habe es bei Gavin abgeliefert, und Gavin ist tot. Einer der Freiwilligen hat ihn gefunden. Er hing an seinem eigenen Gürtel. Die Polizei spricht von Selbstmord. Sie haben einen handschriftlichen Abschiedsbrief entdeckt. Ich habe mit der Hotline telefoniert. Niemand wusste etwas von dem Geld. Ich bezweifle, dass du es auf der Inventarliste der Polizei finden wirst.«

»War es Drogengeld?«, fragte Pratt.

»Nein, nichts dergleichen. Es war legal. Sein Pate hatte es ihm als Bitcoins zum achtzehnten Geburtstag geschenkt. Damals waren die praktisch nichts wert. Er hat sie mit Sia Lang als Makler eingewechselt.«

Pratt zog eine Augenbraue hoch. Die Rädchen hinter seinen Augen drehten sich.

»Bist du sicher, dass Sia Lang das alles eingefädelt hat?«

Calvino nickte. »Raphael hat eine Notiz mit Sia Langs Namen hinterlassen. Ich fand sie bei den Stapeln mit den Hundert-Dollar-Scheinen. Warum habe ich das Gefühl, dass du eigentlich eine ganz andere Frage meinst?«

»Hatte Raphael das nötige Fachwissen, um die Geldscheine zu überprüfen?«, erkundigte sich Pratt. »Oder hast du es?«

Calvino stockte der Atem, als ihm dämmerte, worauf Pratts Gebrauch des Wortes »Fachwissen« hindeutete. Es lag auf der Hand. Wie hatte er das Spiel nur nicht durchschauen können? Sia Lang hatte Falschgeldscheine über 750.000 Dollar abgeliefert. Calvino wäre jede Wette eingegangen, dass Raphael als heruntergekommener Maler, der Geld verachtete, einen echten Hundert-Dollar-Schein nicht von einer Blüte hatte unterscheiden können.

»Nicht nur heruntergekommene Künstler lassen sich narren, Vincent.«

»Die Fälschungen waren gut genug, dass man Gavin getötet hat, um sie in die Finger zu kriegen.«

»Denkst du da an jemand bestimmten?«, fragte Pratt.

»P'Pensiris Wohnanlage ist bewacht. Es gibt keine Möglichkeit, unbemerkt hinein oder heraus zu kommen.«

»Die Indizien für Selbstmord waren eindeutig, Vincent.«

Pratt hatte bereits mit einem der Beamten gesprochen, die am Schauplatz von Gavins Tod gewesen waren.

»Und wenn er das Geld in eine Reisetasche getan hatte und sie es unter seinem Bett gefunden haben? Vielleicht hat er auch versucht, es in Baht umzutauschen.« Calvino wartete, während Pratt überlegte.

»Und damit meinst du jemanden, der in der Wohnanlage lebt?«

»Möglicherweise dieselbe Person, die die Tür zu Raphaels Atelier für die Cops und den Anwalt aus Hongkong aufgesperrt hat?«

»Warum grinst du plötzlich, Vincent?«

»Über P'Pensiris Fehler. Sie hat Sia Langs Männern gestattet, Raphaels Gemälde mitzunehmen. Ich habe ein Dokument unterschrieben, in dem ich meine Einwilligung gab. Aber ist P'Pensiri eine Kunstexpertin? Sind die Cops das? Ist es der Anwalt aus Hongkong? Keiner von ihnen hatte eine Ahnung. Sie haben einfach angenommen, es wären die Originale. Eine solche Naivität ist in Bangkok ist schon beinahe rührend, vor allem bei solchen Typen. Die Reproduktionen, die ich habe anfertigen lassen, waren gut genug, um sie zu täuschen. Sie sind nicht einmal auf die Idee gekommen, es wären Fälschungen.«

Ein Schwindelgefühl ergriff Pratt. Er hatte schon viele üble Fälle bearbeitet. Aber Raphael Pascal und sein Kunstprojekt hatten einen richtiggehenden Todeskult in Gang gesetzt. Sia Lang hatte Raphael Blüten untergeschoben, und Calvino hatte Sia Lang eine Serie gefälschter Bilder angedreht. Das bedeutete, dass Sia Lang anstelle von Raphael die Bitcoins abkassiert hatte und Calvino die Originalgemälde immer noch besaß. Und die Insider im Karussell der Fälschungen verstarben mit alarmierender Geschwindigkeit.

»Hast du irgendeinen Beweis dafür, dass du Gavin das Geld übergeben hast?«

»Nein.«

»Das macht es schwierig. Wer immer das Geld genommen hat, kann einfach sagen: ›Welches Geld? Wir haben kein Geld gesehen.‹ Wir können hingehen und noch einmal suchen. Ende der Geschichte.«

Pratt trat neben Calvino ans Fenster. Sie sahen einer alten Frau zu, die an einem Geisterhaus in der Sub-Soi ein Opfer darbrachte. Sie kniete nieder und hielt die brennenden Räucherstäbchen in die Höhe, während eine Brise an ihren weißen Haaren zupfte. Glaube. *Warum stellt das Leben unseren Glauben an andere und an uns selbst auf die Probe*, fragte sich Pratt.

Laut sagte er: »Der Beamte in Mr Pascals Atelier war derselbe wie in Gavins Haus. Er erinnerte sich an mich. Er rief mich an, weil er glaubte, die Fälle könnten in Verbindung stehen.«

»Und siehst du eine, Pratt?«

»Es ist eine interessante Theorie. Und ich glaube dir, was das Geld anbetrifft. Versteh mich nicht falsch. Aber es gibt nichts, was deine Behauptung vor Gericht stützen würde.«

»Es sei denn, der Dieb würde von Sia Langs Trick erfahren und verlangen, dass er die Blüten gegen echte Banknoten austauscht«, sagte Calvino.

»Hast du dabei jemand bestimmtes im Sinn?«, fragte Pratt. »Zum Beispiel deinen Ex-Klienten Paul Steed und seine Freundin?«

»Paul ist weder intelligent genug, noch hat er die nötigen Beziehungen, um in dieser Liga zu spielen. Für Tuk gilt dasselbe — sie ist ein kleiner Goldfisch in einem großen Tümpel. Paul und sie sind genau die Art von Leuten, die von cleveren Menschen mit besseren Verbindungen als Werkzeuge benutzt werden. Was mich alles zu einer interessanten Theorie bringt«, sagte Calvino.

»So schnell würde ich Paul nicht abschreiben.«

Calvino kehrte hinter seinen Schreibtisch zurück und schaltete den Computer ein.

»Ich glaube, es ist folgendermaßen abgelaufen, Pratt. Ich hatte von Anfang an das Gefühl, dass etwas nicht stimmte, konnte aber nicht den Finger darauf legen. Normalerweise lass ich ein ›im Zweifel für den Angeklagten‹ gelten, vor allem bei einem alten Kunden, der seine Rechnungen pünktlich bezahlt. Ich ging also in Raphaels Atelier, weil Paul Steed mich von dort aus angerufen hatte. Er hatte mich ja vor einiger Zeit damit beauftragt, Raphael für ihn zu suchen. Steed erwartete mich mit einem Mädchen namens Tuk. Der Tote war der Vermisste vom Jahr zuvor. Er trug seine Muay Thai Montur und war definitiv k.o. gegangen. Er lag tot im Bett. Seine Gemälde, gerahmt oder nicht gerahmt, bedeckten jeden freien Fleck des Studios. Gab es ein besseres Ablenkungsmanöver als einen Abschiedsbrief mit säuberlich aufgestapelten Geldscheinen? Einen Hund namens Charlie, der zusammengerollt in einer Ecke des Schlafzimmers lag? Zwei Gläser? Und *The Clash* in Dauerschleife auf dem Computer?

Tuk, die Frau, die ich mit meinem Klienten im Atelier vorfand, wirkte verstört. Ich las den Abschiedsbrief. Darin wurde ich zum Nachlassverwalter bestellt. Es war richtig von dir, mich die Wertsachen mitnehmen zu lassen. Das war die sicherste Option. Wir wissen beide, was andernfalls passiert wäre. Innerhalb von vierundzwanzig Stunden wäre sein Atelier so sauber ausgeräumt gewesen wie ausgebleichte Knochen in der Wildnis. Wenn allerdings wertvolle Gegenstände vom Tatort entfernt werden sollten, die als Beweismittel für einen Mord dienen könnten, würde das garantieren, dass der Fall in sich zusammenbricht. Da zuckt hier keiner mit der Wimper.«

»Der entscheidende Punkt ist, dass ich den Beamten vor Ort dazu überredet habe, Mr Pascals Wertsachen in deine Obhut zu übergeben«, sagte Pratt. »Jetzt steckt er in Schwierigkeiten, weil er sich nicht an die Vorschriften gehalten hat.«

»Er steckt in Schwierigkeiten, weil die Gemälde von Anfang an an Sia Lang gehen sollten«, erwiderte Calvino. »Verstehst du nicht? Wir haben ihre Pläne durchkreuzt, sich die Serie anzueignen, und vielleicht den Rest der Bilder dazu. Jetzt hat Sia Lang ein Problem. Ich bin im Besitz der Kunstwerke. Er kommt ins Schwitzen, weil er die Bilder bereits verkauft und das Geld dafür einkassiert hat. Das ist so eine Angewohnheit von ihm. Ich bin überrascht, dass er damit so lange überlebt hat.«

»Ratana sagte, dass dein Klient Paul Steed Softwarevertreter sei«, sagte Pratt. »Er hatte vor seinem Tod keinen direkten Kontakt zu Mr Pascal. Steed kannte zwar Tuk, aber die kannte jede Menge Männer.«

»Steed hatte mich angeheuert, um Raphael Pascal zu suchen«, gab Calvino zurück und öffnete dessen Akte auf seinem Bildschirm. »Aber was er wirklich wollte, waren die Bitcoins. Das Bargeld hätte er natürlich auch gerne genommen. Er scheint da nicht wählerisch zu sein.«

»Eventuell hat er Zugang zu dem Geld«, sagte Pratt.

»Ich denke, er hat herausgefunden, dass Sia Lang den Gegenwert der Bitcoins übergeben hatte. Paul wusste, dass das ein ganzer Haufen Geld sein musste. Er heuerte Tuk an, um es zu suchen. Sie versuchte es, fand aber nichts. Ich glaube nicht, dass jemand außer Raphael wusste, wo das Geld versteckt war. Paul hat Tuk nach seinem Tod sicher geholfen, die Wohnung zu durchsuchen. Es waren Stunden vergangen, bevor er mich anrief. Ich denke, Sia Lang wollte, dass er das Geld fand. Ihn hätte er mithilfe seiner Freunde bei der Polizei in der Hand gehabt. Sie hätten ihn einfach als Anführer eines Fälscherrings verhaftet und ihn dann wegen Mordes angeklagt, weil er seinen Komplizen Raphael Pascal getötet hatten. Aber er konnte das Geld nicht finden. Mir gelang es, aber ich gab es sofort weiter.«

»Wenn das stimmt, hat Sia Lang keine Ahnung, wer das Geld gestohlen hat, nicht einmal ob es gestohlen wurde oder wo genau es sich befindet. Er weiß nicht, dass das Geld inzwischen gefunden wurde«, sagte Pratt und führte damit Calvinos Gedankengang weiter.

»Aber ich werde ihm Bescheid sagen.«

Pratts Kiefermuskeln spannten sich.

»Verbrenn dir nicht die Finger, Vincent.«

»Wie könnte ich das, Pratt? Colonel Panit ließ anklingen, dass die Polizei bereit wäre, die Mordermittlungen einzustellen, wenn gewissen Leuten sechs gefälschte Gemälde zurückgegeben würden. Ich steckte mitten in einem Spiel, das ich nicht verstand. Ich hätte mich raushalten sollen, solange es noch möglich war.«

Calvino kam es so vor, als bräuchte man für manche Spiele Nerven aus Stahl, die Amoralität eines Hais und die Strategie eines Schachgroßmeisters. Gavin war einer von den Guten gewesen. Aber das machte in diesem Spiel keinen Unterschied. Die Regeln beschützten die Unschuldigen nicht. Eher im Gegenteil. Eine der Grundregeln aller Halunken war, die Gavins dieser Welt als Tarnung zu benutzen. Das allein war für Calvino Grund genug, ihnen bei Gelegenheit eine Handvoll Sand ins Getriebe zu schütten, und sei es nur um des Vergnügens willen, ihre Intrigen himmelhoch in die Luft fliegen zu sehen. Vielleicht war das der einzige Weg, in dieser Welt eine Kerze der Hoffnung zu entzünden.

»Du hättest ihnen die Originale geben sollen. Wir leben nicht in normalen Zeiten«, sagte Pratt. »Leute wie die werden das nicht auf sich beruhen lassen.«

»Wann gab es in Bangkok jemals normale Zeiten, Pratt? Frische mein Gedächtnis auf.«

Pratt ging zur Tür.

»Wenn du nicht bis morgen die Aushändigung der echten Gemälde bestätigst, werden sie einen Haftbefehl erlassen. Nur damit zu Bescheid weißt.«

»Colonel Panit sagte, dass die Ermittlungen gegen mich eingestellt würden«, antwortete Calvino. »Dass mit der Übergabe der Bilder alles erledigt wäre.«

»Nichts ist erledigt.«

Pratt wandte den Blick ab. Er konnte nicht fassen, dass Calvino dem Mann auch nur einen Moment lang geglaubt hatte, während Calvino Pratts Reaktion als einen Anflug von Schuldbewusstsein interpretiert hatte.

»Es ist nicht deine Schuld, Pratt.«

»»Nicht der Sterne Schuld ist's, sondern unsre eigene.‹«

»Ich habe dich nicht verraten, mein Freund.«

»Kooperiere, Vincent. Komm diesen Leuten nicht in die Quere. Gib ihnen die Originale der Bilder. Vergiss das Geld, das du gefunden hast. Kehre zu deinem alten Leben zurück. Solange du es noch kannst.«

Calvino erhob sich hinter seinem Schreibtisch, und die beiden Freunde gingen ins Vorzimmer. Ratana blickte von ihrer Tastatur auf.

»Diese Leute besitzen jede Menge Geld und Macht«, sagte Pratt. Mehr als du, mehr als ich. Soll doch das Karma sich ihrer annehmen.«

Während Pratt ein schwaches Lächeln zustande brachte, bemerkte Ratana überrascht, dass er in schlechterer emotionaler Verfassung war als Calvino. Sie hatte ihn angerufen, damit er ihren Chef am Kragen packte, schüttelte und aus seiner Depression riss. Aber Calvino wirkte nicht mehr niedergeschlagen. Es sah so aus, als hätte sich der Gemütszustand dieser beiden Männer zwischen ihnen übertragen.

Sie tauschten *Wais*, und dann war Pratt weg. Calvino kehrte zurück in sein Büro und setzte sich aufs Sofa. Während er dem Klappern von Ratanas Tastatur im Nebenraum lauschte, starrte er das Porträt an, das Raphael von ihm gemalt hatte. Er dachte an die Trauer in Pratts Gesicht, seine Enttäuschung und Frustration, weil er den Prozess nicht stoppen, Calvino nicht aufhalten konnte. Auf Pratts Schultern ruhte die Last einer sich entwickelnden Katastrophe. Er hatte einen Weg gesucht, sich dieser Bürde zu entledigen, und keinen gefunden. Mit Raphaels Leiche hatte Calvino ihn in die Affäre hineingezogen. Und jetzt hatte er einen Hund im Rennen, ob er wollte oder nicht, und der hieß nicht Charlie. Er hatte es nicht mit so vielen Worten ausgedrückt – er hätte Calvino direkt auffordern können, die Polizei anzurufen. Aber es war zu spät. Es war geschehen. Nun konnte Pratt nur noch versuchen, seinen Freund so gut wie möglich vor dem tödlichen Regen abzuschirmen, der bald auf ihn herunterprasseln würde.

Calvino rief Ratana zu: »Ruf P'Pensiri an und vereinbare für morgen einen Termin mit ihr.«

»Was soll ich sagen, worum es geht?«

»Um eine Hündin namens Charlie. Sie sucht ein Zuhause.«

Calvino fiel kein Shakespearezitat aus Julius Cäsar ein, nur eine Zeile von William Blake: »Es ist leichter, einem Feind zu verzeihen als einem Freund.«

SIEBEN

An dem Tag, als Paul Steed Calvino aufgesucht hatte, um ihn mit der Suche nach dem vermissten Raphael Pascal zu beauftragen, hatte er ihn um ein Foto bitten müssen. Eine Google-Suche erbrachte keinen Treffer. Das fand Calvino ungewöhnlich. Ein bildender Künstler, der seine Werke verkaufte, musste Aufnahmen von sich selbst bei Ausstellungseröffnungen, im Atelier und mit seinen Gemälden besitzen, von Interviews, von Kritiken. Aber in Raphael Pascals Fall hatte die Suche keinen einzigen Treffer ergeben.

Steed hatte ihm per E-Mail ein Foto von Raphael geschickt, auf dem er zusammen mit einem anderen *Farang* in einer Restaurantnische saß. Beide lächelten in die Kamera, und der ältere Mann hatte dem jüngeren den Arm um die Schultern gelegt. Calvino hatte wissen wollen, wer der ältere Mann war. Steeds Antwort hatte gelautet, dass es sich um einen Freund von Raphaels Vater handelte, der sich um den jungen Maler Sorgen machte, weil er in Bangkok verschwunden sei und sich nicht meldete. Ein ganz normaler Vermisstenfall. Zu jedem beliebigen Zeitpunkt wurden Hunderte von Personen in Bangkok, Phnom Penh oder Saigon vermisst, die aus tausend verschiedenen Gründen untergetaucht waren. In der hoch technisierten modernen Welt war es einfach geworden, sie aufzuspüren. Die Vorstellung, sich an einem exotischen Ort zu verbergen, um der eigenen Vergangenheit zu entkommen, wurde zur Legende.

Calvino hatte die Züge des jungen Mannes auf dem Foto auf seinem Bildschirm studiert. Dem Älteren hatte er zu wenig Beachtung geschenkt. Später, nach der Lektüre von Raphaels Brief, den er bei dem Tagebuch gefunden hatte, hatte er eine Google-Image-Suche laufen lassen. Sie hatte Erfolg gehabt. Er musste sich nur noch durch die Schichten von Eric Tremblays Leben wühlen, die auf mehrere Websites verteilt auf seinem Bildschirm auftauchten. Eine davon widmete sich seiner musikalischen Karriere. Es war wie mit Treibholzstücken – wenn man genug davon zusammentrug, konnte man einen Tisch, einen Stuhl, sogar ein Haus daraus bauen. Nicht unbedingt ein schönes, aber eines, das seinen Zweck erfüllte.

Calvino stieß auf ein paar Besonderheiten. Eric Tremblay war ein zweiundfünfzig Jahre alter Epileptiker, der mit Raphaels Familie in der Kommune gelebt hatte. Er war geblieben, als diese ging. Es gab eine alte Aufnahme, die Eric Tremblay in der Mitte zeigte, einen Arm um Raphaels Mutter und den anderen um seinen Vater gelegt. Sie wirkten wie eine große, glückliche, vertraute Familie. Auf einem neueren Foto war neben Tremblay und Raphaels Eltern ein kleiner Junge von sieben oder acht Jahren zu sehen, bei dem es sich wohl um Raphael handelte. Tremblay stammte aus reichem Haus, aus einer Familie von Ärzten, Richtern und Anwälten, hatte jedoch seinen eigenen Weg gewählt. Im dritten Studienjahr an der McGill Universität war er ausgestiegen, hatte sich in Britisch-Kolumbien herumgetrieben und später der Freedom Place Kommune angeschlossen. Auch danach war er noch regelmäßig zwischen Quebec und Britisch-Kolumbien hin und her gependelt. Wegen seiner gesundheitlichen Probleme musste er ständig Medikamente einnehmen, um keine epileptischen Anfälle zu bekommen.

Seine Leidenschaft war New Age Musik. Er spielte Bambusflöte und nahm Meditationsmusik auf. Die Kassetten verkaufte er an private Nevenkliniken wie die, in der er selbst sich aufgehalten hatte, an Hotels und Kurbäder. Seine Touren zwischen den Cannabisfarmen in Britisch-Kolumbien und der Kommune in Quebec brachten ihm ein Strafregister ein. Er wurde zweimal wegen Schmuggels verurteilt, beim letzten Mal zu achtzehn Monaten Gefängnis.

Calvino überlegte, wie spät es jetzt in Quebec sein mochte. Es musste gegen elf Uhr abends sein. Der Name Tremblay war dort so verbreitet wie Smith und Jones, und beim ersten halben Dutzend Versuche bekam Calvino den falschen Mann an die Strippe. Doch der siebte war der, nach dem er suchte. Sein Gesicht tauchte auf dem Bildschirm auf.

»Mein Name ist Vincent Calvino. Paul Steed hatte mich engagiert, um Raphael Pascal in Bangkok zu suchen. Er sagte, Sie hätten ihn darum gebeten.«

»Paul hat ihn gesucht, aber nicht gefunden. Er hat also Sie dafür angeheuert?«

»Ich habe Raphael aufgespürt. Paul hat Ihnen nichts davon erzählt?«

»Wann war das?«

»Vor etwa einem Jahr.«

Eine lange Pause entstand. Tremblay starrte in die Kamera seines Computers und versuchte, seine Atmung unter Kontrolle zu halten, während sich hinter seinen Augen ein Gewittersturm zusammenbraute.

»Das ist jetzt echt eine Überraschung.«

Es war ein alter Anwaltstrick, Fragen zu stellen, auf die man die Antworten bereits kannte. Damit ließen sich Lügner schnell entlarven.

»Wie nahe standen Sie Raphael?«

»Ich war sein Pate. Seine Eltern waren meine engsten Freunde.«

»Wird von Paten nicht erwartet, dass sie sich um ihre Patenkinder kümmern?«

»Also ehrlich, nachdem die Familie die Kommune verlassen hatte, stand ich ziemlich allein da. Ich war kein guter Pate, zugegeben. Außer einmal, an Raphaels achtzehntem Geburtstag. Ich erzählte Paul davon. Vielleicht hat er es Ihnen berichtet.«

»Ich wüsste nicht, was Sie meinen.«

»Im Jahr 2009 hat mich einmal jemand in Bitcoins bezahlt. Der Wert war im Keller. Ich besaß etwa fünftausend. Ich schenkte sie Raphael zum achtzehnten Geburtstag. Er war ganz aufgeregt, weil er dachte, das wäre eine Menge Geld. Ich riet ihm, sie aufzuheben. Damals waren sie insgesamt nur ungefähr dreißig kanadische Dollar wert. Das war nicht viel, aber es war der Gedanke, der zählte. Und wissen Sie was? Ich behielt recht. Mann, diese fünftausend Bitcoins gingen ab wie eine Rakete. Vor ein paar Jahren waren sie bei rund einer Million kanadische Dollar angekommen. Ich fürchtete, dass Raphael als Künstler sie vielleicht völlig vergessen hätte. Schließlich war es schon lange her. Also sagte ich zu Paul: ›Wenn Sie Raphael finden, sagen Sie ihm, dass sein Pate immer für ihn da war. Und sagen Sie ihm auch, dass der Pate einen kleinen Beitrag zu seiner eigenen Altersvorsorge zu schätzen wüsste.‹ Aber wie so oft, blieb ich nicht am Ball und vergaß die ganze Geschichte wieder. Ich vermutete, dass Raphael wie sein alter Herr wäre und sich irgendwo eingegraben hätte. Dass er unfähig wäre, seinen restaurierten Cadillac aus der Einfahrt zu fahren und sich auf den Weg zu machen.«

Er verstummte, steckte sich ein paar Tabletten in den Mund und spülte sie mit Rotwein hinunter.

»So, das ist besser. Dann haben Sie Raphael also gefunden. Würden Sie ihn anrufen und bitten, per Skype Kontakt mit mir aufzunehmen?«

»Raphael ist tot.«

Calvino sah, wie Tremblays müde, trübe Augen groß wie platte Reifen wurden. Er schüttelte den Kopf.

»Nein, das kann doch nicht sein. Warum hat mir niemand etwas davon gesagt?«

»Wer hätte das denn tun sollen?«

Das brachte ihn zum Schweigen, und sein Mund verzog sich mürrisch.

»Da haben Sie wohl recht. Nichts, was ich damals angefangen habe, hat sich je so entwickelt, wie ich es wollte.« Ein bitterer Tonfall schlich sich in Erics Stimme.

Er meinte natürlich seine Jugend in der Kommune. Wie sagte man einem Mann, dass er kein Recht hatte, etwas über Menschen zu erfahren, aus deren Leben er einfach verschwunden war? Niemand in Bangkok hatte auch nur die geringste Ahnung von Eric Tremblays Existenz, von seiner Verbindung zu Raphael ganz zu schweigen. *Nein*, dachte Calvino, *das stimmt nicht*. Paul Steed hatte davon gewusst, und er selbst hätte es auch wissen müssen, wenn er sorgfältiger ermittelt hätte. Paul hatte behauptet, Tremblay in New York nach einem New Age Festival in einer Bar kennengelernt zu haben. In jedem Vermisstenfall ergab sich eine lange Liste von Namen, von denen die meisten unwichtig für das Aufspüren der betreffenden Person waren. Doch hin und wieder verbarg sich hinter einem der Grund für das Verschwinden.

»Ich habe versucht, seine Angehörigen aufzutreiben. Aber Ihr Name war nicht darunter.«

»Was hat er mit den Bitcoins gemacht? Hat Raphael sie verkauft?«

Calvino seufzte.

»Das hat er.«

»Ich hoffe, sie haben ihm viel Geld gebracht«, sagte Tremblay. Er verstummte und fügte dann hinzu: »Ich hätte sowieso nichts davon gehabt. Aber das ist Schnee von gestern. Ich bin froh, dass ich endlich in seinem Leben etwas bewirken konnte.«

»Es hatte Auswirkungen auf das Leben von vielen Menschen«, sagte Calvino.

»Echt ein Jammer, die Sache mit Raphael. Ich wollte ihm von Jessie erzählen. Er hätte sich bestimmt noch an sie erinnert. Jessica Leblanc. Sie war im Freedom Place die beste Freundin seiner Mutter. Und kürzlich wurde sie zur Kuratorin eines neuen Museums in Montreal bestellt. Sie war seine erste Mentorin, sie hat ihm als kleiner Junge beigebracht, mit dem Pinsel umzugehen.«

Nach dem Telefonat lehnte Calvino sich zurück und fragte sich, warum Raphael, soweit er das sagen konnte, nie seinen Paten gemalt hatte. Seltsam. Vielleicht hatte er es ja versucht, und es war ihm nur nicht gelungen, das einzufangen, was Calvino während des Skype-Telefonats am Bildschirm gesehen hatte: die entsetzten Augen eines kleinen Jungen, der einer zum Zuschlagen bereiten Kobra gegenübersteht. Und die des nie erwachsen gewordenen Mannes, der dieses Erlebnis auf hundert verschiedene Weisen wiederholte, verzweifelt loslassen wollte und doch Angst hatte vor einem Leben ohne die Schlange.

ACHT

Sia Lang nahm Calvinos Anrufe nicht entgegen. Noch bevor
sein Daumen Schwielen vom ständigen Ablehnen bekam,
hatte Calvino die Nachricht klar und deutlich empfangen
– »Ich will nicht mit Ihnen sprechen. Nie. Wir sind fertig
miteinander.« In einer anderen Branche hätte Lang damit
vielleicht Erfolg gehabt, aber er führte einen Nachtklub und
war nicht schwer zu finden. Wenn man einen Löwen in
die Enge trieb, war seine Reaktion unberechenbar, aber
ohne Hackfleisch und splitternde Knochen würde es nicht
abgehen. Der sichere Umgang mit Raubtieren erforderte
Glück und gutes Timing. Der beste Zeitpunkt war nachts.
Inzwischen war es nach Mitternacht, und Calvino hatte
einen Plan. Er beabsichtigte, auf eigene Faust in die Grube
des Löwen zu springen und ihm einen saftigen Knochen
hinzuwerfen. Der Knochen hieß Paul.

Falls etwas schiefging, wollte er nicht, dass McPhail oder
Pratt oder sonst jemand beteiligt war. Er würde sich ins
Zentrum eines Strudels stürzen, aus dem ihn niemand mehr
herausholen konnte. Das musste er alleine durchziehen. Er
hatte sich mit Paul Steed in Sia Langs Klub verabredet. Er
lächelte bei der Vorstellung, Paul als Tarnung einzusetzen,
als Vorwand, um Zutritt zu erlangen. Paul war der Mann,
der ihn in dieses Minenfeld gelockt hatte, und Calvino
hatte noch eine Rechnung mit ihm offen. Lang würde sich
anhören, was er zu sagen hatte.

Calvino schlenderte durch den Hof, an den großen, identischen Löwenkopfmedaillons vorbei, die den Haupteingang flankierten – gesträubte Mähnen, die Mäuler mit den rasiermesserscharfen Zähnen weit aufgerissen. Man schritt sozusagen zwischen Yin und Yang hindurch zum Eingang. Die beiden Schädel sollten die Illusion vermitteln, man würde einen geschützten Ort betreten. Ein kleiner Wasserfall drehte ein Wasserrad in einem Bassin. Licht streifte die Wasseroberfläche, und zwei Scheinwerferstrahlen spiegelten die brüllenden Löwen an die Wände des Klubs. Es war voll. Alle Tische waren besetzt, und zahlreiche Leute standen mit ihren Gläsern in der Hand herum und warteten darauf, dass irgendwo etwas frei wurde. Es war ein weitläufiger Raum. Plüschige rote Samtsofas mit hohen Lehnen, standen herum, einige davon mit Goldbrokatvorhängen abgeschirmt. An den Wänden hingen Reproduktionen von berühmten Gemälden, die Frauen in erotischen Posen zeigten. Es war die chinesische Vorstellung von einem High-Society-Bordell.

Calvino schob sich zur Bar durch und erstarrte, als er Tuk Händchen haltend mit einem gut gekleideten chinesischen Kunden Mitte dreißig erblickte. Er war in Begleitung von zwei weiteren Männern, deren Haltung darauf hindeutete, dass sie für ihn arbeiteten. Beide hatten Hostessen wie modische Capes um sich drapiert. Calvino zögerte und musterte den Tisch und seine Umgebung.

Tuk bemerkte ihn, ließ sich aber nichts anmerken. Sie tat so, als hätte sie ihn nicht gesehen, und ihr Blick ging durch ihn hindurch – ein beliebtes Damengambit. Irgendwann ertappte er sie. Ihr Blick blieb kurz an ihm hängen, bevor er wieder weg glitt. Sie zeigte keine Regung, wandte sich ihrem Kunden zu und schob ihm eine grüne Weintraube in den Mund. Sie hätte genausogut einen einarmigen Banditen in Atlantic City füttern können. Klubs wie dieser funktionierten wie eine Art Kreuzung aus Kasino und

Streichelzoo – nur, dass hier die im Käfig die Besucher fütterten und diese den Jackpot zu gewinnen hofften.

Tuk griff nach einer weiteren Traube und warf sie Sia Lang in den Mund, als würde sie einen Delphin nach einem gelungenen Kunststück belohnen. Kein Prophet vollführte je ein überzeugenderes Wunder als Tuk, die den wichtigsten Mann im Raum dazu brachte, für eine Traube Männchen zu machen. So lief das Spiel.

Doch es gab Regeln. Als Calvino aufgetaucht war, hatte Tuk gewusst, dass ihr Job es verlangte, ihn zu übersehen. Sie durfte nur Augen für den Kunden haben. Calvino wusste allerdings, dass es noch einen zwingenderen Grund gab. Sie wollte nicht gerade diejenige sein, die Sia Lang die schlechte Nachricht überbrachte, dass Calvino seinen Klub betreten hatte.

Er beobachtete sie, während sie den Traubenweitwurf wie ein erfahrener Kanonier berechnete. Plop, plop, schluck, plop – der Rhythmus eines tropfenden Wasserhahns. Sie saß mit ihrem Chef zusammen, doch der widmete sich einer jüngeren Serviererin, die ihren ersten Abend hatte. Tuk schenkte ihm sorgfältig aus einer Flasche Blue Label nach. Das neue Mädchen bildete mit ihr ein Zweiergespann – und die Neonzeichen an der Wand des Nachtklubs besagten, dass Tuk sich auf dem absteigenden Ast befand. Eine weitere Serviererin gab mit einer silbernen Zange Eiswürfel in Langs Glas. Er drückte ihr fünfhundert Baht in die Hand und sorgte dafür, dass die anderen das Geld sahen. Raphaels Geld – vom Verkauf der *Sechs Grade* und der Bitcoins – finanzierte Langs neuen, verbesserten Lebensstandard. Er gewann Gesicht mit dem Geld eines Toten.

Normalsterbliche fragten sich manchmal, was Gangster eigentlich mit ihrem Geld anfingen. Man musste einen Kerl wie Lang nur ansehen, um zu verstehen, dass es in seiner Welt ausschließlich um Einfluss und Macht ging. Er machte sich andere gefügig. Er flößte ihnen Angst ein. Aber er wusste auch, dass er besser nachgab, wenn ein größerer, gefährlicherer Gangster als er einen Wang Tao nach Bangkok entsandte. Leute wie Lang arbeiteten nicht freiwillig für Selbstmord-Hotlines oder wechselten bettlägerigen alten Menschen die Windeln oder unterzeichneten Petitionen gegen Kinderarbeit. Das hatte einen guten Grund. Es waren Typen wie Lang, die andere Menschen dazu brachten, Selbstmord-Hotlines anzurufen, alte Leute in die Gosse warfen und Kinderarbeit lediglich als lukratives Geschäftsmodell betrachteten.

Es trat nicht nur an Tuks Tisch zutage. Der Geruch nach schnellem, leicht verdientem Geld hing im Raum, während die Reichen darum wetteiferten, wer in Bangkok am meisten zu sagen hatte.

Tuk griff nach einer neuen Traube von Weinbeeren. Auf der anderen Seite des Raums saß Paul Steed an der Bar, trank Whiskey des Hauses on the Rocks und beobachtete die Haie – und zwar buchstäblich. Es war schwer, an der Bar den Blick davon zu lösen. An der Decke über ihr hing ein enormes Aquarium mit vier jungen Haien, die vom einen Ende zum anderen schwammen, hin und her. Jede Wende war das Hai-Äquivalent von *Sisyphus* oder *Hase und Igel*. Einer der vier war doppelt so groß wie die anderen drei. Über Pauls Schulter hinweg sah Calvino zu, wie die weißen Bäuche der Raubfische vorbeiglitten und die schmalen Streifen ihrer Mäuler ein grausiges Lächeln formten wie das eines »Leichenräubers« bei einer Massenkarambolage.

An der Bar saßen noch ein paar andere Farangs, plauderten, machten Witze, sahen in den Spiegel hinter der Bar und fragten sich, warum das Leben ihnen nur einen Hocker zugesprochen hatte und kein Haremssofa. Es gab Alpha-Männchen und Möchtegern-Alpha-Männchen. Wie Schwarze und Weiße in einem Restaurant in Alabama wussten sie, dass sie besser nichts miteinander zu tun bekamen.

Der DJ kam nach seiner Pause wieder zurück und dröhnte die Erkennungsmelodie des Klubs: LA Priests »Lady's in Trouble with the Law.« Der Text wurde verschluckt von den Stimmen auf der Tanzfläche und an der Bar und verschwamm zu einem undefinierbaren Hintergrundgeräusch. Nur der DJ formte mit den Lippen die Worte: »Since I heard from the law, I never look back anymore, from one life to the next, I'll be gone ...« Es war eine passende Titelmelodie für Bangkok nach Mitternacht.

Als Calvino sich gerade auf einen leeren Hocker neben Paul Steed schob, sah er, dass Lang ihn bemerkt hatte. Er würde sich fragen, was sie miteinander zu bereden hatten, und davon ausgehen, dass es um ihn ging. Paul hatte sich mit Calvino verabredet, dennoch war er überrascht, als er tatsächlich in Langs Klub auftauchte. Er hatte irgendwie angenommen, Calvino würde bluffen. Nur ein Narr konnte sich alleine in Langs Räuberhöhle wagen.

Doch Paul besaß ein meisterhaftes Pokerface.

»Manche Gäste trinken hier die ganze Nacht lang und sehen dabei den Haien zu«, sagte er. »Andere kriechen nur in ihr Smartphone hinein.«

»Und Sie, Paul? In welche Richtung geht Ihr Blick? Wie ich sehe, sitzen Sie nicht an Langs Tisch. Ich bemerke Tuk. Aber was ist mit Ihnen? Sie sind hier auf Haiposten, und wer kommt herein? Ausgerechnet ich.«

»Wir haben telefoniert. Ich habe Sie erwartet«, erklärte Paul.

»Sehen Sie sich die Haie an, Paul. Was glauben Sie, auf wen sie warten?«

»Vinny, ich gebe Ihnen einen Drink aus.«

Er sagte es so, als wollte er ausdrücken, dass Calvinos Hiersein keine große Sache, nichts Besonderes sei. Doch unter der Oberfläche blieb er angespannt, während Calvino sich setzte, die Hände auf dem Tresen verschränkte und ihn ansah – mit diesem New Yorker Blick, der keine Furcht kennt und dafür bekannt ist, Rechnungen per Selbstjustiz zu begleichen.

»Gehen wir nach draußen, wo wir ungestört sind«, schlug Calvino vor.

»Mann, wir sind hier in den Tropen. Es ist schweineheiß draußen.«

Jetzt malte sich Furcht in Pauls Augen.

»Lang hat Raphael um die Bilder und die Bitcoins betrogen«, sagte Calvino. »Und um wie viel hat er Sie gelinkt? Sie hatten doch einen Deal. Ich rate nur, aber ich möchte wetten, dass Sie nicht mal die übliche zehnprozentige Provision bekommen haben. Trotzdem geben Sie die Hoffnung nicht auf, dass er Ihnen doch noch etwas abgibt. Und, wie entwickelt sich die Sache, Paul?«

Steed lehnte sich zurück und verdrehte die Augen, bevor er einen Blick zu Langs Tisch warf. »Ich würde mich an Ihrer Stelle nicht mit ihm anlegen.«

»Ich überlasse es Tuk, ihn zu ficken. Ich bin mehr an dem Geld interessiert, um das er Raphael gebracht hat.«

»Lang ist nicht bloß ein reicher Chinese aus Schanghai. Er hat beste Verbindungen. Er ist unantastbar. Denken Sie nicht einmal daran.«

»So gut kennen Sie ihn? Ich bin beeindruckt.«

»Ich kenne ihn vom Sehen.«

»Sie kennen ihn vom Sehen?«

»Hören Sie schlecht? Das habe ich doch gesagt.«

Calvino packte Steed an der Schulter und drückte grob zu.

»Sie verarschen mich, Paul. Davon würde ich abraten.«

Eine Schockwelle aus Schmerz schoss durch Pauls Gesicht, und seine Augen quollen hervor.

»Sie tun mir weh.«

Calvino lockerte den Griff ein wenig, ließ aber nicht los.

»Schauen Sie ins Aquarium, Paul. Das ist es, was wehtut. Wenn die aus ihrem Aquarium hüpfen, sind sie genau wie einer von uns. Dieselben Instinkte. Raubtiere haben Geschmack am Blut.«

»Drohen Sie mir nicht, Calvino.«

Calvino ließ ihn los und setzte sich wieder gerade hin. Die Barkeeperin brachte ihm einen Drink. Sie hatte kurze Haare und ein Lächeln, das besser ins Aquarium gepasst hätte. Sie sagte, dass jemand ihm den Drink ausgegeben hätte, wobei sie zu Langs Tisch hin nickte. Calvino starrte in das Getränk.

»Was ist das? Ein Pentobarbital Spezial?«

Sie zuckte mit den Schultern und verschwand wieder.

Calvino nippte an dem spendierten Drink und wandte sich wieder zu Paul, als der von seinem Hocker gleiten wollte. Er hielt ihn zurück.

»Wir sind noch nicht fertig. Ich habe mich mit einem alten Freund von Ihnen unterhalten. Eric Tremblay.«

»Eric wer?«

»Jetzt tun sie genau das, wovor ich Sie gewarnt habe. Sie verarschen mich. Ich mag es nicht, wenn einer sich dumm stellt. Für Bargirls gehört das zum Beruf. Aber Sie spielen nicht in dieser Liga.«

»Ich sagte doch schon, er ist nur so ein Typ aus Montreal. Es ist mehr als ein Jahr her, dass ich ihn getroffen habe. Und?«

»Das war zu der Zeit, als Sie mich engagiert haben. Sie wollten mir weismachen, dass es im Namen eines Freundes sei. Eines Typen, den Sie in einer Bar in New York kennengelernt hätten. Wahrscheinlich einer wie dieser. Der Typ trank billigen Whiskey und fragte sich, warum er nicht mehr vom Leben hatte. Sein Name war Eric Tremblay. Und er hat mir von seiner Unterhaltung mit Ihnen berichtet, Paul. Auch von Raphaels Bitcoins im Wert von einer Million Dollar.«

»Na und? Er kannte Raphaels Vater. Als er hörte, dass ich in Bangkok lebe, erzählte er mir seine Lebensgeschichte. Er war Raphaels Pate und suchte nach seinem Patenkind, das in Bangkok verschollen war. Ich sagte ihm meine Hilfe zu. Ich habe Sie beauftragt, und Sie haben Raphael aufgestöbert. Was ist verkehrt daran, jemandem behilflich zu sein?«

»Das Problem ist nur, dass Sie sich nie wieder bei Tremblay gemeldet haben, Paul.«

Er kannte den Ausdruck, mit dem Paul Steed ihn anstarrte. Er kennzeichnete den Augenblick, in dem eine Lüge von einem Vierzigtonner überrollt und plattgemacht wurde. Etwas flackerte wie ein schuldbewusstes Nachglühen durch Paul Steeds Augen.

Er wandte sich von Calvino ab und starrte in seinen Drink.

»Was wollen Sie von mir?«

»Nachdem ich Raphael aufgespürt hatte, müssen Sie sich überlegt haben, wie Sie die Bitcoins stehlen könnten. Er war ein Künstler, der sozusagen in Armut lebte. Daraus schlossen Sie, dass er höchstwahrscheinlich das Bitcoin-Konto nie benutzt hatte. Sie konnten sich einfach nicht vorstellen, dass jemand so hauste wie Raphael, wenn ihm eine derartige Menge Geld zur Verfügung stand. Und wenn er es nicht haben wollte – Sie schon. Anfangs taten Sie sich nur mit Tuk zusammen. Tuk wiederum brachte Lang ins Spiel. Und das war der Punkt, an dem Sie die Kontrolle verloren. Sehen Sie den großen Hai da oben im Aquarium? Bemerken Sie, wie die kleineren ihm aus dem Weg gehen? Ich denke, Sie wurden aufs Abstellgleis geschoben. Sie dachten, wenn Raphael erst tot wäre, würden Sie und Tuk schon herausfinden, wo das Geld versteckt war. Aber das haben Sie nicht. Ich dagegen schon.«

»Ich weiß nicht, wovon Sie reden. Ich habe lediglich Tremblay einen Gefallen getan. Sicher, ich kenne Tuk und bin ihrem Boss begegnet. Na und?«

»Wissen Sie, wo Raphael es versteckt hatte?«

Paul sah den Haien beim Kreisen zu. Jeder patrouillierte seinen eigenen, schmalen Kanal.

»Er hatte es im Sofa eingenäht«, erklärte Calvino und sah zu, wie Pauls Miene erschlaffte. »Siebenhundertfünfzigtausend Dollar.«

Calvino trank einen Schluck und beobachtete Pauls Gesicht im Neonlicht des Aquariums. Steed hatte sich als Experte der Desinformation erwiesen. Er hatte andere dazu gebracht, dort zu suchen, wo er es wollte, und zu sehen, was sie sehen sollten. Er besaß keinen Funken Mitgefühl. Was ihn antrieb, war der schlimmste Impuls der menschlichen Spezies: Die Fronten zu wechseln und gleichberechtigt neben Lang zu sitzen, dem großen Alphatier mit dem Silberrücken.

»Allerdings gab es ein Problem mit dem Geld«, fuhr Calvino fort, während er mit schmalen Lippen an seinem Getränk nippte.

Paul warf ihm einen Seitenblick zu.

»Was für ein Problem?«

Calvino ignorierte seinen besorgten Tonfall.

»Dazu komme ich gleich. Zunächst einmal waren Sie, glaube ich, gar nicht so sicher, ob Tremblay nicht bloß Scheiße erzählt hatte. Aber das konnten Sie erst wissen, wenn Sie entsprechende Nachforschungen anstellten. Oder einen Privatermittler engagierten. Das war ich. Außerdem haben Sie Tuk angeheuert. So fanden Sie einen Weg, an Langs Tisch zu sitzen. Sie wussten, worum es ging, und investierten Geld in Ihren Plan. Sie spielten mit hohem Risiko. Es lief auch alles ganz gut – die Frage war nur, wie sollten Sie an das Geld von Raphaels Bitcoins kommen? Sie halfen Lang dabei, ihn auszubezahlen. Keine Überweisung. Solides Bargeld. Sie dachten, Lang hätte Zugang zu derartig hohen Beträgen. Nach Raphaels Selbstmord haben Sie dann mit Tuk das Atelier vergeblich nach dem Geld durchsucht.

371

Sie kamen zu dem Schluss, wenn ich Raphael hatte finden können, würde ich vermutlich auch herausbekommen, wo er das Geld versteckt hatte. Ich war sozusagen, ohne es zu wissen, Ihr stiller Teilhaber. Teil Ihres Plans, sich das Geld anzueignen.«

Calvino warf einen Blick zu Langs Tisch. Die Gruppe schien sich königlich zu amüsieren, lachte, trank und schäkerte.

»Aber jetzt sitzen Sie nicht mehr am Tisch Ihres Partners, nicht wahr, Paul? Ihm scheint es blendend zu gehen. Und sie hocken hier herum und starren die Haie an.«

Paul Steed verdrehte die Augen zum Himmel und schüttelte langsam den Kopf.

»Gut, dann will ich mal das kleine Problem mit dem Geld aufklären, das ich vorhin erwähnt habe. Ihr Partner Lang hat nämlich mit Falschgeld bezahlt. Falls ich wetten sollte, würde ich sagen, dass er vorhatte, Raphael und Sie als Sündenböcke in einem Falschgeldskandal dastehen zu lassen. Irgendeiner musste es ja sein. Warum nicht Paul Steed und Raphael Pascal? Hätte eine schöne Schlagzeile gegeben.«

Calvino schwieg kurz, bevor er fortfuhr. »Was machen Sie denn für ein Gesicht? Sind Sie überrascht, dass Lang nicht fair gespielt hat? Hatten Sie das ernsthaft erwartet?«

»Die werden Sie sich greifen, Vinny.«

»Wer ist ›die‹?«

»Spielt das eine Rolle? Sie wissen doch, wie es läuft. Lang ist nur ein kleiner Fisch. Sie haben nichts gegen Tuk oder mich in der Hand. Wir sind denen völlig egal. Wir wissen, wie man den Mund hält.«

»Sagen Sie Lang Bescheid, dass sich das Falschgeld nicht in meinem Besitz befindet. P'Pensiri hat es. Wer weiß, wie viel Staub sie aufwirbeln kann, wenn sie erst herausgefunden hat, dass es nicht echt ist. Aber der Staub wird in den falschen Nasen kitzeln, und das ist immer schlecht, Paul. Überbringen

Sie Lang die Nachricht. Er sieht aus wie einer, der seinen Laufburschen gutes Trinkgeld zahlt«, sagte Calvino.

»Wenn die mit Ihnen fertig sind, können Sie von Glück sagen, dass Raphael Ihr Porträt gemalt hat, damit Sie wissen, wie Sie einmal ausgesehen haben.«

Calvino streckte den Arm aus und knallte Paul Steed mit dem Gesicht auf den Tresen. Die Barfrau und Sicherheitsleute kamen angerannt, während Steed vom Hocker rutschte und, eine Blutspur hinter sich herziehend, zu Boden glitt.

»Mein Freund hat zu viel getrunken. Er ist ohnmächtig geworden und hat sich den Kopf angeschlagen. Sie bringen ihn besser ins Krankenhaus«, sagte Calvino.

Andere Gäste an der Bar stießen sich gegenseitig aus dem Weg, um den bewusstlosen Paul Steed zu fotografieren, der zwischen einem Barhocker und der Bar eingeklemmt mit dem Gesicht nach oben dalag. Ein Dutzend Smartphones kämpfte um den besten Blickwinkel. Calvino trat aus dem Weg und machte Platz für Pauls spontane Fotosession. Bald würde sein blutiger Schädel die Timelines von Bangkoks sozialen Medien zieren. Einer der Gäste würde das Rennen gewinnen und als erster die Fotos hochladen und die besten Hashtags erfinden − #Nightclubattack, #NightclubBrawls, #ThaiViolence, #Bangkoknoir oder #LadysInTrouble. Es hatte nichts gebracht, Paul Steeds Kopf gegen den Tresen zu knallen, aber Calvino dachte, wenn man ein Problem schon nicht lösen konnte, sollte man wenigstens etwas unternehmen, um sich besser zu fühlen.

Auf dem Weg nach draußen erhaschte er einen Blick auf Tuk, die in der ganzen Aufregung versuchte, zu erkennen, was an der Bar los war, und ob Calvino etwas damit zu tun hatte. Er zuckte die Achseln und lächelte ihr zu, während er zur Tür ging. Sie hatte ein kleines Fenster der Gelegenheit gefunden, um Fernkontakt mit ihm aufzunehmen. Lang und Konsorten lachten gerade aus vollem Hals über eine Geschichte, die einer von ihnen erzählt hatte. Ein aufgeschlagener Schädel an der Bar weckte immer angenehme Erinnerungen. Gewalt in einem Nachtklub war komisch. So etwas durchbrach die Langeweile. Da kam das Blut in Wallung. *Kriminelle haben eine genauere Vorstellung von der Natur der Dinge als der Rest von uns*, dachte Calvino, *und das verschafft ihnen in Kombination mit ihren Schießeisen einen Wettbewerbsvorteil.*

Männer wie Lang waren wie Boxhandschuhe, die wie angegossen an die eiserne Faust der Macht passten. Es war immer diese behandschuhte Hand, die ein todgeweihter Mann als Letztes auf sein Gesicht zuschießen sah.

Das Echo ihres Gelächters hallte durch den Nachtklub, als Calvino hinausging. Draußen war es heiß und feucht wie in einem Dampfbad, und die Schwüle traf ihn wie ein Schlag, während die Tür sich hinter ihm schloss. Hunderte von Autos nach Mitternacht, Menschen, die der Illusion nachjagten, irgendwohin unterwegs zu sein, während sie in Wahrheit Stoßstange an Stoßstange feststeckten und sich im Kriechtempo weiterbewegten. Das Leben war ein Witz. Und Bangkok war seine Pointe.

NEUN

Oi, die Putzfrau, kam in einem Pajama heraus, um Calvino das Tor zur Wohnanlage aufzumachen. Sie wartete, bis er hereingefahren war, um es hinter ihm wieder zu schließen. Ratana war es gelungen, ihm um zwei Uhr nachmittags einen Termin bei P'Pensiri zu verschaffen. Der Zeitpunkt nach dem Lunch und vor dem Kaffee war ideal, da musste man einem Besucher nichts zu essen oder zu trinken anbieten oder so tun, als ginge es um irgendetwas anderes als das Geschäft.

P'Pensiri erwartete ihn vor Gavins Haus. Sie trug eine Sonnenbrille mit schwarzem Gestell und übergroßen tiefdunklen Gläsern, außerdem einen gelb-goldenen Schal, den sie um den Kopf geschlungen und unter dem Kinn verknotet hatte. Damit wirkte sie wie eine alternde Schauspielerin, die versuchte, in der Öffentlichkeit unerkannt zu bleiben. Sie hatte Handschuhe übergestreift und bearbeitete mit einer Gartenschere eine Rose am Zaun. Als Calvino anhielt und ausstieg, blickte sie auf. Weiter hinten in der Anlage erblickte er einige der Hotline-Freiwilligen, die Computer, Drucker und Büromaterial auf einen Toyota Pick-up luden.

Calvino schloss die Wagentür.

»Geben Sie mir bitte noch eine Minute Zeit, P'Pensiri. Ich möchte Ronnie guten Tag sagen.«

Sie sah sich nach Ronnie um, der gerade einen Computermonitor hochstemmte. Sie wirkte nicht eben glücklich hinter ihrer Sonnenbrille und dem Schal, während sie Calvino nachblickte, der zum Büro der Bangkok Selbstmord Hotline ging.

»Was ist denn los? Sieht ja aus, als würden Sie ausziehen«, sagte Calvino.

Ronnie reichte Roger Stantan, einem weiteren Freiwilligen, den großen Bildschirm hinauf auf die Ladefläche des schwarzen Pick-ups, wo er ihn verstaute. Calvino sah, dass der Wagen stark getönte Scheiben hatte.

»Wir hatten ein unerwartetes Finanzierungsproblem«, sagte Ronnie mit einem Nicken in Richtung von P'Pensiri, die sie aus der Ferne beobachtete. »Die Miete stieg plötzlich von fünftausend Baht, bei denen sie jedes Mal abwinkte, wenn Gavin zahlen wollte, auf fünfzigtausend, die sie jetzt im voraus haben will. Ein ziemlicher Sprung, finden Sie nicht?«

Roger schwang sich vom Pick-up. »Gavin ist kaum ein paar Tage tot, und schon erhöht sie die Miete. Ich fragte sie, woher der Sinneswandel käme«, sagte er. »Und wissen Sie, was sie geantwortet hat?«

»Dass sie das Geld braucht?«, riet Calvino.

»Das ist vermutlich der wahre Grund. Aber was sie sagte, war, dass die Hotline nicht ihren Erwartungen entsprochen hätte. Durch die ganzen toten *Farangs* geriete die Anlage in einen schlechten Ruf. Erst Raphael, jetzt Gavin. Wer würde der Nächste sein?«

Er warf einen Blick auf das Cottage ganz am Ende der Zufahrt.

»Die Polizei und Leute von der Verwaltung stellen Fragen, was hier eigentlich vor sich geht. P'Pensiri gefällt die Vorstellung nicht, dass jemand einen Blick über ihre Mauern werfen könnte. Die Mieterhöhung war nur eine Methode, um uns loszuwerden.«

»Wo wollen Sie jetzt hin?«, fragte Calvino.

Jim aus Chicago war gerade dabei, die Ladung zu sichern. »Wir ziehen um in mein Haus in Lad Prao. Wenigstens bis wir in der Regenzeit überflutet werden oder sich etwas Besseres findet. Was immer zuerst passiert«, sagte er und wischte sich die Handflächen an den Jeans ab.

Calvino trat ans Heck des Pick-ups. Computer, Stühle, ein paar Tische und Aktenschränke, alles festgebunden. Er bemerkte ein Kennzeichen aus Bangkok an der Stoßstange.

»Ihr Pick-up?«, fragte er Jim aus Chicago.

»Nein, der gehört mir nicht«, antwortete er.

»P'Pensiris Neffe hat ihn uns zur Verfügung gestellt. Es war ihm wohl peinlich, dass wir so kurzfristig ausziehen müssen. Er hat auch noch einen Van, also macht es ihm nichts aus«, erklärte Ronnie und nickte zu einem Van hin, der zwanzig Meter weiter vor einem Bungalow parkte.

»Quatsch, ihr Neffe hat uns den Laster geliehen, weil er uns so schnell wie möglich loswerden will. So ist das«, sagte Jim. »Mit Freundlichkeit hat das nichts zu tun.«

»Der Neffe wohnt auch hier?«, erkundigte sich Calvino.

Ronnie wies auf den Bungalow, vor dem der Van stand, etwas abseits und von Mangobäumen umgeben. Der Wagen glänzte in makellosem Schwarz, und die Fenster hatten die Tönung von P'Pensiris Sonnenbrille. Der Neffe schien diese Farbe zu lieben. Sie garantierte Privatsphäre.

»Rune ist der Sohn von P'Pensiris Schwester, die da drüben wohnt«, fügte Ronnie hinzu und deutete auf das größte Haus in der Anlage. »Er und seine Freunde arbeiten in dem Bungalow ganz hinten, wo sonst niemand hinkommt. Sie bleiben für sich. Tagsüber bekommt man sie kaum zu sehen. Aber manchmal, wenn ich Nachtschicht hatte, habe ich einen von ihnen herumlaufen und in Runes Bungalow verschwinden sehen. P'Pensiri sagt, ihr Neffe und seine Freunde betreiben eine Import-Export-Firma.«

Er verstummte und warf einen Blick zu dem Bungalow hin, bevor er wieder Calvino ansah.

»Hier in Thailand lernt man, nicht viele Fragen zu stellen. Wir haben unser Ding gemacht, und die anderen machen ihres. Ich war ehrlich gesagt überrascht, als Rune plötzlich im Büro auftauchte und fragte: ›He Jungs, braucht ihr einen Pick-up, um euer Zeugs wegzuschaffen? Ihr könnt meinen nehmen.‹ Man hätte mich mit einer Feder umhauen können. Dieser Typ hatte uns zwei Jahre lang völlig ignoriert und kaum zwei Worte mit uns gewechselt, und plötzlich bietet er uns seine Hilfe an. Also brachte ich bloß heraus: ›Ja, Mann, vielen Dank.‹«

Oi stand hinter dem Zaun von Gavins ehemaligem Bungalow und beobachtete Charlie, die einen Frosch beschnüffelte. Der Frosch machte einen Hüpfer. Charlie bellte. Calvino beugte sich über den Zaun und rief nach ihr. Sie ließ den Frosch Frosch sein, und kam zum Zaun gerannt.

»Da ist aber jemand froh, mich zu sehen«, sagte Calvino.

P'Pensiri ärgerte sich, dass das »Guten-Tag-Sagen«, das Calvino als Vorwand benutzt hatte, um sich mit den Freiwilligen zu unterhalten, in ein längeres Gespräch ausgeartet war, in dessen Verlauf mit Fingern auf das eine oder andere Haus gezeigt wurde. Sie bereute bereits ihre Zusage, mit ihm zu sprechen. Ohne Ratanas nicht unerheblichen Charme hätte sie Calvino gesagt, er solle hingehen, wo der Pfeffer wächst, wenn auch auf ausgesprochen höfliche thailändische Art.

»Da ist Ihr Hund«, sagte sie. »Nehmen Sie ihn mit. Oi macht Ihnen das Tor auf.«

»Ich würde gerne mit Ihnen sprechen, bevor ich gehe.«

Sie senkte die Gartenschere und beugte sich vor, um an einer roten Rose zu schnuppern. Es war eine tapfere Bemühung, so zu tun, als würde er nicht existieren. Ganz sicher würde sie ihm nicht die Erlaubnis erteilen, Gavins Bungalow oder ein anderes Haus auf dem Gelände zu betreten.

»Ich habe das Atelier an einen Freund meines Neffen vermietet«, sagte sie. »Bitte sorgen Sie dafür, dass es bis Ende der Woche geräumt ist.«

Erst hatte sie ihm Raphaels Atelier geradezu aufgedrängt, jetzt zog sie es ihm unter den Füßen weg. Calvino begegnete Leuten wie ihr nicht zum ersten Mal. Es war fast so, als wüssten sie, dass er ihre Fassade durchschaute.

In einem sonnenbebrillten Wimpernschlag hatte sie ihre Abmachung aufgekündigt. Die Sache war gestorben, und je eher Calvino verschwand, desto besser. Sie setzte die Gartenschere an einem verwachsenen Zweig an und drückte zu. Er fiel zu Boden.

»Die meisten Probleme fangen damit an, dass jemand zu gierig wird«, sagte Calvino. »Jemand, mit dem man Geschäfte gemacht hat, betrügt einen. Das tut weh. Man hat ihm vertraut, und er lohnt es einem, indem er einen bestiehlt. Sia Lang ist ein gutes Beispiel für so eine reinrassige Giermaschine. Er erhält aus Hongkong den Erlös für Raphaels Gemälde, doch er betrügt ihn darum. Möglicherweise zählt Raphael ja nicht, weil er ein Ausländer ist. Einen *Farang* hereinzulegen ist okay. Er hatte Raphael schon vorher eine Menge Falschgeld angedreht. Er ist ja nicht dumm. Er wusste, wie naiv Raphael war. Er wäre nie auf die Idee gekommen, dass jemand ihm gefälschte Banknoten geben könnte. Er hätte nicht einmal gewusst, wie man eine echte von einer professionellen Blüte unterscheidet. Es war Teufelsdreck, den Raphael an Allerseelen verbrennen konnte. Das perfekte Geschenk für einen, der Selbstmord begehen wollte, meinen Sie nicht auch? Aber jetzt ist Sia Langs Falschgeld bei irgendeinem Trottel gelandet. Irgendeinem Thai, der keinen Schimmer hat, dass es sich um Falschgeld handelt.

Es heißt ja, dass die Chinesen in Thailand Ordnung schaffen. Manche sagen sogar, dass sie jetzt das Heft in der Hand halten. Ich glaube, da ist etwas dran. Mich macht es traurig zu sehen, wie die Thais all die Sia Langs ertragen, die ihnen ihre Reisschalen und ihr Gesicht rauben. Aber Lang ist bestimmt mit den richtigen Leuten auf Du und Du.«

Charlie sprang hoch und legte die Pfoten auf den Zaun. Die Unterbrechung verschaffte P'Pensiri die Möglichkeit, sich ein Stück von der Stelle zu entfernen, wo Calvino sich über den Zaun beugte und das lange Fell an Charlies Hals kraulte. *Hunde wissen nichts vom Tod*, dachte Calvino. Das mochte ihre fröhliche Persönlichkeit erklären – immer putzmunter, schwanzwedelnd und zutraulich. Raphael kam nicht mehr zurück, und Gavin ebenso wenig.

Als Calvino wieder zu P'Pensiri hinsah, hatte sie schon das Ende des kleinen Gartens erreicht, und die Gartenschere hing schlaff an ihrer Seite herunter. Es war eine Variante der Standardreaktion nach einem Autounfall – Fahrerflucht.

Calvino ging am Zaun entlang, und Charlie rannte auf der anderen Seite neben ihm her, als wäre das ein Spiel. Ein paar Schritte vor P'Pensiri blieb er stehen.

»Wie viel wollen Sie für den Hund haben?«

Er hatte seine Brieftasche herausgezogen und aufgeklappt.

»Glauben Sie wirklich, ich würde Geld nehmen für den Hund eines Toten? Im Unterschied zu manchen Chinesen besitze ich Ehrgefühl.«

»Ich hatte nicht die Absicht, Sie zu beleidigen, P'Pensiri. Ich wünschte, ich hätte Gavin das Problem mit dem Geld erklärt. Ich schätze, er hat selbst herausgefunden, dass die Scheine gefälscht waren. Das brachte das Fass zum Überlaufen, und er wählte den Freitod.«

Oi zog den Riegel am Gartentor von Gavins Bungalow zurück. Charlie rannte schwanzwedelnd auf Calvino zu. Er öffnete die Tür seines BMW, und Charlie sprang hinein, als wäre sie in stürmischer Nacht auf einer dunklen Straße angefahren worden, und Rettung mit einem vertrauten Fahrer am Steuer wäre aufgetaucht.

Er fuhr das hintere Seitenfenster herunter, damit sie Luft bekam, und schloss die Tür. Als er sich wieder zu P'Pensiri umdrehte, war sie lautlos verschwunden, ohne noch ein Wort zu sagen.

»Ich öffne Ihnen das große Tor«, sagte Oi und trabte eilig davon.

Sie sah sich nach Calvino um und winkte ihm, ihr zu folgen. Als er auf ihrer Höhe war, bedeutete sie ihm, die Seitenscheibe herunterzufahren.

»Danke, dass Sie P'Pensiri nichts von dem Notizbuch gesagt haben.«

»Tuk und Sie standen sich nahe«, stellte er fest.

»Sie war anders als die anderen. Es gefiel mir, wie sie Raphael behandelte. Ich denke, sie hat ein gutes Herz.«

Wenn man tief genug gräbt, findet man in jedem etwas Gutes, dachte Calvino.

Er blickte in den Rückspiegel. Die Freiwilligen standen um den Pick-up herum. Es sah aus, als wären sie fertig. Er sah, wie P'Pensiri mit Ronnie sprach, der mit den Schultern zuckte. Eine Frage, die er nicht beantworten konnte oder wollte. Oi wartete darauf, dass Calvino hinausfuhr. Er hielt an der Stelle an, wo sie sich am Tor festklammerte.

»Wir wissen beide, dass Gavin sich nicht selbst getötet hat, und dass P'Pensiri das Geld genommen hat. Kommen Sie heute Nachmittag ins Atelier. Sagen Sie einfach, dass sie zum Einkaufen gehen. Erwähnen Sie nicht, dass Sie sich mit mir treffen. Ich gebe Ihnen genug Geld, dass Sie diesen Ort und diese Menschen verlassen können. Ob Sie bleiben oder gehen wollen, ist natürlich Ihre Sache. Aber mein Angebot gilt. Denken Sie darüber nach.«

ZEHN

An diesem Nachmittag tauchte Oi nicht auf. Auch nicht am folgenden Tag. Calvino hatte sie schon fast aufgegeben. Aber am dritten Tag erschien sie im Atelier. Sie hatte ihren Pajama gegen die Kleider getauscht, die sie beim Marktgang trug – ein graues T-Shirt mit dem Union Jack auf der Brust, einen Sarong, den sie um die Hüfte geschlungen hatte, und einen tief ins Gesicht gezogenen Schlapphut. Sie stellte zwei große, geflochtene Bambuskörbe auf dem Boden ab und setzte sich aufs Sofa. Der eine Korb kippte unter seinem eigenen Gewicht um, und chinesischer Schnittlauch, Zuckererbsen und Pak Choi kullerten in verschiedenen Grünschattierungen auf den Fußboden. Unter dem Gemüse lagen zusammengefaltete Kleidung, eine Haarbürste, ein kleiner Spiegel, ein Handy, eine Dose Feuchtigkeitscreme und ein burmesischer Pass. Es war nicht viel, aber alles, was sie besaß.

Calvino kniete sich hin und half ihr dabei, ihre Sachen zusammenzusammeln. Er reichte ihr einen Lippenpflegestift. Sie nahm ihn und tat ihn in den Korb.

»Sieht so aus, als hätten Sie eine Reise vor«, sagte Calvino.

»Ich fahre nach Hause«, erwiderte Oi.

»Zurück nach Burma?«

Sie nickte, während Calvino aufstand und zu seinem Aktenkoffer ging. Er öffnete den Verschluss und nahm einen weißen Umschlag heraus, den er ihr hinhielt. Sie sah erst den Umschlag an, dann Calvino.

»Nehmen Sie«, sagte er.

»Ich habe etwas gespart«, entgegnete sie. »Ich hatte immer vor, eines Tages zurückzugehen. Jetzt ist die Zeit gekommen.«

Sie klang nicht gerade überzeugend. Ihr Stolz schimmerte durch.

»Nehmen Sie das Geld.«

Er schob den Umschlag in einen ihrer Körbe. »Wer hat Gavin das angetan?«

»Rune und seine Leute.«

Sie wäre nicht hier gesessen, wenn sie nicht vorgehabt hätte, auszupacken. Langsam, ganz langsam kämpfte sie sich zur Wahrheit durch.

»Wie viele Leute?«

»Zwei, drei, manchmal sind vier bei ihm.«

»Warum wollen Sie mir helfen?«

»Wegen dem, was ich in Burma und bei P'Pensiri erlebt habe. Darum erzähle ich es Ihnen.«

Sie kannte sich aus mit harten Männern. Hätte Rune auch nur den geringsten Verdacht gehegt, sie würde ihn ans Messer liefern, wäre sie das nächste Opfer gewesen. Nachdem Calvino die Wohnanlage verlassen hatte, hatte einer von Runes Männern sie gefragt, was sie mit dem *Farang* gesprochen habe, als er das Fahrerfenster herunterfuhr. Sie hatte erwidert, Calvino hätte sich nach einem Futternapf und Arznei für den Hund erkundigt. Charlie hatte ihr die Zeit erkauft, die sie brauchte. Am nächsten Tag hatten die Männer sie scharf im Auge behalten. So lange, bis es ihnen langweilig wurde, eine burmesische Putzfrau und Köchin zu beobachten. Schließlich waren sie verschwunden wie flüchtige Schatten.

»Haben sie Sie bedroht?«, erkundigte sich Calvino.

»Männer wie die brauchen dazu keine Worte«, antwortete sie.

Sie berichtete ihm, was sie gesehen hatte. Und das war eine Menge, während P'Pensiris Wohnanlage nach und nach ihre Geheimnisse preisgegeben hatte. Geheimnisse, die jemandem mit Ois Hintergrund vertraut waren.

Männer mit kurzen Stoppelhaaren, jung und muskelbepackt, ganz Klauen und Zähne, hatten mit reglosen Augen an den Fenstern des Bungalows gestanden, die Verdunkelungsvorhänge beiseite geschoben, und zugesehen, wie die Hotline-Crew ihre Ausrüstung fortschaffte. Sie erzählte Calvino, dass sie ebensolche Männer 1988 in den Straßen von Rangun gesehen hatte. Damals hatte sie sich als junge Studentin an einer Demonstration beteiligt, als die Armee das Feuer eröffnete. Sie erinnerte sich noch gut an diese wilden, wolfähnlichen Augen voller Tod und Kälte, die keine Rücksicht kannten, während die Männer die Gewehre anlegten. Für P'Pensiri und andere war Oi nur eine bedeutungslose burmesische Putzfrau. Sie gehörte zum Inventar. Sie sprach fünf Sprachen − Burmesisch, Karen, Englisch, Thai und einfaches Chinesisch. Doch die Thailänder behandelten sie wie eine unwissende Bäuerin. Dieses Vorurteil war zum Vorteil geworden. Das burmesische Geheimnis, in Thailand zu überleben, war simpel: Tu nichts, um die Thais davon abzuhalten, dich zu unterschätzen. Sollten die thailändischen Alphatiere sich doch gegen die Brust schlagen und wild herumbrüllen. Früher oder später stolperten sie über ihr Überlegenheitsgefühl wie eine Ballerina mit zusammengebundenen Schnürsenkeln.

Oi berichtete Calvino von ihrem älteren Bruder Thet, der vom burmesischen Militär gefangen genommen und gefoltert worden war. Nach seiner Entlassung aus dem Insein-Gefängnis war er nie wieder derselbe. Er saß stundenlang nur da und starrte die Wand an. Er sprach kein Wort. Tränen strömten über seine Wangen. Sein Leben lag in Trümmern, und irgendwann brachte er sich um. Er ging in den Wald und hängte sich an einem Buddhabaum auf. Die unsichtbare Hand des Militärs hatte ihm die Schlinge um den Hals gelegt. Sie hatten es Thet selbst überlassen, die Sache zu Ende zu führen.

Oi hatte der Gedanke gefallen, für eine Familie zu arbeiten, auf deren Gelände Ausländer wie Raphael und Gavin eine Selbstmord-Hotline betreiben durften. Sie war stolz auf ihre Chefin P'Pensiri gewesen und hatte sich alle Mühe gegeben, das Kommen und Gehen ihres Neffen und seiner Leute zu ignorieren. Die waren unter sich geblieben. Oi hatte ihren Bungalow nur ein einziges Mal von innen gesehen. Aber das hatte genügt, um zu wissen, warum sie nicht wollten, dass sie dort putzte. Bei ihrer Familiengeschichte war ihr klar, wozu mächtige Menschen fähig waren. Sie machte sich keine Illusionen darüber, dass man solche Leute in den Griff bekommen könnte. Es sei denn, man brachte sie um. Einer ihrer Onkel war von burmesischen Soldaten aufgegriffen worden. Als die Familie zwei Wochen später einen Anruf bekam, ging es nur noch darum, seine Leiche zu identifizieren und abzuholen. Die Familie hatte Mühe gehabt, den Toten zu erkennen. Das Militär behauptete, er wäre auf der Flucht eine Treppe hinuntergefallen. Unterzeichnen Sie dieses Formular. Gehen Sie. Nehmen Sie die Leiche mit. Der Nächste bitte. So lief das. Das entsprach in etwa Runes Einstellung.

Runes Mannschaft zeigte sich selten bei Tageslicht auf dem Gelände. Sie kam und ging im Schutz der Dunkelheit und achtete sorgfältig darauf, den Hotline-Freiwilligen aus dem Weg zu gehen.

Rune war kein gewöhnliches reiches Arschloch. Er bekleidete den Rang eines Majors bei der Polizei. Die Männer, die für ihn arbeiteten, waren alle ehemalige Polizisten oder seine Untergebenen vom örtlichen Revier. Sein Haus war wie eine Drehtür, die zu einem nächtlichen Spielplatz führte, auf dem eine verborgene Welt tanzte, sang, fickte, trank, spielte und Informationen und Drogen verkaufte. Das alles geschah unter dem wachsamen Auge eines riesigen, komplexen, namenlosen Netzwerks. Gauner und Galgenvögel brauchten keine Namen, denn jeder wusste, wer sie waren und wen sie repräsentierten. Und dass sie die Macht hatten, jeden verschwinden zu lassen, der ihnen krumm kam.

Der Bungalow befand sich an idealer Stelle, mitten im Vergnügungsviertel von Ratchada. Rune war von seinem Vater in die Firma geholt worden, P'Pensiris Schwager, der sich vor neun Jahren zurückgezogen hatte, als er bei einem Verhör tot umkippte. Seine aufgeschwemmte Leber war explodiert, als er sich mit einem Gummiknüppel ein wenig zu sehr ins Zeug gelegt hatte, um einen Mann zu bestrafen, der dem örtlichen Kredithai die Zinsen nicht bezahlt hatte. Rune war in ein florierendes Geschäft eingestiegen.

Ein Barbesitzer, der sein monatliches Schutzgeld nicht entrichtete, erhielt eine Warnung. Jedes Lokal führte ein Buch mit den Zahlungen. Man zeigte es mit den Initialen dessen vor, der das Geld in Empfang genommen hatte, und bis zum nächsten Monat war alles klar. Falls der Betrag nicht abgezeichnet war, hatte man ein Problem. Nach der ersten Warnung musste der Manager damit rechnen, dass Runes Kumpane spätnachts auftauchten, gegen Geschäftsschluss, wenn die meisten Gäste und das Personal schon weg waren. Dann zählte der Manager im Hinterzimmer die Tageseinnahmen. Er durfte gerne ein Gauner sein, das wurde sogar erwartet. Nicht akzeptiert wurde jedoch, wenn er die Regeln des Spiels ignorierte. Die Gesetze der Galgenvögel wie Rune mussten strengstens befolgt werden.

Sie tauchten mit schwarzen Skimasken auf und verfrachteten den Manager auf die Ladefläche eines ebenso schwarzen Toyota-Vans, wo sie ihm die Augen verbanden, Handschellen anlegten, und ihn zu einem Versteck fuhren. Sobald sie ihn in den schalldichten Verhörraum gebracht hatten, machten sich die Männer mit den Skimasken an die

Arbeit. Sie hatten allen Grund, ihre Gesichter zu verbergen. Niemand wollte von den Opfern erkannt werden. Während der unglückselige Manager gegen die Wand geknallt und ins Gesicht und in den Magen geschlagen wurde, sah er niemals ein Gesicht, immer nur Masken.

Normalerweise bezahlte der Mann innerhalb von vierundzwanzig Stunden, doch erst, nachdem er erfahren hatte, was wahre Schmerzen bedeuteten. Man musste nur selten jemanden umlegen. Die Schlägertrupps funktionierten gut, und die Manager kürzten in ihrer Todesangst lieber Gehälter und rissen sich einen Arm oder ein Bein aus, um nie wieder eine Schmiergeldzahlung an die Polizei zu versäumen. Allein beim Gedanken an ein Stelldichein mit Runes Männern machten sie sich in die Hosen.

Im Lauf der Jahre hatte Oi beobachtet, wie Runes Bande ihr Geschäft ausweitete. Zu ihren Talenten gehörte unter anderem, Wettverlierer davon zu überzeugen, ihre Schulden zu begleichen. Während der Fußballweltmeisterschaft gab es in dieser Hinsicht jede Menge zu tun. Irgendwann entdeckten sie ein neues Geschäftsmodell: Die Entführung und Erpressung von Ausländern. Als Ersten schnappten sie sich einen neureichen Taiwanesen, auf den sie der Manager einer ihrer Bars oder Nachtklubs aufmerksam gemacht hatte. Sie hielten ihn gefangen, bis die Angehörigen das Lösegeld bezahlt hatten, dann fuhren sie den geschundenen Mann mit verbundenen Augen irgendwo in die Pampa und setzten ihn in einem Reisfeld aus. Sie beschränkten sich auf Asiaten. Bei denen war es unwahrscheinlicher, dass sie Verbindungen zu den lokalen Bossen hatten. Wenn man keinen Sugardaddy hatte, war man nichts als eine billige Schlampe.

»Mein Schlafzimmer liegt direkt neben der Auffahrt«, berichtete Oi. »Eines Nachts träumte ich von meinem Bruder, und dann hörte ich den Motor des Vans. Ich setzte mich auf und blickte aus dem Fenster. Ich sah nach der Zeit. Es war nicht das erste Mal, dass ich den Van sehr spät ankommen oder wegfahren gehört hatte. Ich habe einen guten Schlaf. Also musste etwas anders sein als zuvor. Mein Bruder war mir bis dahin nie im Traum erschienen. Er hatte sicher einen Grund dafür gehabt. Ich stand auf und ging hinten hinaus, an der Rückseite der Häuserreihe. Ich hielt mich dicht an der Wand. Nirgendwo brannte Licht. Es war eine mondlose Nacht, sehr finster. Aber ich kannte den Weg. In Burma brachte mein Vater uns bei, immer einen Fluchtplan zu haben, nur für alle Fälle.«

Rune und seine Mannschaft machten Spätschicht bis tief in die Nacht. Da dann nur ein oder zwei Freiwillige der Selbstmord-Hotline Dienst taten, konnten sie mit dem Van kommen und gehen, ohne aufzufallen. Wer immer mit verbundenen Augen auf der Ladefläche saß, sah das Schild der Hotline nicht, wenn der schwarze Wagen hinten auf dem Gelände anhielt. Die Jalousien des sicheren Hauses waren geschlossen. Oi berichtete, dass einige der Fenster nach hinten hinaus sogar von der Innenseite her schwarz angestrichen waren. Sie lagen zwar ohnehin an der Mauer, die die Anlage umgab, aber niemand wollte ein Risiko eingehen. Gegen drei Uhr morgens waren in der Nacht, von der sie sprach, Männer aus Runes Bungalow gekommen. Die Hecktür des Fahrzeugs stand offen, und Oi sah, wie sie etwas einluden, das wie eine in einen Teppich eingewickelte Leiche aussah. Sie schlossen die Tür leise. Ein Mann setzte sich ans Steuer, und die Rücklichter leuchteten rot auf. Zwei Männer liefen neben dem Van her, als wären sie die Leibwächter eines wichtigen Politikers.

Der Van stieß langsam zurück und hielt vor Gavins Bungalow an. Der Fahrer stieg aus, ließ aber den Motor laufen. Die anderen Männer öffneten die Hecktür, hoben die Leiche im Teppich heraus und schleppten sie durchs Gartentor, wo der Fahrer Schmiere stand. Oi hörte Charlie ein paar Mal im Haus bellen. Dann verstummte sie. Sie glaubte, sie hätten die Hündin entweder getötet oder ihr etwas zum Fressen gegeben. Da sie in der Schutzgeld- und Bestechungsbranche arbeiteten, tippte sie eher auf Futter. Den Hund zu töten, hätte später ein großes Fragezeichen hinter der Selbstmordtheorie aufgeworfen. Aber auch dafür hätte sich eine Begründung finden lassen – vielleicht hatte Gavin Charlie im nächsten Leben bei sich haben wollen. Wenn die Polizei die Fesselmale an Gavins Handgelenken einfach ignorierte, konnte sie genausogut einen Grund für den Tod seines Hundes erfinden.

Nachdem der Van wieder zu Runes Bungalow zurückgefahren war, hatte sich Oi mit ihrem eigenen Schlüssel in Gavins Haus geschlichen. Da Charlie ihren Geruch erkannte, bellte sie nicht. Oi schaltete kein Licht ein. Sie ging leise ins Wohnzimmer und fand Gavins Leiche auf einem Stuhl sitzend vor, nach vorne gebeugt, mit einem Gürtel um den Hals. Charlie stand zwischen ihr und dem Toten, als wollte sie ihr totes Herrchen beschützen. Oi streckte die Hand aus und tätschelte ihr den Kopf.

»Es war dunkel, aber ich erkannte, dass er es war, Gavin. Er war ein guter, anständiger Mensch, genau wie mein Bruder. Da wusste ich, warum mein Bruder mir im Traum erschienen war.«

Gavin war in dem sicheren Haus erwürgt und dann in seinen eigenen Bungalow zurückgeschafft worden.

»Am Morgen kam die Polizei mit den Rettungssanitätern. Sie nahmen die Leiche mit. Sie stellten mir Fragen … Ob ich etwas bemerkt hätte? Ich sagte, ich hätte geschlafen. Das notierten sie. Die Sanitäter kümmerten sich um den Toten.

In der nächsten Nacht konnte ich nicht schlafen. Ich hatte Angst. Es war sehr heiß im Zimmer. Ich ging hinaus, um frische Luft zu schnappen. Auf meinem geheimen Pfad schlich ich hinten herum zu Runes Haus. Die Familie geht dort niemals entlang. Sie hat Angst vor Schlangen und Ratten. Ich weiß nicht genau warum, aber ich wollte wissen, was diese Männer taten. Ich beugte mich dicht zum Fenster.

Es war vollkommen schwarz. Ich glaube, sie verwenden etwas, damit kein Geräusch herauskommt. Ich weiß nicht. Ich habe es nie mit eigenen Augen gesehen. Trotzdem hörte ich eine entfernte Stimme voller Schmerz. Ich kenne diesen Laut. Es ist der Laut, den ein Mensch macht, wenn seinem Körper schlimme Dinge zugefügt werden. Ich hörte ihn auf Chinesisch schreien: ›*Nan shou!*‹ Und das war nicht gut.«

»Was bedeutet ›*nan shou*‹?«

Oi presste finster die Lippen zusammen.

»Wenn ein Mann den Schmerz nicht länger ertragen kann. Ich hörte, wie einer von Runes Männern ihn auf Thai anschrie: ›Sia Lang, du Hund, du Schwein, wo ist das Geld?‹ Ich glaube nicht, dass Sia Langs Thai besonders gut ist. Er brüllte nur *Nan shou!*«

ELF

Calvino saß neben Pratt auf einer Parkbank und sah ein paar Joggern zu, die um den Ratchada See herumliefen. Sie schwitzten und verschwanden mit weit aufgerissenen Mündern und geröteten Gesichtern in Richtung des Queen Sirikit Centers. Calvino ließ eine Plastiktüte von Foodland langsam über den kleinen Zwischenraum zwischen ihnen gleiten, bis er Pratts Finger spürte. Rasch zog er die Hand zurück und streckte die Arme über dem Kopf aus.

»Schöner Spaziergang.«

Pratt öffnete die Plastiktüte, während Calvino sich von der Bank erhob und loslief. Fünfzehn Minuten später hatten die Jogger Calvino zweimal überrundet. Er kehrte um und ging zur Bank zurück. Die Plastiktüte war nirgendwo zu sehen.

»Wo bist du da nur hineingeraten, Vincent?«

Pratt wusste wie jeder andere Cop, dass Tausende solcher Notizbücher in den Hinterzimmern der Vergnügungsindustrie herumschwirrten. Sie waren allesamt Varianten derselben Version. Es gab so viele davon, dass der Verkaufsrang bei Amazon ziemlich hoch gelegen hätte. Entscheidend war aber nicht die Existenz dieses Notizbuchs. Sondern die Frage, wie es Flügel bekommen hatte, aus dem Büro eines Managers geflogen und auf Calvinos Schulter gelandet war. Wie ein Papagei konnte es mit vielen Stimmen sprechen und eine Menge über den Besitzer verraten. Notizbücher zu identifizieren war kein Problem, aber wenn sie an die Oberfläche schwammen, waren sie wenig hilfreich, um die eigene Karriere voranzutreiben. Calvino informierte Pratt über Sia Langs Buch.

Sie wussten beide, wie das System funktionierte. Aber wenn Leute den Spielregeln nicht gehorchten, luden sie andere dazu ein, neue Regeln aufzustellen, die auf Mord und Totschlag hinausliefen. In der Welt des Schwarzmarkts gab es, genau wie an der legalen Oberfläche der sichtbaren Marktwirtschaft, unzufriedene Arbeiter. Auf dem weißen Markt wurden illoyale Angestellte gefeuert. Der Schwarzmarkt tat den Mitarbeitern weh. Man musste kein Handleser sein, um zu dem Schluss zu kommen, dass am Ende der Reise *Luum Sop* stand. Das Grab.

»Paul Steed wurde von Lang übers Ohr gehauen«, sagte Calvino.

»Er hat für Sia Lang gearbeitet?«, fragte Pratt, während er auf die Wolkenkratzer starrte, die sich im See spiegelten.

»Paul glaubte, Anspruch auf eine Provision aus einem Geschäft zu haben. Lang hat ihn nicht ausbezahlt. Warum? Weil er es konnte und Paul nicht in der Lage war, etwas dagegen zu unternehmen. Paul mag dumm sein, aber er ist kein Volltrottel. Er wollte Rache. Er ging ein großes Risiko ein, indem er einem Escort-Girl namens Tuk vertraute. Er brachte sie dazu, das Schutzgeldbuch zu klauen. Er hatte vor, Lang damit zu erpressen. Als ich ihn in der Bar traf, bevor ich ihm den Kopf auf den Tresen schmetterte, hatte ich mir die Dynamik seiner Beziehung zu Tuk und Lang zusammengereimt. Es drehte sich alles nur um Eines: das Geld. Tuk klaute das Notizbuch. Die beiden versuchten, es gegen einen Anteil an dem Falschgeldbetrug einzutauschen – und gleichzeitig am Leben zu bleiben. Das war das Schwierige. Langs Notizbuch zu nehmen, war keine gute Idee. Es war nur eine Frage der Zeit, bis er herausfand, dass Paul und Tuk hinter dem Diebstahl steckten. Und das bedeutete ihr Todesurteil. Das wussten sie. Aber jetzt werden sie so bald nichts mehr von Lang hören. Niemand wird das.«

Calvino machte eine Geste wie ein Zauberer, der seine leeren Hände präsentierte, nachdem er die Taube hatte verschwinden lassen.

»Lang ist als vermisst gemeldet«, sagte Pratt.

»Ich habe mit ihm gesprochen, einen Tag, bevor er unseren schönen Planeten verlassen hat.«

»Was hast du zu ihm gesagt?«

»Ich habe in der Lobby seines Apartmenthauses auf ihn gewartet. Ich sagte: ›Ich bin gekommen, um Raphaels Honorar für die Kunstwerke abzuholen.‹ Lang erwiderte: ›Er ist tot.‹ Das hatte ich fast schon erwartet. Ich lächelte und erklärte: ›Mag sein, dass der Tod in China eine Schuld nichtig werden lässt. In Thailand funktioniert das anders.‹ Er dachte ein wenig nach. ›Sie haben recht, Mr Calvino‹, sagte er. ›Aber die Schuld ist beglichen. Jedenfalls, nachdem ich meine Auslagen abgezogen habe.‹ Also fragte ich: ›Was waren das denn für Auslagen?‹ Doch zu dem Zeitpunkt war einer seiner Leibwächter herangekommen und leistete ihm moralischen Beistand, daher fühlte er sich sicher und geschützt und wurde frech. ›Gebühren für Modelle, Unterhaltung. Und Beerdigungen sind auch nicht billig.‹ Dann ließ er mich stehen. Er hätte das Geld dazu verwenden sollen, sich bessere Bodyguards zuzulegen.«

Calvino hatte im Lauf der Jahre die Erfahrung gemacht, dass der Spruch der Leibwächter »Ich würde jederzeit eine Kugel für ihn auffangen« nichts als heiße Luft war, reine Rhetorik. Die meisten Leute ergriffen vor einem Kampf die Flucht. Sie stellten sich nicht der Flugbahn einer Kugel in den Weg. Das schafften nur sehr wenige Menschen. Pratt hatte es für Calvino getan, genau wie umgekehrt, und wenn sie ihre Eintritts- und Austrittsnarben verglichen, hielten die sich ziemlich die Waage. Karma. Sie hatten schon vor vielen Jahren gelernt, dass Thailänder und *Farangs*, wenn sie zusammenarbeiteten, über die Klinge springen mussten, sonst verloren sie ihre Beine. Aber kein *Farang* konnte in Thailand alleine über diese Klinge springen. Falls er es versuchte, war er Haifischfutter.

»Von wem hast du das Buch mit den Schutzgeldaufzeichnungen?«, fragte Pratt.

Der erste Schritt, um den angerichteten Schaden einzuschätzen, war, die Länge der Kette und die Namen ihrer Glieder zu ermitteln.

»Raphaels Putzfrau«, erwiderte Calvino. Ein schiefes Grinsen glitt über sein Gesicht. »Die gleichzeitig für Gavin de Bruin arbeitete.«

»Wie ist sie dazu gekommen?«

»Erinnerst du dich an den chinesischen Wahrsager, dem wir in Rangun begegnet sind? Er war ein Spinner, aber einen klugen Spruch kannte er, ausgeliehen von Konfuzius: ›Wenn der weise Mann auf den Mond deutet, sieht der Idiot auf den Finger.‹ Das burmesische Dienstmädchen ist der Finger, und was du in der Tüte gefunden hast, ist der Mond.«

»Ein voller Blutmond«, sagte Pratt. »Dieser Mond ist ein Omen für das Ende aller Zeiten, eine Prophezeiung. Die Sonne verwandelt sich in Düsternis.«

Eine Joggerin blieb abrupt stehen, stützte sich auf die Knie, atmete tief durch, machte Dehnübungen und rannte dann ohne Vorwarnung wieder los, wie auf den Ton einer unhörbaren Hundepfeife. Calvino bewunderte ihre Vorstellung. Er dachte über Vorhersagen und Prophezeiungen nach, die die Zukunft aus der Farbe des Mondes oder aus einem Notizbuch mit illegalen Zahlungen herauslasen.

»Oi«, wiederholte Pratt, aus dem Gedächtnis. »Außer dir und Oi, wer weiß sonst noch von diesem Buch?«

»Sie sitzt in einem Bus nach Burma und ist aus dem Spiel. Sie kommt so bald nicht mehr nach Thailand zurück.

Und ich? In zwei Tagen sitze ich in einem Flugzeug nach Montreal ohne Rückfahrkarte.«

Überraschung zeichnete sich auf Pratts Gesicht ab. Er glaubte, Calvino hätte einen Witz gemacht.

»Vincent, das ist nicht komisch.«

»Ich habe das Ticket schon gekauft. Es gibt da ein neues Kunstmuseum, das Freedom Place Museum, geleitet von einer Kanadierin namens Janet Fortin. Es wurde gegründet von einem Dotcom-Milliardär, dessen Eltern in Raphaels alter Kommune lebten. Sieh dir das einmal an.«

Calvino griff in seine Aktentasche, zog den Ausdruck einer Website hervor und zeigte ihn Pratt. Das Titelbild war Raphael Pascals Selbstporträt. Jedem einzelnen seiner Gemälde der *Sechs Grade der Freiheit* Serie war eine volle Seite mit eigenem Text gewidmet.

Pratt blickte besorgt drein.

»Wann ist das veröffentlicht worden?«

»Sie arbeiten noch am Katalog. Sie planen die Ausstellung. Material dazu haben sie genug. Ich habe dafür gesorgt, dass das Museum all seine anderen Bilder bekommen hat. Ich habe versucht, ihnen auch den Hund anzudrehen, aber da zogen sie die Grenze.«

Pratt stieß einen tiefen Seufzer aus, der eine Ewigkeit zu dauern schien, während er das Blatt zurückgab.

»Du hast Selbstmord durch Kunst begangen.«

Sobald der Sammler aus Hongkong herausfand, dass Wang Tao ihm Fälschungen geliefert hatte, war die Kacke am Dampfen. Das war Calvino klar. Er erinnerte sich an Wang Taos weisen Spruch über Geduld. Er würde keine Eile haben. Kein heißes Blut würde den Mond rot färben. Er würde eine kalte blaue Scheibe sein.

»Kennst du den chinesischen Begriff für unerträglichen Schmerz? Er lautet ›Nan shou‹. Ein burmesisches Dienstmädchen hat ihn mir beigebracht. Sie beherrscht vier oder fünf Sprachen. Ich denke, es muss wohl in jeder

Sprache ein Wort für unerträglichen Schmerz geben. Es ist bestimmt so universell wie Mommy und Daddy. Im Japanischen sagen sie ›Shini sou‹. Im spanischen heißt es ›me estás matando‹, wenn dir die Messerklinge in den Bauch fährt. ›Du bringst mich um.‹ Bestimmt steht es schon auf sumerischen Siegeln und in etruskischen Inschriften.«

»Ich verstehe, worauf du hinauswillst«, sagte Pratt. »Ich bin nur nicht sicher, ob du selbst es weißt.«

Calvino verengte die Augen. »Ganz einfach, Pratt. Man ist nicht allzu lange jung. Die Farbe ist kaum getrocknet, und schon liegt man im Sterben. Man legt den Finger auf die Leinwand und betrachtet den Schmierer. Das ist alles, was bleibt. Man muss schnell sein. Die Wahrheit malen, bis die Tür des Krematoriums hinter einem zuschlägt. Ein Projekt, um einen unsterblich zu machen, braucht einen reichen Mäzen. Raphael hatte einen gefunden. Oder umgekehrt. Es läuft auf dasselbe hinaus. Künstler und Mäzen sind zwei Seiten derselben Medaille. Sie werfen die Münze in die Luft, um sie in der Zukunft aufzufangen.«

»Du glaubst, Raphael hatte seine Wahl getroffen und sich bewusst darauf eingelassen?«

»Haben wir denn mehr als die Illusion einer Wahl?«

Pratt wartete eine Sekunde, bevor er sagte: »Vincent, das Entscheidende ist, dass sie jetzt hinter dir her sein werden.«

Calvino zuckte mit den Schultern. »Der Käufer hat sich Lang vorgenommen. Er war es, der Nan shou geschrien hat.«

»Lang ist denen egal. Der Anwalt aus Hongkong hat die Bilder von dir bekommen. Du hast unterschrieben.«

Pratt schloss frustriert die Augen und legte den Kopf in den Nacken. Eine weitere Gruppe von Joggern kam vorbeigetrabt. Der Himmel zog sich langsam zu. Es sah nach Regen aus.

Calvino lachte und beugte sich vor, als wollte er ein Geheimnis mit Pratt teilen.

»Ich würde gerne Mäuschen spielen, wenn Wang Tao gezwungen ist, seinem Klienten von der echten Asche und den gefälschten Bildern zu berichten. Das Menschenopferritual seines Kunden ist daneben gegangen. Komm schon, Pratt, bei Shakespeare muss es doch irgendeine Erklärung dafür geben.«

»>Keine Kunst vermag, der Seele Bildung im Gesicht zu lesen‹«, zitierte Pratt aus Macbeth. »Manchmal glaube ich, Shakespeare war in Wirklichkeit ein Thai, der sich mit einer Zeitmaschine ins Elisabethanische Zeitalter zurück katapultiert hat.«

»Ratana kümmert sich um alles, solange ich fort bin«, sagte Calvino. »Ich werde eine Weile in Montreal bleiben und auch nach New York runterfahren, um mir ein Bild davon zu machen. Die Welt steht in Flammen, Pratt. Von hier aus sehen wir nur die Rauchsäulen. Die alte Welt brennt bis auf die Grundfesten nieder. Was wird aus der Asche wiederauferstehen? Wer kann es wissen? Ich will noch einmal einen Blick darauf werfen, bevor alles verschwunden ist.«

»Eine Motte verbrennt sich die Flügel an der Flamme, Vincent. Mehr bringt dir ein letzter Blick nicht. Denk daran. Wang Tao und seine Leute werden dich auch in Montreal finden, in New York und wo immer du hingehst. Sie geben nie auf.«

»Das mag stimmen. Aber wenn die Ausstellung in Montreal erst einmal eröffnet ist, spielt es keine große Rolle mehr, was Wang Tao will oder nicht. Die Bilder sind außerhalb seiner Reichweite. Ich war nur der Botenjunge, der ihm etwas lieferte, auf das die Chinesen doch sonst so scharf sind: gefälschte Markenprodukte. Hat er ernsthaft geglaubt, ich würde ihm die Originale aushändigen?«

»Nichts ist jemals entschieden, nicht wahr?«, meinte Pratt nach einer Weile.

»Eines ist jedenfalls sicher. Falls ich hierbleibe, wird die chinesische Mafia jeden meiner Schritte von ihren örtlichen Kollegen überwachen lassen.«

Pratt blinzelte und lächelte.

»Darauf kannst du dich verlassen.«

»Ich bin ein *Farang*. Wenn nicht ein göttliches Wunder geschieht, bleibe ich immer der Außenseiter. Und damit weniger als ein Mensch. Ich kann nicht erwarten, dass du dich zwischen mich und Wang Taos Terrakotta-Armee stellst, die das Land auf der Suche nach mir überrollt.«

Calvino wandte sich seinem Freund zu.

»Sieh mich an, Pratt. Ich weiß, was auf dem Spiel steht. Und wenn du ehrlich bist, weißt du es auch. Das ist der Grund, warum ich fortgehe. Mal sehen, wie es läuft.«

Pratt vergaß manchmal, dass Calvino ein *Farang* war. Er hatte aufgehört, ihn als Ausländer zu betrachten.

Calvino legte ihm den Arm um die Schultern.

»Ausländer fragen sich immer: ›Soll ich bleiben, oder soll ich gehen?‹ Für mich ist es Zeit zu gehen, Pratt. Du bist nicht der Einzige, der Shakespeare liest. ›Wer ist es, der mir sagen kann, wer ich bin?‹«

»König Lear«, sagte Pratt.

»Er schrieb auch ›die Gedanken sind frei‹. Und ich muss ein wenig Zeit an einem Ort verbringen, wo das zutrifft.«

Der Sturm, dachte Pratt. Welch passender Name für einen Ort, um die Freiheit zu suchen.

»Wer wird jetzt auf dich aufpassen?«, fragte er.

Calvino musste lächeln.

»Nach all den Jahren in Bangkok? Ein Krokodil hat genug Zeit, sich eine dicke Haut und scharfe Zähne zuzulegen, bis es erwachsen ist. Aber das weise Krokodil weiß, dass es reine Glückssache ist, ob es ein angenehmes Bad nimmt oder als Handtasche endet.«

»Vergiss mich nicht, Vincent Calvino.« Pratts Stimme klang ein wenig belegt und verriet seine Gefühle.

Calvino erkannte etwas in Pratt, das er nie zuvor bemerkt hatte, die menschlichste aller Ängste. Die Angst, vergessen zu werden.

Er machte den Mund auf, sagte dann aber doch nichts. Man konnte nicht ewig am Rande des Bösen wandeln. Eines Tages tauchte ein langer Tentakel aus dem Dunkel auf und zerrte einen hinab auf die Leinwand der Toten. Die wahre Sorge des Lebens war nicht der Tod. Die Menschen schlossen irgendwann Frieden mit ihrem Abgang. Es war das unvermeidliche Vergessenwerden. Existiert zu haben, ohne eine Spur, ein Vermächtnis im Gedächtnis derer zu hinterlassen, die weiterlebten. Gut und Böse, Kunst und Politik dieser Welt, alle wurden sie getrieben von dem Wunsch, sich ein persönliches Wurmloch in die kollektive Erinnerung zu bohren. Die machtvollsten Worte, die ein Mensch jemals hörte, waren in jeder Sprache und zu jeder Zeit dieselben: Ich werde dich nicht vergessen. Selbst wenn vom Bargirl bis zum großen Diktator instinktiv jeder wusste, dass alle Erinnerungen im Laufe der Zeit verblassten. Die Erinnerung als letzte Zuflucht vor der Vergessenheit war letzten Endes nur eine weitere falsche Gottheit.

Während sie zusammen zurückgingen, begann es zu regnen. Erst waren es nur winzige Tropfen, dann größere, und sie fielen immer dichter. Die Jogger zerstreuten sich und suchten sich einen Unterstand. Der Regen traf den See wie Nadelstiche. Calvino stülpte sich die Foodland-Plastiktüte über den Kopf. Ein paar Schüler, die in ihren Schuluniformen vorbeirannten, zeigten mit Fingern auf den komischen älteren *Farang*, der mit der Tüte auf dem Kopf wie ein riesiges Kondom aussah. Irgendwann lernte man hier als Ausländer, dass man auf der Straße immer auf der Bühne stand. Thailand war der ideale Ort für *Farangs*, die geborene Exhibitionisten waren. Stets tauchte ein Publikum wie aus dem Nichts auf, um die Vorstellung zu verfolgen. Fremde checkten einen ab, wühlten nach den tiefsten Geheimnissen und schürften nach Gold. Da gab es beispielsweise in Muay Thai ausgebildete Künstler mit Regenbogenfüßen, die tanzten und sangen und schließlich in der roten Flut starben.

Alle *Yings* in den Bars, Klubs und Massagesalons trugen Abzeichen mit Nummern darauf – manche an Bikinioberteile gesteckt, andere auf Uniformen – und sie lebten ihr Leben in ständiger Bewegung, loteten die sechs *Grade der Freiheit* aus. Raphael hatte die Liebeslücke der Huren gemalt und den Kollateralschaden ausgefüllt, der ihr Leben überschattete und sich in ihren Gesichtern abzeichnete. Die wahren Verletzungen reichten tief unter die Haut. Sie ließen sich nicht in einem Diagramm oder in einer PowerPoint Präsentation darstellen. Sie standen nicht in den Fußnoten. Doch die Botschaft war überall zu sehen – die Mädchen von der Straße sahen Männer als austauschbar und leicht ersetzbar an, genauso wie umgekehrt die Männer, die sich ihre Dienste erkauften. Sie waren wie lose Getreidekörner in einem fahrenden Lastwagen auf dem Weg zur Bäckerei, um zu Brotlaiben verarbeitet zu werden.

An dem Ort, an dem Raphael Pascal malte, hatten sie eine neue Welt gefunden, ein Wasserloch, wo die Herde ungestört trinken und grasen konnte. Um sie herum schlichen gewalttätige, entschlossene Männer, die nach ihren eigenen Regeln lebten, ihre eigenen Spiele spielten und sich in Immunität versteckten. Sie bedienten die Geldmaschine und hielten die Nacht in Bewegung, malten ihre Visionen auf die Traumwände der anderen. Es war das Gesicht des Terrors – einer Welt, die mit ihren Graffiti bedeckt war: »Ich war hier. Ich wurde gefürchtet. Niemand vergisst mich!«

Über die Mitglieder der alten Kommune ließ sich Ähnliches sagen. Sie mochten die Kommune verlassen haben, doch die Kommune lebte in ihnen weiter. Die alte Wand der Träume, die sie gemeinsam bemalt hatten, war noch da, egal, wie oft sie sie überstrichen hatten. Die Behauptung, niemand könne über diese Mauer der Erinnerung klettern und entkommen, war eine halbe Lüge.

Doch die entscheidende Frage blieb bestehen – wohin flüchten?

In der halben Lüge verborgen lag die düsterste aller Halbwahrheiten – es gab kein Entrinnen.

DANKSAGUNG

Während der vielen Entwürfe für Springer versorgten mich zwei Leser mit nützlichen, aufschlussreichen Kommentaren und Vorschlägen: Mike Herrin und Charles Mchugh. Sie widmeten viele Stunden der Lektüre einer frühen Fassung, und ihre Beiträge waren mir eine große Hilfe. Ich danke Ihnen für ihre Mühen!

Mein langjähriger Lektor Martin Townsend wacht mit großer Sorgfalt und scharfem Auge wie ein Schutzengel über Calvino und hat ihn vor vielen unbeabsichtigten Irrtümern bewahrt. Auch hier hat er wieder seinen Zauberstab über dem Text geschwungen. Danke, Martin.

Die deutsche Ausgabe wäre nicht möglich gewesen ohne die Freundschaft, den Zuspruch und die Unterstützung von Peter Friedrich. Er hat Springer gewissenhaft aus der englischen Ausgabe von Jumpers übersetzt. Seine Professionalität und sein Engagement für die Calvino-Reihe haben dafür gesorgt, dass sie auch weiter in deutscher Sprache erscheint.

Auch verschiedenen anderen Freunden danke ich für ihre Beiträge. Luciano Prantera, der meine Aufmerksamkeit auf Sciascias Der Tag der Eule gelenkt hat. Edwin van Doorn, der mir geholfen hat, passende niederländische Namen zu finden. Und Peter Klashorst, dem bekannten holländischen Maler, der mich mit Inspirationen und Kenntnissen aus der Welt der Kunst versehen hat. Peters Porträt von mir erscheint als Autorenbild in diesem Buch.

Meine Frau Busakorn Suriyasarn hat voller Geduld und Sorgfalt Korrektur gelesen. Sie kennt Calvino besser als fast jeder andere. Sie bewahrt ihn vor Fallstricken und hat ihm mehr als einmal gerettet, wenn es um die thailändische Kultur und Sprache ging.

RalfTooten © 2012

Christopher G. Moore, der sein Alter mit 83,5 Reisejahren angibt, war in seinem früheren Leben Juraprofessor, dann Theaterautor. Später wurde er, was er bis heute geblieben ist, Romancier. In Bangkok etablierte sich der gebürtige Kanadier, der in Oxford studiert hat, als »Kultautor«. Zunächst in Bangkok selbst, dann mit Hilfe des Internets (www.cgmoore.com) im Global Village. Es war nur eine Frage der Zeit, bis Hollywood aufmerksam wurde und Calvino-Stoffe einkaufte. Wenn Christopher G. Moore gerade mal nicht in Bangkok ist, dann ist er sicher in Manila, Oxford, Berlin oder Los Angeles anzutreffen. Sein Lebensgefühl umschrieb er in einem Statement zu seiner Verlagssituation: »Meine Leser gehören zu einer globalen Vorhut, für die es nicht entscheidend ist, wo sie leben. Ich bin ein kanadischer Schriftsteller, der in Bangkok lebt. Mein aus Thailand stammender Agent in Paris wird von einem deutschen Agenten in Wien vertreten, der die Rechte an einen Verlag in Zürich verkaufte, dessen Herausgeber in Berlin sitzt.«

Der Übersetzer

Peter Friedrich, 1956 geboren und aufgewachsen in Caracas/Venezuela, studierte in Deutschland Theaterwissenschaft, Ethnogeografie, Khunstgeschichte und Sinologie/Japanologie. Jobs als Oldtimer-Restaurator, Filmkritiker, Reporter, Skilehrer. Seit 1987 lebt er in Süddeutschland als Filmemacher, Autor, Designer von multimedialen, Museumsausstellungen und als Übersetzer aus dem Englishchen.

Lightning Source UK Ltd.
Milton Keynes UK
UKHW040604111119
353305UK00013B/1144/P